O CASAMENTO

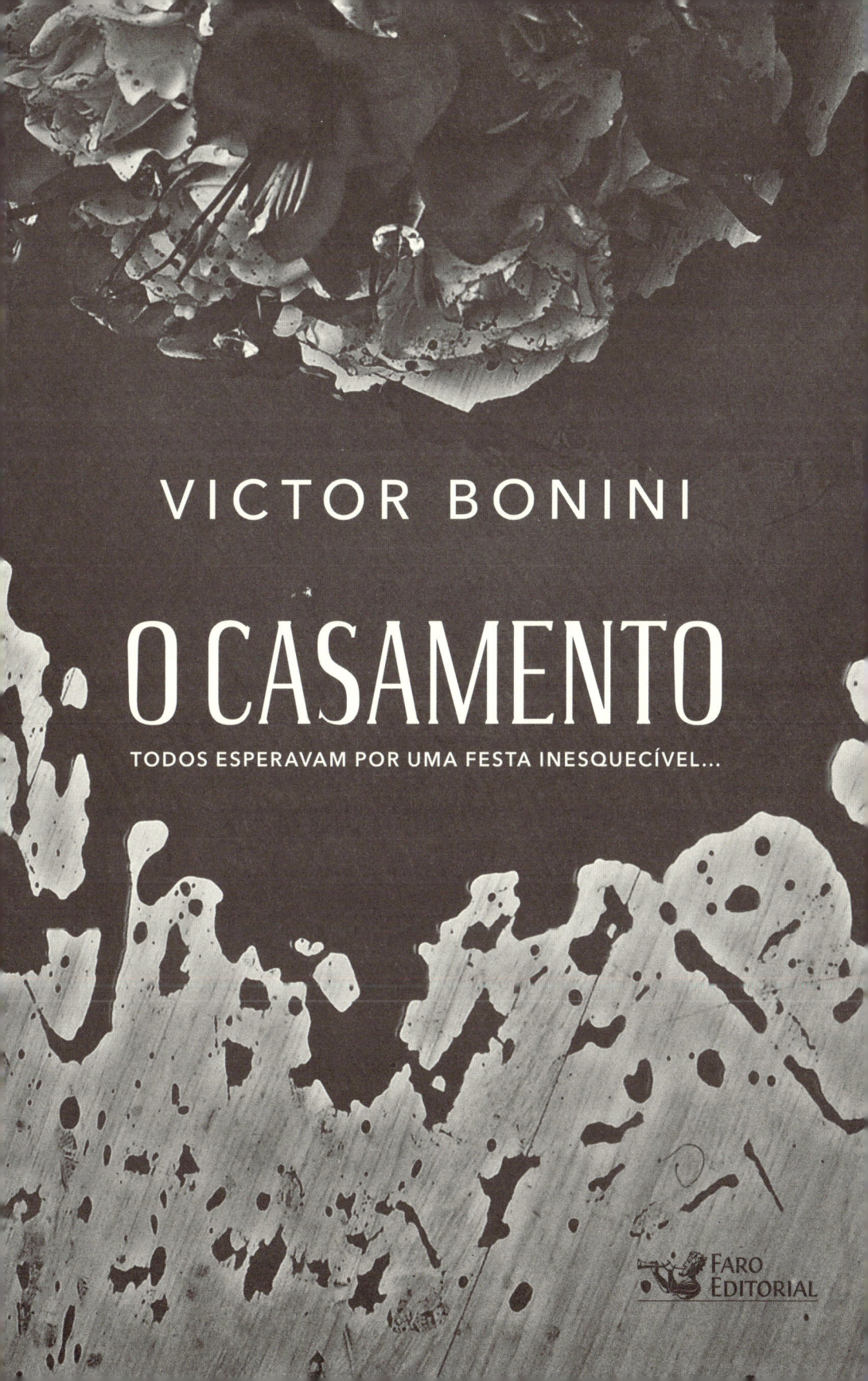

VICTOR BONINI

O CASAMENTO

TODOS ESPERAVAM POR UMA FESTA INESQUECÍVEL...

FARO
Editorial

Diretor editorial PEDRO ALMEIDA

Preparação TUCA FARIA

Revisão LUIZA DEL MONACO

Capa e diagramação OSMANE GARCIA FILHO

Imagens de capa e miolo GENTILLY DO NASCIMENTO COSTA

Dados Internacionais de Catalogação na Publicação (CIP)
(Câmara Brasileira do Livro, SP, Brasil)

Bonini, Victor
    O casamento / Victor Bonini. — 1ª ed. — Barueri :
Faro Editorial, 2017.

    ISBN: 978-85-9581-004-4

    1. Ficção brasileira I. Título.

17-06794   CDD-869.3

Índice para catálogo sistemático:
1. Ficção : Literatura brasileira 869.3

FARO EDITORIAL

1ª edição brasileira: 2017
Direitos de edição em língua portuguesa, para o Brasil,
adquiridos por FARO EDITORIAL

Alameda Andrômeda, 885 – Sala 310
Alphaville – Barueri – SP – Brasil
CEP: 06473-000 – Tel.: +55 11 4208-0868
www.faroeditorial.com.br

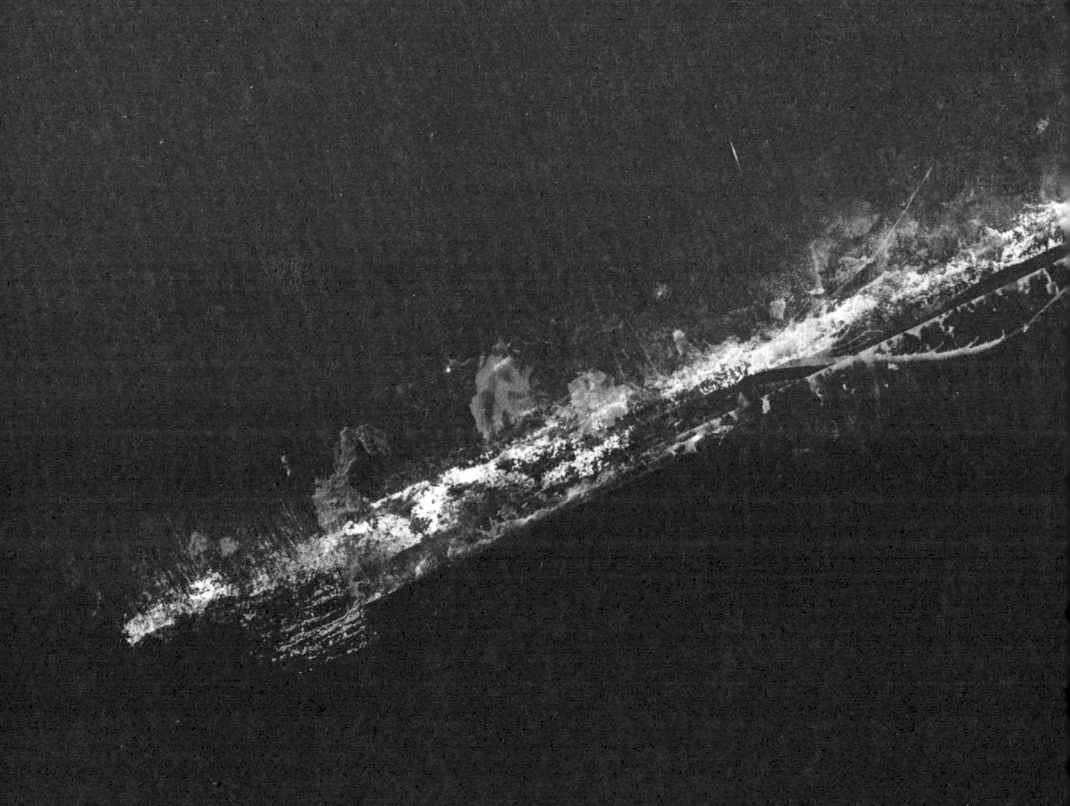

MULHER DE VÉU — *(com desprezo)*
Ah! Está com medo!
(irônica) Natural.
Casamento até na porta da igreja
se desmancha.

ALAÍDE — *(atormentada)*
Estou sentindo um cheiro de flores,
de muitas flores. Estou até enjoada.

Vestido de noiva, Nelson Rodrigues

OSCAR ALBERTO MIGLIONI

DEMÉTRIO SANTOS AMARAL

EDNA FERRAZ

CAMILA DE OLIVEIRA AMARAL

CONVIDAM PARA A CERIMÔNIA DE CASAMENTO DE SEUS FILHOS

Diana & Plinio

A REALIZAR-SE ÀS ONZE HORAS DO DIA 14 DE OUTUBRO DE 2017,
NO SALÃO CERIMONIAL DO HOTEL-FAZENDA CARDEAIS,
NA ESTRADA DOS ROCEIROS, Nº 13.000, MUNICÍPIO DE JOANÓPOLIS,

OS NOIVOS CONVIDAM A TODOS PARA PASSAR O FERIADO HOSPEDADOS
NO HOTEL, COM DIÁRIA A SE INICIAR NA NOITE DO DIA 11 DE OUTUBRO,
QUARTA-FEIRA, ATÉ O DIA 15 DE OUTUBRO, DOMINGO.

Sua Presença já está confirmada. Caso não possa comparecer, pedimos o favor de
nos avisar até o dia 14 de setembro, pois foram reservados
4 dias de hospedagem no hotel.

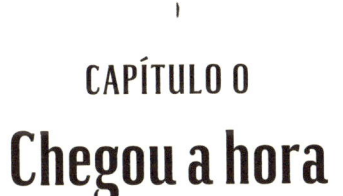

CAPÍTULO 0
Chegou a hora
DEZ MINUTOS ANTES DO CASAMENTO

Qualquer um na posição dela já saberia, àquela altura, que alguma coisa grave tinha acontecido. O que mais explicaria aquele atraso?

Fazia alguns minutos que esperava no banco de couro do Mercedes, e até agora nada. Ninguém pra abrir a porta e conduzir a noiva pelo tapete vermelho, ninguém pra ficar ao lado dela enquanto os convidados admiravam seu vestido, ninguém pra levá-la até o altar. Onde estava seu pai? A ansiedade não cabia no peito de Diana, que suava como se tivesse acabado de correr uma maratona. O ar-condicionado era tão útil quanto um sopro. Melhor abrir o vidro e deixar a brisa fria entrar. Diana tocou o olho e constatou que a maquiagem tinha borrado.

Onze e quinze. E ainda ninguém. *Calma. Respira.* Ela repetia mentalmente que tudo daria certo. Não tinha dado até agora? Então. Bastava controlar o nervosismo e manter os dentes à mostra. Afinal, era seu grande dia. Todos estariam esperando para vê-la.

Duas sombras se aproximaram do vidro e a porta se abriu. *Finalmente!* Diana animou-se ao ver os pais. Só que a alegria durou pouco, pois Edna e Oscar não retribuíram o sorriso. Havia horror nas fisionomias. Com um gesto firme, Edna impediu Diana de descer do veículo.

— Filha, nem tira a estola. A gente precisa v-voltar pro quarto. Eu... eu vou com você.

Diana ficou no meio do caminho, uma perna pra fora e outra pra dentro do Mercedes.

— Mãe, o que aconteceu? Fala. Você nunca foi de gaguejar.

Silêncio de funeral.

— Vocês estão me assustando... — Flashes em sua mente. — O Plínio não... Ele não fugiu?!

Oscar foi quem resolveu falar, num só fôlego, como quem arranca os pelos de uma vez para não doer:

— Diana, aconteceu um crime lá dentro! — E antes mesmo de amparar a noiva, que despencou com o choque, Oscar emendou: — Puta merda, eu preciso de uma bebida...

PRIMEIRA PARTE

A SOLENIDADE

CAPÍTULO I

Babosa

DOIS ANOS ANTES DO CASAMENTO

Festa de faculdade, mais de duas da manhã. Diana ainda tinha esperanças de que ele aparecesse. Claro que ele ia aparecer! Não era de furar. Logo, ele deveria entrar pela porta da balada, o rosto destoando naquela multidão de universitários bêbados — um lorde no meio de plebeus. Diana fingiria indiferença — *Nem passou pela minha cabeça que você não viria* —, e ele daria explicações sem se importar com a música alta: *É que você sabe como são os meus pais... Eles resolveram jantar em um daqueles restaurantes caros e diferentões que ficam longe pacas, sabe?*

Ele continuaria com as justificativas, ela balançaria a cabeça como quem pouco se interessa e depois, no ritmo da conversa, Diana introduziria *suas* histórias importantes. E como tinha histórias importantes para contar... Ela *precisava* contar. Além dele, quem mais as ouviria?

Só que até aquele momento, nada dele. *Droga.*

Diana se deu conta de que estava sozinha por tempo demais naquele balcão de bar. Precisava de companhia. As pessoas começavam a reparar. *Jura? Ela, sozinha? Tão linda e largada? Olha, não sei por que, mas não me surpreende.* Tinha que afogar aquilo. Pediu uma cerveja e já ia em direção à pista quando alguém esbarrou no seu ombro e o copo virou sobre a blusa — uma cachoeira amarela.

Gargalhadas em volta. Diana se encolheu de frio. Exalava o cheiro da bebida como se tivesse passado um perfume de Skol antes de sair de casa. Fragrância inigualável. *Eau de cevada.*

— Nossa, corre e acha uma piscina pra se jogar! — alguém disse ao lado, dando risada da cara dela.

— Não, tudo bem...

— É, tudo bem. Vê pelo lado bom: agora vão querer te pegar de qualquer jeito. Mesmo que seja só um bêbado atrás de breja.

Diana era oficialmente a mais otária de toda a festa. Uma veterana da universidade — *Ela deve conhecer muita gente, né?* —, uma das integrantes mais ativas da Associação Atlética — *Caramba, ela sabe direitinho quem é quem aqui dentro* — e a principal organizadora daquela festança que todo o mundo curtia — *E gatíssima, peitão, puta bunda, você já reparou que o olho dela é verde-claro?*.

Mas lá estava ela sozinha, a blusa encharcada e nenhum amigo para rir *com* ela. Apenas estranhos que riam *dela*. O melhor então era gargalhar junto — *Ria, ria agora!* — e esperar que parassem de encará-la. Missão cumprida. Então, tudo o que precisava fazer era se juntar a um grupo, puxar papo e dançar em alguma roda de pessoas que conhecia de vista, mas que trataria como velhos amigos. Faculdade não se resumia a isso? Era hora de fingir ser popular. E Diana era mestra nisso. Era o que fizera por todos aqueles anos.

Pegou outra cerveja no balcão e se aproximou de um grupo de jogadoras de handebol. Devia ter conversado no máximo duas vezes na vida com cada uma delas.

— E aí?

Atenção zero para Diana. As garotas continuaram ouvindo a história que uma delas contava como quem narra um milagre de Santa Bárbara.

— ... é seríssimo, porque, tipo, eu disse que não ia ficar com ele. Até aí, beleza, ele foi super de boa, saiu de perto e tal. Vocês sabem, ele é um fofo quando quer. Só que, velho!, do nada ele chegou com aquela *Regiane...*

Uh! Regiane, o Demônio.

— ... e ele começou a, tipo, passar a mão nela. E quando eu olhei de novo, ele estava pegando a mina bem na minha frente! Mano!

— Mas você já não tinha dito que não queria nada com ele? — Diana perguntou.

Foi a primeira vez que repararam na presença dela.

— Foda-se o que eu tinha dito! Você não entendeu nada do que eu contei, né? Nossa, menina, quem te chamou aqui?

Diana pôs a mão no peito. Agora era atenção mil para ela. Corou.

— Não, você entendeu errado. Desculpa, sério, eu *realmente* achei que você quisesse uma ajuda pra resolver o problema e... — Era só o que faltava: arranjar briga naquela situação. Diana foi em frente, tentando se justificar: — Pelo jeito, esse cara é um idiota, ele pegou a Regiane só porque você não tava a fim no dia e...

— É Diana seu nome, não é? Faz o seguinte: volta pro bar e joga mais um copo de cerveja na blusa. Quem sabe assim alguém consegue te engolir.

Outra garota pegou a deixa:

— Ah, e depois pula pelada na piscina. Não é esse seu esporte? Então pronto.

O que fazer numa situação dessas? Diana saiu de cabeça baixa. Voltou ao mesmo ponto onde pouco antes havia lamentado sua solidão. Olhou mais uma vez para a porta — a esperança de vê-lo entrando foi ao mesmo tempo boa e dolorosa.

Ninguém.

...e depois pula pelada na piscina. Não é esse o seu esporte?

Era sobre isso que Diana queria contar a ele. Eles confidenciavam tudo um ao outro, não? Então onde estava ele agora, justamente quando ela estava sensível e precisava contar sobre o episódio que a deixou conhecida em todo o *campus* como a sapatão ninfomaníaca?!

Diana bebeu todo o copo de cerveja de uma tacada só. O gosto na boca era mais azedo do que de costume.

E aí ela sentiu aquela mão grande e pesada pousar sobre sua cintura e puxá-la. Ao se virar, Diana ficou a poucos centímetros do rosto moreno daquele brutamontes que ela vira tantas vezes no time de basquete, mas com quem nunca trocara uma palavra. Isso porque ele parecia nem saber falar direito. Um orangotango. A julgar pela aparência, Diana não imaginava como ele havia conseguido passar no vestibular.

— Tá sozinha, gata?

Ele só pode estar de brincadeira. Diana virou o rosto para o outro lado. Um recado bem claro.

— Eu posso resolver os seus problemas. — Ele ergueu a sobrancelha. Sedutor. Seguro. Sensível. Os três *esses*. Só que não.

— Jura mesmo que você acha que esse xaveco vai colar?

— Você vai ver.

— Sério, eu *não vou* ver.

— Tá sozi...?

Ela o cortou bruscamente:

— Você tá vendo mais alguém comigo?

— Eu gosto de mina assim, bem direta.

— Tá, vou ser bem direta, então: eu não tô a fim. Nem de você, nem dessa conversa. Tipo, eu agradeço, mas não.

Ele ficou com o orgulho ferido, perdido por alguns segundos. Mas no fim das contas, aquilo acabou servindo para que o cara se sentisse ainda mais convencido.

— Você tá sozinha e molhada de cerveja, gata. Qual a sua chance se não comigo?

Ela fechou os punhos com tanta força que as unhas machucaram a pele.

— Seu... escroto! E a minha vida não é da sua conta!

Ele, na verdade, gostou de ser xingado e de ver as proeminentes maçãs do rosto dela corarem. Tocou nelas com delicadeza.

— Vai, assume que você não quer ficar sozinha.

Diana afastou a mão dele.

— Meu Deus, você é tão burro que não consegue interpretar um sinal! Zero de tato!

— Posso não ter um bom tato, mas preciso dizer que sou ótimo com as mãos.

Diana riu de nervoso.

— Você realmente acha que tá me seduzindo! Para, tá ficando feio.

Ele também começou a ficar impaciente. De repente, passou o braço musculoso e peludo em torno do pescoço de Diana e insistiu:

— Gata, vai ser mais fácil se você acreditar em mim e facilitar as coisas.

E cantou para ela uma parte da música sertaneja que tocava e que falava sobre um motel com vodca e banheira de hidromassagem. Diana sentiu nojo. Então, ele inclinou a cabeça prestes a forçar um beijo, mas ela logo se desvencilhou.

— Você tá louco?!

Ele apenas riu das maçãs do rosto ainda mais vermelhas.

— Quem você pensa que é? O Gaston?

— Que Gaston?

— Aff... Não me surpreende que você não saiba. Deixa. — Ela foi embora. Atravessou a pista de dança e procurou refúgio no outro bar. Pediu mais cerveja, apesar de sua consciência moribunda ter lhe dito que era melhor parar por ali.

De repente, foi agarrada de novo pela cintura. O toque foi mais agressivo agora.

— Gata, você não pode sair assim como se eu fosse um zé-ninguém.

— Porra, *você não entendeu*? Eu...

Ele a interrompeu com um beijo forçado. Ofensivo como um ladrão que furta uma bolsa e bate em retirada. Diana se assustou e reagiu dando um tapa no rosto dele. *Paft!* Os dedos dela ficaram marcados na bochecha morena.

— Sai de perto de mim ou eu chamo o segurança! — O ódio estava evidente em sua voz. Ódio por ter sido abandonada naquela festa, por ter se tornado piada na faculdade, por ter virado a espécie de mulher que é vítima de homens como aquele.

Mas só depois do tapa foi que Diana percebeu que poderia ter cometido um grande erro. A agressão só servira para atiçar aquele brutamontes. Conhecia essa laia: forte, bonitão e confiante. O cara que, se rejeitado, é capaz de machucar. Diana teve medo. Os olhos do rapaz se esbugalharam.

— Você tem merda na cabeça?! *Você me bateu!*

— Você... Você me beijou... — Ela tremia.

— Mina, você não tem noção do que fez.

Diana queria dizer de novo que ia chamar o segurança, mas não teve coragem. Mexera com o cara errado. Viu um monstro ainda maior dentro daqueles olhos negros. Ele foi avançando para cima dela, sua sombra como um tsunami prestes a destruir uma cidade. Diana pensou em correr, gritar, agredi-lo para ganhar tempo.

Mas não precisou. O brutamontes deu um passo para trás.

— Não grita. Calma. É que, velho, você me deu um tapa.

Ela precisou de um segundo para se certificar de que o tsunami não ia mesmo devastá-la.

— E você me beijou sem eu deixar! Isso é assédio — ela teve o cuidado de baixar o tom. Tinha medo de o Senhor Tsunami mudar de ideia.

— Tá, maus! Sei lá, é que eu te vi ali atrás e pensei que você não deveria ficar sozinha.

— Tudo bem, mas você fez tudo errado. Poderia ter me machucado ou... Ou...

Merda. Aquela reviravolta emocional fez a cerveja dançar no estômago. Diana deu as costas para o jogador de basquete e saiu correndo da festa, se esfregando no suor de quem estava no caminho, o que só piorou o enjoo. Ela iria vomitar a qualquer minuto.

Conseguiu segurar até o jardim. Lá fora, ao lado da área de fumantes, relembrou todo o jantar e os seis copos de cerveja. Depois, despencou ao lado da planta toda batizada de vômito, os olhos vazios fixos nos espinhos de uma folha. Ficou torcendo para que ninguém a tivesse visto. Seus olhos se encheram d'água.

— Você tá melhor?

Diana deu um pulo de susto.

— Puta merda, você não desiste?!

— Calma, eu vim ajudar.

— Você ajuda indo embora! Vai lá aumentar a lista de meninas que você estuprou e não me enche!

Mas ele não conseguiu mover os pés. As lindas maçãs do rosto que o tinham instigado alguns minutos antes agora estavam apodrecidas, enrugadas, sujas. E cheiravam a vômito.

— É que você tá bêbada... E sozinha... — Ele olhava para os lados como se as plantas pudessem lhe soprar uma solução. — Quer que eu vá chamar alguém?

Quem? Essa era a pergunta que Diana vinha se fazendo por todos aqueles anos de faculdade. Quem ela chamaria se um dia desse um PT e precisasse de alguém para cuidar dela?

— Não precisa chamar ninguém. — Diana preferiu se fazer de difícil. — Eu me viro. Vai embora.

Mas ele continuou ali, cravado na grama.

— Gaston é o cara da *Bela e a Fera*. Eu não sou burro. E eu não sou o Gaston. — O jogador tentou fazer Diana olhar para ele. Não conseguiu. Ela se recusava a desviar os olhos da planta. — Não precisa ter vergonha, isso acontece... Mas alguém precisa te levar pra casa.

— Não vai ser você.

— Por que não?

— Quem me garante que você não vai tentar terminar o serviço que começou no bar durante o caminho?

Ele abriu e fechou a boca três vezes antes de desistir. Estava prestes a dar tchau quando reparou que ela estava de olho num grupo de estudantes de medicina a alguns metros dali.

— Você conhece aqueles caras?

— Não. E lembra que eu te disse antes que a minha vida não é da sua conta? Então.

— Eu só ia dizer que o cara do meio é gay. Não ia adiantar você tentar a sorte ali.

— Nossa, quem falou que eu ia tentar sorte com alguém?! — Finalmente ela olhou nos olhos dele. — E você acha que tem direito de ter ciúme de mim?

— Quem falou em ciú...

— Sério, some daqui! — E Diana voltou a encarar apenas a planta. Ela ouviu os passos dele se distanciando. E começou a chorar.

Choro que logo passou quando os passos voltaram.

— Eu trouxe papel. Pra você, sei lá, limpar a boca. Achei que fosse precisar.

Sem dizer uma palavra, Diana esticou o braço, pegou os lenços da mão dele e passou nos lábios.

— Olha, se você quer tanto ajudar — ela falou, baixinho —, senta mais pra cá. Não, aqui, na minha frente. Não quero que eles me vejam assim.

O rapaz obedeceu, inseguro. Nunca tinha precisado cuidar das mulheres que pegava nas festas. Geralmente, elas passavam mal *depois* da atuação dele. Diana, porém, deixou escapar um sorriso — que logo desfez, claro. *Engraçado como ele é obediente.*

— Você... não prefere olhar pra mim?

— Olhar pra quê?

— É que tá bizarro, você fica conversando com a planta...

— Porque eu tô bêbada. E suja. Você não entende.

— Desculpa.

No fim, ela acabou cedendo. Sentou-se direito e mirou-o nos olhos, como ele queria. Barba por fazer, olhos negros. *Rosto bonito.* Apesar de ter sido agressivo até então, ele tinha um quê de ingenuidade que Diana quis explorar.

— Pronto, feliz agora?

— Bem melhor. Pera aí... Eu sei quem você é.

Só assim, debaixo das lâmpadas, ele a reconheceu.

— Muita gente sabe quem eu sou. E, ainda assim, consigo afastar as pessoas.

— Você é a menina que nadou com a minha irmã.

O rosto de Diana ficou da cor de um pimentão.

— Eu sou irmão da Vanessa — ele completou.

Diana petrificou. E aquelas lágrimas, já secas, voltaram todas de uma só vez.

— Esquece, não precisa mais ficar aqui, pode ir embora.

— Não, eu... — O que dizer?

Ficaram em silêncio por alguns instantes. Nenhum dos dois sabia como reagir.

— Bom, parabéns. Você acabou de conhecer a famosa sapatão ninfomaníaca.

— Olha, falando sério, se eu conheço bem a minha irmã, sei que foi ideia dela. A Vanessa tem merda na cabeça.

Diante desse lapso de compreensão — ele foi o único, desde aquele fatídico dia, a lhe dar espaço para defesa —, Diana sentiu uma urgência de se explicar.

— A gente nem tocou uma na outra! Saíram por aí dizendo que eu e ela transamos na piscina, mas não é nada disso!

— Calma, eu imagino. Já disse, a minha irmã é uma retardada. Foi na quinta-feira passada, né? No dia da cervejada?

— Foi! — Diana falava com pressa, engolindo as sílabas. — Ela chegou, eu nunca tinha visto aquela menina antes. Ela foi supersimpática comigo quando eu precisava que alguém me ouvisse. O cara que eu esperava que pudesse me ouvir... Enfim, ele não tava comigo. Ela disse que também precisava desabafar por causa do pai dela e não conhecia ninguém naquela festa. E aí a gente ficou conversando sobre as nossas vidas e tomando cerveja. A menina foi, tipo, o melhor ombro amigo, e aí a gente ficou bêbada e ela veio com aquele papo de se soltar e mostrar pro mundo que a gente pode se rebelar e... A piscina tava logo ali, era meia-noite...

— Eu meio que te devo uma desculpa. Fui eu que levei a Vanessa pra cervejada.

— Mas também, deixa. Sei que a intenção dela não foi me transformar numa piada.

— Piada nada. A galera deve te respeitar, mano. Você é bonita pra cacete.

— Você viu alguém me respeitando no caminho do bar até aqui? — Ela preencheu o vazio com fungadas. — Seu nome é Plínio, não é?

— É.

Diana cruzou as pernas como um índio. Enxugou o rosto — as maçãs do rosto novamente vermelhas. Alguma coisa dentro de Diana parecia ter se resolvido. Como se a solidão, o episódio trágico e o vômito na planta tivessem lhe causado uma epifania.

— Eu tava um caco naquele dia — ela começou a falar, mas depois recuou: — Esquece, você provavelmente não quer ouvir.

— Eu quero sim! Fala aí.

— Não prefere voltar lá pra dentro e abusar de mais algumas bêbadas? Ele se ofendeu.

— Mas eu não abuso de ninguém de propósito, eu...

— Não, bobo, é brincadeira. — E, então, continuou: — Meu sonho sempre foi estudar fora e mudar de país. Já sei o que você vai falar: "Nossa, Diana, que sonho original, quase ninguém quer isso, você é a diferentona."

Ele riu.

— Você faz relações internacionais, né?

— É. Um curso bem mais ou menos, na real, mas eu sempre me planejei pra fazer o último ano fora. Nos Estados Unidos. É um sonho meio infantil, mas possível. Sabe quando você planeja tudo, absolutamente tudo? Terminar a faculdade lá fora, trabalhar numa multinacional... Eu já sabia até quais empresas tentar. Sabia as datas de inscrição pros programas de estágio e *trainee*. Fiz o exame de proficiência em inglês. Sabia qual a documentação pro visto, tinha tudo separadinho, e aí... Aí acabou. Semana passada saiu o resultado da minha inscrição. Não me aceitaram porque disseram que faltou experiência na *parte social*.

— Que porra é parte social?

— Foi exatamente o que eu perguntei! Nossa, eu quis morrer! Disseram que é tipo trabalho voluntário ou indicações de amigos e professores. E a faculdade não me ajudou em nada, e aí deu nisso. Eu não vou.

Dessa vez, Diana não chorou. Falava de si mesma como se contasse a história de algum personagem.

— Tudo o que eu tinha planejado foi pro espaço. E a gente é pobre, minha família não pode pagar nem uma viagem pro Guarujá. Então é isso: fim. Fui afogar as mágoas com cerveja e encontrei a sua irmã, que reclamou que, mesmo depois de adulta, continua apanhando do pai.

Diana terminou a narrativa com um suspiro.

— Valeu por ter me ouvido. Eu precisava disso.

— Dá nada. Eu... — Plínio colocou a mão no ombro dela e massageou sua pele macia.

Diana podia jurar que ele estava a um passo de passar a mão no peito dela, de pedir alguma baixaria como recompensa por tê-la escutado durante todo aquele tempo. Mas ele recolheu o braço e disse:

— É melhor você ir embora.

Plínio a ajudou a se levantar e deu um tapinha nas costas dela. No rosto, um meio sorriso, como se dissesse *bom, é isso, a gente se encontra por aí*. Diana também sorriu.

— Sabe o que é engraçado?

— O quê?

— Eu vomitei numa planta que se chama babosa.

Plínio rachou de rir, a risada de quem vê um capote ao vivo. Diana achou graça da reação dele e gargalhou no mesmo tom. Os dois pareciam contentes como se a noite tivesse sido perfeita, lotada de risadas e danças, e não marcada por um beijo abusivo e uma poça de vômito no jardim.

— Mano, agora sempre que eu vir essa planta, vou lembrar de você — disse ele.

— É fácil de achar. São essas folhas longas com espinhos. Pronto, sou eu!

As risadas foram cessando. O assunto acabou.

— Bom, é isso. Valeu por ter ficado aqui fora comigo, Plínio.

— Não por isso.

Então, Diana tirou um anel do bolso e colocou-o no dedo anelar direito.

— Opa! Se você tivesse colocado isso no dedo antes, eu não teria nem chegado perto.

— Eu não namoro. Não sirvo pra ficar muito tempo com uma pessoa.

— Então só usa anel pra espantar caras tipo eu?

— É, tipo você.

— E por que você não tava usando hoje?

— Porque eu não ia precisar. Tava esperando alguém.

— Ah...

Um timbre de ciúme naquele "Ah..."?

— E você ainda tá esperando esse cara?

Ela negou com a cabeça.

— Chega de esperar. Agora é melhor eu focar no curso e terminar logo a faculdade. Quem sabe não pinta alguma coisa no exterior depois de formada? — Mas Diana sabia que sua esperança era tão real quanto uma fábula de Esopo.

— Se te consola, você pelo menos é decidida.

— Como assim? Você não é?

— Nem ferrando. Sou perdido pra cacete. Eu... eu tô pensando em largar a faculdade.

— Ah, que droga... Por quê?

— Sangue.

— Como assim, sangue?

— Sangue me incomoda. E eu faço medicina.

Ela riu daquela mesma maneira inesperada que ele.

— Você só pode estar de sacanagem! Só depois de ter feito de tudo pra entrar numa faculdade de medicina foi que você percebeu que não suporta ver sangue?

Plínio esboçou um sorriso, mas confessou, com certo incômodo:

— É que grande parte da decisão de fazer medicina nem foi minha.

— Puxa... Desculpa.

— Não, sussa. Do jeito que você falou, pareceu meio doido mesmo. Mas tem outra coisa: todo o mundo me dizia que os médicos se acostumam com o sangue. Pensei que ia ser igual comigo.

Eles vagaram pelo jardim. Não tinham rumo.

— Caramba, os caras do basquete. Eles vão me matar por abandonar a facul bem no meio do campeonato... Que bosta.

— Os caras do *basquete*? Largar a faculdade é uma decisão megadifícil e delicada e as pessoas estão pensando num jogo?

— Nem todo o mundo é igual a você.

— Sabe o que você faz? Manda todo o mundo vomitar na babosa.

— Eu deveria fazer isso mesmo. — Depois, ele ficou sério. — Mas não posso dizer isso pro meu pai.

— É... Até porque, pelo visto, ele é dos que batem.

Ficaram quietos, os olhos perdidos no céu escuro.

— Querendo ou não — Diana recomeçou —, você me ajudou a, sei lá, não afogar a cara na babosa hoje. Então acho que posso te ajudar a enfrentar seu pai. E assim a gente vai se ajudando. Que você acha?

— Depende. Você vai parar de usar esse perfume de breja? Só de ficar do seu lado eu já to ficando bebaço.

Era uma piada ruim, mas Diana gargalhou mesmo assim. Ela estava com vontade de rir.

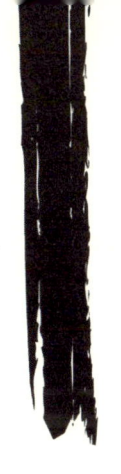

CAPÍTULO 2

A ameaça e o segredo

DOIS DIAS ANTES DO CASAMENTO

I

Um bilhete com uma ameaça de morte!

Naquele jantar da antevéspera do casamento, Conrado Bardelli se mantivera ausente da conversa com seus dois colegas de mesa. Só um risinho simpático, um chacoalhar da cabeça — o jeito Glória Kalil de socializar com pessoas que você nunca viu na vida. Um verdadeiro tédio. Até que o tal Emílio, irmão do noivo, citou o episódio:

— A única coisa que eu sei — confidenciou ele, com um meio sorriso de quem finalmente fala do que interessa — é que a Edna, a mãe da Diana, recebeu um papel com uma mensagem escrita à mão: "Vou te matar." Sei lá, acho que era isso o que dizia. Tipo, eu não cheguei a ver.

A japonesa bonita ao lado de Bardelli estava adorando.

— E como você ficou sabendo?

— Tenho meus contatos, amore.

Ela riu. Conrado Bardelli não queria desviar a atenção do que interessava. O bilhete com ameaça. Foco. Tinha motivos para pensar que aquilo não era apenas uma piada.

— Que coisa louca esse bilhete — Conrado se fez de sedento por notícias. — E quem enviou?

— Claro que ninguém sabe. É o que deixa tudo mais interessante. Falaram que deve ter sido uma criança (tem um demônio aí, filho de alguma Maria-Mãe-Jovem, que virou suspeito), mas como você vai culpar uma criança? Tipo, é meio sem noção. Quem sabe realmente não matam a Edna? — Emílio riu com a língua no meio dos dentes. — Um pouco de sangue num feriado chato desses...

Conrado fingiu achar a maior graça.

— Você acha possível? — perguntou num tom dúbio entre divertido e sério. — Um criminoso aqui no meio da gente... Você acha possível?

Talvez Emílio mordesse a isca.

— Meu caro Lyra... É Lyra, não é? — Ele fazia questão de usar e abusar do apelido de Conrado Bardelli, agora que o conhecia. — Já ouviu dizer que casamentos deixam as pessoas loucas? Vi num site esses dias. Comprovado com pesquisas: enlouquece. Mas também, imagina montar um musical da Broadway por um dia só. O elenco é formado pelo seu pai, sua mãe, sua prima (de quem você nem gosta tanto, mas tem que entrar com as alianças) e o cara que você vai ver na sua frente pro resto da vida. Com o Plínio e a Diana é pior, porque ninguém aqui é rico. Pelo contrário. Aqui é classe média baixa, meu caro Lyra. E a minha família, diga-se, tá cada vez mais pobre desde que o tenente-coronel se aposentou. Então não rolou essa de contratar assessora de casamento, eles fizeram tudo na raça. Lamento, mas não dá pra culpar quem enlouquece. E *neste lugar*, excepcionalmente, tem tanta gente louca por metro quadrado que eu imagino que tudo seja possível.

Tudo o quê?, Conrado quis perguntar para que Emílio desembuchasse o que sabia. Mas as risadas, as bebidas, as garfadas, tudo abafou os boatos. Voltaram a jantar como três estranhos que eram. Tratava-se do primeiro jantar que reunia os convidados do casamento. Era noite de quinta-feira — a cerimônia do casamento seria no sábado. Às outras mesas, as pessoas batiam papo, algumas se reencontrando, outras se conhecendo. E os três ali, com feições de jogadores de pôquer.

Justiça seja feita: a japonesa bonita bem que tentava puxar conversa. Apesar de, como Emílio, ter um toque de cinismo, ela era mais agradável. Conrado simpatizou. Só que quando finalmente engrenavam num assunto, Emílio interrompeu de novo. Só ele deveria ser ouvido. O dono das conversas.

— Por que mesmo te chamam de Lyra?

Conrado Bardelli odiava ser dissecado em público.

— É só um apelido de faculdade.

— Vem de onde? Tem alguma a coisa a ver com essa sua barba?

Era a marca de Bardelli: castanha, cheia, de uns três dedos de comprimento. Dificilmente combinaria com um homem de seus quase cinquenta anos. Mas nele caía bem. Dava uma elegância não óbvia junto com o blazer.

— Nada específico.

— Ah. Não tem uma história por trás? Jura que é só um nome bonito, só isso? Porque se é, não sei se deu certo. *Eu* não acho um nome bonito.

— Não é um nome bonito. E sim, é só isso. — Conrado esboçou um sorriso rápido, como se dissesse *e vamos parar por aqui.*

— Pra que tantos nomes? Só servem pra confundir. Eu não sei se te chamo de Lyra, de Conrado, de Conrado Bardelli, de Bardelli...

Poderia não me chamar de nada e comer o seu jantar.

— Você é advogado da família da Diana? Foi o que me disseram.

— Eu sou, sim, advogado. Mas só amigo da família. Estudei na faculdade com o Oscar, o pai da Diana, antes de ele largar o curso.

— Ah, me deixa adivinhar — Emílio se intrometeu de novo. — Foi o Oscar que te apelidou de Lyra!

— Não.

— Poxa, isso é frustrante...

Silêncio constrangedor.

— E você é a...? — Emílio apontou para a moça.

— Lucy Liu. Só que japonesa. — Risadas. — Meu nome é Carmen.

— Ah, sabe que agora eu me lembrei de você daquele churrasco de noivado? Você é a tal amiga de infância da Diana, não é?

— A gente estudou na mesma escola. Quer dizer, *ela* estudou. Eu só copiava a lição. — Lucy Liu fanfarrona. — Brincadeira, tá, gente? Eu sou formada. Juro.

Conrado acompanhou com as risadas — *Há-há-há, estamos nos divertindo, fazemos parte desta festa!* —, e aproveitou para dar uma boa olhada na mulher que falava. Ela podia ser descontraída com as piadas, mas com a aparência dava a impressão de ter o rigor de um coronel. Devia frequentar academia umas cinco vezes por semana para manter as pernas durinhas que se revelavam sob o vestido — de um verde-floresta que combinava com os olhos, como se criteriosamente escolhido —, assim como os peitos firmes sob o decote. Baixinha? Dá-lhe salto para parecer mais alta. Os cabelos pretos caíam lisos na altura do pescoço.

— Você não via a Diana desde quando, Carmen?

— Nossa, *anos.* Eu só a reencontrei faz, tipo, alguns meses. Foi pouco antes de ela e o Plínio ficarem noivos. Megacoincidência.

E após uma breve explicação sobre como Diana e Carmen perderam contato, Emílio partiu para mais um de seus cortes:

— Ou seja, olha só que interessante: me colocaram à mesa com uma estranha que foi amiga da noiva e um estranho que foi amigo do pai da noiva. Isso é... *bizarro!*

E riu mais do que deveria. Conrado teve dúvida se Emílio era um completo desequilibrado ou um sarcástico com pouquíssima sutileza. Reparou no cabelo propositalmente desarrumado, a beleza de uma torre de Pisa que, mesmo torta, atrai suspiros. A pele morena e sem falhas, lambuzada de algum creme. Os óculos *hipsters* de armação grande e prateada — será mesmo que ele precisava de óculos ou usava só para compor o visual? Era um rapaz bonito e jovem demais para sofrer de crises de ironia que mais combinavam com um velho rabugento.

Lyra, então, não se segurou e resolveu que era hora de Emílio receber sua cota de sarcasmo:

— Você é o irmão do noivo?

— Sou.

— E é também padrinho, se eu... me lembro bem? Poxa.

— Você deve estar se perguntando por que estou nesta mesa com vocês.

Conrado ergueu as mãos e deixou a pergunta no ar. Carmen teve vontade de rir. Emílio mudou o tom da conversa. Agora estava na defensiva, apesar de ainda se fingir intocável.

— Sabe o que é? Meu irmão e a Diana adoram essa zoeira — e riu como se os noivos tivessem acabado de contar uma piada.

— Eles viram graça nisso?

— Quer saber a verdade? O Plínio, na real, tem motivos pra me odiar. — E deu de ombros. — Como se só ele fosse vingativo...

As luzes se apagaram. Gritos entusiasmados. A morena que subiu no tablado já pegou o microfone e começou a falar antes mesmo de chegar ao centro, onde havia um feixe de luz. No rosto, a expressão de quem tem pouca paciência para formalidades.

— Galera, seguinte: as despedidas de solteiro e solteira já foram... Sabia que os velhos iam ficar assustados. — Ela fez cara de impaciente, os olhos pra cima. — Mas, gente, o que seria desta festa e da de amanhã sem um pouco de *sex appeal*? Então eu vou falar rápido pra gente começar.

— Senhoras e senhores, essa é minha linda e educada irmã — Emílio informou aos companheiros de mesa.

Conrado Bardelli já imaginava. Vanessa. Irmã de Plínio e madrinha. Ela pediu uma salva de palmas aos noivos. A voz embargada deu a entender que muito álcool já tinha sido ingerido. Depois, as mais de cem pessoas ouviram o discurso mal ensaiado de Vanessa sobre o amor no século XXI. Sexo e independência, senão divórcio. Se isso se encaixava com a situação de Plínio e Diana? Pouco importava. Vanessa não estava a fim de falar muito — e Lyra agradeceu por isso. Era uma péssima oradora. Ela finalizou dizendo que perdoaria Diana se a noiva, no final, se divorciasse do irmãozinho dela — o que causou uma onda de risos forçados — e pediu mais aplausos *aos pombinhos*, que se levantaram, três mesas à direita de Lyra, e compartilharam um beijo nada tímido.

— Nossa, casal, guarda um pouco pra lua de mel. E depois vocês vão ficar casados pelo resto da vida, tipo...

O noivo articulou um *não enche o saco* bem-humorado.

Um brinde!

E então, passados os aplausos, Vanessa anunciou que era hora da festa. Ela se virou para o DJ e pediu funk. Lyra ficou se perguntando se ela teria se oferecido para fazer aquele discurso apenas para poder empurrar funk goela abaixo dos convidados no fim.

— Ela é mesmo um amorzinho — comentou Emílio. — É melhor eu ir conter essa santa antes que o meu pai comece o escândalo mais cedo — e saiu sem terminar de comer.

Lyra e Carmen foram abandonados à música cada vez mais alta. Ela, de repente, começou a rir.

— Meu Deus, essa música diz mesmo o que eu acho que ouvi? Gente! — E gargalhou.

Lyra bem que quis se retirar como fizera Emílio. Mas precisava ficar ali. Tinha um assunto sério a tratar com alguém...

II

Tomou uma, duas, três taças de vinho. *Cadê ele?*

Enquanto esperava, Conrado pôde reparar em três coisas.

A primeira era que a maioria dos convidados detestava funk e que havia sido uma decisão *muito* errada escolher aquelas músicas para abrir a festa. Aparentemente, só Vanessa estava se divertindo. E talvez por causa do álcool.

— ACHO! QUE! EU! VOU! LÁ! COM! ELES! — Carmen gritou para ser ouvida.

— TÁ! BOM! — respondeu Lyra.

Ela foi para a pista rebolando. Deu um beijo na noiva e tentou dançar. *Tentou.* Outros convidados estavam na mesma situação: mexiam o corpo como se aquilo fosse dança. Vergonha alheia. Resultado: em vinte minutos, mais da metade dos presentes foi embora para os quartos.

Vendo as mesas se esvaziarem, Conrado Bardelli decidiu migrar para uma mais longe, onde a música só ensurdecia em vez de enlouquecer. E aí ele chegou à segunda conclusão: naquele canto, à meia-luz, ficava praticamente invisível ao restante dos convidados. Dali podia observá-los como um biólogo que vai à selva e examina os animais atrás de uma moita. Assim, reparou em cada detalhe, em cada pessoa.

Viu um casal de namorados — ou seriam marido e mulher? — brigados à mesa ao lado da pista. Deviam ser padrinhos. Um rapaz forte, alto, de topete e com cara feia. Cara de decepção. À sua direita, também sentada, uma mulher de óculos e olhos furiosos parecia capaz de esquartejar alguém. Lyra brincou de adivinhar o motivo da briga. Ele teria cantado outra? Discutido com alguém da família? Ou eles teriam terminado em pleno casório?

Conrado passou para outros convidados. Os que estavam na pista de dança deviam ter no máximo trinta anos. Garotada numa festa. Bebidas. Rebolados. Beijos. Risadas. Mãos bobas. Caretas. *Não são tão diferentes dos animais que um biólogo observaria.* Conrado riu da própria piada.

Fez, então, sua terceira observação, aquela que repercutiu insistentemente em sua cabeça.

O que tem de errado com esse casal?

Sim, os noivos, Diana e Plínio. Seria o jeito como se agarravam, como dançavam com os corpos grudados? Não. Os beijos frequentes? A forma quase selvagem como Plínio agarrava sua futura esposa e lhe roubava carícias? Tampouco. Era alguma coisa no *olhar* deles. Como se... faltasse algo. Ou sobrasse. Aquele olhar constante, feito hipnose... Incomodava. Talvez fosse só impressão.

Lyra viu quando a bêbada Vanessa agarrou Plínio e dançou com ele de uma forma, pode-se dizer, para maiores de dezoito anos. Sim, com o próprio irmão. Para provocar Diana, claro. *Ai, que piadista!* A noiva abriu um sorriso que deve ter convencido a todos, mas não Lyra. Um sorriso cem por cento teatral. Diana já não parecia ter gostado do discurso de Vanessa havia pouco. E agora...

Outra coisa aconteceu: alguém se levantou de uma das mesas bem nessa hora. Um senhor num terno verde-escuro. Pelos traços e cor de pele, devia ser pai de Plínio, Emílio e Vanessa. E não estava nada contente com aquela brincadeira de esfrega-esfrega entre os filhos. O pai cruzou os braços, sem desviar o olhar duro. Fez menção de avançar até a pista, mas foi impedido por outro homem que surgiu de repente à sua frente e o puxou pelos ombros, oferecendo um copo de uísque. O recém-chegado tinha seus quase cinquenta anos, cabelos meio grisalhos, meio loiros. Estampava animação no sorriso e nos olhos azuis. Um gringo de rosto, um americano, um alemão, talvez; mas não, ele falava português, era brasileiro legítimo. Trocou meia dúzia de palavras com o pai do noivo e o convenceu a beber uísque em vez de esquentar a cabeça. Aí, os dois se sentaram.

A fera havia sido contida. Mais uma missão bem sucedida de Oscar Miglioni.

Lyra sabia o efeito que Oscar causava nas pessoas. Como seu colega de faculdade — quanto tempo antes, vinte e cinco anos? —, o próprio Lyra já tinha sido acalmado pelo ânimo inebriante de Oscar. Nessas horas, ninguém no mundo era mais gentil e atencioso.

Precisa de alguém para evitar uma briga? Manda o Oscar.

Precisa de alguém para acalmar um marido traído? Manda o Oscar.

Precisa de alguém para impedir que um pai invada a pista de dança e bata nos filhos? Manda o Oscar.

Fato: ninguém conseguia usar a bebida para finalidades tão nobres quanto ele.

— Só não fica bêbado, Oscar, por favor... — murmurou Lyra para si mesmo, memórias ruins voltando à mente.

A música na pista de dança mudou. Do funk, migrou para as batidas pop dos anos noventa. Spice Girls. Um salto abrupto, mas que agradara à maioria. Vanessa era a minoria. Estava no ouvido do DJ, e Conrado apostava que ela pedia a volta dos batidões. Os convidados curtiam. Enfim, uma festa. E, no meio deles, os noivos dançavam lentamente, a cabeça de Diana encostada no ombro de Plínio. Pareciam metidos numa bolha. Conrado Bardelli sentiu-se um idiota por ter pensado que haveria algo de errado com eles. Já estava esquecendo esse assunto quando:

— Você também acha que esses dois formam um casal estranhíssimo?

III

Lyra se assustou mais com a coincidência do assunto do que com a aparição relâmpago de Carmen. A japonesa se sentou ao seu lado à mesa nova e contemplou Conrado Bardelli como se cheirasse boas aventuras.

— Fiquei de olho em você enquanto você tava de olho nos outros. E aí, como se sente?

Lyra sorriu e chacoalhou a cabeça.

— Meus parabéns, porque eu nem tinha te visto aí.

— Interessado nos pais e nos noivos? — Acentuou o sorriso e colocou uma garrafa de vinho sobre a mesa. — Achei que você estaria atento demais pra pegar outra rodada.

Ele fez uma cara de admiração.

— Garrafa inteira?

— Ah, o garçom ia demorar demais pra vir servir as taças.

— Tantas assim?

— Não me diz que você vai parar de beber só porque eu apareci!

Lyra pegou a mão dela e beijou em agradecimento.

— Nossa, um cavalheiro? Só não deixa a sua esposa ver.

— Esposa? — Mas não completou o raciocínio. Deixou no ar.

— Faz o tipo enigmático. Você deve ser o maior sacana.

— Ih, caramba, eu sou exatamente isso.

Ao rir, ela revelou covinhas nas bochechas.

— Agora, me conta: qual é o segredo? Não tenta me enganar, eu vi como você tava olhando pra eles na pista.

— Segredo nenhum. Mal e mal consegui disfarçar essa minha espionagem à la 007... Conta você. Certeza que tem algum segredo.

— Claro que tenho um segredo! — Ela botou a mão no peito, como se ofendida. — E você também, e todo o mundo nesta festa. Inclusive a Diana e o Plínio.

— Abre o jogo de uma vez — Lyra disse sem olhar para Carmen, um sorriso no canto dos lábios. — Por que você falou que os dois estão estranhos juntos?

— Porque você estava de olho neles.

— Vai se fazer de difícil? Faz assim: você conta primeiro e depois eu conto.

— Não. — Ela ergueu o dedo. — *Você* conta primeiro e eu depois.

Lyra serviu o vinho na taça de Carmen e então na sua própria.

— Eu só tava reparando nos olhares. Parece que tem alguma coisa no ar entre eles. E ficam nessa transmissão de pensamento em que um parece que tá esperando o outro falar primeiro. Entende o que quero dizer?

— Nossa, não.

Lyra terminou de de servir o vinho. Carmen agradeceu com um beijo na mão dele. Lyra fez uma careta.

— E não me diga que você é machista. Beijou a minha mão, eu beijo a sua.

Ele deu de ombros.

— Bom, por nada, donzela. Agora é a sua vez, qual o seu segredo?

— Não, nem vem. Você não explicou nada com essa sua história de transmissão de pensamento.

— Não é tudo que a gente percebe que dá pra explicar em palavras, ué. — Ele girou o vinho dentro do copo, brincando com as gotas que escorriam nas bordas. — Que engraçado. Já percebeu que esses filetes nunca escorrem pela parede do copo do jeito que você quer? Imprevisíveis. Chamam isso de lágrimas do vinho. — Desviou o olhar do copo e o cravou em Carmen. — Isso te fez pensar em algo?

— Eu não viajei tanto assim. Falei que acho os dois estranhos juntos só porque, pra mim, esse menino é meio bizarro. Tipo, o Plínio parece ser um amor, ele é todo quietinho, louco pela Diana e, meu Deus, que músculos! Mas na hora em que você conversa com ele... Ai, eu não sei. Meio aéreo. No dia em que conheci, por exemplo...

— O que aconteceu?

— Dei a maior bola fora. Confundi o Plínio com um ex da Diana e, olha só, eu o chamei pelo nome do outro. Retardada. Mas acredita que ele nem se ligou? Ou se percebeu, não deu a mínima, porque ficou com cara de bobo. Não foi muito normal. Eu acho que...

A música explodiu nas caixas de som. Sertanejo universitário.

— AH! NÃO! VAMO! EMBORA! LYRA!

— TÁ!

— VAMO! CONTINUAR! ESSA! CONVERSA! NO! LOUNGE!

— TÁ!

Eles atravessaram o salão até a porta dupla e se retiraram para a antessala, que era forrada por carpete e continha mesinhas baixas com poltronas. Ao fundo, um pequeno balcão com bebidas e café. O único garçom pegava o pedido de um casal. Lyra e Carmen se sentaram.

— Puta merda, que alívio! Como eu odeio sertanejo — disse ela, jogando-se na poltrona.

A senhora de rosto comprido à mesa ao lado aproveitou a deixa para dar sua opinião:

— Ah, mas eu saí de lá antes de ficar surda! Pra que um som alto assim? Né, Gurgel?

O tal Gurgel concordou. Estranho seria se ele *não* concordasse — tinha a aparência de um lorde desconfortável em meio aos plebeus. Era um homem corpulento e de cabelos grisalhos.

— A senhora saiu antes? — Carmen tocou no braço da vizinha de mesa. — Sorte a sua, porque agora piorou. Começou música de corno.

A *lady* ficou incomodada com a palavra *corno*, mas feliz por ter encontrado uma companheira de reclamações.

— Eu já não aguentei quando tava tocando aquela música de favelado. O Gurgel nem pode ficar ouvindo música alta assim.

— Não é nada disso, Sandra... — Ele se virou para os demais: — O médico só mandou eu evitar agito porque a minha saúde não anda muito boa...

— Não anda muito boa?! Gurgel, você perdeu o equilíbrio e caiu em cima de uma tesoura nos últimos dias. Isso é estresse. É cabeça.

— Tá vendo, ela agora acha que música faz mal à saúde.

— E vai me dizer que música assim faz bem? Ah, faça-me o favor!

A esposa aproveitou a deixa para pregar novas reclamações:

— Me impressiona que o Oscar e a Edna tenham permitido uma coisa dessas. Tudo bem, ele, em especial, sempre foi festeiro, mas chegar a esse nível? Num casamento? Eu não me lembro de ter visto esse tipo de baixaria quando o Enzo, o nosso filho, brincava na casa da Diana. Claro que, se tivesse, eu proibiria. — E depois, para cravar uma tese: — Isso deve ser coisa da família do noivo, não da noiva.

Sandra parou de falar com medo de se perder nas reclamações e, assim, perder também a classe.

O garçom serviu licor de amêndoas para o casal. Lyra e sua acompanhante aproveitaram a viagem e pediram o mesmo. No minuto seguinte, os quatro bebericavam nos cálices.

— Nós nem nos apresentamos — o marido notou, sempre muito polido. — Meu nome é Ricardo Gurgel. Esta é a minha esposa, Sandra. Fomos vizinhos do Oscar por muito tempo. Vimos a Diana crescer.

Carmen bateu na mesa quando se lembrou.

— Ah, bem que vocês falaram do Enzo! Achei que tivesse ouvido errado. Nossa, eu me lembro de vocês. Eu era amiga da Diana. Vocês às vezes iam na casa antiga deles antes de eles se mudarem, não é?

— Nós nos mudamos antes, na verdade — disse Sandra. — O bairro já não tava mais lá essas coisas. E o senhor, como conhece os noivos?

— Sou amigo de faculdade do Oscar.

Os quatro conversaram sobre suas relações com os noivos, sobre as impressões do casamento, especularam a respeito da temperatura no sábado, dia da cerimônia — *Todo o mundo tá dizendo que vai fazer frio, viu?* —, e do horário de saída no domingo.

— Eu, sendo bem sincera, teria preferido que o casamento fosse num dia só. Gente, *quatro dias* no interior? Muita coisa. As pessoas têm mais o que fazer. É que, sabe, nós voltamos de Nice há pouco tempo. Imagina o choque. Da França pra roça.

— Sandra, para — disse o marido, e comunicou muito mais com os olhos.

A esposa engoliu em seco, contrariada. Mas fez questão de dar a última palavra:

— Você não me engana, Gurgel. Eu ainda vou descobrir por que você quis tanto estar aqui todos os dias e não só no sábado.

A sempre sorridente Carmen se intrometeu:

— Pensa pelo lado bom, Sandra: pelo menos vocês vão viver todas as emoções desses dias.

— De que tantas emoções você tá falando? Essas músicas péssimas?

— Não, tô falando da tal ameaça de morte. Não ficaram sabendo? Enviaram pra Edna. Ai, coisa boba, gente. Quem acredita que vão matar alguém num casamento?

Sandra deixou o queixo despencar.

— Você ri? Isso não é piada! E se...

— Acho que já tá na hora de ir pra cama, né, Sandra? — Gurgel se levantou.

— Eu aviso o Enzo que estamos indo pro quarto. E a tia Hortência?

— Ela já foi dormir, Gurgel, a gente já falou sobre isso antes! Amanhã cedo ela tem uma conversa com os noivos e os padrinhos pra falar sobre a cerimônia.

O Casal Aristocracia foi embora sem se despedir, o que incomodou Conrado. Carmen deu de ombros. Ela e ele beberam o último gole do licor.

— Devo pedir mais dois? — Lyra indagou.

— Por que não?

IV

A cozinheira, dona Lourdes, deu graças a Deus quando os garçons começaram a trazer pratos sujos para a cozinha. Aquilo significava que o jantar já estava sendo retirado e que ela, por sua vez, podia parar um segundo e comer. *Deus abençoe a barriga cheia dessa gente.* Ela bem que tinha escutado a música vinda do salão vizinho. Significava que as pessoas estavam dançando, não mais comendo. Lourdes se serviu do risoto e da carne, direto da panela. Sentou-se à mesa e deu a primeira garfada quando ouviu duas batidas na porta.

Droga!

— Já vou! Só terminando de comer aqui. — E tratou de engolir tudo sem mastigar direito.

Nova batida. Uma pessoa insistente.

— Tô indo! — Lourdes largou o garfo, xingando mentalmente, e caminhou até a porta.

Foi aí que ela pensou: *Engraçado, alguém batendo à porta do restaurante?*

Sim, porque a cozinha tinha duas saídas: uma delas, a que dava para o lado de fora, se tornara a principal rota daquela noite. Era por ali que os garçons entravam e saíam carregando as travessas de comida, num vaivém entre o salão vizinho — o que sediava a festa — e este onde estava dona Lourdes e onde normalmente funcionava o restaurante do hotel.

As batidas vinham *da outra* porta. A que dava no restaurante. Mas o restaurante estava vazio nesse dia por causa da festa.

— Dona Eunice? — Lourdes chamou pela chefe.

Não houve resposta do outro lado.

Ao abrir a porta, dona Lourdes viu a penumbra, as cadeiras empilhadas em cima das mesas, sua própria sombra projetada no chão pelas luzes da cozinha. Mas nenhuma alma viva no restaurante.

— Dona Eunice?

A cozinheira começou a andar pelo escuro. Estranho. Viu que a porta da frente estava aberta. Alguém entrara por ali. Dona Lourdes ficou pensando no que fazer, um mal-estar no estômago. Decidiu seguir por aquele caminho, saindo para o gramado. A brisa a pegou em cheio. Lá fora, só havia a lua brilhante. Ninguém mais.

Mais calma, dona Lourdes deu de ombros. Aproveitou que estava fora e deu a volta pelo prédio, indo em direção à entrada lateral da cozinha.

E encontrou a porta aberta.

Estou ficando louca, e concluiu que devia ter imaginado as batidas e não reparara que tinha deixado a porta lateral aberta.

Mas não, ela *fechara* a bendita porta. Dona Lourdes se tocou disso enquanto terminava o risoto. Se a porta tivesse ficado aberta, Lourdes teria sentido a brisa entrar. Era friorenta, teria reclamado. *Então como...?*

Bom, havia a possibilidade de alguém ter entrado por fora enquanto ela rondava o restaurante escuro. Mas quem? Um garçom? Claro, só poderia ser um garçom. Tinha vindo pegar um... *Um o quê?* E por que teria entrado e saído sem esperar pela cozinheira?

Dona Lourdes teve o instinto de olhar em volta. Nada fora do normal. Geladeira, travessas, louça. *Exceto...* Seria mais uma artimanha da sua imaginação? Aquele armário no canto estava mesmo entreaberto? Talvez fosse defeito nas dobradiças. Não. Dona Lourdes empurrou e o armário fechou direitinho.

A cozinheira, então, abriu aquele armário e olhou como quem procura uma barata para matar. Lá dentro havia taças antigas, potes de plástico. E o faqueiro. Impressão ou ele parecia torto? Quase como se colocado às pressas...

— Dona Lourdes, querem mais café! O de lá já acabou!

A entrada apressada de um dos rapazes fez a cozinheira se distrair. Ela se lembrou do incidente apenas na hora de dormir. E decidiu que não devia ser nada importante.

V

— Ainda bem que eles foram embora — disse Carmen, quando Sandra e Ricardo Gurgel sumiram pela porta. — Que mulher fresca. E você viu a cara do Roberto Justus?

Lyra quase cuspiu o licor com a risada espontânea.

— Queria saber qual o segredo *dele*. — Ela massageava os lábios enquanto pensava.

— Lá vem. Qual conspiração megalomaníaca você vai inventar?

— Eu acho que ele é *gay*. Ele queria te cantar. Não, brincadeira. Mas, pra sua informação, não precisa ser atirado como o Emílio pra ser *gay*. Tá vendo como você é machista?

— Eu não abri a boca!

— Falando sério, acho que ele se encheu dessa mulher. O que, convenhamos, não deve ser difícil. Chega nessa idade aí e é foda. Divórcio sempre.

— E você acha que tá conversando com alguém de quantos anos?

— Nem ferrando você tem mais de cinquenta que nem ele.

— Logo, logo eu chego.

— Você tem quanto? Quarenta?

— Quarenta e cinco.

— Conservado... Parabéns. — Pausa. — Não vai agradecer pelo elogio?

Lyra aproximou o corpo por cima da mesinha.

— Você é dissimulada, dona Carmen. Não me engana.

Ela ficou vermelha.

— Você parece ter familiaridade com essa situação: o fim de um casamento chocho como esse do Roberto Justus.

— Só porque eu sou coroa você supõe que já me divorciei? De novo querendo saber se eu sou comprometido...

Mas ela negou com a cabeça, esperta.

— Não é nada disso. Perguntei porque você disse que é advogado. Você deve pegar muito caso de divórcio.

— Ah — ele corou. — Sim, claro. Bastante. Eu odeio divórcios.

E como quem não quer nada, Carmen embalou:

— Já que tocou no assunto... Você, por acaso, é separado?

Lyra baixou a cabeça e mordeu o lábio, o sorriso ainda ali. Ficou sem dizer nada.

— Eu disse que você era um sacana! Você é, sim, cheio de segredos. Nem vem tentar desviar a minha atenção falando sobre lágrimas do licor no cálice. — Ela pegou no braço dele. — Posso tentar acertar qual é esse seu segredo?

— Por que estamos falando só de mim?

— Eu acho... — Ela aproximou a boca da orelha dele. — ...que você tirou a aliança do dedo antes de vir pra este casamento porque brigou com a sua mulher. E que tá desesperado pra descobrir o meu segredo. Você quer me levar agora de volta pros quartos pra ver o que eu tô escondendo...

Conrado Bardelli virou o licor na boca.

— Não briguei com a minha mulher. Não quero esconder aliança nenhuma. Eu sou um cara objetivo e sei o que quero. Fim. Quanto ao restante...

— Eu *sei* que acertei. É que às vezes a gente tem que ser sutil.

— Antes, me conta sobre esse segredo.

— Ele é valiosíssimo.

— Valioso quanto?

— Tem homem que mataria por ele. Pra passar no corpo todo.

— Verdade?

Boca perto da orelha:

— Se você pudesse botar a mão nele, sentiria calafrios...

— E você não se importa de sair compartilhando seu segredo com os outros?

— Eu acho que a mulher tem que fazer o que quiser com os segredos dela.

Sorriram, olhos fixos um no outro.

— Mas já que você é todo curioso, meu caro Lyra, é melhor ver esse segredo com os próprios olhos.

Eles se levantaram e saíram para a noite estrelada. Havia um gramado de duzentos metros que separava a ala dos salões da ala dos quartos. Durante todo esse caminho, Conrado e Carmen andaram como desconhecidos. Sem mãos dadas, sem declarações.

— Eu tô no andar de cima — disse ele.

Subiram a escada e viraram no corredor aberto que dava vista para a área de lazer do hotel, com piscina e churrasqueira. Conrado destrancou a terceira porta do corredor. Enquanto isso, Carmen olhava em volta.

— Admirando a vista?

— Só checando se alguém tá vendo a gente.

— Com vergonha porque sou velho?

Ela o calou com um beijo molhado e urgente. Empurrou-o para dentro do quarto, fechou a porta atrás de si e deitou-se com ele na cama sem pedir licença nem desprender os lábios. Depois, lambeu-lhe o pescoço, o peito, apalpou sua calça, já ensaiando um movimento no zíper. Conrado sentiu as pernas dela contra seu corpo, os seios magros, as mãos habilidosas. Era de perder o fôlego.

Carmen se levantou, acendeu a luz do quarto e, mordendo o lábio, abriu o zíper do vestido. O conjunto todo caiu num só movimento. Ela estava nua.

— Poxa, você já veio preparada...

Carmen avançou devagar, pronta para causar arrepios.

Até que um raio de má recordação passou pela mente. A fisionomia sedutora foi abalada, e ela cochichou:

— Merda, você tem camisinha?

Conrado negou com a cabeça.

— Cacete, eu preciso. — Ela suspirou. — Eu trouxe, mas o pacote tá no meu quarto.

Lyra se sentou sobre o lençol.

— Você...

— Sim, eu preciso. Você não pode ir buscar? É que eu... assim... — Olhou de relance para seu corpo nu. — Quarto número 9, exatamente embaixo deste, mas do outro lado, com vista pro gramado. Aqui, pega a chave.

Lyra ajeitou a camisa amassada e se apressou pela porta, deixando para trás uma Carmen nua e provocante que disse antes de ele sair:

— Quando você voltar... Ah, o segredo...

Ele, então, se foi.

E no instante seguinte, Carmen agiu. Correu para o outro lado do quarto, em direção ao banheiro. Ao lado da pia, num canto escondido, ela analisou a parede. Tirou a tábua de passar encostada e sorriu quando encontrou o que procurava.

O cofre.

Ele se abriu com uma combinação mestra que Carmen digitou — seis zeros seguidos. Tudo rápido e ensaiado. Dentro dele havia duas carteiras. Uma, com documentos. A outra, recheada com as cores inconfundíveis de cédulas de cinquenta e cem reais. Ela pegou o dinheiro, tentada a contá-lo ali mesmo. Mas sabia que era melhor guardar logo na bolsa e voltar à cama, fingindo que estivera ali deitada o tempo todo, *Ó, por favor, volte rápido, meu Romeu.* Se seus cálculos estivessem corretos, ela teria ainda um minuto para completar o golpe com mestria.

Mas os cálculos de Carmen não contavam com o cérebro de Conrado Bardelli.

Ele estava de volta, ao lado dela. Entrara sem fazer barulho. E não trazia preservativo nenhum nas mãos.

— Tudo o que eu vou te pedir é pra devolver esse dinheiro, vestir sua roupa e cair fora.

Primeiro, Carmen deu um pulo de susto. Depois, dando-se por vencida, abriu um sorriso que revelava muito sobre si. Era o mesmo sorriso de antes, destemido, inabalável, de quem fala o que pensa e não deve nada a ninguém. Só que agora ele ganhava outra nuance: uma inteligência diabólica.

— Olha aqui o meu segredo. — Ela manuseou o dinheiro que segurava. — Eu não menti, meu caro Lyra.

— Me dá isso.

Ela obedeceu. Deixou as cédulas em cima da pia e começou a se vestir.

— Inteligente da sua parte. — Ela bateu palmas. — Uma pena, de verdade. Eu *realmente* estava interessada em passar a noite com você, sabia?

No caminho de saída, ela beijou a boca de Conrado. Ele não se mexia.

— Só pra deixar claro: se você abrir a boca sobre isso pra alguém, eu te destruo. Provo que você me estuprou. Faço escândalo com o Oscar, com a Diana, com a família do noivo, vou até o seu escritório, falo com os seus clientes, até ter certeza de que virei sua vida de cabeça pra baixo. Entendeu?

Ele respondeu com o silêncio.

— Que bom.

VI

Conrado Bardelli fez o que precisava ser feito. Sacou o celular do bolso e telefonou.

— Alô — atendeu uma voz rouca de sono.

— Oi. Desculpa te ligar assim, a essa hora, mas a gente precisa conversar.

— Espera aí.

Lyra ouviu seu interlocutor mudar de ambiente e depois voltar a falar num sussurro:

— Porra, como você me liga assim, do nada?

— Eu sei, já pedi desculpas, mas não tinha outro jeito. Eu precisava ligar.

— A gente se fala amanhã.

— Não, *agora*.

— Puta merda, você acha que eu posso simplesmente sair assim? *Ela vai perguntar.*

— Diz que você esqueceu alguma coisa no salão.

Impaciente, o homem acabou cedendo:

— Tá, vou ver o que eu faço. Me encontra no mesmo lugar de hoje à tarde.

Lyra saiu do quarto e voltou pelo mesmo caminho que fizera minutos antes. A diferença foi que, desta vez, não entrou na festa. Seguiu para a direita do gramado, passando em frente ao restaurante fechado e a um terceiro salão, também vazio — aquele onde ocorreria a cerimônia de casamento, dali a dois dias. Contornou o prédio e se sentou num banco isolado no meio das plantas com vista para a mata escura.

Lyra esperou, ouvindo o barulho reconfortante de água corrente. Estava próximo do riacho que, lá na frente, desembocava na represa Jaguari-Jacareí, do sistema Cantareira. Na escuridão e no silêncio, Lyra sentiu um bem-estar impossível de ser encontrado em São Paulo. Teve vontade de caminhar por entre a mata...

— Descobriu alguma coisa?

Quem surgiu pelas suas costas, olhando por cima do ombro para ver se não tinha sido seguido, foi o mesmo homem que Conrado pouco antes fingira não conhecer. Ricardo Gurgel perdera aquela máscara de aristocrata que usara junto da esposa e se sentou ao lado de Lyra como um verdadeiro homem de negócios prestes a ouvir uma proposta comercial.

Mas aquele assunto não era assim tão corriqueiro.

— Hein? Você achou a desgraçada, Bardelli?

— Não sei, não tenho certeza. Mas é uma forte candidata...

CAPÍTULO 3

Alguém está observando

MESES ANTES DO CASAMENTO

I

Se alguém perguntasse a Ricardo Gurgel sobre uma história de superação, ele hesitaria, daria algumas risadas de falsa modéstia e depois, como quem não vê outra opção senão lidar com a verdade, contaria sobre sua própria vida.

Não que fosse mentira. Ele era, sim, exemplo de ascensão econômica e social. Começara a carreira no cargo de office-boy. *Contínuo* — odiava ouvir aquele termo. Usava o baixo salário para cuidar da mãe doente e do pai alcoólatra. Mas as dificuldades e a ambição — atributos que nasceram com o próprio Ricardo — serviram de combustível. Era como se a vida lhe dissesse *você não pode conseguir isso*, e ele, que era conhecido pela teimosia, respondesse *quero e vou*.

Formou-se economista para provar que podia. O resto foi consequência: aproveitou oportunidades de bolsas de estudos para conseguir mais diplomas. E, em vinte anos, galgou cargos admiráveis para alguém que começara de baixo — ainda mais em uma empresa cheia de chefes apadrinhados como a dele.

A tia Hortência, irmã do pai de Ricardo, também ajudara na medida do possível. Sendo a única que tivera sucesso profissional na família, e, portanto, a única com visão de carreira e poder econômico, ela costumava ajudar nas mensalidades e principalmente nos incentivos ao sobrinho.

— A lei do Brasil é uma só: quer subir na vida? Tenha contatos ou mostre que você é o melhor. Senão, te passam pra trás. — Como boa advogada, Hortência falava com o sobrinho como quem se dirige ao juiz. — Então, para ter sucesso, você tem que conseguir armas para fuzilar seus adversários. Tem que suar.

Por isso mesmo é que ela não lhe dava dinheiro. Ele que lutasse — essa era a forma liberalista de formá-lo ainda mais ambicioso. Esse tom seco e desapaixonado de tia Hortência fazia com que o jovem Ricardo nutrisse muito mais admiração do que afeição por ela. Antes um contato frio do que um abraço quente e perdido em emoções.

Aos quarenta e nove anos, Gurgel foi promovido a superintendente, um dos cargos mais altos da empresa. Recebia um salário com o qual não conseguiria nem sonhar vinte anos antes. Tia Hortência fora a única a sobreviver na família para ver a ascensão do sobrinho. Recusava-se a elogiá-lo diretamente. Se isso incomodava Gurgel? Não. Ele já tinha esposa e filho para se dizerem orgulhosos.

Além do mais, tia Hortência já estava velha, e a última coisa que queria era gastar o final de sua vida massageando o ego do sobrinho. Tinha mais o que fazer. Aposentara-se dez anos antes, aos sessenta, com planos de descanso e muitas viagens até que sua hora chegasse. Quem disse que conseguira? Sentiu que estava definhando. Ficar parada e virar uma múmia? Nem pensar. Uma mulher com sua vitalidade tinha que voltar à ativa. Desse modo, prestou novo concurso, usou de influências e conseguiu, enfim, um cargo como juíza de paz. Uma boa ocupação para chamar de emprego.

Gurgel aprovou, claro. Era uma forma de não precisar se preocupar com a tia. Muito pior se ela estivesse largada em um apartamento chamando uma vez por semana para que a levassem ao geriatra. Sem contar que, àquela altura, Gurgel não tinha mais tempo nem paciência para coisas assim. Setenta por cento de suas horas ele gastava no trabalho. Cinco por cento com a família. Os vinte e cinco restantes eram dedicados às descobertas da nova vida. Um novo rico, uma gama de novas possibilidades. Jantares sofisticados, encontros com famosos, hospedagens em hotéis de luxo.

Sandra, sua esposa, maravilhava-se a cada nova experiência. Lembrava-se das origens humildes, um brilho no olhar que vinha... Mas logo ia embora. Acostumar-se ao dinheiro era *tão* mais fácil. O filho do casal, Enzo, cresceu sem saber o que significava classe média. Oferecer isso à família foi a realização de vida de Gurgel.

Foi nessa nova vida, envolta de novos prazeres, que Gurgel mergulhou no adultério.

II

Começou no dia em que os superintendentes o convidaram para um jantar de comemoração. Foi num daqueles bares que selecionam a clientela pelo preço. Um estabelecimento com vidraças nas quatro paredes, música lounge, garçons mudos e luzes fracas amareladas — que dão ares de um filme de Woody Allen a qualquer ambiente. O balcão do bar parecia cheio, mas havia apenas eles, os executivos, além de turistas americanos que falavam alto.

Ela brotou como se tivesse sido convidada. Alta, pele morena, lábios carnudos bem pintados, costas de fora no vestido ousado. Puxou conversa com o grupo, cheia de confiança e de segundas intenções. Gurgel a achou extremamente atraente. Ele se aproximou dela, de início achando graça. Queria entrar no personagem — já tinha visto muitos de seus amigos fazerem o mesmo: conversavam com mulheres bonitas, fingiam interesse e depois iam embora. Um flerte, um exercício narcisista. Só isso, normal.

Mas nesse clima de seguir a cena, cada um desempenhando seu papel, o trem descarrilou. É que Gurgel, como sempre, foi teimoso. Ignorou várias vezes os sinais de alerta, inclusive quando a moça lhe acariciou a orelha e disse:

— Queria conhecer você melhor.

Vai pra casa, a voz interior sussurrou. Mas não:

— Por que não me conhece agora? — ele acabou dizendo.

A mulher perguntou sobre a esposa dele. *Só mais dez minutos*, ele pensou consigo mesmo, antes de seguir:

— Esposa? Não é assunto pra hoje.

E quando percebeu que era hora de se retirar, ela brincou com os lábios dele. E aí foi tudo pelos ares.

Ricardo Gurgel voltou de madrugada para casa explicando à esposa que seus amigos o haviam embebedado numa degustação de vinhos caros. *Por isso a demora, amor, não se preocupa, coisa de gente rica.*

Ele dormiu com peso na consciência. Jurou que jamais faria algo igual.

Até que a reencontrou um ano depois no último lugar em que imaginaria: uma festa de família.

Diana e Plínio tinham organizado um churrasco para comemorar o noivado. Ricardo, Sandra e Enzo tinham obrigação de ir. Afinal, as duas famílias haviam sido vizinhas, muro com muro, o relacionamento deles era tão próximo quanto suas casas. Diana e Enzo haviam crescido inseparáveis. Ligação maior que a de muitos irmãos. Até que chegou o dia em que Gurgel decidiu que seu padrão de vida não condizia mais com aquela vizinhança. Era hora de se mudar. Encontrou uma casa grande e antiga no bairro Jardim América. Plano: reformar e fazer uma mansão de cair o queixo. O mínimo que se espera de um superintendente.

Os Gurgel se foram com lágrimas nos olhos e sorrisos nos lábios. Parecia que terminavam uma fase importante da vida — mas uma da qual queriam há muito tempo se livrar. *A gente vai sentir saudade de vocês, eternos vizinhos!* Detalhe: a despedida viria de qualquer forma oito meses depois, quando Oscar e Edna anunciaram o divórcio e decidiram vender a casa em que moravam.

Oscar fez questão de manter a camaradagem, mesmo depois de tantas mudanças. Tinha aquele jeito amistoso de chegar ao lado de Gurgel com um copinho de cerveja e pedir as coisas com um risinho que dizia *estou contando com você.*

— Gurgel, meu amigo! Vocês têm que vir pro churrasco de noivado da minha filhota, tá me entendendo? Em nome dos anos em que a Diana e o Enzo brincaram juntos. Lembra os dois pulando o muro de uma casa pra outra? Não deu namoro, como a gente esperava, mas tudo bem, deu amizade, e amizade assim não morre só porque a gente se mudou, rapaz. E ó, já adianto que eu acho que a Diana vai convidar o Enzo pra ser padrinho, hein...

Diana de fato o convidou, e ficou impossível dizer não ao churrasco. Gurgel prometeu que iria, acrescentando que passaria o contato da tia Hortência para que ela fosse a juíza de paz que oficializaria o casamento no dia da cerimônia.

Enfim chegou o dia do churrasco. E... surpresa! Lá estava ela, a amante de um ano atrás, ao lado do churrasqueiro. Gostosa como antes, metida num shortinho jeans indecente. Gurgel, que cumprimentava os convidados, congelou no lugar. Sentiu taquicardia. Pensou em dar a volta e ir embora com a esposa, o filho e a tia Hortência — que também fora convidada depois de aceitar ser a celebrante e juíza de paz do casamento.

Mas a amante, num relance, olhou para Gurgel e fingiu que não o conhecia. Ou talvez não o tivesse reconhecido mesmo. Gurgel torceu pela última opção, embora se sentisse um tanto ofendido por não ser lembrado depois de uma noite como a que haviam passado juntos.

O churrasco não era chique; simples, como eram as famílias dos noivos, mas de bom gosto. E os trâmites da comemoração seguiram como de costume: brinde aos noivos, discursos dos pais, anúncio de que o casório seria não apenas em um dia, mas num feriado prolongado em algum hotel do interior paulista que ainda estavam escolhendo. A maioria dos convidados aprovou; quatro dias de festa e piscina.

Gurgel não dava atenção a essas coisas. Tinha olhos sempre para ela. Uma mistura de medo e desejo. E ela, até então, sem reconhecê-lo. Em dado momento, Sandra perguntou se Gurgel estava bem. *Estou, amor,* ele respondia com uma cara feia para a bebida, como se o motivo de todos os seus males fosse o álcool.

Somente no fim da festa ele teve coragem de pedir à tia Hortência que descobrisse quem era aquela morena. Estavam sozinhos em um canto.

— É irmã do noivo — a tia respondeu. — Conheci essa menina agora há pouco, quando a noiva, como é o nome dela mesmo? Dione? Ah, sim, Diana... me apresentou aos padrinhos e às madrinhas. Todos sem noção nenhuma. Tudo bem, eu me prontifiquei a ajudar, mas tenha a santa paciência: eles não sabiam a diferença entre um juiz de paz e um celebrante de casamento.

Ela se estendeu numa explicação chata e Gurgel só ficou balançando a cabeça, o olhar no nada, hipnotizado pela coincidência.

No fim da tarde, quando ele se despedia dos convidados, a morena de repente o agarrou pela camisa e o empurrou para dentro do banheiro.

— Meu número é este — ela sussurrou no ouvido de Gurgel e deslizou um bilhete no bolso dele. — Você vai me ligar ainda hoje. Não tô aguentando de vontade. Esses seus olhos verdes...

III

E assim, de um dia para o outro, Gurgel arranjou uma amante. Como imaginaria naquele dia de manhã que dormiria à noite com outra mulher?

O caso entre Gurgel e Vanessa foi como uma corrida de Fórmula 1: dinâmico, tenso ao mesmo tempo que prazeroso, do tipo em que você precisa recuperar a respiração ao final de cada prova. E barulhento, claro. Durou sem acidentes de percurso por oito meses.

Eles se encontravam no mais absoluto sigilo. Ou num drive-in de estrada ou no Motel Hibisco — uma boca de porco na Marginal Tietê que mal tinha atendente para flagrá-los, que dirá câmera de segurança. Quando Sandra cobrava, o marido punha a culpa no trabalho ou nos encontros formais. Empenhava todo o ânimo com que passava suas horas com Vanessa para inventar desculpas criativas. Um dos superintendentes, inclusive, se predispôs a servir de testemunha das mentiras toda vez que Gurgel precisasse.

Enzo também nunca levantou questão sobre as escapadas do pai. Na verdade, o filho mal acompanhava o que se passava sob o teto onde vivia. É que tinha vergonha de ter vinte e seis anos e ainda morar com os pais por falta de emprego. Com isso, aparecia em casa apenas para dormir — o máximo para não cruzar com os pais e receber aquele olhar contido de reprovação.

Por mais que o relacionamento de Gurgel e Vanessa se bastasse na cama e não houvesse entre eles nenhum acordo sobre troca de segredos, as confidências acabaram vindo como algo natural. E, aos poucos, Ricardo Gurgel foi se aprofundando mais e mais na personalidade de Vanessa. Quando a conheceu, imaginou que ela fosse só uma interesseira que passaria o resto da vida se intrometendo em conversas de superintendentes ricos atrás de novos amantes. *Uma vadia qualquer.*

Mas ela não era um frio clichê. Era um ser humano. E um ser humano impulsivo, como Gurgel descobriu num dia em que a levou a um restaurante caríssimo de São Paulo. Vanessa foi recebida com uma cara de repreensão pela *hostess*. *Você só pode ser garota de programa, né?*, traduziram os olhos. Vanessa não se segurou. Gritou para ela e todo o restaurante ouvirem:

— O que vocês estão olhando? Sou amante dele sim e foda-se! Mais de vinte anos mais nova, e duvido que algum dos homens daqui não toparia passar uma noite comigo! — Saiu esbaforida. Gurgel foi atrás, rezando para que não houvesse conhecidos no local.

Mas essa fachada rude e selvagem escondia uma mulher insegura. Apenas dois dias após esse incidente, Vanessa apareceu chorando no escritório de Gurgel — um local estritamente fora dos limites dela, ele já havia alertado. Só as lágrimas nos olhos o impediram de mandá-la embora. Ele teve pena. Era fim da tarde. Vanessa bastou vê-lo para cair nos seus braços, as lágrimas escapando incontroláveis. Dizia estar à procura de alguém para lhe dar carinho. Não explicou o motivo do choro, só se aconchegou nos ombros de Gurgel, deixando a camisa dele molhada. E ele percebeu o quão infeliz e solitária ela devia ser — havia corrido atrás do *amante* para conseguir conforto.

Episódios idênticos aconteceram outras vezes nos meses seguintes.

Foi num desses fins de tarde que Gurgel resolveu seguir Vanessa até a casa dela. Estava curioso para saber o motivo do choro. Ela pegou um táxi, e Gurgel, impulsivo, foi atrás com seu carro. Hora do *rush*, demoraram horrores até o destino final: uma casa feia no bairro do Butantã, Zona Oeste de São Paulo. Vanessa entrou pela porta da frente sem lágrimas nos olhos. Gurgel ficou do lado de fora, na esquina, esperando. O quê? Nem ele sabia. Vai que ela apanhava em casa. Gurgel poderia descobrir e ajudar. Diria que tinha visto tudo e que conhecia advogados...

Os dois irmãos dela entraram na hora seguinte. Silhuetas passavam o tempo todo pela janela da frente — seria a sala de jantar? Gurgel só ficava imaginando... O corpo de Vanessa aparecendo na janela, discutindo com alguém, e então esse alguém a espancando... Gurgel preparou o celular. Se isso realmente acontecesse, ele faria uma denúncia anônima e iria embora correndo.

Até que a porta se abriu às oito da noite. O homem que saiu era negro e devia ter mais de sessenta anos. Vestia camisa, mesmo estando em sua própria casa. E, para a surpresa de Gurgel, o homem foi diretamente até o carro estacionado na esquina.

— Posso saber o que o senhor quer?

Gurgel petrificou. Os olhos quase pularam para fora. Nem pensou em baixar o vidro para conversar com aquele velho de olhar frio. Era familiar. Devia tê-lo visto no churrasco de noivado de Diana e Plínio.

— Meu nome é Demétrio Amaral. Quero saber se o seu carro está com algum problema ou se o senhor está aqui por outro motivo.

Gurgel gaguejou muito até conseguir falar:

— Eu tô só fazendo hora na rua. Minha esposa tá com a chave de casa. Ela... ela ainda não chegou.

— Sabia que tem muito malandro nessas ruas?

— Tem?

— Não prefere esperar lá dentro comigo e com a minha família? — Demétrio não piscava. — Tenho certeza de que vai ser melhor pra um homem de bem como o senhor.

— Não, não, que é isso... Eu já vou embora. Minha esposa deve estar chegando.

Ele se despediu e acelerou. Pelo retrovisor, viu que o velho não tirou os olhos do carro até ele virar a esquina. Havia algo de maligno ali. Naquela casa. Naquele homem.

O lado bom foi que Vanessa nunca comentou sobre o assunto. Ou seja, mesmo se tivesse descoberto que Gurgel a seguira, tinha decidido ignorar. Ricardo Gurgel aprovou. E decidiu nunca mais fazer qualquer coisa parecida. Num caso como o deles, o silêncio era sempre a melhor opção. Não à toa o caso deu tão certo a partir daí — o relacionamento se baseava na parte física. Entendiam-se onde era necessário: na cama.

E teria continuado assim pelos meses seguintes... Não fossem as mensagens de extorsão.

IV

A primeira mensagem chegou ao celular de Ricardo Gurgel numa segunda-feira, no meio de uma reunião de trabalho.

Eu sei que você come a Vanessa. Filho da puta. Você vai pro inferno, mesmo que eu tenha que te mandar pra lá.

O instinto de Gurgel foi rir. De nervoso. Ele quis acreditar que era uma brincadeira. Que alguém dos seus contatos tinha visto alguma coisa — alguém que estivera no restaurante quando Vanessa berrara com a *hostess*? — e estava disposto a tirar um sarro. Mas o número não aparecia para ele. *Desconhecido*. Quem poderia ser? Seria fácil rastrear o telefone? Não, exagero. Era uma piada de mau gosto e pronto.

Mas, deixando o otimismo de lado, Gurgel não podia ignorar os fatos: *alguém sabia sobre o adultério e tinha enviado mensagem a respeito disso*. Ou seja, não era uma pessoa discreta que preferia se fingir de boba. Era alguém que estava disposto a fazer *alguma coisa* com aquela informação. Senão, por que motivo enviar um recado daquele teor ofensivo?

A segunda mensagem veio uma semana depois, quando Gurgel já se esquecia do assunto. Viu o *Desconhecido* e gelou.

> Quero começar te destruindo por aquilo que você mais dá valor: o dinheiro. Pode separar 10 mil. Se contar alguma coisa pra alguém, um vídeo seu fodendo a menina vai viralizar na internet.

Ele se desesperou. Isso era ruim. *Muito* ruim. Gurgel não tinha vergonha do caso — era sinônimo de virilidade e poder, certo? Mas viralizar na internet? Imaginou o vídeo rodando descontroladamente de celular em celular. Ele em cima de Vanessa. Vanessa gemendo. Imaginou o rosto de Sandra ao ver aquilo. Sentiu-se torturado. E tinha mais: revelar um escândalo desses às vésperas do casamento de Diana e Plínio seria um completo desastre.

Dez mil reais. Gurgel sentiu a cabeça girar.

As instruções vieram no dia seguinte.

> Tem um posto de gasolina no Km 13 da Estrada Paiol Grande, em Joanópolis. Amanhã, às 9 da noite, você vai até lá, pega a estrada de terra e segue até passar pela Pousada Recanto do Sol. Continua por mais 2 Km e estaciona em frente a uma casa azul abandonada. Fica lá esperando mais instrução. Não esquece os 10 mil. Apaga esta e todas as mensagens assim que ler. Eu estou perto. Qualquer tentativa sua, eu te pego, seu traidor de merda.

Como justificar uma saída às nove da noite? O que Sandra ia pensar? Os encontros com Vanessa haviam sido durante a tarde, o que, pelo menos por enquanto, não levantara suspeitas. Mas nesse caso... E pior: ele teria que pegar estrada de terra. *Nossa, querido, seu escritório mudou de lugar? Agora você trabalha num canteiro de obras e eu não estou sabendo?* E que ponto de encontro era aquele? Longe, muito longe, como ele descobriu ao consultar o endereço na internet. Joanópolis? Por que aquela cidade acendia uma faísca em sua cabeça?

Gurgel estudou o que deveria fazer. Ignorar a mensagem e correr o risco de ser exposto? Testar seu chantagista? Ele não gostou de imaginar os resultados disso. Não, essa atitude estava fora de questão. Entregar a mensagem à polícia? Extorsão era crime, e talvez as autoridades pudessem fazer algo. Mas ainda não mudava o resultado desastroso se o miserável descobrisse e decidisse compartilhar o vídeo na internet.

Eu estou perto. Qualquer tentativa sua, eu te pego, seu traidor de merda.

Uma ameaça clara. Gurgel sentiu um frio na espinha. Precisava ser cuidadoso. Pegou o celular e mandou uma mensagem ao número desconhecido.

Quero uma prova de que isso não é piada.

Esperou pela resposta. Ela chegou no formato de um vídeo de trinta segundos que mostrava *muito*. Mostrava aquilo que Gurgel jamais iria querer que sua Sandra visse. Sentiu as mãos formigarem. Deus, quem tinha gravado aquilo?! Tinha sido pela janela do motel? Foda-se, também. O fato era que Gurgel não tinha escolha. Teria que entregar mesmo aquela grana.

No caminho até Joanópolis, a cento e cinquenta por hora na Fernão Dias, Gurgel ponderava quem poderia ter gravado aquele vídeo. E por quê. A resposta mais óbvia: a própria Vanessa. No entanto, também poderia ser alguém daquele maldito Motel Hibisco. Um desconhecido, claro, só podia ser. Ao mesmo tempo, o chantagista falara dele e de Vanessa como se os conhecesse... Era doloroso pensar em quem no seu círculo social seria capaz de fazer tal coisa.

E por que diabos em Joanópolis?

O início da estrada de terra ainda era decente, com postes de luz e casas que davam a sensação de segurança e civilidade. Mas isso só até o início da mata. A partir de um ponto, só havia verde e breu, quebrado unicamente pelos faróis do carro. Aconteceu o previsível: como num conto de Lovecraft, Gurgel se perdeu, e os aplicativos de GPS do celular, sem conexão, não ajudaram a encontrar o caminho certo. Aquilo foi dando um desespero de fechar a garganta. Até que uma única lâmpada na escuridão iluminou a placa "Pousada Recanto do Sol". Gurgel estava no lugar certo.

Foram, por sinal, as luzes da pousada que iluminaram a superfície às margens da estrada. Água. Gurgel percebeu que estava ao lado de um lago, um rio ou... Não, era uma represa. Enorme, metade seca, escondida pela mata. Aquilo piorou a aflição, pois, se o carro derrapasse um metro para o lado, derrubaria a cerca de arame farpado e despencaria por vários metros até cair na água. E na escuridão daquele lugar remoto, quem é que encontraria Gurgel pedindo socorro? Ele imaginou a água gelada entrando pelas frestas da porta enquanto o veículo afundava; ele, preso no cinto, gritando no escuro até sua boca e seu nariz serem inundados...

Acordou do transe e duplicou a atenção na estrada. Contou dois quilômetros e identificou, à esquerda, a tal casa abandonada. Ligou o farol alto e percebeu que a pintura gasta das paredes era azul.

O coração batia forte no peito. O celular tremeu.

Coloca o dinheiro no portão e vai embora. Espero que morra no caminho de volta.

Era aterrorizante. Tudo. A ameaça por escrito, a escuridão, o ar úmido que gelou sua espinha quando ele desceu do automóvel e correu para o portão de madeira carcomida. Largou a mala com os dez mil reais em espécie e voltou ao carro correndo. Engatou a ré e partiu sem olhar para trás. Não tirou o pé do acelerador até chegar ao asfalto. Nunca mais queria passar por aquilo. Estava em pleno horror. Jurou, pela segunda vez, terminar o caso com Vanessa.

V

Mas ela novamente fez com que ele mudasse de ideia.

Gurgel evitou os telefonemas dela por três dias. Vanessa, então, decidiu bater na porta do trabalho dele. Ele se assustou quando a viu sendo trazida pela secretária para dentro do escritório.

— Puta merda, Vanessa, vai embora! Se alguém te vê aqui...

Ela sorriu com aquela expressão provocadora de quando tinham se conhecido. Puta merda, como ele odiava — e adorava — aquela expressão!

— Eu não vou a lugar algum até ter o que quero. E não adianta fugir.

Vanessa atacou feito uma cobra. Aproveitou cada pedaço da vítima até que lhe tirasse toda a energia. Gurgel não teve reação e se deixou possuir.

Passada a euforia, ele constatou que estava em uma enrascada. Por um lado, sentia-se incapaz de terminar o relacionamento com a irresistível Vanessa. Não queria, não podia. Encontrar Vanessa semanalmente trazia a combustão de que ele precisava naquela fria vida marcada pelo trabalho, estresse e glamour. Ao mesmo tempo, sofria com a hipótese de sentir o celular vibrar novamente, abrir o aparelho e encontrar uma nova mensagem de seu chantagista...

— Por que você fez isso comigo, doutor? — Vanessa perguntou quando os dois se vestiam.

O "doutor" era um capricho, uma provocação, e Vanessa sabia que ele gostava. Tudo o que ela fazia era para provocá-lo.

— Por que eu fiz o quê?

— Fugiu de mim. E você tá estranho. Te vi olhando por cima do ombro umas cinco vezes hoje.

— Você ficou me seguindo? — Na voz, ele deixou passar o nervosismo.

— Calma... Pra sua informação, eu te observo muito mais do que você imagina.

— Não faz mais isso.

— Eu faço o que quero, você não manda em mim.

— Não faz mais, porra!

— Foi por causa da sua mulher? Foi por causa dela que você fugiu de mim?

— E se foi? — Ele se irritou. Vanessa não tinha nada que se meter com sua família.

— Egoísta...

Calaram-se. Vanessa o beijou depois de vestida.

— Só quero ter certeza de que não vou perder esses seus olhos verdes. Você promete?

Ele fez que sim com a cabeça.

— Pronto! Viu como é fácil me agradar? Eu adoro ver esses olhos em transe, doutor. Seu pervertido.

Gurgel teve o descuido de pensar que estava livre do imbróglio todo. É que nenhuma mensagem chegou nos dias seguintes. Ele voltou a sorrir e a andar despreocupado. Decidiu, por fim, que os dez mil reais haviam satisfeito por completo o vigarista.

Estava enganado.

VI

Não adianta pensar que você vai conseguir fugir. Eu ainda te mato. Até lá, quero mais dinheiro. 20 mil. Pode começar a se virar. Seu bosta.

A mensagem chegou no momento em que Gurgel jantava com Sandra e Enzo. Estavam falando sobre o casamento de Diana, o presente que dariam ao casal e como os quatro dias no hotel eram um exagero e...

— Aconteceu alguma coisa? — Enzo perguntou, vendo a ansiedade no olhar do pai.

— Nada, coisa de trabalho. — E travou o celular antes que alguém pudesse espiar o conteúdo que recebera.

Gurgel viu a desconfiança nos olhos do filho. Ele teria reparado? Mesmo se tivesse, Enzo fingiu que não. Um rapaz daqueles — educado quase à maneira do príncipe William — nunca levantaria assuntos indelicados durante o jantar com a mãe. Mas e se ele resolvesse investigar o celular do pai? Gurgel decidiu mudar a senha de desbloqueio.

No dia seguinte, novas instruções do chantagista. Não eram realmente *novas*. Eram como as de antes. Mandavam Gurgel ir ao mesmo ponto de encontro em Joanópolis.

Quem sabe eu não resolvo te punir um pouquinho, hein? Uns 5 segundinhos daquele vídeo vazados na internet...

Em momentos assim, muita gente percebe que é capaz de matar. Isso ocorreu a Gurgel. Descobriu — sim, de fato, uma *descoberta* sobre si mesmo, tão inesperada para ele quanto seria para sua família — que, se se encontrasse com o vigarista cara a cara, era capaz de matá-lo. Ou melhor, faria *questão* de matá-lo. E não sem antes fazê-lo sofrer. As leis que se fodessem — fossem elas mundanas ou divinas.

Mas ao mesmo tempo, o medo ainda era mais forte do que o sentimento de vingança. Gurgel decidiu que obedecer continuava sendo a opção mais sábia.

E então alguma coisa estralou no cérebro. Casamento. Joanópolis. *Claro!* Plínio e Diana tinham anunciado recentemente a escolha do hotel do casamento. Era em Joanópolis! *Puta merda, alguém me viu com a Vanessa no churrasco de noivado!* Mas quem?

Decidiu tentar respostas com a amante. Numa noite em que tomavam vinho no Motel Hibisco, os dois já embriagados pela bebida e pelo sexo, Gurgel perguntou se ela não tinha interesse em se ver na hora da transa.

— Como assim?

— Sei lá, pensei em gravar.

Ela gargalhou.

— Você é mesmo um pervertido, doutor.

— Vai dizer que você não ia gostar.

— Eu ia amar.

— Então anda. Com o seu celular. Põe lá.

Animada, Vanessa posicionou o celular na cômoda.

— Posso ligar já? Como faz?

— Não sei. Você já fez isso antes?

De repente, ela perdeu o sorriso. Abriu a boca, demorou para responder, e, quando ia falar, houve uma batida na porta. Era a gerente/cozinheira — sim, a mesma funcionária fazia as duas funções. Trazia mais vinho. Gurgel botou a roupa e foi atender. Ela disse que precisava da assinatura dele. Ele não quis dar — poderia ser prova de seu adultério no futuro. Ela pediu, então, que ele descesse à recepção e pagasse a garrafa na hora. Gurgel teve que aceitar.

Quando voltou ao quarto, Vanessa dormia. Gurgel não quis acordá-la.

VII

Dessa vez foi mais difícil arranjar uma desculpa para Sandra. Ela estava impaciente e desconfiada naquela noite. Não quis acreditar em nada que Gurgel dizia. Ela o colocou contra a parede e perguntou aonde diabos um homem precisaria ir às nove da noite depois de um dia cheio de trabalho. Ele gaguejou e falou sobre uma surpresa.

— Que surpresa, Gurgel!? — o tom era ridicularizador.

— Uma surpresa, caramba! Se é surpresa, não posso falar. Você vai ver. Eu... eu preciso ir. — Ele deu o mais fingido dos seus sorrisos. — Não me espera acordada. Amanhã você vai ver.

— Como assim, não me espera acordada? Quer saber? Vai! Vai!

Agora ele tinha outro problema: arranjar a tal surpresa para convencer a esposa de que não tinha mentido. Deus, como era desgastante ficar pensando em desculpas e no dinheiro e na logística e no autocontrole para não se render ao desespero... Gurgel pensou em desistir. Sentar-se de volta na cama e abrir o jogo para a esposa.

Não. Ele já tinha ido longe demais. E os vinte mil já estavam no carro.

Gurgel foi mais corajoso nessa segunda vez. Acertou o caminho, enfrentou a escuridão da estrada e encontrou logo a casa abandonada. Sem contratempos. Aquilo era estranho... Será que a boa sorte profetizava uma grande notícia ruim para compensar as leis do universo?

Desceu do carro e deixou o dinheiro ante o portão de madeira desgastada. Deu ré e estava prestes a ir embora quando a notícia ruim chegou. A roda traseira do carro entalou em um buraco, uns setenta metros à frente de onde ele deixara os vinte mil reais. Pânico! Estava desprotegido no meio da noite na companhia de um criminoso — sim, um criminoso —, numa escuridão total.

Gurgel xingou, mordeu o punho para abafar o grito. Desligou o motor, apagou a lanterna, o coração batendo forte. Desceu e foi dar uma olhada no buraco, decidido a empurrar o veículo se fosse preciso. *Calma, Gurgel, respira.* Não quis olhar por cima do ombro porque estava crente de que sua imaginação lhe pregaria peças. Mas a curiosidade falou mais alto. Ele olhou.

Nessa hora, enxergou a silhueta. *É ele, meu pai do céu, é ele!* O chantagista — que não viu Gurgel nem o carro atolado — andou até a mala, o contorno de seu corpo desenhado pelo luar, pegou o dinheiro e voltou com o mesmo caminhar calmo para dentro da casa. As mãos soltas, sem armas. Apenas uma pessoa comum.

Uma pessoa comum. Olhando aquela sombra, Gurgel passou a enxergar as coisas de outra forma. O medo sumiu e, no lugar, irrompeu o desejo por vingança. Num *flash*, Gurgel pensou em tudo. Um plano arriscado — ele só podia estar louco —, mas se desse certo...

VIII

Gurgel esperou por novas mensagens de seu mais fiel remetente com uma salada de emoções. Principalmente ansiedade e ódio por causa do plano improvisado. Ele só precisava esperar um novo sinal do chantagista para colocar em prática.

Problema: paciência não era seu ponto forte.

Decidiu, então, provocar. A primeira medida foi aumentar a frequência de encontros com Vanessa naquelas semanas. Também teve mais sede quando a via; sentia que, quanto maior sua vontade de trair, mais cedo o homem — ou a mulher? — lhe mandaria notícias, como se a sua glória fosse termômetro para a extorsão.

Com Sandra, outra provocação: o marido arranjou uma viagem de uma semana para Nice, na França. Era a tal "surpresa" que prometera. A esposa ficou sem fala. Não economizou nos agradecimentos, o que deu um novo impulso ao matrimônio.

— E você olhando feio pra mim quando fui correr atrás desse pacote... — Gurgel se fez de vítima.

— Às vezes eu exagero, você sabe... E você tem agido tão estranho ultimamente.

— Olha pra mim, eu tô normal.

Ela pensou um pouco e teve que concordar. Naquele dia, Gurgel estava mesmo feliz e relaxado.

A viagem seria pouco mais de uma semana antes do casamento de Diana e Plínio. Até então, tudo corria bem na vida de Gurgel. Ele apenas esperava que aquele excesso de alegria incitasse o chantagista.

E o tubarão mordeu a isca. Mensagem do dia vinte e nove de setembro, dois dias antes da viagem à França:

> Feliz por algum motivo? Vou tirar esse sorriso do seu rosto, desgraçado. 30 mil desta vez. Amanhã, no mesmo lugar. Um piu e eu corto seu pau fora. Não é só uma ameaça. E se eu não conseguir chegar até você, pego alguém bem próximo. Faço você sofrer. E só depois, só quando todo o mundo tiver dó porque você perdeu tudo, ah, só aí é que eu viralizo essa porra e mostro o lixo que você é.

Por um lado, foi um alívio saber que conseguira atrair a atenção do chantagista antes da viagem. Mas todas aquelas ameaças mexeram com ele. *E se eu não conseguir chegar até você, pego alguém bem próximo.* Só de pensar que o filho da puta poderia fazer mal à sua família... Deveria abortar o plano? Não, de jeito nenhum. O desgraçado não dava sinais de que pararia. Gurgel, portanto, precisava acabar com aquilo o quanto antes. E com as próprias mãos seria mais prazeroso.

Só que havia novo problema. Primeiro, dez mil reais. Depois, vinte mil. Uma viagem comprada à vista para Nice. E agora, nova extorsão: trinta mil. Gurgel não tinha mais dinheiro. Pelo menos não *no momento*, para sacar em espécie no banco até o dia seguinte. Ele não pensou duas vezes antes de recorrer à sua matrona financeira:

— Tia Hortência, eu preciso de trinta mil.

Ela ficou muda ao telefone. Por um segundo, Gurgel achou que ela negaria.

— Tá bom.

— Em espécie, tia. Trinta mil em espécie.

— Eu sempre tenho em espécie. Você vem buscar ou eu mando alguém te entregar?

— Eu busco.

— Não quer aliviar um pouco a minha curiosidade?

Ele já tinha ensaiado a desculpa.

— É investimento de alto risco. Não tenho como dar detalhes.

— Sei. — Ela parecia despreocupada em relação aos trinta mil. O sobrinho, afinal, nunca fora de gastar dinheiro com besteiras. Tampouco era caloteiro.

No dia seguinte, Gurgel nem precisou pensar em uma desculpa. Enzo pediu a companhia da mãe para ir comprar o presente de casamento de Diana e Plínio. Imaginava que o pai não teria paciência para a programação, e Gurgel disse que não mesmo.

— Só não vai gastar muito com isso, hein.

— Desde quando você controla os nossos gastos? — perguntou Sandra.

Ele quis responder *desde que comecei a ser chantageado e perdi milhares de reais*, mas teve que se contentar com o silêncio.

— E ainda mais sendo um presente pra Diana, pai...

— Eu sei, mas o marido é um desconhecido. Não vai torrar a minha carteira com um desconhecido.

Foi a vez de Enzo ficar quieto. Saiu com a mãe bem na hora em que Gurgel também precisava tomar seu caminho para Joanópolis. A estrada foi percorrida em tempo recorde. Tenso, ele deixou o dinheiro no portão e mandou mensagem ao número desconhecido:

Dinheiro lá. Por favor, pare.

Deu ré no carro e voltou pela estrada.

Pare o caralho. Quem dá as ordens sou eu.

Gurgel andou alguns metros e parou o carro. Desligou o farol e desceu para o chão de terra. Passou a mão pelo canivete que trazia no bolso. Saiu para a noite, consciente apenas da escuridão que o cegava e da água no sopé do barranco. Começou a voltar pelo caminho da casa abandonada. Acabou pisando na toca de um animal e raspando o rosto num galho. *Merda!* A lua, naquele momento, estava escondida pelas nuvens. Dava uma aflição, um frio no estômago que lembrava claustrofobia. Mas Gurgel não podia recuar, não agora.

Ele parou um segundo para se certificar de que não fora descoberto. No silêncio, escutou outros passos, mais à frente. Espiou atrás de um tronco e viu a mesma silhueta descer do interior da casa escura e pegar a mala recheada de dinheiro. *Desgraçado, filho da puta!* Agarrou o canivete e desejou utilizá-lo o quanto antes. Esperou até que a figura virasse de costas e retornasse pelo caminho.

E chegou o momento de agir sem pensar. Gurgel deslizou por uma fresta do portão e subiu a pequena ladeira por onde seu remetente misterioso passara. Este, por sinal, tinha sumido de vista, mas um movimento na porta da frente da casa dava a entender que ele havia entrado. Gurgel subiu rente ao muro lateral, sempre muito silencioso. Em suas veias corria adrenalina, matéria-prima de sua coragem. Pelo pouco que pôde ver na escuridão, percebeu que devia ser o casarão de algum sítio abandonado muitos anos antes. Tudo gritava esquecimento. Não era de se espantar que o criminoso tivesse escolhido aquele lugar como ponto de encontro.

Havia uma porta lateral com uma janela de vidro quebrada. Pelo orifício, via-se um cômodo espaçoso e escuro. As pias quebradas e os armários na parede mostravam que o recinto fora uma cozinha. Era seguro entrar?

Mas Gurgel não precisou decidir. Naquele instante, ele sentiu uma onda fria, muito fria, percorrer sua espinha, que logo ficou quente como lava. E então, a dor. Mal teve tempo de pôr a mão no bolso e sacar o canivete. Ele abriu a boca para gritar, mas o pânico fez com que saíssem apenas grunhidos de seus lábios. Uma mão segurou seu braço, outra cobriu sua boca, e ele ouviu a respiração próxima ao ouvido. Também sentiu um perfume doce. Conforme os dedos sobre sua boca iam ficando mais apertados, as unhas fincando na pele de sua bochecha, Gurgel reconheceu o quão imprudente fora sua atitude. Um criminoso que chantageara com tal nível de profissionalismo não se deixaria trair daquele jeito.

Acabou, eu vou morrer. A consciência foi escapando de seu alcance... Ele sentiu o corpo despencar...

Quando recobrou a consciência, estava sentado no banco de couro do carro. Inerte, jogado feito um boneco. Quando os sentidos voltaram a funcionar, Gurgel ligou o motor e saiu em disparada pela estrada. As lágrimas escorriam por conta própria. Mal sentia a dor das costas. Ela só começou a incomodar na rodovia Fernão Dias. Gurgel levou a mão à coluna e descobriu um buraco molhado. Deixara uma mancha vermelha no banco. Confirmou que os dedos estavam sujos de sangue e se desesperou.

No pronto-socorro do hospital, depois de dar ao doutor uma desculpa de que caíra sobre uma tesoura de jardinagem num acidente doméstico — o médico não acreditou, mas não teve coragem de questionar um paciente rico —, Gurgel não conseguiu tirar *aquilo* da cabeça. *As unhas.* As unhas compridas que lhe furaram as bochechas. Unhas definitivamente femininas. E o perfume... Doce. Um cheiro que conseguia transmitir tanto vida quanto morte. Era o cheiro de rosas. Rosas que são dadas de presente em festas. Rosas que são jogadas sobre túmulos em funerais.

IX

Cinquenta metros à frente, o barbudo andava em ritmo de passeio, as mãos nos bolsos, olhando vitrines e admirando os prédios. Eram três da tarde de domingo, e o centro de São Paulo não estava cheio naquela altura da avenida Ipiranga. Ricardo Gurgel, que seguia atrás, ora se escondendo nas reentrâncias dos prédios, ora virando de costas, mordiscava as unhas sem parar.

O barbudo então entrou num café na esquina. Gurgel tomou coragem e fez o mesmo. Pensou a qual mesa poderia se sentar para observar sem ser percebido. Mas eis que o barbudo, ao ver Gurgel adentrar o local, ofereceu uma cadeira de sua mesa.

— Pedi dois *cappuccinos*. Os daqui são ótimos. Senta aí.

Ricardo Gurgel ficou sem fala.

— Assustado comigo? Ou com o que você está prestes a me contar?

— Como sabe que vim te contar uma coisa?

Lyra riu.

— Você é péssimo em perseguição e também em contar mentiras. Você quer um detetive. Imagino que já pesquisou sobre mim. A pergunta é: você vai aguentar até o *cappuccino* chegar?

— Eu... Sim, pesquisei sobre você. Meu nome é Ricardo Gurgel. — Foi se sentando e exigindo: — Quero uma investigação. Sem um pio. É sobre...

— Espera o *cappuccino* chegar. Confia em mim.

Gurgel não gostou daquilo. Mas esperou. No fim, o *cappuccino* ajudou mesmo a acalmar os ânimos. Estava delicioso — ainda que não tivesse muito sabor na boca anestesiada de Gurgel.

— Por que não esperou até amanhã pra me procurar no escritório? — Lyra lançou.

— Não dava. Vou viajar amanhã. E ninguém podia me ver falando com você. É confidencial.

— Tudo bem, mas é por isso que eu tenho uma secretária que atende aos meus clientes e marca os encontros com toda a discrição que...

— Eu sei, eu sei, mas tô dizendo que não dava pra esperar.

— Claro que não dava.

A ironia fez Gurgel fechar a cara. Um bruto com roupas de cavalheiro. Alguém com dificuldade para confiar. Foram essas as primeiras impressões de Conrado Bardelli.

— Quero que você me dê a sua palavra de que vai fundo nessa história.

— Como é que eu vou aceitar o trabalho sem antes ouvir do que se trata?

Gurgel ficou abatido pela possível recusa.

— Mas você *tem* que aceitar, Bardelli! É muito grave. Tô num momento da minha vida em que... Eu tenho uma amante, Bardelli, e a relação com ela... — Gurgel parou de repente, os olhos perdidos no ar. — Meu Deus, olha a que ponto eu cheguei... Eu realmente estou dizendo isso: "Eu tenho uma amante".

— Desculpa, Gurgel, mas não acho que esse caso seja pra mim.

— Como não? Você não descobriu a verdade sobre aquele caso do herdeiro da Viva Editorial? Aquele garoto que jogaram da janela.

— Sim, mas...

— Pelo amor de Deus, você precisa descobrir isso pra mim!

Gurgel contou tudo. Sobre as ameaças e o medo de que sua Sandra descobrisse o caso, pedisse o divórcio e terminasse com a vida confortável que eles tinham juntos. Conrado escutou, interessado e estarrecido. Ergueu as sobrancelhas ao saber da relação de Gurgel com Oscar Miglioni, seu velho amigo de faculdade, e do envolvimento do casamento da filha dele, Diana, na história toda. Casamento para o qual Lyra também tinha sido convidado.

— Uma facada nas costas?! — Lyra exclamou, ao final da narrativa. — Você por acaso sabe que um detetive particular não deve investigar crimes? No máximo, desaparecimentos. O restante é trabalho da polícia.

— Não, nada de polícia! Nada!

Claro que Lya já esperava essa resposta.

— Tudo bem, então te aconselho a contratar algum detetive particular que trate especificamente de casos de adultério. Tenho uns contatos que...

— Não, precisa ser *você*. Por causa da sua amizade com o Oscar. E você foi convidado pro casamento. O Oscar falou de você no dia do churrasco de noivado.

— Mas é isso que tô dizendo: nem ao churrasco eu fui. Faz uns bons cinco anos que não vejo ninguém da família deles. A Diana, então, faz um século! Não posso simplesmente chegar com uma desculpa qualquer...

— Você não precisa de uma desculpa. É só dizer que tá na região e ir pro maldito casamento!

Lyra ficou um segundo sem fala. Uma coisa era exigir empenhos do ofício de detetive, como seguir uma testemunha, usar dos contatos na polícia ou se meter em cantos perigosos aonde pouca gente iria. Mas o que Gurgel pedia era demais: Lyra deveria usar — sim, *usar*, no sentido mais pejorativo da palavra — de uma velha amizade em função do trabalho. E com um agravante: em pleno casamento da filha dos amigos, uma data importante que ficaria na memória da família toda. E se Oscar descobrisse tudo?

— Não dá *mesmo*, meu amigo. É o cúmulo eu aparecer no casamento e sair fazendo perguntas aos convidados sobre uma coisa que tem a ver com *você*.

— Mas não é só sair fazendo perguntas. Você não tá entendendo. A pessoa vai estar lá, a que me chantageia! Entre os convidados!

— É o que você supõe. Acho melhor deixar essa investigação pra depois do casamento.

— Eu não tô supondo porra nenhuma. Ele me disse! Ou melhor, *ela*. Olha aqui!

Gurgel estendeu o celular. Era uma mensagem de algumas horas antes.

Você mexeu num vespeiro que não devia. Gostou do ferrão nas suas costas? Agora começa o fim da sua vida, filho da puta. 50 mil: pode deixar a grana separada pra quando voltar da viagem com a sua esposa corna. Você vai levar o dinheiro no feriado pro hotel de Joanópolis. Lá, te dou instruções. E não tenta nada, porque eu estou por perto e sei de tudo. Eu te pego. E se não conseguir te pegar, pego os mais importantes ao seu lado.

— Isso é prova. Você tem que ir pra polícia agora, Gurgel. É seríssimo. Você disse que apagou as outras mensagens?

— Apaguei. Ela me mandou apagar.

— E por que não apagou esta?

— Pra te convencer sobre o meu caso.

— Eu repito: você tem que ir pra polícia.

— Meu nome é valioso demais pra isso, porra!

— Sua vida também.

— Que mané vida! Você não entendeu qual é a dela? É tirar o meu dinheiro pra se sustentar! Isso vai continuar pra sempre se você não descobrir quem é essa vaga-bunda! — Ele estava ofegante e precisou recuperar o fôlego. Algumas pedras de gelo naquele *cappuccino* iriam bem agora. — O casamento é a melhor oportunidade.

— Gurgel, ela te *esfaqueou*.

— Foi um corte, uma coisa leve... — Ele baixou a cabeça, como quem leva uma bronca. Em seguida: — Ela disse que vai me mandar instruções no hotel. Vai me seguir até lá. Eu temo pela minha mulher e meu filho...

O horror era tangível na voz.

— Você... um filho?

— É. O Enzo. Vinte e seis anos. Isso é um problema pra você?

Um moleque de vinte e seis anos. *Vinte e seis*. Lyra tinha seus motivos para se sentir abalado por aquilo.

— Não é um problema pra mim, é um problema *pra você*. Eu... — e calou, os olhos perdidos no nada. Conrado Bardelli e sua maldita empatia. Como queria ter apenas tomado seu *cappuccino* e ido pra casa assistir a uma série qualquer na TV... — Você disse que ela já te manda mensagem há pelo menos um mês.

— Por aí. Começou no fim de agosto.

— E pra quem você contou?

— Pra ninguém.

— Nem pra menina? A...

— Vanessa. Não, não contei pra ela. Ninguém sabe.

— *Alguém* sabe.

— Tá, mas quem?

— A sua esposa?

— Nem suspeita.

— Ah, me perdoa, mas eu duvido que ela não tenha suspeitado. Quantas noites você saiu pra levar dinheiro pra Joanópolis?

— Três...

— Três!

— Mas eu tô te dizendo, a Sandra não descobriu! Eu inventei essa viagem, meus amigos do trabalho também ajudaram e...

— Então tem gente que sabe, sim. Gente do seu trabalho.

Gurgel se ajeitou na cadeira e esclareceu:

— São só dois superintendentes que trabalham comigo, mas não são eles, tenho certeza. Eles só sabem que eu tenho um caso, mais nada. Não sabem o nome dela, a idade, nada. Essa chantagista parece que conhece a minha família toda.

— E a sua esposa não desconfiou nem quando você chegou com as costas rasgadas?

Explicar o curativo para Sandra tinha sido um desafio. Gurgel tivera que inventar uma história complexa e muito bem ensaiada, com cada emoção encaixada em seu devido lugar ao longo do relato. Não que Sandra tivesse desacreditado; mas quando ouviu que seu marido escorregara nas podas que o jardineiro esquecera de jogar fora e caíra de costas sobre a também esquecida tesoura de jardinagem, ela quis demitir o funcionário. Imediatamente. Fez questão de ir buscar o celular na sala, mais do que decidida. Talvez fosse um teste, como quem diz *anda, Gurgel, ou fala a verdade agora ou eu demito um pai de família inocente.* Gurgel não deu o braço a torcer. Pelo contrário, incentivou a demissão, crente de que isso só reforçaria sua inocência.

— Acredita em mim — Gurgel frisou, lembrando-se da esposa berrando xingamentos ao celular —, a Sandra não sabe. Pode achar estranho, mas eu acho que mais acredita em mim do que desconfia.

Conrado Bardelli já não tinha como voltar atrás.

— Vou deixar claro que preferiria não ter me encontrado com você, Gurgel. Eu arrisco perder o amigo. Como é que eu vou explicar pro Oscar que não dei sinal de vida por vários anos e de repente quero ir pro casamento da filha dele? Eu me lembro da Diana, uma menina linda, inteligente. Eu costumava levar os dois pra andar de carro antigo. Um deles, lembro bem, era o Chevrolet Special Deluxe 1941, sensacional. A menina adorava. Ria que só.

Gurgel não queria saber de nada disso. Seus olhos estavam vidrados.

— Você *precisa* tirar isso a limpo. Eu tô sentindo que... — ele gaguejava com a tensão. — Sei o que eu disse, que ela vai tirar dinheiro de mim, essa vadia. Mas eu sinto como... Como se eu estivesse em perigo.

CAPÍTULO 4

Os que sabem da verdade

DOIS DIAS ANTES DO CASAMENTO

I

— Acho que me lembro dessa Carmen — comentou Gurgel quando Lyra terminou de contar a história de sua noite. Os dois admiravam a paisagem campestre, no escuro, enquanto mediam as possibilidades. — Olho puxado, baixinha, gostosa.

Lyra confirmou com a cabeça.

— É, eu lembro dela no churrasco de noivado. Mas essa mulher não conhece nada da minha família. Como é que ela ia ter tanta informação?

— Boa pergunta. Talvez ela te observe sem você saber.

— Não é possível que eu seja assim tão desatento — Gurgel se defendeu. Até que se lembrou de que Vanessa já tinha dito que o seguira antes. *Te vi olhando por cima do ombro umas cinco vezes hoje.* — Mas as ameaças são tão... tão pessoais. Ela disse que tava perto.

— Bom, ela poderia estar blefando e não estar perto coisa nenhuma. Talvez fosse uma ameaça pra te fisgar e conseguir o dinheiro mais fácil.

Gurgel considerou. Passou raiva por seus olhos.

— Maldita. Se for ela mesmo... Eu nunca fiz nada pra essa mulher! Ela mal me conhece!

— Calma, eu também só fiz uma suposição. É que a coincidência me pareceu enorme. A gente tá aqui atrás de uma vigarista e de repente encontra uma.

— Mas foram coisas diferentes — Gurgel pontuou. — Se for ela, então a gente precisa fazer alguma coisa. Ter um papo com essa cretina, se você me entende.

— Não, porque eu não tenho prova. Não posso chegar e perguntar: "Já que você tentou me roubar ontem, será que também não está chantageando o Gurgel?"

— Você sabe que não foi isso o que eu quis dizer — respondeu o outro, impaciente. — Se a chantagista tá aqui, a gente precisa dar um jeito de fazer com que ela se exponha.

— Gurgel, não é assim que as coisas funcionam — Lyra rebateu, girando os olhos. — Tem que ser tudo pensado. Além do mais, se eu entregar o meu papel de detetive e me portar como um guarda-costas, aí sim é que essa criminosa se esconde e a gente fracassa. Tem que ser silencioso. Investigação é isso. Sutileza. E você não vai precisar dar sinal de vida porque ela já tá se comunicando.

Ele contou novamente a história do bilhete com ameaças de morte enviado para Edna.

— Era pra mim, claro. Caralho! A Edna deve ter recebido por engano. Imagina se agora alguém descobre...

— Calma, as pessoas estão achando que foi uma brincadeira de criança. Ninguém tá levando isso a sério.

— Como você sabe?

— Sei porque me encontrei com a Diana e com o Plínio mais cedo, logo que cheguei. Ela veio me dar oi, fazia anos e anos que a gente não se via. Enfim, ela me apresentou o Plínio, nos lembramos da infância dela, e no final a Diana comentou que já tem criança fazendo brincadeira. Acho que ela falou que já estão no clima de festa. Certeza que a Diana se referia ao bilhete, porque ela riu, e o Plínio ficou meio sério falando que não era legal brincar com o susto da mãe dela.

Gurgel não se convenceu muito.

— Eu vou checar isso, Gurgel. Calma. Ficar desesperado agora só piora as coisas.

— Eu sei, eu sei... — Zangou-se por ser tratado como criança. E, então, continuou: — Você não vai denunciar? Essa Carmen aí, você não vai denunciar o que ela fez?

— Não.

— Deveria. Ou você tá com medo de que ela faça aquilo que prometeu sobre destruir a sua vida? Porque eu posso dar um jeito de...

— Não, não é nada disso. Só prefiro não arranjar mais problema. Tô aqui pra ser discreto e fazer o meu trabalho. Só.

Então Gurgel mordeu o lábio e deu um sorriso malicioso.

— Vou ser sincero: eu não imaginava você indo pro quarto com uma gostosa desse jeito.

— Eu só queria ver até onde ela iria.

— Mas você já sabia que ela ia tentar te dar um golpe?

Conrado deu de ombros.

— Duvido que você soubesse, Bardelli! Seu puto! E eu achando que você era casado e bom garoto.

Mas Gurgel não sabia explicar por quê. Nunca tinha visto aliança nem mulher, mas simplesmente supôs que o detetive era do tipo apaixonado que compartilhava tudo com uma esposa. Talvez tivesse a ver com a responsabilidade e a educação de Bardelli. Esses atributos apontavam para um homem fiel.

Conrado não negou nem concordou. Descartou qualquer comentário sobre sua vida particular com um tapa no ar.

— Eu tinha um pressentimento sobre a Carmen, só isso. Precisava tentar e ver no que dava. — Depois, introduziu outro assunto: — Tem certeza de que a Vanessa não contou pra ninguém?

— Já disse que sim.

— Eu sei que já disse, mas você tem que concordar que a Vanessa é, digamos, uma mulher jovem, falante e com uma personalidade... extrovertida.

Gurgel se irritou. Estava virando craque nisso.

— E daí? O que tá sugerindo? Que ela sairia por aí espalhando?

— E não sairia? Tô perguntando de verdade. O que você acha?

— Acho que você tá falando merda. Ela não é disso. Eu confio nela, porra!

— Se você diz...

— Não é só o que eu *digo*. Eu sei. Eu... meio que perguntei. Ela ficou puta. Disse que não era uma vagabunda e... Enfim, deu merda e eu aprendi a lição. *Eu* tô dizendo: ela não contou pra ninguém.

Lyra sempre duvidava. Mas deixou pra lá. Pegou do bolso sua bombinha de asma e levou à boca.

— Não sabia que você era asmático. Achei que detetives não pudessem ser asmáticos. Você deve ter que correr atrás de uns caras...

Lyra deu o mais irônico de seus sorrisos. *E eu achava que gente rica tinha classe*, quis dizer. Melhor ficar quieto.

— E agora, Bardelli? O que a gente faz?

— Agora você mantém o combinado. Continua sem se encontrar com a Vanessa.

— Eu sei. — Era a parte mais difícil para ele. Gurgel parecia um viciado separado de sua droga. — Eu disse pra ela que a gente não poderia nem trocar olhares. Só que ela não entende e fica dizendo que tudo continua igual, que é só tomar cuidado.

— Pelo amor de Deus, não me diz que você contou pra ela sobre a chantagista...

— Claro que não! O *cuidado* de que ela falou é pra ninguém da família descobrir.

— Ela não pode saber. E se vocês derem uma escorregada, ferram tudo.

— Bom, mas o que *você* vai fazer?

— Conversar e esperar.

— Como assim, esperar? Pelo quê? — Gurgel soou impaciente. Queria que Lyra saísse por aí investigando no sentido mais ativo da palavra.

— Só esperar. Você também. Você vai ver, as coisas se desenrolam.

Gurgel fez cara feia. Quis perguntar por que estava pagando um detetive particular para esperar. Porém, conteve-se e foi dormir, deixando Conrado para trás naquele banco.

II

Uma panela de pressão apitando. Fervendo. Impossível tocar em sua superfície — imagine então lavá-la e guardá-la de volta no armário. Foi assim que Lyra se sentiu. A panela era sua cabeça. E ele sabia que era inútil tentar dormir naquele momento. Precisava andar, falar, se distrair.

E quando deu por si, já estava de volta ao salão do jantar, à música alta e aos soldados que tinham sobrevivido até aquele momento na pista de dança. Os noivos, os padrinhos e mais alguns amigos. Estavam bêbados demais para reparar no retorno do barbudo. Mas uma pessoa reparou.

— Olha quem voltou das cinzas!

Emílio, com um sorrisão para receber Bardelli, abriu os braços como quem vê uma verdadeira fênix diante de si.

— Eu só tinha ido dar uma volta.

— Sei. Uma volta.

— Por que *sei, uma volta?* — *Fodeu,* pensou. Será que Emílio o tinha visto com Carmen?

— Nada, ué.

— Hum. Você parece que tá sempre sugerindo alguma coisa.

O rapaz bateu as mãos e riu.

— Meu caro Lyra, eu sou apenas um curioso. Entendo que você não gosta de mim. Muita gente não gosta por isso.

— Quem disse que não gosto de você?

— Intuição. E a minha é muito boa.

— E o que mais diz a sua intuição?

Emílio apoiou o queixo na mão e chegou a abrir a boca para responder, mas se conteve no último instante.

— Deixa. — E bebeu da garrafa de cerveja que segurava.

Olharam para a pista de dança ao mesmo tempo. Conrado disparou:

— Você gosta da Diana?

— Perguntando por que...?

— Porque fiquei curioso com essa coisa de intuição. Não precisa se irritar.

— Eu não me irritei. Nunca me irrito. — Mais três goles na cerveja. Levemente bêbado. — É uma criaturinha decente, a Diana — Emílio respondeu, mais para a garrafa do que para Lyra. — Sabe o que mais gosto nela, mas que também pode ser um problema? O fato de ela conseguir domar o Plínio.

— O Plínio me parece fácil de lidar. — Lyra foi mesmo sincero. — Tipo um... Um dogue alemão. Grande, assustador, mas dócil. Obediente.

Quando Emílio ouviu essa comparação, gargalhou a ponto de ficar vermelho.

— Melhor comparação que eu já ouvi! Genial! — Ele disse isso batendo palmas para Lyra. — Olha, você até tá certo. Mas não sei até quando a Diana vai aguentar. Tipo, uma hora a gente cansa de ter um servo do nosso lado. A vida sem um pouquinho de briga é *tão* sem graça.

— Eles não brigam?

— Você realmente não conhece o Plínio, né? Ele só arranja briga pelos mesmos motivos de um gorila: ou por comida ou por uma fêmea. Agora, ele já tem os dois. O resto do tempo, todo o mundo pressupõe que tá tudo bem com ele, ele não se manifesta e fica por isso mesmo. Todos sempre acham melhor deixar o Plínio na dele, sabe? Porque, sei lá, eu e a Vanessa já damos trabalho suficiente. E vai que o Plínio resolve se rebelar também... Difícil de explicar.

— Mas faz sentido. O Plínio é quieto.

— *Quieto* ele não é. O Plínio é deixado de escanteio. É diferente. As únicas vezes que o tenente-coronel levanta a voz pra falar com ele é quando o Plínio pega o carro ou faz alguma baixaria. O que, por sinal, sempre foi o *hobby* preferido do meu irmão: pegar algum carro escondido e ir pro bar com meninas de mentalidade igual à dele. Aí depois ele fazia aquela cara de bonzinho, tipo essa de dogue alemão que você falou, e convencia a minha mãe de que era um santo. E a minha mãe dava um jeito de convencer o tenente-coronel. — Ele fez uma pausa, balançando a cabeça. — A sorte do Plínio é que ele é burro, e as pessoas tendem a perdoar os burros mais facilmente, sabe? É como se eles não tivessem culpa por terem cérebros menores e incapazes de premeditar o crime que cometeram. Num júri, o Plínio seria taxado de retardado e receberia uma pena mais leve. Já se perguntou como ele entrou na faculdade de medicina? O lugar é daqueles que deixou cair o RG, pronto, tá matriculado. A mensalidade era um absurdo. Não à toa a nossa família empobreceu. Culpa do Plínio.

Com um gole de cerveja, Emílio engoliu o rancor.

— Mas quer saber de uma coisa? Ele é igualzinho ao tenente-coronel. A diferença é a justificativa. O tenente-coronel usa a desculpa da moral, da Constituição, da lei divina e sei lá o que mais pra defender o que ele faz de pior. E sempre sai impune. Os dois têm o sangue, o caráter. Sabe o que fizeram comigo, meu caro Lyra? — Emílio exibiu a garrafa de cerveja já quase vazia. — Me obrigaram a isto: uma única cerveja a noite toda. Sabe do que se trata? De medo de eu ficar bêbado e sair por aí dizendo coisas... descabidas.

Lyra subentendeu que o tenente-coronel devia ser o pai, Demétrio Amaral. Lembrou-se de três atributos: a pele negra enrugada, o terno verde-escuro impecável e o rigor no semblante. Um homem que deixaria de lado todas as convenções sociais para impor sua soberania patriarcal.

— Seu pai é tenente-coronel do exército?

— Não vai me dizer que ele ainda não te contou! — Emílio se fez de surpreso. — Gente, ele sai por aí dizendo isso como se fosse o presidente do Brasil!

— Eu mal encontrei seu pai.

— Ele já é aposentado, mas foi comandante da Rota. Já deu pra entender o nível, né? O que me irrita é que o Plínio adora e acha que tem a mesma autoridade.

— Pelo jeito, você também não se dá bem com o seu irmão. Você falou mais cedo que ele tem motivos pra te odiar.

Silêncio. Emílio ficou incomodado, mas estava tão desesperado por atenção que preferiu passar por cima do mal-estar.

— Imagino que o meu pai ainda não tenha comentado sobre o filho preferido, né?

— Não. É você?

— Eu? — Riu, bêbado de ironia. — Não, o Mercedes. O tenente-coronel fez questão de vir com ele, a entidade que mais ama na vida. Mercedes 220S. O homem é capaz de esquecer os nossos nomes, mas não o do carro. É questão de tempo até ele te puxar de lado e contar sobre a lataria, motor, aquelas coisas de que ninguém quer saber.

— Você tá exagerando. Duvido que o seu pai goste mais do carro do que de vocês.

— Claro que é. Tô te dizendo. A verdade é que meu pai teve três filhos e nenhum saiu do jeito que ele queria.

— Talvez ele só não demonstre do modo certo...

— Ah, Lyra, por favor, né? Você por acaso é relações-públicas?

Lyra sabia que Emílio estava certo. E por isso ficou intrigado. Começou a entender a origem de disfunção daquela família.

— O primeiro filho nasceu forte como ele queria, mas é limitado, sem ambição, sem vontade própria... Largou a faculdade de medicina. *ME-DI-CI-NA*. As únicas

vezes que o Plínio se mexeu na vida foram pra conseguir sexo. O segundo filho...
— Emílio apontou para si mesmo. — ...não preciso nem comentar, né? E a mais nova
é uma débil mental. Mas verdade seja dita: meu pai idolatra a Vanessa, louca ou sã.
Porque ela, pelo menos, tem desde pequena essa esperteza, essa agressividade que
meu pai gosta tanto. Gosta porque é exatamente reflexo dele. O tenente-coronel é
narcisista, viu?

E depois de uma pausa enigmática:

— Você não imaginaria o que a Vanessa faz por ele. Não que ela tenha opção...
Vive presa naquela casa.

— Era isso que eu ia perguntar. Por que vocês não saem de casa? Pelo jeito, as
coisas não funcionam muito bem...

Emílio fez que ia responder, mas se conteve.

— A minha cerveja acabou. — E se levantou da mesa.

— Era sua única e última?

— Acha mesmo que eu obedeci aquela regra imbecil?

Ele saiu na direção do bar. Lyra continuava com a mente acelerada. Viu Vanessa
no canto da pista, cabisbaixa, passando os dedos pelas pontas do cabelo escuro. Pensando no príncipe? Como se Vanessa fosse assim, inocente. Nada daquilo, aliás, se
parecia com um conto de fadas. Quanto mais Lyra conhecia os convidados, mais se
deparava com o lado podre daquela gente. Não era por se tratar de um casamento que
as coisas tinham de parecer um sonho.

III

— Achei um bonitão perdido na pista. — Emílio voltou trazendo consigo um convidado que carregava um copo com uísque. — Conhece o Enzo, meu caro Lyra?

Enzo Gurgel, o filho de Ricardo, tinha as sobrancelhas grossas e os cheios cabelos negros do pai, mas herdara traços delicados da mãe. Rosto bonito, olho claro e
barba benfeita.

— Vem pra cá antes que mais alguém se apaixone por você — Emílio falou. Seu
maior deleite foi ver que Enzo ruborizou de vergonha. — Você conhece o Lyra? Senta
aí de uma vez.

— Não conheço...

— Nem eu, mas ele é uma companhia... sei lá... enigmática.

— Prazer — Enzo estendeu a mão para Conrado, que retribuiu.

— O prazer é meu. — Um aperto de mão forte. — Conrado Bardelli.

Enzo sorriu. Começaram a conversar trivialidades. Emílio — que dificilmente gastaria saliva para falar sobre coisas óbvias, mesmo que apenas para efeito de amizade — decidiu que era hora de trocar de passatempo.

— Olha só como vocês já estão íntimos. Bom, tchau. — E foi embora sem um *boa noite* adequado.

— Sujeito engraçado — disse Lyra.

— Não sei se essa é a palavra certa...

— Você deve ser vítima fácil dele. O Emílio tem cara de quem adora incomodar os educados.

Enzo concordou com uma gargalhada.

— Ah, mas eu não me importo, não. E outra: se a gente não leva na esportiva, aí sim é que ele não para.

— Você é o que dos noivos, Enzo? — Lyra precisava fingir que não conhecia os Gurgel. Ouviu a resposta com um sorriso de admiração. — Poxa, então você cresceu com a Diana?

— É, a gente era vizinho. Ficava sempre um na casa do outro. A Diana é tipo uma irmã, sério, não tem outra forma de dizer... — Ele contava sobre o passado com uma sinceridade, uma felicidade contida, algo que fazia as pessoas quererem sorrir junto. — Eu adorava ganhar dela no racha de bicicleta e provocar dizendo que ela nunca ia chegar aos meus pés. A Diana queria morrer! A gente não se desgrudava...

Enquanto falava, Enzo puxou um guardanapo para secar o copo de uísque. Sem perceber, acabou puxando junto algo que caiu no seu colo.

— Íxi, é um celular. — Ele analisou o aparelho nas mãos. — Alguém deve ter esquecido.

Quando tocou na tela, ela se acendeu. E Enzo não pôde evitar de olhar o conteúdo. O que viu fez suas sobrancelhas se erguerem. Ele sorriu.

— Caramba, seu Conrado, é o senhor aqui?

— Oi?

O celular, aberto numa página da internet, estampava uma foto de Lyra passando de cabeça baixa no meio de fotógrafos. Acima, a manchete:

DETETIVE PARTICULAR QUE SOLUCIONOU MORTE DE ERIC SCHATZ PRESTA DEPOIMENTO SOBRE O CASO

— Poxa, o senhor é famoso — foi a única observação que Enzo fez, vendo que Conrado ficara constrangido.

Lyra deu risada de nervoso:

— Eu, famoso? *Famoso?* Imagina...

Sabem quem você é, sabem quem você é, fodeu, fodeu.

Percebendo que Conrado tinha lidado facilmente com o assunto, Enzo perguntou sobre o caso de Eric Schatz e sobre a profissão. Estava intrigado para saber como um detetive particular trabalhava. Lyra contou, com as bochechas coradas.

— ... e trabalho de modo silencioso, enfim, eu...

— Que interessante. Você pode estar trabalhando agora, então?

— Ah, não! Não em pleno casamento.

— Ah, tá!

Gargalharam. Dali a pouco, Emílio reapareceu, olhando de um lado para o outro. Foi até a irmã, no outro canto do salão. Vanessa, até então desanimada, ganhou cor quando Emílio falou algo em seu ouvido. Agitou-se, irritada, e gritou algum xingamento, encoberto pela música. Ainda berrando e gesticulando, Vanessa se levantou, virou-se e saiu andando em direção ao banheiro feminino.

Então Emílio se aproximou da mesa de Conrado e Enzo. Acelerado, tinha a voz aflita:

— Gente, por acaso um celular ficou aqui? Eu... — E quando viu o celular com a tela acesa nas mãos de Enzo, esbugalhou os olhos. Agarrou o aparelho com um movimento súbito, como quem brinca de batata quente. — Ah, você achou. Pronto, obrigado. Boa noite pra vocês.

Foi embora apressado. Lyra escondeu sua agonia. Na mente, a voz repetia: *Eles sabem quem você é.*

IV

Enzo bocejou, sorveu o finzinho do uísque e anunciou sua partida.

— Eu também vou já, já — disse Lyra.

Permaneceu só para tomar uma garrafa de água. A música tinha parado, o DJ e outro funcionário enrolavam cabos, enquanto a noiva, o noivo e outros cinco jovens terminavam o papo. Foi Diana quem reparou na presença solitária de Bardelli. Resolveu ir dar boa noite. Conrado sorriu quando viu os cabelos castanhos se aproximando.

— Aproveitou bastante a festa, hein, tio? Ficou até agora!

— Tava tudo uma delícia, Diana, parabéns.

— E olha que ainda faltam três dias. Tio, amanhã eu te apresento todo o mundo, agora a gente precisa ir — ela dizia isso de lado, como se atrasada para voltar ao grupo. — Mas amanhã eu tenho uma surpresa pra você!

— Pra mim?

— É! Não vou contar, mas... Você vai ver. Amanhã a gente se fala.

Beijo de despedida, um aceno para Plínio e fim da noite. Lyra caminhou lentamente para fora do salão. Só conseguia pensar em uma coisa: *Emílio Amaral e Enzo Gurgel sabem que eu sou um detetive particular.*

Talvez aquilo não significasse nada. Talvez sim.

E, de repente, uma voz veio de suas costas:

— Você sabe se o imbecil do meu irmão achou o meu celular? — O tom de Vanessa era de quem passara pela embriaguez e agora morria sóbrio. — Eu vi o Emílio indo até a sua mesa.

Ela apontava para Lyra como se ele fosse obrigado a dar satisfação.

— O celular era seu?

— Então ele achou?

— Achou, sim.

— Ufa. Tá, valeu — mas o agradecimento soou em vão. — O Emílio faz de tudo pra me irritar, tenho certeza de que ele perdeu só pra...

— Por que ele não usa o próprio celular? — Lyra fez a pergunta depressa, na esperança de que Vanessa não reparasse na intromissão.

Ela não reparou.

— Porque é idiota. Ficou bêbado, sei lá, tipo umas duas semanas atrás, aí deixou cair o celular dele na piscina da nossa casa! E agora tá usado um velho e ele fica pegando o meu emprestado quando precisa usar a internet... — Vanessa se tocou de que falava em excesso. — Bom, boa noite.

— Boa noite.

E aí ela estacionou no lugar e seu rosto perdeu a cor.

— Espera aí, eu te conheço?

Lyra não mexeu um músculo.

— Eu não sou famoso — ele disse, na falta de algo mais inteligente para dizer.

— Ah, deixa pra lá. — Vanessa se adiantou, subitamente tomando a decisão de ir embora. — Melhor você ir dormir também, já estão fechando o salão.

V

Um muito bêbado e grudento Oscar impediu Conrado de voltar a seu quarto.

— Vem cá, seu gostosão! — Ele abraçou o barbudo na porta. Abraçou com tanta força que quase derrubou os dois no gramado. Fedia a uísque. — Quero ficar *um tempo* com você, Lyra! Entende o que eu quero dizer? Porque, cara, faz tantos anos, e as coisas vão passando... — Suspirou e olhou fundo nos olhos de Lyra.

Meu Deus, só falta ele começar a chorar, pensou o detetive.

— Muitos anos mesmo, hein? Saudade de vocês, Oscar.

— Saudade de *você*, Lyra! *De você!* Que falta você faz, um cara decente, sério, que leva as coisas numa boa. Todos esses anos a gente pensando em você, e aí a Diana com esse negócio do casamento e aquele tal de *pai, quem você quer chamar dos seus amigos?*... Eu já gastei as calças com esse casamento, então quis mesmo é chamar todo o mundo. Não, não, Lyra, você não vai dormir agora não, a gente vai be-ber...

— Oscar, eles estão guardando tudo.

— A gente dá um jeito, ué. Vem cá, rapaz! — ele se dirigia ao garçom que guardava os copos. — Vem cá, vem cá. Me diz: você tem filha?

O garçom não sabia se ria ou respondia por educação. Conrado incentivou-o a escolher a segunda alternativa.

— Não tenho, senhor.

— Você vai ter ciúme da sua filha?

— Não sei...

— Agora ponha-se no meu lugar, rapaz. — Ele abraçou o garçom de lado. — Minha única filha vai se casar. Eu vou entregar a minha princesa pra sempre pra outro homem. Entende a minha posição? Então faz o grande favor de me servir mais um licor.

O garçom encheu dois cálices e deixou a garrafa sobre a mesa com um sorriso divertido. *Incrível como ele consegue*, pensou Conrado.

— Você tá ótimo, Lyra!

— Tô nada, olha só, barba ficando branca.

— Dane-se, isso não quer dizer nada. Ou melhor, quer dizer *experiência*. É charme, meu amigo. — E lançou uma piscadela. — Por sinal, achei que você fosse trazer uma namorada ou... bom, eu sei que... enfim.

Ficou sem jeito de continuar porque conhecia o passado de Conrado. E não achava que aquele era um bom momento para trazê-lo à tona. Desconversou, lascando mais elogios ao companheiro.

— Você é que tá bem — Lyra respondeu. — Olha só, família reunida, vocês todos bem, a Diana casando...

Oscar abriu um sorriso meio orgulhoso. *Meio* porque a essência daquele sorriso não era totalmente alegre. Faltava cor.

— É, eu... Bom, a Diana tá feliz à beça. Essa menina nunca parou quieta, você sabe. Lembra dela criança? Continua igual. Agitada, levada, a única diferença é que hoje não conta as coisas pra gente. Ah! Eu tava falando dos convites de casamento. Então, a Diana me perguntou quem eu queria chamar, e não é que a gente pensou em você? *Aquele seu amigo barbudo, com asma e que eu chamo de tio*, ela me disse. Claro, a gente não sabia que você tava fora, viajando aí pelo exterior, mas você não imagina como fiquei feliz quando você me ligou dizendo que podia vir. E por falar nisso... — Oscar sorriu com o rosto todo. — ... quero que você leve a minha menina, de carro, pra porta do casamento!

Conrado sentiu que poderia fazer bom uso de sua bombinha. Desesperadamente. Pediu um minuto a seu amigo, aliviou os pulmões e só então — só quando já havia raciocinado sobre o inesperado convite — foi que perguntou do que aquilo se tratava.

— Rapaz, sabe qual a memória que a Diana mais tem de você? — Oscar esperou para ver se Lyra adivinhava. — Carro antigo, Lyra! Sabia disso?

— Bom ser lembrado assim.

— E antes ela já tinha cismado que queria alguém pra levar do cabeleireiro até a entrada do salão porque sonhava com uma entrada de noiva do jeito tradicional, sabe? Carro antigo e tudo o mais. E aí você avisou que viria e...

— Oscar, pera aí, eu não tenho mais carro antigo.

— Eu sei, mas o carro já tá aí. — Ele sorriu e gesticulou para o lado, como se pudesse mostrar o automóvel ali do lado deles. — É só você subir no Mercedes que o Demétrio emprestou, buscar a Diana no salão de beleza e trazer aqui de volta. Só não vai o próprio Demétrio porque ele é pai do noivo.

Conrado sofreu por dentro. Já se sentia mal por estar ali apenas a trabalho. Agora tudo piorava com a perspectiva de efetivamente fazer parte daquele casamento — da cerimônia, das fotos, das memórias. Veio uma dor de cabeça, sintoma da traição. Nervoso, Lyra começou a brincar com a bombinha entre os dedos.

— Hein? O que você acha?

— Olha, eu não sei se é uma boa, porque...

— Não, Lyra, você não tem escolha. Pronto. A Diana que pediu, cara! Posso te dizer uma coisa? Ela mal lembra dos meus amigos. E lembrou de você. E você vai dizer "não"?

— Eu não disse que vou negar.

— Então é sim! — Oscar abraçou Conrado com entusiasmo por cima da mesa, quase derrubando os dois cálices. Depois, suspirou e mudou de assunto: — Eu vi você conversando com aquele menino, Lyra.

— Qual deles?

— O Enzo. Rapaz gente boa aquele lá, não?

— Muito.

— Um moço educado que só. Cresceu assim. Os pais dele também são gente do bem. Educada, decente, não é à toa que o Gurgel hoje é um desses empresários fodões que moram no Jardim América, sabe?

Ah, se ele soubesse dos podres da família...

— Mas o Enzo — Oscar foi em frente, balançando a cabeça em aprovação — não tem só educação. Ele é de caráter bom, cresceu assim, sabe? Tem a ver com personalidade mesmo. Eu me orgulho muito de ele ter crescido com a minha Diana, os dois são muito parecidos nesse sentido, boas pessoas. Sabe quando a gente cruza com um rapaz que gostaria de ter como filho?

Silêncio. Conrado imaginou aonde Oscar queria chegar, e desejou muito que ele parasse antes. Mas o álcool ajudou a expelir mais palavras impulsivas:

— Não é igual... Bom, você sabe, não sabe, Lyra? Você é especialista no ser humano.

— Especialista no ser humano? Essa é profunda.

— Não, fala a verdade, você é. Um cara que estuda a ciência do homem, como advogado e naquele seu ramo de seguir as pessoas, resolver casos e tudo o mais. Por sinal, você ainda trabalha com isso?

— Sim.

— Ótimo, melhor ainda. — Ele reabasteceu o cálice, cruzou a perna, encostou-se no espaldar. Falava também com as mãos. — Você é um cara estudado, é uma pessoa que sabe muito bem... *avaliar* o caráter de cada um.

— Ainda não entendi aonde você quer chegar, Oscar — Lyra disse, meio divertido, meio preocupado.

— Calma, a gente chega lá. Então, você é uma pessoa que conhece o caráter. E eu também não sou um zé-ninguém. Posso não ter conhecimento científico igual a você ou... Sei lá, não sou *expert*, mas conheço um fracassado quando bato o olho. — Agora ele estacionou na frase e a deixou pairar sobre aquela mesa. — Você sabe do que tô falando? Conheceu algum desses... desses problemáticos por aqui?

Lyra negou com a cabeça e continuou a brincar com a bombinha para se acalmar. Insistiu que não sabia o que Oscar queria dizer. *Para, Oscar, por favor.*

— Esse... Bom, você sabe de quem eu tô falando. A Diana o apresentou e eu jurava que era só um cara com quem a minha filha ia se divertir, e eu disse *tá bom*. Ela veio com papo de namorar o cara, e eu disse *tá bom* de novo. E aí você vai deixando pra depois aquele assunto sobre caráter e integridade porque você pensa *não, nem preciso entrar nesse assunto porque esse namoro não vai pra frente, ela vai perceber.* Mas então as coisas foram evoluindo, evoluindo, e quando eu tive esse papo... Vish! A Diana não quis ouvir, sabe? Disse que tinha tomado a decisão e...

— Você tem que respeitar, Oscar.

— Claro, claro, eu respeito. Só não consigo parar de pensar que eu tive culpa porque não agi rápido o suficiente.

— Oscar, para, por favor. É o licor falando. — Bardelli fez menção de sequestrar o cálice do amigo, mas este foi mais rápido: agarrou a bebida e a segurou contra o peito.

— Não é o álcool, Lyra, eu tô falando o que sinto.

— Você sempre fala demais quando bebe. Você não muda.

Episódio parecido fizera com que Oscar fosse expulso da faculdade de direito. Anos antes, quando ele e Lyra ainda estudavam juntos, Oscar havia bebido demais na comemoração de uma vitória do time de futebol da faculdade. Embalado pelos tragos de cachaça, ele acabou subindo em uma mesa e gritando, para quem quisesse ouvir, que tinha dormido com a professora de direito penal. Uma semana depois, feitas as devidas apurações por parte da reitoria, ele foi convidado a se retirar, ao lado da docente, demitida.

Agora, em 2017, Oscar mostrava que continuava o mesmo. *Pelo menos ele não está gritando para a festa toda ouvir.*

— Aquele pai dele, meu Deus, que inferno lidar com aquele homem...

— Não conheci ainda.

— Um militar doido. E que criou o futuro marido da minha filha, a propósito! Entende o que quero dizer? O berço a gente sabe logo como é, e berço faz diferença, e...

— O que a Edna diz?

Pfff, ele fez.

— Ela não diz nada. A Edna é durona pra dar bronca no dia a dia, mas pra coisa mais séria assim ela fica quieta. Fica fugindo.

— Você só tá falando isso porque vocês se separaram e ela discorda de você.

— Pode ser. O fato é que eu... Dá pra você parar de brincar com essa porra de bombinha?!

Naqueles anos todos, Lyra nunca vira Oscar se irritar. Nunca. O que tornava tudo muito pior agora. Pois aquele homem tranquilo apontava um dedo pouco educado para o nariz de seu amigo, o rosto contorcido em ira.

Ao perceber o que tinha feito, Oscar desmontou.

— Desculpa, Lyra, desculpa. É que eu perco a cabeça quando vejo essa porra de bombinha! Vou juntando, juntando, e quando explode... Deixa. Desculpa.

— Tudo bem. Eu guardo.

— Obrigado. Olha, a culpa nem é desse menino. Não é como se ele tivesse feito ou dito alguma coisa. É só o jeito, o padrão. — Ele ouviu que alguém se aproximava às suas costas. Pressupôs que fosse o garçom. Levantou a mão: — Me traz outro licor, amigo, por favor. Mas voltando ao que eu estava dizendo: pra falar a verdade, nem é culpa do menino. É só pressentimento de que ele é o cara errado, aquele que vai ser má influência pra minha família. Pode perguntar por aí, todo o mundo tá querendo dar um jeito de se livrar dele, e eu tenho medo de que as pessoas mais... como eu posso dizer?.... as pessoas mais *radicais* façam coisas mais drásticas, e eu não queria que esse menino se machucasse. — Oscar aproximou o corpo e prosseguiu, sem dar chance de o amigo interromper: — Lyra, eu tô te falando que *sei*, desde o primeiro momento em que vi o rapaz, que vai dar separação! — Levou o cálice à boca, percebeu que estava vazio, assim como a garrafa, e virou-se para o garçom: — Eu pedi mais uma garrafa amigo, você...

Parou quando viu que quem estava em pé às suas costas não era o garçom. Era Plínio. Lyra não tinha conseguido alertar. O silêncio seguinte foi um dos mais desagradáveis que ele já presenciara.

— Ah, meu Deus... — balbuciou Oscar.

Plínio foi embora sem dizer nada.

— Puta merda, Lyra!

A mistura de bebida e vergonha fez com que todo o conteúdo do estômago voltasse à boca. Oscar vomitou no carpete mesmo, sem perspectivas de uma corrida ao gramado.

— Merda... Merda...

Lyra ouviu essa palavra repetidas vezes por mais meia hora, tempo que precisou para encher Oscar de água, ajudar o garçom a limpar o carpete e levar o amigo para a cama.

— Eu estraguei tudo, eu estraguei tudo... — choramingou o bêbado, quando Lyra o deitou.

— Dorme. Você precisa dormir.

— Lyra, eu ferrei com tudo, eu...

A porta do quarto se abriu. Entrou uma mulher de cabelo curto, ruivo e corpo gorducho enrolado num robe.

— O que aconteceu?

Era Edna Ferraz, mãe de Diana e ex-mulher de Oscar. Lyra a conhecia muito bem dos anos em que fora próximo da família. Fazia muito tempo. Apesar disso, Conrado se dirigiu a Edna com a mesma familiaridade daquela época. Ela o cumprimentou com um beijo na bochecha e explicou que tinha ouvido a barulheira no corredor.

— E você não conhece o Oscar, Edna?

— Ai, Deus... Vai me dizer que foi uísque desta vez?

— Só sei que terminou com licor.

— Edna... Edna... — Oscar chamava.

— Fica quieto, homem, senão você não melhora. Fica quieto e dorme.

— Eu fiz bes-besteira, Edna. Eu fa-falei... — Tossiu.

— Será que você não vai crescer nunca, Oscar? Você não muda! Eu disse pra ficar quieto e dormir.

Lyra sempre adorou observar a relação dos dois. E ficou surpreso ao ver que ela se mantivera mesmo após o divórcio. Oscar, sempre extrovertido, boêmio e amigável. Edna, mandona, sensata e realista. Um casal que, no papel, dificilmente daria certo. E realmente não deu — a separação estava aí para provar isso. Mas o vínculo persistia.

— Acho que ele dormiu — cochichou Edna. — Obrigada, Lyra. Eu fui embora achando que podia confiar nele. Burra. O queridinho aí sempre dá um jeito de me surpreender.

— Não tem problema. Pelo menos ele é obediente quando passa da linha.

— Obediente? — Ela lançou um olhar de descrença, lembrando-se de outros episódios que lhe tiraram o sossego. — Você diz isso porque faz tempo que não vê o Oscar. Piorou com a idade. E, se eu conheço direito a peça, não duvido que ele tenha saído por aí falando um monte de coisa que ninguém deveria ouvir.

Eles se despediam do lado de fora quando Lyra a segurou pelo braço e se fez de curioso:

— Edna, eu fiquei sabendo que você recebeu uma carta.

— Ah, o meu admirador secreto? Como correm rápido as fofocas, hein? Fica tranquilo. Deve ter sido um idiota qualquer.

— O que dizia?

— Por que quer saber? É bobagem.

— Fiquei preocupado.

Ela o encarou, pescoço torto, e seus gestos questionavam: *Preocupado por causa de uma brincadeira?*

— Falava alguma coisa sobre me fazer sofrer. "Sua hora tá chegando", algo assim. Fica tranquilo, eu vi que era cretinice, amassei o papel e joguei fora. A minha tia também veio arrepiada falar comigo.

— E dizia o seu nome?

— Não, claro que não. Tô te falando, deve ter sido um babaca que mandou isso aleatoriamente. Não disseram que foi o filho de uma moça? Coisa de criança.

— Ele enfiou o bilhete debaixo da sua porta?

— Lyra, tem algum problema? Você tem alguma coisa pra me dizer?

Ela estava suspeitando. Ele precisava terminar o assunto.

— Já falei, é só preocupação. Eu soube da história e fiquei horrorizado.

— Você envelheceu e virou medroso?

Ele achou graça e ela acrescentou:

— Fica tranquilo porque este *não é* um dos seus casos.

Mais uma que sabe o que eu faço.

Na hora de deitar a cabeça no travesseiro, Conrado Bardelli só conseguia pensar nas mulheres. As que haviam passado pela sua vida, as que estavam naquele casamento — Diana, Carmen, Vanessa, Sandra, Edna — e aquelas que ainda iria conhecer. *E aqui estou eu contando mulheres em vez de carneirinhos.* Tentou rir de sua própria piada mental, mas não conseguiu. Ele tinha um mau pressentimento. Precisava descobrir logo quem era a chantagista e dar o trabalho por terminado.

Qual delas?

CAPÍTULO 5

Perfume de rosas

UM DIA ANTES DO CASAMENTO

I

Às sete e cinco da manhã seguinte, Rosane, a recepcionista gordinha e de cabelo preso em coque, entrou na sala da chefe.

— Dona Eunice, tem um hóspede aí pedindo uma coisinha.

— Tá, Rosane, você não precisa vir toda vez me perguntar. Pode atender o pedido do homem.

— Mas eu não sei se a gente tem o que ele pediu.

— O que ele pediu?

— Um umidificador.

— *Um umidificador*? Aqui, do lado do Cantareira? Que raio de pedido é esse? — Ela se levantou e guiou o caminho pela porta. Gesticulou um *deixa comigo*.

Não seria um pedido estranho numa manhã de sexta-feira que faria Eunice, a dona do hotel, ter dor de cabeça. Quantas vezes já não tivera que se levantar de sua mesa e andar de um lado para o outro para resolver problemas? E isso desde a época da obra. Se hoje Eunice Rabelo estufava o peito com pulmões saudáveis e aparentava ser mais jovem que outros de sua idade era por causa das andanças naquele terreno.

Na recepção, deparou com um senhor de barba castanho-grisalha debruçado sobre o balcão. Um sorriso de quem não quer nada. Ele se apresentou e deu o número do quarto.

— Nem sabia se a senhora estaria acordada, dona Eunice...

— Ah, claro que estaria. Antes das seis horas eu saio pra colher o leite da vaca — sorriu, orgulhosa.

— Jura?

— Opa. E pegar os ovos das galinhas, colher as frutas, os legumes, as verduras pro almoço.

— Poxa, que legal.

— É, os hóspedes adoram saber que comem o que é colhido aqui. — Ela mexeu a cabeça, sabendo que causava boa impressão. — E eu faço questão de que seja assim, viu, seu Conrado. Acordar cedo sempre foi tradição da família do meu marido. Ele morreu faz uns anos, mas o exemplo tem que continuar, né? E outra: não é todo dia que alugamos todos os quartos num pacote de cinco diárias pra um casamento. — Sorriu. — Então tô aqui pra qualquer coisa.

Lyra repetiu que precisava de um umidificador e completou:

— É que eu tenho asma.

Claro que ele sabia que dificilmente o hotel teria um umidificador.

— Nunca pediram isso pra gente, seu Conrado... Mas é que ó: o próprio noivo disse que o Cantareira já é suficiente para melhorar o ar — ela puxava os erres, como verdadeira mulher do interior.

— Como assim, o próprio noivo?

— É que o seu Plínio também tem asma. O senhor não sabia? Quando foi que ele me contou? Ah, foi no dia em que eles vieram conhecer o hotel. Passearam o dia todo. Tinham visitado outros hotéis... isso eu me lembro... e disseram que escolheram o nosso porque ficava ao lado da represa, e isso faria *toda* a diferença pra ele.

— Ah, sim, com certeza. É diferente mesmo, mais rústico.

— Isso, simplicidade é tudo aqui. Pode ver que pra entrar nos quartos é chave mesmo, não cartão — *carrrrtão*. — A gente quer é que vocês, povo da cidade, saiam da tecnologia pra ter contato com a natureza. Eu e o meu marido pensamos nisso na hora de construir. Tem gente que vem a cada dois meses só pra ficar perto da mata — soou *perrrrto*.

Eunice Rabelo contou que o marido morrera pouco tempo antes de o hotel ficar pronto. Ela acabara cuidando sozinha dos filhos, hoje crescidos.

— Foram tempos difíceis, sabe? Mas eu tenho orgulho. Meu único arrependimento foi não ter convencido nenhum dos meus dois filhotes a tocar o nosso Hotel-Fazenda Cardeais.

— E por que cardeais?

— Porque, se o senhor prestar atenção, vai ouvir esse tipo de pássaro cantando o dia todo. Uma delícia, tô falando.

— É fantástico, sem dúvida — Lyra respondeu, no modo automático. — Agora queria saber se a senhora pode me ajudar com outra coisa. O Oscar tem essa mania de ficar pagando tudo pra todo o mundo, e eu pretendo retribuir com algum dinheiro. Mas ele não pode saber que fui eu. Então se eu deixar um envelope aqui com vocês, com um dinheirinho dentro, vocês entregam pra ele?

— Claro. Entrega no quarto, as meninas da recepção estão aqui para isso.

— Mas são pessoas de confiança?

— Não tem com que se preocupar — ela deliberou como se apostasse sua própria vida.

— A Carmen — ele inventou — fez isso também, não é? Deixou um envelope pra dona Edna, do quarto treze.

Eunice pensou por um segundo. Nenhuma luz se acendeu sobre sua cabeça.

— Não sei... Não tô lembrando.

— Talvez uma das meninas tenha feito isso.

Rosane, recepcionista, voltou dos fundos com um copo de café nas mãos.

— Envelope pro quarto treze? Ah, sei, sim. Eu só não vi qual hóspede deixou aqui. Foi anteontem à tarde, se não me engano. É, isso, foi na hora que tava chegando aquele bando de gente...

— Rosane!

— Aqueles *hóspedes*, desculpa... A gente fez o check-in de todos, e só no fim percebeu o envelope. *Eu* entendi que era pro quarto quinze. A Lia leu treze. Sei lá, o cinco era todo torto. No fim, quem quis dar a palavra final, como sempre, foi a Lia.

— Rosane!

— Verdade, dona Eunice, é sempre assim.

— Quer dizer — Lyra se intrometeu — que vocês enviaram o envelope ao quarto treze, da dona Edna?

— Isso. A gente acertou, né?

Eunice prendeu a respiração.

— Ah, claro... — Conrado disse. Agora sim tudo fazia sentido. O quarto quinze era o de Gurgel. Treze, de Edna. — E vocês não viram quem deixou esse envelope em cima do balcão?

Agora Eunice estranhou.

— Mas o senhor não acabou de falar que foi uma hóspede?

Ele corrigiu a falha:

— Sim, foi a Carmen. Eu só perguntei porque fiquei com receio de alguém mais ter tocado no envelope enquanto as meninas estavam distraídas.

Antes de ir embora, Lyra reparou que havia uma câmera de segurança no fundo da recepção. Quem sabe não teria registrado a pessoa que deixara a carta sobre o balcão? Mas como ter acesso às imagens confidenciais? Conrado teria que deixar isso para depois.

II

A recepção ficava num extremo do hotel, na entrada dos carros. Quem vinha a pé de lá precisava percorrer uma alameda bastante florida, com plantas encrespadas num pergolado e chão de pedra. Era um caminho agradável no meio da mata. Em determinado ponto, a alameda se bifurcava: quem escolhesse a esquerda, seguia em direção ao gramado dos quartos e salões. A rota à direita levava a um passeio por todo o entorno do hotel, margeando a piscina e, mais embaixo, a própria represa.

Conrado Bardelli escolhia o caminho da esquerda quando sacou o celular do bolso e fez uma ligação. Depois de três toques:

— Olha só quem resolveu aparecer! — disse a voz grave do outro lado da linha.

Era de Wilson Validus, delegado do Departamento de Homicídios e de Proteção à Pessoa de São Paulo. Era também um dos amigos mais próximos de Conrado. A amizade tinha resultado em churrascos nos fins de semana e uma dúzia de casos resolvidos.

— Você não tem ideia de como é bom ouvir uma voz familiar, Wilson. Parece que eu tô num ninho de cobras. Sei que você tá de férias, mas...

— Não tô mais. A Helena tava enchendo o saco em casa. Deixei pra tirar os outros quinze dias de folga no fim do ano, quando a gente for visitar as meninas. Agora me diz logo por que você ligou.

— Só quero checar a ficha de uma mulher.

— Sabia que você só aparece pra me arranjar problema? Nunca pra me dar boa notícia.

— Coitadinho de você. O drama de Wilson Validus. O injustiçado da Polícia Civil. Vai virar reportagem do *Fantástico*.

— Vai se foder. Olha, eu até posso te ajudar, mas vai demorar, porque nem sou eu quem...

— Calma, tudo bem. Até amanhã você acha que dá? Pode anotar o nome da moça?

— Moça? Não me diz que você tá comendo... Bom, aguenta aí. Você me pegou na padaria, no meio do café.

— Desculpa.

— Você só me fode. Pronto, fala.

— Carmen Vicente Ayuma. Pode anotar o RG?

— Porra, até RG você arranjou? Roubou a carteira dela?

— Não, mas usei uns métodos meio... eticamente questionáveis.

— Você é um puta de um malandro, sabia? Fica com esse seu jeito de cavalheiro, achando que tá enganando todo o mundo.

— Acordou de bom humor hoje? Nunca vi você me elogiar.

— Fala logo o que fez pra conseguir os dados dela.

— Num hotel. Eu só tirei a recepcionista do caminho e procurei os dados no computador da recepção. Mas é por uma boa causa, só pra saber se ela tem passagem, se já se envolveu em alguma coisa...

— Bom, só não me envolve em nada, tá?

— Você é um deus!

— Olha aí, como você é falso! Você se faz de...

Lyra desligou na cara dele.

III

Não eram nem nove horas da manhã e Sandra já gritava:

— Você ouviu o que eu disse, Gurgel?!

— Ouvi, pode pedir o café aqui no quarto. — Ele culpou o sono por sua lentidão mental. A verdade era que mal dormira. Só pensava na chantagem.

Sandra, então, passou a esbravejar ao telefone, com o funcionário do restaurante. Ele informava que o hotel não tinha serviço de café da manhã nos apartamentos. Ela bateu o aparelho no gancho. *Precisamos ir pro bufê*, anunciou com nojo, como se fossem encontrar baratas lá, não convidados do casamento.

— Você não vai se trocar? — perguntou Sandra, depois de pronta. Provara três vestidos floridos até escolher um que julgava adequado.

— Vou. Pode me esperar na entrada do restaurante, se quiser.

— E fico fazendo o que lá?

— Encontra a tia Hortência. Ela deve estar esperando a gente acordar pra comer.

— A tia Hortência, esperando? — ridicularizou. Com razão, porque Gurgel sabia mais do que ninguém que sua tia não era de esperar pelos outros. — E você por acaso ouviu o que ela e eu dissemos mil vezes ontem? Você tem ouvido *alguma coisa* do que a gente diz ultimamente?

— Desculpa.

— O que tá acontecendo com você, Gurgel? Você precisa começar a tomar aquelas vitaminas, sinceramente. A tia Hortência foi dormir cedo ontem porque hoje de manhã tinha um encontro com os noivos e os padrinhos. O Enzo também está com eles. E à tarde tem ensaio da cerimônia.

— Ah, verdade, lembro que ela disse — Gurgel fingiu se importar.

Ele só queria ficar sozinho. Sentia-se pior na presença da esposa, a voz fina soava como uma constante microfonia no cérebro. Tomou coragem e disse:

— Acho que não tô muito bem.

— Como assim? O que tá sentindo? — Sandra mostrou que se arrependera pelo tratamento azedo.

— Só indisposição. Acho que vou tomar um banho pra acordar direito e ver se passa a dor de cabeça.

— Dor de cabeça também? Isso, toma um banho. Quer um remédio?

— Tem?

Ela checou a bolsa e admitiu, embaraçada, que tomara a última cápsula alguns dias antes e se esquecera de comprar mais.

— Eu busco na recepção, eles devem ter.

— Obrigado, amor.

Sozinho, Gurgel voltou a mexer na cômoda de roupas. Retirou a última gaveta do trilho. E, do fundo daquele vão, puxou uma maleta escondida. Abriu o zíper e encarou os cinquenta mil reais que juntara antes de vir a Joanópolis. No ápice da desgraça, encarou a quantia imaginando tudo o que poderia comprar com ela.

Mas quando pensou, por um instante, em desobedecer às ordens, se lembrou da última mensagem: *E não tenta nada, porque eu estou por perto e sei de tudo. Eu te pego. E se não conseguir te pegar, pego os mais importantes ao seu lado.*

E as tais instruções? Quando chegariam? Gurgel as esperava com o medo e a ansiedade de quem sabe que vai levar um susto — só não sabe *quando* esse susto virá. Isso fortalecia a tortura psicológica. A cada esplêndido triunfo de sua algoz, Gurgel sentia mais e mais que perdia a vontade de viver.

IV

Morte.

O pressentimento atacou Gurgel quando ele chegava ao restaurante. Era um espaço amplo e com grandes janelas que ficava entre os dois salões de festa do hotel. Bastou pisar ali... e ele começou a sentir ânsia de vômito, falta de ar. Gurgel não soube por quê. Só estava lá: a sensação de morte. De carne rasgada. Ele teve vontade de soltar o braço de Sandra e correr de volta para o quarto. Não, para o carro, para longe do hotel, das pessoas, das mensagens, daquele barbudo que não servia pra nada...

Eis que o próprio diabo foi a primeira pessoa que Gurgel viu ao entrar para o café da manhã. Conrado Bardelli estava no centro de uma roda, ao lado de Diana, ambos em pé. As cadeiras do restaurante haviam sido organizadas em um círculo com convidados ouvindo atentamente. A noiva terminava um discurso sobre — Gurgel ouvira bem? — chofer, carros antigos da infância e o *tio* dirigindo com os vidros abertos...

Salva de palmas da plateia.

— Que coisa ridícula.

— Gurgel! — Sandra cochichou e deu um tapa. — As pessoas podem ouvir...

Deus, o que tem neste ar que me faz lembrar morte?

O espetáculo terminou, as garçonetes arrumaram as mesas. E aí foi aquela multidão se servir do bufê de uma só vez.

— Eu me recuso a pegar essa fila — disse Sandra. — Encontra uma mesa pra gente esperar sentado, Gurgel.

Mas ao olhar em volta, o que Gurgel encontrou foram os lábios carnudos de Vanessa no meio do vaivém. E a partir daí foi inútil tentar prestar atenção em outra coisa, como se aqueles lábios fossem de sereia. Os amantes trocaram sorrisos, Vanessa querendo comer Gurgel com o olhar. *Gostoso, gostoso,* ela articulou do outro lado. Ele desviou o olhar, antes que perdesse o rumo ou Sandra viesse perguntar o porquê da demora.

Bem na hora. Pois a velha tia Hortência, acomodada a uma mesa, fazia sinal. Enzo estava junto. A tia recebeu Gurgel e Sandra com braços cruzados e cara emburrada.

— Estou tão deslocada aqui quanto se estivesse na Índia.

— Tia, não precisa falar assim.

— Enzo, respeito. Falo como quiser.

Tia Hortência tinha a mania de erguer o nariz adunco e dar a entender que continuava advogando, mesmo já aposentada desse cargo.

— Coitadas das pessoas, elas não têm culpa, são gente do bem. Mas elas não têm noção. — Riu como riem os impacientes. — Nem o Jesus que eles tanto idolatram teria tanta paciência. *Toda vez* eu tenho que repetir que não sou padre pra dar bênção ao casal na hora do altar. Na reunião de hoje cedo foi o mesmo papo. Inacreditável! Aquela mãe do noivo repetindo que queria porque queria que eu fizesse uma oração antes de oficializar os documentos do matrimônio. *Eu. Uma oração.* E como se eles fossem santos. Basta ela olhar pra própria filha. É, a madrinha. Acabei de vê-la chamando alguém de *gostoso*. Imagina o naipe...

— Eu tô morrendo de fome. — E essa foi a desculpa de Gurgel para sair.

Pois ele sentia uma urgência para tomar alguam atitude. *Morte.* Aquela sensação horrível corroía por dentro. Gurgel fez que ia para a fila, mas desviou. Puxou Conrado Bardelli para trás de uma pilastra.

— Finge que a gente tá falando qualquer coisa sem importância — Gurgel alertou. — Você descobriu algo?

— De ontem pra hoje? Descobri que vou levar a Diana pro casamento. Num Mercedes. Descobri que o dono do Mercedes é o pai do noivo. E que ele provavelmente quer me matar por tocar no carro dele.

— Você só pode estar brincando...

— Não tô, parece que o homem é casca-grossa e...

— Não tô falando disso! Eu não acredito que você vai dirigir pra Diana mesmo com todo o *meu* problema! Você não sabe julgar prioridades? — E deu um cutucão no ombro de Lyra.

O detetive fingiu que nada aconteceu.

— Você acreditaria em mim se eu dissesse que tentei negar o pedido?

— Eu te contratei pra investigar, não pra aparecer na porra do álbum de casamento.

Mais uma vez, Lyra respirou fundo.

— Gurgel, desde o início eu disse que poderia me envolver com os noivos porque sou amigo antigo da família. Aconteceu.

— Bom, foda-se! E a vagabunda?

— Tô trabalhando nisso, eu já disse. Paciência. — Lyra reparou que Gurgel não parava de olhar em volta. — Perdeu alguma coisa?

— Não, é alguma coisa neste salão... Eu... só sinto que...

— É algo que você viu?

— Não sei.

— Pode ter sido. Ou que você ouviu. Ou... — A ficha caiu antes que Lyra dissesse a palavra "cheirou".

Gurgel petrificou no lugar. Não fosse a pilastra, ele teria caído pra trás. Na mente, veio a imagem de um funeral. Acima do caixão, rosas.

— É o perfume... Puta merda, Bardelli, é o perfume!

— O que tem? Que perfume?

— No ar. Sente o cheiro! É o perfume de rosas que a chantagista tava usando no dia em que ela me esfaqueou! Tenho certeza.

Lyra bem que tentou acalmar o outro, mas ele mesmo se assustou.

— Eu preciso de um suco. — Gurgel saiu furando a fila do bufê e não deu a mínima para os que reclamaram. Bebeu o suco, pegou pães, *já vou sair*, respondeu a uma senhora que olhava torto.

Voltou para a mesa. E quase quebrou o copo de suco entre os dedos por causa do que viu.

Conrado Bardelli estava lá agora, conversando com Enzo, Sandra e Hortência à mesa. No rosto, o sorriso fácil de quem se vê numa agradável e inesperada coincidência. *Canalha*, pensou Gurgel. Era impressão ou ele estava fungando em excesso? Quase como se... como se *cheirasse* as duas...

— Eu queria ter te cumprimentado antes, Bardelli — dizia Hortência, um sorriso esperto no rosto —, mas imaginei que o tipo de conversa que teríamos não seria adequado ao ambiente de mulherzinha de mais cedo.

Lyra concordou, o Senhor Educação. Gurgel olhou de um para outro e perguntou o que estava acontecendo.

— Eu já ouvi falar muito no nome do Bardelli, assim como ele também já ouviu falar muito de mim, sem dúvida. — Ela tocou o braço do colega de profissão.

— Claro!

Uma das maiores virtudes de Lyra era ter jogo de cintura. Ele não só disfarçou que até a semana passada nunca soubera da existência da mulher como logo embalou comentários sobre marcos na carreira dela — devidamente estudados dois dias antes, para o caso de Hortência puxar assunto. O sorriso embaixo do nariz adunco foi aumentando a cada palavra de Conrado. Ela se sentia uma celebridade.

— O senhor também tem nome, doutor Conrado, sei que...

Mas nessa hora, foi interrompida por alguém que vinha de trás.

V

— Tio!

Diana pediu licença para a família Gurgel e puxou Lyra, esbaforida.

— Deus, eu vou explodir já, já! — disse para si mesma, como se abrisse um parênteses. Então encarou Conrado. — Desculpa te tirar de lá, mas eu preciso te apresentar pras madrinhas. Agora você faz parte do time. — E tentou parecer animada.

Lyra deixou que ela guiasse o caminho pelo restaurante. Mais cedo o detetive pensara que uma mulher, quando noiva, sempre ficava mais bonita. Diana não era exceção. Ela parecia brilhar mais, rebolar mais. E se cuidara, pois exibia um corpo de fazer qualquer um olhar duas vezes.

Mas ela também estava mais suscetível. Ameace um leão estressado e ele vai atacar. Lyra redobrou o cuidado com as palavras.

— Desculpa se tá tudo muito corrido e bagunçado. É que, nossa... Você não tem noção, tio.

— Não, eu imagino. Ontem me falaram que arrumar um casamento é como preparar um musical da Broadway pra um dia só.

Serviu para Diana rir e deixar para lá as preocupações por um instante. Mas um instante só. Logo voltou a fisionomia de... de quê? Lyra ficou se perguntando se Diana já sabia sobre o que ocorrera na noite anterior com Plínio e Oscar. Será que o noivo tinha contado?

A mesa das madrinhas tinha seis cadeiras. Naquele momento, só duas estavam ocupadas por um casal que poderia muito bem estrelar um comercial de margarina. Ele sorria como se pago para isso. Ela estava grávida. Caio e Janine. Padrinho e madrinha. O tipo de gente que compraria o adesivo "Bebê a bordo" assim que a criança nascesse para colocar no vidro do carro. E um casal que faria de tudo para ser simpático com o *tio Lyra*.

— A Janine não é só madrinha, tio — Diana continuou. — Ela é, tipo, a pessoa que fez tudo isso dar certo.

— Que é isso, Di...

— Não, é sério. Ela me ajudou a arrumar absolutamente tudo desse casamento, sabia?

— É que eu já fui produtora de casamentos — Janine explicou, as bochechas salpicadas de pintinhas ficando cada vez mais vermelhas. — Eu só mexia com isso, arrumação do começo ao fim. Aí eu e o Caio decidimos dar essa força de presente de casamento e... E agora eu espero que ela tenha gostado.

— Eu amei! Eu teria enfartado se não fosse você!

Abraços, beijos, sorrisos. Uma chuva de *glitter*. Depois, Diana pediu licença. Alguém a chamava ao longe. Deixou Lyra, Janine e Caio com sorrisos secos.

— Poxa, parabéns pelo filho de vocês.

— Já tô de vinte e nove semanas — ela disse, acariciando o barrigão sobre o vestido.

Por que as grávidas cismam em obrigar os outros a fazerem cálculo?

— Família linda. Já escolheram o nome do bebê?

— Vai ser Conrado — disse o pai.

Lyra quase tossiu.

— Tá brincando.

— Brincando? Não. — Janine franziu as sobrancelhas. — A gente sabe que é um nome pouco usado hoje, mas é bonito e...

— É lindo! É o meu nome! Conrado Bardelli!

— Ah, jura? — ela desatou a rir. — Achei que o senhor se chamasse Lyra.

— É só um apelido bobo. Meu nome verdadeiro é Conrado. Como poucos!

— Caramba! Coincidência, hein? — Caio se fez de surpreso.

— Há quantos anos eu não conhecia outro Conrado... Espécie em extinção.

Em seguida, começaram a falar sobre como conheceram Diana.

— Eu devo ser a amiga mais antiga dela, sério. — Janine se empertigou, orgulhosa. O perfume dela era suave, Lyra reparou. — A gente se conheceu, tipo, na primeira série. Incrível pensar que faz tantos anos. E agora ela me chamando pra ser madrinha...

— Mais que merecido, ué. — Lyra seguindo como Senhor Educação. — Vocês devem ser irmãs.

— Ah, a gente é! É que eu me surpreendi também porque a gente ficou um bom tempo sem se falar por causa da faculdade e tudo o mais. Eu mesma me casei, engravidei e acabei perdendo contato. — Ela silenciou por um segundo, constrangida. Ficou óbvio que, em seu casamento, ela não convidara Diana para o posto de madrinha. — Mas o que importa é que a gente se reencontrou e, nossa, é incrível como...

— Finalmente! Que saco de fila.

Quem disse isso foi uma loira magricela que chegou com um prato cheio de pães de queijo. Usava óculos com hastes mordidas e lentes embaçadas. Lyra se apresentou e perguntou o nome dela. Ela estudou o barbudo por muito tempo antes de responder:

— Iara, por quê?

— Você é a outra madrinha?

— Quer uma apresentação completa? Sou da mesma idade da Diana e da Janine. Nós três fomos da mesma sala da escola por anos. Que mais? Eu adoro estes pães de queijo.

Fim da propaganda de margarina com pessoas felizes.

— Você entrou dois anos depois da gente, Iara, não vem querer sentar na janelinha... — Janine riu.

Iara enfiou um pão de queijo na boca. Ela não usava perfume — Lyra, pelo menos, não sentiu. Continuou quieta e observadora pelos cinco minutos em que a falante Janine contou lembranças de infância que as duas haviam compartilhado com Diana.

— E você estava junto nesse dia da festa surpresa? — Lyra perguntou para Iara, num dado momento, querendo uma reação.

— Uhum. — E voltou ao silêncio. Sem ânimo para o papo.

— O senhor desculpa a Iara — Janine interveio —, mas ela sempre foi... sei lá, meio tímida. Por isso quase não fala.

Mas Iara provou que Janine estava errada. Ela falou. E falou duro, seus olhos cravados nos de Bardelli:

— Você vai ser *mesmo* o motorista?

Disse aquilo num tom desafiador de que nem Janine nem Caio gostaram. Lyra, cheio de tato, confirmou.

— Eu achei que fosse brincadeira da Diana.

— Por que seria brincadeira?

Iara não respondeu. Janine ficou ainda mais embraçada. E pessoas como Janine só conseguem suportar situações assim mudando drasticamente de assunto.

— Vocês viram o arranjo de flores na festa ontem? Fui eu que fiz, sabia, seu Conrado? As comidas também, a gente pensou tudo junto...

— Que legal.

— ... e eu falei pra Diana que o casamento começa lá atrás, com uma boa lista de convidados. E planos pra música, pro almoço... Até pro *perfume*! Sabia que o perfume é um grande diferencial em festas assim? Tem pesquisas que mostram que...

Iara cortou bruscamente:

— Você faz questão de ser o motorista? — Seus olhos ainda mais penetrantes, quase indignados.

E esses olhos fizeram Conrado se lembrar de onde vira Iara antes: ele a observara na festa da noite anterior. Era ela que estava acompanhada de um homem alto, forte e de topete, e com ele formava o casal mais emburrado da festa. Ele, perdido; ela, irritada. Os dois sentados a noite toda.

— Eu... não sei. Só aceitei um convite do Oscar e...

— Pronto, você não faz questão, né? Então me faz um favor. — Foi uma ordem, não um pedido. — Você pode conversar com a Diana e dizer que não acha que é a pessoa certa? É só dizer isso. Ah, e não fala que fui eu que te pedi.

— Por que não?

— Por favor, eu só tô pedindo isso. Não vai custar nada.

— Iara, nossa... — Mal se viam as pintinhas nas bochechas vermelho-pimentão de Janine. — Não é melhor você deixar isso pra lá? A Diana já disse que...

— Ai, Janine, cala a boca, tá bom? Caio, toma conta da sua mulher.

E assim Lyra ficou conhecendo as madrinhas.

VI

Depois de esperar na fila e se servir do bufê, Lyra se sentou à mesa de Oscar e Edna. Oscar fugia com o olhar o tempo todo. *Depois a gente se fala direito,* ele tentou transmitir para Lyra.

— O Demétrio e a Camila vão sentar com a gente também — disse Edna, sem desviar o rosto do prato. — Tudo bem, Lyra? Política de camaradagem entre as famílias. A Diana que deu a ideia. É legal.

Edna tinha a sutileza de atribuir dubiedade às palavras. Era uma estratégia para se defender de qualquer interpretação. Sendo assim, aquele *é legal* poderia muito bem ser um *é uma bosta* disfarçado.

— O Demétrio já puxou você pra falar do Mercedes dele? — Oscar indagou, baixinho.

— Não.

— Boa sorte. Odiaria ter que ficar conversando com esse homem por muito tempo. Ele me dá medo. Ontem, pra domar o homem, só com uísque.

Edna balançou a cabeça negativamente.

— Você é mesmo um bundão, Oscar.

— Só tô aproveitando pra falar o que penso antes de eles virem pra mesa.

Interessante que Oscar e Edna fingiam que nada acontecera na véspera. Lyra contracenou junto. Nada de bebedeira, nada de falar mal do Plínio na frente dele, nada de vômito no carpete.

— Você já conheceu o nosso Plínio? — quis saber Edna, inocente até demais.

— Só trocamos uma palavrinha. Ele e a Diana me receberam quando eu cheguei, ontem. Me pareceu um cara... bacana. Contou como ele e a Diana se conheceram.

— Espero que ele não tenha entrado em detalhes. — Lá estava a dubiedade nas palavras. — Pra não te cansar, só isso.

— Gostoso o seu perfume, Edna. Do que é?

Uma careta no rosto gorducho.

— Por que você quer saber do meu perfume? Eu, hein... Tá virando um velho estranho, Lyra. E eu sei lá do que é. Alguma flor.

De repente, um cutucão firme no ombro de Lyra. Ele, que levava o garfo à boca, quase cortou o lábio.

— O senhor é o tal Bardelli? — a voz veio de trás. Estava lá a nuance pejorativa na fala do tenente-coronel, que chegava carregando um prato.

Lyra olhou-o de cima a baixo. Era um vislumbre do que seria Plínio dali a quarenta anos. Anemia e pele de couro gasto típicas de um velho, porém com a obstinação de uma criança que esperneia quando ouve um "não".

— Temos que conversar. Vai ser o meu Mercedes 220S que o senhor vai dirigir, sabia disso?

— Me contaram.

— Então presta atenção que eu vou te explicar tudo sobre o carro.

Era uma intimação. Ok. Lyra teve que parar de comer para responder ao fuzilamento: *Há quantos anos dirige? Qual o tipo da sua carta de motorista? Você conhece o modelo? Já bateu o carro alguma vez? Sabe qual roupa usar? Sabe qual roupa mancha o banco?*

Só a chegada de Camila, esposa de Demétrio, fez com que ele fizesse um intervalo no interrogatório. Pelo jeito, tinha sido abandonada no fim da fila do bufê. Parecia uma versão velha e morena de Olívia Palito, metida numa blusa que cobria seus braços e ia até o pescoço. Embalsamada num perfume que mais cheirava a creme pós-barba.

— Benhê, vai pegar um café com leite pra mim, tá? Não apareceu ninguém pra servir até agora.

— Vou — a vozinha dela mal se fez ouvir.

— Quer alguma coisa, Bardelli? Ela busca.

— Não, obrigado.

Silêncio ensaiado.

— Por que o senhor usa uma barba dessas?

Lyra foi pego de surpresa.

— É questão de costume. Uso a barba assim faz tempo.

— Bom, mas tem alguns costumes que a gente precisa mudar. O senhor vê algum homem usando suspensório hoje em dia? Então. Me disseram que o senhor é advogado. Advogado é um homem que se apresenta ao tribunal. Nunca vi um homem como o senhor num tribunal, a não ser que fosse réu.

— As coisas mudam com o tempo, como o senhor mesmo disse. Ninguém anda mais de suspensório.

Demétrio deu uma risada forçada.

— O senhor tem razão. Já faz uns bons anos que tá tudo perdido. Uma merda.

Se Lyra tinha alguma esperança de ser respeitado pelo tenente-coronel aposentado, agora sabia que se enganara.

— Obrigado, benhê — Demétrio agradeceu à esposa, que trouxe a xícara e a colocou com delicadeza no pires, calculando cada movimento.

Lyra imaginou se alguma vez na vida Camila havia sido descuidada a ponto de derrubar um pouco de café com leite na roupa do marido. A caixa de Pandora aberta, todos os males do mundo escapando entre socos desferidos pelo velho. Talvez por isso Camila fosse tão quieta e submissa. Porque algum dia no passado devia ter derrubado café com leite naquelas camisas impecavelmente brancas.

— O senhor já dirigiu um carro como o meu antes?

— Já.

— Como o *meu*? Duvido.

— Mercedes 220S, certo? — Lyra lembrou-se do que Emílio contara no dia anterior: *Capaz de esquecer os nossos nomes, mas não o do carro.*

— É. Bom, pelo menos...

— Sim, eu conheço. Eu colecionava carros antigos há alguns anos. Fiz isso por um tempão. Só desisti porque me roubaram dois de uma vez.

Para dar corda, Lyra despejou tudo o que lembrava sobre o assunto. Modelos dos automóveis, exposições que visitara, valores negociados. Comparou marcas, perguntou a opinião de Demétrio e conseguiu envolvê-lo em uma conversa que durou milagrosas duas xícaras de café com leite.

— ...mas aí teve esse roubo, e eu vi que São Paulo não é lugar pra carro antigo. Não pra mim, pelo menos. Uma pena, *mesmo*. Me arrependo até hoje.

O efeito no velho tenente-coronel foi mágico. Ele agora até sorria.

— Imagino, imagino. — Balançou a cabeça. — Se eu tivesse um Opala desses, nunca nem punha pro lado de fora de casa. Andar na rua, só com escolta.

Até Oscar e Edna se arriscaram a comentar e ganharam sorrisos de Demétrio. Eles não pareciam nada confortáveis. Uma vez satisfeito da refeição, Demétrio sentou de modo mais relaxado na cadeira e suspirou.

— Fico mais tranquilo agora que te conheço, Bardelli. E trata de ficar bem feliz, porque até ontem à noite eu estava me negando a entregar o meu Mercedes a qualquer um — ele dizia como se *Lyra* tivesse pedido pelo carro, e não os noivos. — Eu não cedo. Nunca. Só resolvi mudar de ideia porque a minha esposa, Bardelli, é uma mulher muito persuasiva.

Camila continuou comendo migalhas no seu canto. Difícil imaginá-la sequer falando, imagine convencendo alguém. Lyra disse:

— Mas eu sei como é. Os dois estão casando, as famílias, se conhecendo. Imagino que o senhor tenha entregado a chave pra não começar com o pé esquerdo.

Mas Demétrio fechou a cara.

— O que você tá insinuando? — Olhou para Oscar e Edna, *o que vocês disseram a ele?*, depois voltou os olhos a Lyra. — Se você se refere ao...

— Benhê... — Camila o interrompeu como um sinal no painel mostrando que o motor do carro está superaquecido.

O tenente-coronel cruzou os braços. Respirou rápido, repentinamente aliviado. Fungou, passou o guardanapo na boca uma última vez e apontou para o nariz de Bardelli.

— Último aviso: se você bater o meu carro, não precisa nem voltar. Foge, mas foge pra longe. Porque eu te mato.

VII

Diana conseguiu um minuto de sossego na cozinha do restaurante. Só ela e o silêncio. Pedira licença de convidado em convidado até chegar a esse refúgio, que era perturbado apenas pelas eventuais entradas e saídas das garçonetes.

— Você precisa de alguma coisa? — uma das moças perguntou.

— Não, que é isso, obrigada. É só um minuto pra eu descansar.

— Ah, tá. Qualquer coisa, é só falar.

Diana tinha pegado uma montanha de pães doces que as outras mulheres confiscariam, sem dúvida. Só que Diana *precisava* disso. Como era bom sentir o chocolate do *croissant* derreter na língua, os problemas longe, longe...

Até que as vozes de Eunice e Janine voltaram a ecoar na sua mente. *Diana, a moça dos doces ligou dizendo que vai faltar bem-casado*, ou *a florista disse que falta escolher as flores do buquê*. E, e, e... A lista de problemas só crescia.

Diana repetiu que não tinha do que reclamar. Apesar dos contratempos e do cansaço, tudo saía da forma como planejado. O vestido lindo estava esperando pelo dia seguinte, seu homem a obedecia com indisfarçável admiração e dezenas de convidados tinham vindo prestigiá-los.

Vendo por esse ângulo, tudo parecia melhor.

De repente, aquela festa de faculdade dois anos e meio atrás pareceu uma cena de outra vida. Diana se lembrou do vômito na babosa e riu. Mas o sorriso desapareceu quando voltou à memória a solidão e o vexame por que passara. Sentiu-se envergonhada em retrospecto. Queria que aquela parte de sua vida sumisse. Ainda mais agora, que tudo estava tão diferente.

Os pães doces acabaram. Diana sabia que deveria se dar por satisfeita. Mas suas pernas foram automaticamente até a porta. Ela não podia reabastecer o prato em público. Precisaria terceirizar o trabalho. Para quem pedir? Edna? Não, a mãe a repreenderia. As madrinhas? De jeito nenhum. Tudo o que Diana menos queria era ver Iara e suas reclamações.

Poxa, parabéns! A noiva que tem problemas até com a madrinha! Era, mesmo, de se sentir mal.

Foi aí que Conrado Bardelli passou bem perto da porta da cozinha.

— Tio!

— Diana? — Ele seguiu a voz. — O que tá fazendo isolada aí na cozinha? Vergonha no rosto dela.

— Eu queria te pedir um favor. É uma coisa meio errada.

— Agora fiquei curioso.

— Você encheria este prato com *croissant* de chocolate e pão com canela, por favor?

— Sua criminosa... Dá o prato.

Lyra voltou dali a dois minutos com uma montanha de açúcar. Diana atacou antes mesmo de se sentar. Flagrada comendo como a gata borralheira, corou.

— Eu ia dizer que não era pra você me ver assim, tio, mas quer saber? Dane-se. Dane-se, porque tá muito bom.

— Justíssimo. Há quanto tempo você não enfia açúcar na boca?

— Dois meses sem doce, tio. — Ela fez uma pausa depois de devorar um pão que encheu sua boca. Olhou para os dedos sujos de chocolate. — E eu deveria continuar sem... Droga, eu sou uma ridícula...

— Ué, só porque tá comendo doce?

— Tio, eu tô escondida numa cozinha no meio da *minha* festa e na véspera do *meu* casamento.

Lyra quis dar risada. Mas se conteve. Sentou-se à mesa e perguntou:

— Aconteceu alguma coisa?

— Não, nada — ela disse rapidamente, como se para afastar má sorte. — É que é tanta coisa, sabe... E... Ah, deixa pra lá.

Sorriso forçado para acabar com o assunto.

— Olha, Diana, se quiser, eu sou todo ouvidos. E além do mais, vou te levar pro seu casamento, a gente tem que ter um mínimo de intimidade.

A risada dos dois ajudou a quebrar o clima.

— Por falar em te levar pro casamento — Lyra tentou trazer o assunto à tona de maneira delicada —, você tem certeza de que quer que eu faça esse trabalho?

— Como assim? Você mudou de ideia, tio? Quer dizer, é a sua escolha, claro, mas eu achei... Você disse... Eu acabei de te anunciar lá fora porque achei que... — Diana ficou nervosa só de pensar que algum plano ruiria.

— Não, não é nada disso. Eu só fico me perguntando se não existe outra pessoa melhor. De repente isso tudo foi só uma ideia do seu pai e você prefiriria alguém que não fosse eu.

— Não, eu adorei a ideia.

— Alguém te sugeriu outra pessoa?

Diana logo entendeu, o que fez Lyra pensar que ela e Iara já haviam discutido essa questão antes — qualquer que ela fosse. Diana murchou ainda mais.

— Nossa, posso falar? Às vezes eu acho que teria sido melhor casar no cartório sem convidar ninguém. — Ela escondeu o rosto entre as mãos, o queixo ficando sujo de chocolate. Talvez estivesse até chorando. Não dava para ver.

As mulheres realmente se transformam antes do casamento, Lyra pensou.

— Só quero que saia tudo bem, sério — Diana explodiu em confissões. — Porque, pelo jeito, *tudo* vai dar errado! Tipo, não param de vir atrás de mim pra falar de algum problema novo. Eu sei que quando a gente quer uma festa perfeita essas coisas acontecem, mas chega uma hora que... — Suspirou de olhos fechados: — Ainda não sei do que vai ser feito o meu buquê, você acredita? E a confeiteira que ia fazer os docinhos ligou ontem à noite pra dizer que não vai conseguir entregar tudo. E o que eu vou fazer? Não tenho a menor ideia! E tem mais: a dama de honra, uma prima de terceiro grau do Plínio que eu mal conheço, ainda não sabe o que vai ter que fazer no altar porque eu não consegui parar um minuto pra sentar com ela e explicar. E é tudo amanhã!

— Calma, a gente pode distribuir essas tarefas...

Mas Diana tinha um perfil centralizador. Lyra duvidava que ela seria capaz de confiar funções importantes a terceiros.

— Ai, sei lá... É tanta coisa pra fazer. Se pelo menos a gente tivesse dinheiro pra contratar uma empresa de verdade pra tocar tudo... Meus pais ajudam, mas dá pra ver na cara deles que já fizeram demais. E, sinceramente, eu sei que eles preferem nem se esforçar muito porque... porque... — Seria capaz de falar aquilo em voz alta? Balançou a cabeça. Com mais tato, Diana fez a analogia: — Sabe aquela história de que não vale o esforço de arrumar a cama porque à noite você vai dormir e desarrumar tudo de novo? Então. — Baixou a voz: — E além do mais, a minha própria madrinha me acha uma bruxa.

Conrado respeitou o momento de que ela precisava para se recompor. Diana voltou a respirar normalmente depois de alguns minutos de concentração e mordidas no pão com canela. Desceu-lhe fácil junto com o choro.

— Ai, tio, finge que não viu isso.

Ele gargalhou.

— Fica tranquila. Tô pra conhecer alguma noiva que não tenha ficado desesperada na véspera do casamento.

— É tanta coisa, tanta tarefa, tanta dúvida... *Não! Não dúvida.* — Diana engasgou com as palavras, ainda mais vermelha. — Você entendeu...

Teria ele realmente entendido? *Dúvida...* Diana ficou desconcertada.

— Sobre essa história de motorista... — Conrado reinseriu o assunto. — Tem alguma coisa que eu possa fazer?

— Olha, é melhor eu explicar direito. Tudo isso não passa de uma forma de compensar o fato de o Samuel (o noivo da Iara) não ser padrinho. É que eu conheço a Iara desde sempre. Tipo, ela é muito fiel com as amigas, é uma irmã pra mim. Mas é *péssima* com homens. Cara, esse jeitinho nerd e confiante dela afasta qualquer um. Desculpa falar assim, mas é verdade. A Iara sempre acha que é a dona da razão. E eu já vi esse filme pelo menos quatro vezes. Ela se apaixona pelo cara, diz que vai casar, convida a Janine e a mim pra conhecermos o novo Romeu, e dali a, tipo, três meses eles terminam.

— Sei como é.

— E, na real, tio, eu não quero um *estranho* no meu álbum de casamento.

— Você explicou isso pra ela? — Lyra esperou Diana assentir. — Ela tem direito de ficar ofendida, mas deve ter entendido, não?

— Mais ou menos. A gente sempre foi muito franca uma com a outra. Eu virei pra ela e falei a verdade. Prefiro dizer logo do que ficar escondendo. Eu queria a Iara como minha madrinha, mas não queria o cara. Ah, e além do mais, o Enzo, que é padrinho, tava sem par. Ele precisava de uma madrinha sozinha pra fazer dupla. Ou seja, tudo ia dar certo.

— Mesmo assim, ela não levou numa boa?

— Até levou. Disse que me entendeu, mas jura que eu tô errada e que, desta vez, ela achou o homem certo. Só que agora fica fazendo esse joguinho de querer incluir o Samuel em qualquer buraco que ela conseguir. E quando ela ficou sabendo sobre essa história do motorista...

— Eu posso dar o lugar pro Samuel, não tem problema.

— Tio, você não tá entendendo. — Diana ficou séria. — *Eu não quero esse homem no meu casamento*. Ele é louco. Se o sujeito assistir tudo de longe, como convidado, não tem problema. Mas eu tenho medo de oferecer uma simples função e ele acabar estragando tudo. Desculpa falar assim. É que você não sabe, tio, cada coisa com que ele já se meteu.

— Tipo...?

— Ele é um cara... sei lá, meio violento. Já passou por ajuda profissional, pra você ter ideia. Fora que fica me seguindo. Umas três ou quatro vezes nesse feriado eu já topei com ele me encarando. No dia em que a gente chegou, flagrei o Samuel me olhando pela janela do quarto! Eu falei pro Plínio, mas a gente resolveu deixar quieto. — Diana entrelaçou os dedos, nervosa. — Quer saber? Desta vez, eu não só *acho* que a Iara vai terminar o relacionamento de novo, como eu *torço* por isso. — Tapou a boca com as mãos, surpresa com as próprias palavras. — Eu nunca disse isso, tá?

A porta se abriu e entrou o noivo.

— Caramba, gatona, tô te procurando faz um século! Você não disse que ia ficar na recepção com a mulher da organização?

— Disse...

— Mas você não tava lá.

Mais um suspiro de Diana. Plínio desfilou seu corpo musculoso e peludo metido numa regata preta. Deu bom dia a Conrado com um aperto de mão.

— Firmeza, tio?

Conrado só sorriu, incapaz de responder. Lembrava-se da noite anterior, Plínio ouvindo as palavras de Oscar, Lyra ao lado deles. Por sorte, Plínio, pelo menos, também fingia que nada daquilo tinha acontecido.

— Tá escondida aqui por quê? — o noivo quis saber.

— Nada, Plínio.

— A mulher veio me perguntar de novo sobre uns negócios de guardanapo.

— Que negócios?

— Qual usar hoje. Cor, desenho, essas coisas que você sabe. Por isso vim te procurar. Você é que sabe de tudo isso.

— A gente já não falou que era amarelo florido?

— É, mas você disse que isso era com você e...

— Tá, eu já vou falar com ela.

— É melhor. — E olhando desconfiado: — Tá tudo bem?

— Obrigada por perguntar. Não, não tá.

— Que foi? Aquele idiota de novo? — Mas Plínio parou de falar quando se tocou de que Lyra se encontrava no mesmo recinto.

— Não, Plínio, relaxa.

O noivo foi roubar o último pão de chocolate de Diana. Beijou os lábios dela como se nada tivesse acontecido, sorriu e falou de boca cheia:

— Logo, logo vai acabar, gatona. E aí você sabe, né? — Ele a abraçou por trás e beijou-lhe a nuca.

Diana se desvencilhou, impaciente.

— Depois, tá, Plínio?

Ele não deu atenção. Foi em frente com os beijos e repetiu que a noiva deveria dar uma olhada nos guardanapos. Disse isso enquanto tirava do bolso um objeto com que começou a brincar. Uma mania boba. O que chamou a atenção de Lyra não foi a mania, mas o objeto em si: uma bombinha, igual à que ele próprio usava para aliviar os brônquios algumas vezes por dia. Esquecera-se de que Plínio era asmático.

— Eu descobri depois de moleque... A asma — explicou o noivo, um pouco intimidado por estar falando sobre uma doença. — O médico falou que vou ter que conviver com isso pra sempre. Maaaas... — Voltou a abraçar Diana por trás, um sorriso safado nascendo nos lábios. — ... o lado bom é que a minha gatona vai cuidar de mim depois que a gente...

Ela se afastou novamente dele. Agora, com pulso mais firme.

— Plínio, agora não, tá? Eu já disse. Preciso de um minuto pra mim. Por favor.

— Tá bom. Desculpa. — Se Plínio tivesse orelhas compridas, elas estariam baixadas. Depois, subiriam, em sinal de irritação. Ele desembuchou: — Olha, tem horas que eu torço para essa festa passar rápido, viu?

Então tudo se resumia a isso. Para ele, não passava de uma festa. Para ela, o momento mais importante de sua vida. Lyra começou a entender os comentários maldosos que ouvira.

CAPÍTULO 6

Missão noturna

UM DIA ANTES DO CASAMENTO

I

— Lyra!

Na saída do restaurante, o detetive foi puxado pelo ombro. Era Oscar.

— A Hortência quer te ver.

— Me ver?

— Prepara o ouvido. A velha é inteligente, mas faaaala... Sei lá o que ela quer com você. Pediu pra eu avisar que vai ficar num quiosque atrás da piscina te esperando pra conversar.

Dado o recado, Oscar perdeu aquele tom oficial e baixou a voz:

— Queria agradecer por você ter cuidado de mim ontem à noite, Lyra. Porra, fazia uns bons anos que eu não passava por um porre desses. Deu até vergonha.

— Poxa, *você* com vergonha?!

Um casamento surpreendente em vários níveis.

— E *ele*? — Lyra perguntou. — Disse alguma coisa?

— O Plínio?

— Claro, quem mais?

— *Dizer* ele não disse. Fingiu que nada tinha acontecido. Mas eu já entendi qual é a dele...

— Como assim?

Oscar bateu com as mãos nas coxas. O rosto era um pimentão.

— É claro que ele vai usar isso pra tirar vantagem, cacete. Ah, pode apostar! Vai ameaçar contar pra Diana. Ele sabe que eu não ia suportar porque ela é tudo o que a gente tem, ela...

— Mas a Diana ficaria assim irritada? Falar mal do genro, ainda mais antes do casamento, não é algo tão raro.

— Ela ia ficar irritadíssima, porra, irritadíssima! A Diana é geniosa, aquela menina. Conheço a minha cria mais do que ninguém. Sei que se eu tocasse nesse assunto de novo ou se ela ficasse sabendo que eu falei disso com outra pessoa... Nossa, ia ser ainda pior. Ficaria pelo menos uns meses sem falar comigo. — Ele fez cara de sofredor. — E ainda mais agora, que não vai mais morar em casa...

— Então vocês já falaram disso com a Diana antes?

— Sobre o Plínio? Claro que já. Desde o começo ela sabe que eu e a Edna não suportamos esse moleque. Ai, preciso falar baixo senão alguém me ouve. Já viu o jeito como ele fala? Como ele come? Um ogro. Me responde se um homem assim é capaz de cuidar bem de uma mulher. Ainda mais uma como a Diana. E não é preconceito, longe disso, mas, sabe, um moleque *de cor*... Ela diz que gosta dele. Mas é birra, Lyra, eu sei que é birra de tanto que eu e a Edna criticamos esse cara. A Diana era diferente quando tava com o Enzo. Um rapaz confiável, educado.

Sabendo que despertaria as piores reações no amigo, Conrado sugeriu com delicadeza:

— Será que essa birra também não pode ser sua?

— Minha?!

— É, Oscar! Você tá perdendo cabelo sem motivo. Não, espera, deixa eu falar! É o seu lado paizão querendo proteger a filha. Você tem que se controlar.

Oscar baixou o rosto.

— Eu sinto saudade da época em que a gente decidia as coisas e os filhos obedeciam porque sabiam que era pro próprio bem. E de quando a gente podia chamar os namoradinhos da Diana e decidir as coisas tomando uma cervejinha e beliscando uma carninha.

Ele cruzou os braços, desolado.

— Sabe por que te chamei pra ser motorista da minha filha, Lyra? Sabe por que fiz questão de que você e todo o mundo da família viessem? Pra ter aquela sensação de que as coisas não estão mudando tanto. Eu quero olhar pra tudo isso e pensar que é só uma fase, que amanhã tudo vai voltar a ser como sempre foi. A família toda reunida no domingo. Piscina. Sabe do que eu tô falando? — Oscar secou os olhos, perdido em nostalgia. — Isso agora acabou. A Diana me evita porque sabe que não gosto do noivo dela. Não tem mais churrasco no domingo. O Plínio não senta no sofá com a gente. Mas uma pequena parte dentro de mim fica achando que um dia... Sei lá, um dia...

A frase morreu.

— Você bebeu alguma coisa, Oscar?

Ele não quis responder. Um mau sinal.

II

Oscar só não falou mais porque se sentiu inibido pela chegada de Iara. A madrinha também se aproximou com agitação evidente no semblante. Hesitou. Não imaginava encontrar Bardelli acompanhado.

— Você... você vai caminhar por aí? Posso ir junto?

— Vou encontrar uma pessoa que tá me esperando atrás da piscina. Mas claro, pode vir. Oscar, depois a gente se fala.

No início, foi como se brincassem de vaca amarela. Nenhum dos dois abriu a boca. Iara ajeitava os óculos, mexia no cabelo de palha — visivelmente incomodada. Mas estava decidida a não se render. *Fala você. Não, fala você.* E ficaram nessa até entrar na alameda florida que dava a volta no hotel. Lyra resolveu se comportar como adulto. Disse:

— Você quer saber se eu falei com a Diana sobre o cargo de motorista?

— Quero — afirmou, seca.

— Ela disse que faz questão de que seja eu.

Iara o olhou ofendida.

— Até parece que você é tão importante assim! — Bufou uma, duas, três vezes antes de continuar: — Como se fosse verdade aquela história de infância com carros antigos e motorista perfeito. — Uma pausa. — Você aceitou?

— Por que não aceitaria?

— Nossa, isso é muito a cara da Diana. Ela sempre consegue tudo do jeito que quer! Eu não tenho nem mais por que andar do seu lado, então!

— Fica à vontade. — Lyra deu de ombros, continuou caminhando e ficou vinte passos à frente dela. Mas, como imaginava, não demorou um minuto para Iara voltar correndo até ele.

— É inacreditável isso! Você tem que recusar.

— Iara — ele continuava educado —, eu mal te conheço, mas parece que já sei como lidar com você. É melhor, então, ser direto. Não vou fazer o que você tá me pedindo...

— Mas eu...

— ... não sei que tipo de rancor você guarda, mas talvez pudesse demonstrar mais gratidão à Diana. Você é madrinha.

Só porque você é velho não quer dizer que pode me dar lição de moral. Lyra leu isso na expressão irritada. E prosseguiu:

— Eu fui convidado e aceitei de bom grado. O casamento não é seu. Acho que o *mínimo* que a Diana pode exigir é que as coisas saiam do jeito dela. Ela é a noiva, não você. Não entendo essa sua insistência. E pra que tanto estresse por causa de uma coisa boba?

Ele sabia que não era uma *coisa boba*, mas quis provocar. Iara demorou para responder. Amassou uma mão contra a outra.

— Olha, tudo bem, eu entendo que você deve estar surpreso com o meu pedido. Mas você não entende como funcionam as coisas com a Diana. A gente se entende do nosso jeito. A discussão não é essa. A discussão é que ela não quer só um casamento perfeito. Ela quer também um casamento que sirva para outras coisas.

— Tipo...?

— Tipo me separar do Samuel! Ela tá excluindo o Samuel da festa e tá me empurrando pra cima daquele *Enzo* achando que isso é um jogo de xadrez e que ela pode brincar com as peças como preferir. A Diana quer acabar com o Samuel, eu sei que ela quer. Só porque ele deu um murro naquela menina escrota na quarta-feira! — Virou-se para Conrado. — Eu *sei* que ela te contou isso. Faz parte do esquema pra todo o mundo odiar o meu noivo e me obrigar a terminar com ele.

— Seu noivo esmurrou uma mulher?!

Pareceu que alguém tinha sugado o fôlego dela. Iara quase chorou ao perceber que tinha se traído.

— Não! Quer dizer... A culpa foi dela, uma ninfomaníaca! Ninguém tinha nada a ver... — Perdeu a paciência: — Que saber? Foda-se você e todo o resto!

Iara deu um giro e voltou pelo caminho pelo qual viera.

Lyra já encontrara várias Iaras na vida e tinha uma noção de como elas raciocinavam. Supunha, por exemplo, que agora Iara cogitava armar um escândalo. Recusar o posto de madrinha na véspera da cerimônia? Seria a cena de que precisava para se firmar como uma peça importante naquele jogo de xadrez — não fora assim que tinha descrito o casamento?

Mas, pensando melhor, Lyra concluiu que ela não faria isso. Entregar o posto seria o mesmo que hastear a bandeira branca e dar a entender que Diana vencera.

Seria um atentado ao orgulho de Iara. É, ela continuaria sendo madrinha. Mas com alguma retaliação. *Algum custo.* A pergunta era: *qual custo?*

III

O caminho descia até que se pudesse ver a represa além da mata. Naquele horário, o sol refletia na água e cegava quem vinha. Cheiro de capim e terra. Mais embaixo, a trilha ficava plana, com paredões de planta de ambos os lados. Quase uma trilha. Do lado esquerdo, Lyra sabia que ficava a piscina. Havia até um zum-zum-zum vindo dali. Conrado abriu caminho entre as folhas para espiar.

Pelo menos uma dúzia de convidados, em traje de banho, tomava sol. Quatro crianças faziam uma competição de saltos na água. E à esquerda, a área *gourmet*, com churrasqueira, abrigava mais alguns hóspedes que preferiam a sombra.

O corpo que mais chamou a atenção foi aquele que Bardelli vira nu na noite anterior. Carmen estava metida num biquíni vermelho que parecia feito especialmente para ela. *Filha da mãe*, pensou Lyra. Deitada numa espreguiçadeira, Carmen conversava com um senhor sentado ao lado. Devia ter seus cinquenta anos — um tio, um amigo da família? Ele encarava as curvas dela sem disfarçar e depois ria fosse lá do que Carmen estivesse contando.

— Você tem fama de detetive, Bardelli, mas eu não sabia que *vivia* investigando.

Ele se assustou com o comentário vindo de tão perto. Demorou alguns segundos para encontrar a dona da voz. Ela estava sentada num quiosque escondido entre as árvores. Um bom lugar para curtir a solidão.

— Dona Hortência, eu não tinha te visto aí.

E foi só então que Conrado viu que ela era paraplégica. Estava numa cadeira de rodas, e não dera chance para que percebessem isso antes. Conrado concluiu que Hortência devia ser uma mulher muito vaidosa.

— Esquece o *dona*. Só Hortência. Somos colegas de trabalho, duvido que você chame um magistrado de *excelência* no dia a dia. E eu percebi que você não tinha me visto. Por que mais espiaria os outros dessa forma?

Ele ficou envergonhado.

— Também não precisa ficar com essa cara de nada, Bardelli. — Hortência exibiu um meio sorriso e abriu os braços, como faria um chefe no comando que permite que seu subalterno fique à vontade. — Estamos sozinhos, sem essa de vergonha. Conheço o seu jeito, você conhece o meu.

Lyra se sentou ao lado dela num banquinho de madeira.

— Fiquei sabendo que você pediu pra me chamar, Hortência. Queria ter conversado mais com vocês no café. Gostei muito do Enzo. Garoto educadíssimo.

Ela concordou com a cabeça e olhos fechados.

— Se tem duas coisas em que meu sobrinho acertou na vida foram os negócios e o filho. Um menino bem-criado, o Enzo, bom coração, educado, emotivo... talvez até demais. Muito ligado às pessoas, sabe? Teria sido bom se você tivesse conversado mais com ele, Bardelli. Você é um homem sério, tem uma fama que te precede. Uma pessoa que *trabalhou* pra conquistar o que tem. É uma boa influência pro menino. É que, apesar de tudo, tem uma pequena chance de ele dar errado.

— O Enzo? Duvido.

— Não me entenda mal. O que quero dizer é que sempre existe aquele receio de que ele vire um vagabundo. Passou dos vinte e seis e nunca trabalhou. Tudo bem, essa crise ferrou o menino. Eu mesma tentei arranjar emprego pra ele, mas a área de engenharia tá péssima, *péssima*. Nem uma única vaga aqui em São Paulo, Rio de Janeiro e Minas Gerais. Pelo menos, nenhuma decente. E eu já tô achando que ele pode se acostumar a essa vida de ficar em casa e mamar nas tetas do pai. Tô fazendo de tudo pra colocar na cabeça do menino que ele tem que lutar pelo dinheiro. Já deixei bem claro pra ele, assim como pro Ricardo, que não tem essa de herança. Meu testamento reforça isso. É trabalho duro e nada de desocupado malandro. Por isso que você, Bardelli, poderia ter ido me dar uma forcinha no café da manhã.

— Eu não tive culpa. — Ele achou graça. — O seu Demétrio tava atrás de mim e...

Corte:

— Bom você tocar nesse assunto. Era sobre esse traste que eu queria falar com você.

Lyra arqueou as sobrancelhas, surpreso pela ofensa.

— Não sei o que ele tava tentando meter na sua cabeça, Bardelli, mas vou te dar um aviso. E olha, meus avisos são raros e úteis. Não dá pra confiar nesse militar aí. Em hipótese alguma.

— O Demétrio? Não sabia que vocês dois se conheciam.

— Vish, longe de mim! — Hortência riu e pôs a mão no peito. — Não conheço esse homem e não faço a menor questão de conhecer. Conheço bem é a fama dele, isso sim. Tenho contatos, Bardelli, sabe do que eu tô falando? Então. Amigos da Justiça Militar me contaram umas coisas... — Ela se interrompeu, como se percebesse que avançava o sinal. — Mas acho que não custa relembrar, Bardelli, que discrição é tudo.

— Claro, mas que história é essa?

Hortência Gurgel era o exemplo perfeito de pessoa prolixa. Ela insistiu:

— Eu nem estaria te contando nada se não achasse que teria... *perigo*. As coisas que ele mandou fazer... Ninguém da imprensa faz ideia.

— Mandou fazer o quê?

— Trabalho sujo, terceirizou tudo. Te dou um fio pra você puxar o novelo: Washington de Freitas.

— O que tem esse cara?

— Melhor não entrar em detalhes. Tenho que tirar o chapéu, apesar de tudo, porque o traste é tão estrategista que conseguiu dar um jeito de o inquérito não ir pra frente. Articulou pra calar todo o mundo. Dizem aí que teve ajuda do próprio secretário de segurança pra não levar tudo a tribunal. Porque eu te digo uma coisa: se fosse levado, as pessoas iam ter ainda mais motivo pra questionar a instituição dele.

Washington de Freitas. Mais tarde, Lyra iria anotar o nome no bloco de notas do celular. Pura curiosidade. Naquele momento, só coçou a barba.

— Por que você tá me contando isso?

— Pra você ter cuidado. E porque sei que, como eu, você é um esforçado por natureza, Bardelli. Viver é trabalhar. Não é como as outras pessoas deste hotel, que só querem saber de dormir e ficar na piscina. Nossa mente pede ação. Então, por que não te dar um misteriozinho pra passar o tempo?

Ele deu risada.

— Não quero investigar nada neste feriado.

— Ah, não? Então por que é que tava espiando pelo arbusto? Você não me engana, Bardelli. Eu leio as pessoas. Leio você. E leio aquela japonesa. Sabemos que ela vai causar problema. A questão é: quando ela vai atacar?

IV

Aquilo fora uma provocação para Lyra. Causou nele uma urgência, uma sensação de que o tempo estava acabando e as coisas saíam do controle. Isso levou o detetive a passar pelo meio das plantas e subir o barranco que levava à piscina.

Deitou-se na espreguiçadeira ao lado de Carmen.

— Bom dia — ele desejou tanto para ela quanto para o senhor da cadeira ao lado. — Sol forte, né?

— Sol do meio-dia. Dãr! — Carmen riu, acompanhada do senhor ao lado, com quem, em seguida, retomou a conversa de antes.

Mas Lyra se meteu de novo. Desviou o assunto, proclamou uma sequência de clichês sobre o calor, as férias, a situação política do Brasil. Foi como se tivesse aberto a porta do *freezer* e jogado gelo na conversa. O golpe de misericórdia foi quando Conrado perguntou ao outro senhor se ele era casado. O homem titubeou, incomodado.

— Querem alguma coisa pra petiscar? — E se retirou. Ele sentira que Conrado e Carmen tinham um histórico não explicado.

— Conrado Bardelli. Sabia que noventa por cento dos homens que dormem comigo correm atrás da minha sombra assim como você?

— Sabe o que eu não entendo? Como é que ninguém te denunciou ainda. Óbvio que eu não fui sua primeira vítima. Ou melhor, *teria sido*. Não fui, que isso fique bem claro.

Houve um silêncio de vários segundos. Até que, de repente, Carmen estourou em gargalhadas. Todos ao redor olharam.

— Posso te contar uma coisa? — Ela tentava conter as risadas, a mão na barriga. — Eu adorei você. Juro. Você é elegante como um cavalheiro, mas cheio de orgulho como um homem de verdade. Como você disse mesmo? *Teria sido vítima*. Ótima! Eu me arrependo de a gente ter interrompido a noite bem naquela hora. Eu queria *tanto* saber como seria a sua performance...

— Quem disse que eu chegaria a esse ponto?

— Quer me convencer de que me rejeitaria? Eu sei que não.

— Rejeitaria porque eu imaginava qual era a sua.

— Ah, me poupe. Não vai me dizer que é por causa dessa sua esposa...

— Quem disse que tenho esposa?

— Você. Ontem.

Silêncio.

— Pera! Não vai me dizer que você é gay!

Conrado Bardelli mordeu o lábio para se conter. Decidiu mudar de assunto:

— Vem cá, seu nome é Carmen mesmo?

— Acha que eu seria inteligente a ponto de criar uma identidade falsa? Fico lisonjeada. Meu caro Lyra, que fique bem claro: não é porque gostei de você que pode contar sobre o que aconteceu naquele quarto. Porque eu ainda mantenho a palavra de acabar com a sua vida.

— Como você acabaria comigo mesmo? Vodu? Charme? Me conta.

— Acha que sou otária? Fiquei sabendo que você é detetive. Mas sabe que não parece? — Nova risada, do tipo que faz qualquer um se sentir um ridículo.

Claro que enfurecia Conrado. Ele ficava imaginando como seria envolver o pescoço de Carmen com as mãos e apertar, apertar, apertar até ela ficar roxa. Precisava se controlar.

Ele disse, perturbado pelo próprio pensamento:

— É bom você tomar cuidado.

— Ai, lá vem.

— Em quantos você já passou a perna?

Ele continuou fazendo perguntas, mas tudo o que Carmen fazia era gargalhar. Os banhistas já tomavam Conrado Bardelli por um ótimo piadista.

— Vai me dizer que nenhum deles voltou por vingança?

— Lógico que voltou. Mas eu dou meu jeito. — Ela piscou.

— Inclusive se levantam a mão pra você?

Carmen bufou, desinteressada.

— Ai, esse assunto já me encheu. Pode ir embora.

— Por acaso alguém te deu um soco? — Conrado arriscou. — Até, quem sabe, alguém aqui no casamento?

Um choque. Carmen olhou para Lyra, imediatamente cessando a risada. Percebeu que não falava com qualquer um. E que aquele maldito detetive poderia colocar tudo a perder.

— Vou gritar se você não sair daqui agora. Arranco meu biquíni e choro na frente de todo o mundo dizendo que você abusou de mim.

Foi a vez de Lyra manter o controle da situação. Foi a vez *dele* de usar a ironia para provocar. E que prazer isso lhe causou...

— Querida, eu fico me perguntando o quão evoluído é esse seu instinto pra ameaçar. Me conta: quantas vezes você já chantageou alguém pra chegar a esse nível? Tá chantageando alguém *agora*?

Carmen, de repente, desmontou. Mudou de personalidade.

— Olha, chega, tá. Você escapou, não escapou? Agora me deixa em paz.

Uma das crianças da piscina escorregou na borda e bateu a cabeça no piso. A comoção foi geral, o que fez Lyra e Carmen tirarem os olhos um do outro por alguns instantes. E enquanto o pobre garoto era levado para dentro do quiosque da churrasqueira, Lyra tocou no braço de Carmen, aproximou a boca de seu ouvido e sussurrou:

— Eu vou te dar um último aviso: se é você que tá por trás dessas mensagens, para com isso agora mesmo. É o meu único aviso pra não levar esse caso a um nível muito pior. Some. Não me desobedece. Porque eu tô a um centímetro de te pegar, e se eu te pegar... Ah, eu dou um jeito de colocar os piores promotores na sua cola. Sim, isso *é* uma ameaça.

Ela não respondeu, ele fingiu que nada tinha acontecido. A piscina voltou ao normal. A única diferença era que Carmen não sorria mais. Por um minuto, Lyra pensou ter resolvido o maior de seus problemas.

Eis que lá do alto, da escada que descia dos quartos, surgiu um ofegante Ricardo Gurgel. Ele encontrou Lyra com o olhar e fez um único gesto: levantou o celular. E Lyra entendeu que o problema estava longe de ser resolvido.

V

— A filha da puta mandou mensagem. Você tem que resolver isso, Bardelli!

— Calma! — Lyra segurou Gurgel pelos ombros.

— Eu te contratei pra quê?

— Se você gritar, aí sim é que todo o mundo descobre o seu caso.

Conversavam no quarto de Lyra. Gurgel não conseguia se conter. Puxava o ar com tanta força que dava a impressão de inflar, inflar e estar prestes a explodir.

— Me deixa ver a mensagem.

Gurgel entregou o celular com o texto aberto na tela.

Chegou a hora, Senhor Estrume. Quer evitar que as atenções sejam desviadas do casamento e se virem pra um vídeo em que você está brincando de cavalinho com aquela negra puta? Então é bom tirar os 50 mil do quarto às duas da manhã de hoje e deixar atrás do balcão da churrasqueira, no meio dos bancos. E depois some, sem olhar pra trás. Não sai do quarto. Você não vai querer saber o que acontece com quem me desobedece. Se der uma de espertinho de novo, igual àquela noite, eu faço você sofrer. Já avisei antes.

— Ela te mandou agora?

— Um minuto antes de eu te encontrar na piscina.

— Bom, então não foi a Carmen. Eu tava falando com ela bem na hora. A não ser que tenha dado um jeito de programar o envio da mensagem...

— Foda-se! O fato é que a desgraçada enviou. E aí? O que a gente faz?

Conrado precisou de um minuto para arquitetar um plano.

— A gente faz exatamente o que ela pediu.

— O quê?! Você enlouqueceu? Quer me fazer perder cinquenta mil? Tem bosta na cabeça?

Como era triste ver um homem supostamente educado como Gurgel perder a pose e se tornar um verdadeiro animal à mercê de seus instintos agressivos.

— Gurgel, não adianta tentar enganar essa mulher de novo com um plano mirabolante. Ela já provou que é esperta o suficiente pra te surpreender pelas costas e te esfaquear. Quer que algo do tipo aconteça de novo?

— Você é um inútil, mesmo.

— Gurgel, você vai e deixa o dinheiro no lugar e na hora marcada. Eu fico de olho em tudo.

— Nossa, que inteligente! — O sarcasmo dele chegou a ofender. — Seu plano é fazer exatamente o que você acabou de dizer pra gente não fazer! Ela já vai estar esperando que alguém se esconda por ali e vai ficar de olho, seu imbecil!

— Mas ela não espera que alguém esteja escondido lá *desde agora*.

Gurgel titubeou. Lyra prosseguiu:

— Vou neste minuto pra lá. Como com o pessoal da churrasqueira e depois me escondo. Sei de um quiosque embaixo da piscina onde só me vê quem chega perto. Ninguém vai saber que eu tô lá. E, ao mesmo tempo, fico próximo do lugar combinado.

Gurgel coçou a nuca. Ele tremia de tanto desespero.

— Você acha mesmo que...

— Acho.

VI

Conrado Bardelli sabia que a tarde e a noite seriam agitadas para os noivos. Ensaio para a cerimônia de casamento, provas das roupas, ajustes de última hora, e, finalmente, o jantar da véspera. Mas não acompanhou nada disso de perto.

Almoçou churrasco ao lado da piscina, batendo papo com Enzo Gurgel. Tinham simpatizado um com o outro — eram muito parecidos nos interesses, nas opiniões, até mesmo no trato. O papo terminou e Lyra teve a sensação de que fizera um amigo.

Depois de comer o suficiente para aguentar várias horas de jejum, Lyra pediu licença, dizendo-se indisposto por causa da asma — *Quando nem a bombinha alivia, eu sei que o único remédio é a cama.* Antes de se retirar, passou ao lado do senhor com quem Carmen conversara na piscina. Tomou coragem, tocou no ombro dele e murmurou na altura do ouvido:

— Esquece aquela Carmen, tá? Seríssimo.

O homem o mirou primeiro com ignorância, depois com compreensão. Mastigou devagar, como se digerisse também o aviso que acabara de receber.

Conrado subiu pela escada para dar a impressão de que ia para o quarto. Só que, lá em cima, tomou o lado dos arbustos e voltou a descer, escondido pelas plantas. Passou a tarde sentado no mesmo banco do quiosque onde, antes do almoço, tinha encontrado Hortência Gurgel.

Presenciou um pôr do sol de tirar o fôlego e foi recebido pela escuridão com ventos que o fizeram desejar ter trazido um agasalho. Mas já não podia mais sair dali, de onde tinha uma visão privilegiada da churrasqueira.

O tempo custava a passar. Nas intermináveis horas em que ficou ali, pensou em quão absurdos eram seus artifícios para resolver casos. Lembrou-se de quando se disfarçara de doente para seguir uma enfermeira; de quando fingira ficar bêbado de uísque com um jovem roqueiro para conseguir uma confissão; tinha também aquela manhã em que incendiara um colchão de propósito com o intuito de evacuar o prédio e, assim, obrigar uma das moradoras a deixar seu esconderijo.

Recordações como essas e joguinhos de celular levaram Lyra até a meia-noite. *Agora já não deve ter mais ninguém acordado*, pensou. O casório, afinal, seria às onze da manhã do dia seguinte. Ele mesmo precisaria acordar lá pelas sete. Seria o tempo necessário para tomar café da manhã, pôr a roupa e buscar a noiva no salão de beleza.

Mas havia alguém acordado. Conrado ouviu murmúrios vindos do alto. Por que alguém desceria para a piscina à meia-noite? Será que Gurgel tinha se precipitado e trazia a mala antes do horário?

Não, eram *duas* pessoas. Duas vozes masculinas.

— ... É o mínimo... Respeito... Esse escarcéu ridículo...

As palavras vinham soltas, e Lyra chegou a prender a respiração para ouvir melhor.

— Eu te odeio!

Essa frase ele entendeu bem.

— Escuta aqui, moleque — o outro falou, a agressividade explodindo até mesmo no tom de murmúrio —, se eu vir mais uma vez você e a sua irmã fazendo aquilo que fizeram na pista de dança, você vai...

— Por que sempre eu? E ela, por que ela é sempre a protegidinha? É por causa daquilo que você faz pra prender a Vanessa naquela casa?

Um baque oco. Um gemido de dor. Lyra não pôde ver, mas soube que o mais velho agredira o mais novo.

— Você que se controle, seu pivete! Sabe muito bem que a nossa família tem motivo pra interromper essa piada que você chama de casamento. Então, se vocês resolverem me provocar de novo... Eu estouro esses seus dentes!

— Você é igual àquele seu trabalho escroto. Se você não gosta, bate. Se piora, você mata.

Silêncio.

Lyra espiou através das folhas e enxergou Demétrio subindo o caminho de volta para os quartos. Plínio continuou inerte à beira da piscina, uma silhueta no escuro. Ele batia com as mãos no peito e respirava com dificuldade, como se algo estivesse errado por dentro. E então foi acometido por um acesso de tosse. Uma crise de asma — Bardelli sabia muito bem como era. Devia ter sido causada pelo nervosismo. O detetive quis sair de seu esconderijo e oferecer sua bombinha ao colega de enfermidade, mas não podia fazer isso. Nem sabia se resolveria. Ficou apenas observando Plínio voltar para a ala dos quartos enquanto tentava, sofregamente, conter a tosse e respirar direito.

VII

A tensão regeu os últimos minutos antes das duas da manhã. Crescia aquela sensação de que o caso chegava a uma erupção final, prestes a respingar lava. Lyra tremia de nervoso. Com um último e longo suspiro, pronto para o desconhecido, o detetive particular deu as boas-vindas às duas da madrugada.

Gurgel chegou um minuto atrasado. Parecia o Homem de Lata, tão duros eram seus movimentos. Seguiu o combinado: deixou a mala recheada de dinheiro entre dois bancos da churrasqueira e foi embora. Sumiu no topo da escada.

Apareça, apareça, apareça...

Lyra fazia as vezes de águia, nada escapando de sua visão. Ouvia, sentia — o foco de um predador. Duas e dez da manhã.

Eu sei que você quer esse dinheiro, sei como funciona a sua cabeça, sei que você quer buscar a mala...

Esperar era a pior parte. Lyra chegou a pensar que cederia a um ataque de tosse, assim como Plínio há pouco.

Tum-tum, tum-tum, o coração era uma bateria.

Mas a noite transcorreu sem perigos. A asma se comportou, e Lyra logo voltou a se sentir entediado. E depois preocupado. Pois *ninguém* surgiu na área da churrasqueira nas horas que se seguiram. Três da manhã. Quatro. Às quatro e meia, já começou a movimentação lá em cima no hotel.

Merda.

Mais do que frustração, Lyra experimentou o receio. Pois significava que seu plano falhara. Ele temia ter deixado escapar a chance de pegar aquela chantagista.

Mandou mensagem para Gurgel dizendo que ele podia descer à churrasqueira e buscar o dinheiro de volta.

Como assim, ela não foi buscar? E se ela resolver buscar mais tarde?

Resposta:

Difícil. Ela correria um risco enorme se buscasse o dinheiro durante o dia, e sabe disso. Seria fácil alguém flagrar.

Lyra abandonou o posto de guarda. Subiu pela alameda florida, morto de cansaço. E então, no meio do caminho, estacou no lugar. Era impressão sua ou... Ou sentia um perfume diferente naquele ponto? Havia ali um banquinho tão escondido pelas plantas quanto o quiosque em que Lyra passara a madrugada...

Será?

Sono demais para raciocinar. O cheiro? De rosas.

O céu começava a clarear quando o celular de Lyra tremeu uma última vez. Gurgel:

Pelo menos eu recuperei a grana.

CAPÍTULO 7

O grande evento

O DIA DO CASAMENTO

I

Acordar sabendo que é o *seu* dia, que todos estão ansiosos para *te ver* é uma sensação indescritível. Diana abriu os olhos e ficou bons minutos encarando o teto. *É hoje.*

O dia amanheceu frio e sem chuva, como previsto pela meteorologia. Provável que o termômetro se mantivesse nos dezoito graus o dia todo. Diana, ainda de pijama, foi ver a mãe no quarto ao lado.

— Mas você veio pra eu começar a chorar desde já? Esse sempre foi o papel do seu pai, você sabe — Edna secava as lágrimas antes mesmo de elas caírem. Depois, envergonhada, reagiu rápido, mandando para longe sua melancolia. — Agora, vai tirar esse pijama, e já pro salão! Senão você se atrasa. Vai!

— Mas e o problema com os doces? Eu preciso...

— Não precisa coisa nenhuma. Eu faço isso. Não sou nenhuma retardada incapaz de resolver esse tipo de assunto. E põe uma blusa! Só me faltava você subir pro altar espirrando.

Diana amou a mãe por aquilo. Por ser quem ela sempre fora. Vinha uma sensação reconfortante de saber que pequenas coisas eram eternas. Era disso que Diana precisava nesse dia em que as emoções ficavam à flor da pele. O dia em que tudo mudaria.

— Vocês já fizeram tanto por mim... Todo o dinheiro que tinham e todo o tempo que gastaram... — Foi a vez de Diana não conter as lágrimas. — Eu tenho tanto a agradecer e a retribuir...

— Filha, pelo amor de Deus, não começa.

Diana abraçou a mãe com força e saiu do quarto comovida.

Plínio também encontrou sua mãe ao acordar. Dona Camila adentrou o quarto do filho sem fazer barulho e se sentou na cama. Ele podia jurar que ela viera escondida do marido.

— Tá um friozinho aí fora... Será que vai chover?

Plínio deu de ombros. Sabia que a mãe estava ali para falar sobre a briga. E ele não queria discutir isso na manhã de seu casamento.

— Porque você sabe que, se chover, significa boa sorte... E eu acho que a gente precisa *tanto* de boa sorte. Se você e o seu pai...

— Não precisa chorar, mãe.

Ela desviou o olhar, como de costume.

— Você e o seu pai são tão parecidos...

Dona Camila, no fim, sempre ficava no meio do fogo cruzado. Acabava tomando as dores de todos.

— Você sabe que eu só vou sossegar quando vocês se reconciliarem.

— Quem disse que a gente vai se reconciliar?

Foi uma faca no peito dela. Ela chorou por dentro. E chorar por dentro doía — Plínio pôde ver pelo modo como a garganta de Camila tremeu, como se houvesse uma rolha tampando a traqueia, um grito preso que asfixiava.

— Mãe, por favor, é o dia do meu casamento.

Dona Camila secou o nariz e se levantou com a pouca força que tinha. Uma boneca de pano gigante, toda desengonçada. Derrotada. Abraçou o filho pelas costas e ele não soube o que fazer.

— Tudo isso para fugir da nossa casa?

— Não, é porque eu amo a Diana.

Segurando a porta antes de sair, a mãe lançou um olhar que Plínio nunca tinha visto antes. Era tão sóbrio, tão cético, que chegava a ser maligno.

— Você pode achar que ela vai ser boa pra você, querido. Mas ela não vai.

E fechou a porta.

II

Conrado Bardelli acordou horas depois com o barulho estridente do despertador. Seu corpo respondeu: *DORMIR, DORMIR, DORMIR*. Mas ele tinha uma noiva para buscar.

Tomou banho e correu para o restaurante para pegar o final do café da manhã. Ficou satisfeito com o friozinho que atingia seu peito. Era um bom dia para se usar terno. No caminho, cruzou com convidados que já estavam prontos. Uma explosão de cores nos vestidos e ternos esportivos apropriados para um casamento num hotel--fazenda. Incontáveis sorrisos. E, para completar, o (famoso) canto dos cardeais ali perto.

Quem recebeu o detetive à porta do restaurante foi Eunice Rabelo, a dona do hotel. Ela o encarou sobressaltada.

— Seu Conrado! O senhor *ainda* vai tomar café? — Olhou para o relógio como se fosse meia-noite, não nove e meia da manhã.

— Eu *ia*. Mas pelo seu tom, não vou mais, certo?

Ela riu, meio nervosa.

— É que a cerimônia vai ser no salão menor (da ponta direita, sabe?), e o almoço com a banda, no salão maior (da ponta esquerda). Aí a gente decidiu usar o restaurante, que fica no meio, para preparar tudo. Já começou a preparação e tá o maior vaivém de mesa, comida, garçom... — ela pronunciou *garrrrçom*. — O café da manhã teve que terminar às nove. Mas faz o seguinte: vai até a cozinha e pede alguma coisinha pra dona Lourdes. Assim o senhor não passa fome.

Dona Lourdes — ou *Lourrrrdes* — era uma senhora gorda que parecia se esforçar para deixar os outros iguais a ela. Empanturrou Conrado de *croissants* e sanduíches e só o deixou ir embora quando ele jurou, de mãos juntas, que estava quase vomitando. Ela sorriu.

— Motorista fraco bate o carro, homem. Agora sim tá liberado.

Lyra precisava do endereço do salão de cabeleireiros. Foi atrás de Oscar. Encontrou-o no salão menor, o último daquela ala. O local já estava com cara de solenidade. O esqueleto de um altar fora colocado ao fundo, as cadeiras tinham sido enfileiradas e havia um vão entre elas por onde passariam os noivos. Oscar, todo suado, estendia o tradicional tapete vermelho.

— Nem pensa em ajudar, Lyra — ele se adiantou. — Seu trabalho é buscar a minha filhota. Chispa.

— Você acha que não sou capaz de fazer as duas coisas?

— É, mas você também é capaz de se atrasar. Até que tá ficando bonito, não tá? — Oscar olhou em volta. — Humilde, mas bonito.

— Tá lindo, Oscar.

— É o que dá pra fazer. Se a gente fosse rico igual o Gurgel, seria muito mais chique. — Oscar percebeu que tocava num assunto delicado. — Enfim, você entendeu.

— A Diana vai gostar assim.

— Bom, foi ela que escolheu. Aquela menina é cabeça dura... — Depois, perdeu os olhos na atmosfera, pensativo, e abriu um resquício de sorriso. — Minha pequena vai casar, Lyra... Lembra dela no seu carro? Aquele teco de gente com o cabelo voando, toda convencida... Quem diria...

Quem diria que ela um dia iria se casar... ou: *quem diria que ela escolheria o cara errado?*

Emílio, que fazia as vezes de decorador, surgiu de trás do altar e pediu que Oscar voltasse ao trabalho.

— Nesse passo, a noiva vai chegar e cadê os enfeites? Tem que correr! — E antes de dar as costas, encarou Bardelli. — E você, detetive, ou ajuda ou cai fora. Se ficar, é capaz de a sua presença causar tragédia.

— Bastante insuportável esse menino, hein? — Oscar fechou a cara depois que Emílio saiu. — Achei que não dava pra situação ficar mais chata, e aí me aparece um padrinho bicha que resolve me tirar do sério.

III

Quarenta minutos depois, Conrado Bardelli já estava dentro do Mercedes 220S, dirigindo como se pilotasse uma nave espacial. Chegou ao centro da cidade quase sem tocar as costas no banco, com medo de acabar deixando alguma mancha. Encontrou o salão de beleza, estacionou.

E respirou aliviado.

Não porque tivesse medo de que algo acontecesse no caminho. Mas porque agora podia relaxar os nervos sabendo que o casamento ia acontecer. Que Diana e Plínio não seriam prejudicados pela chantagista. Sem azar, sem ameaça, sem *tragédia* — como dissera Emílio. Lyra sorriu. Desceu do Mercedes e foi se encontrar com a noiva e com as madrinhas lá dentro.

IV

A mensagem de celular chegou quando Gurgel arrumava o nó da gravata. Eram dez e meia da manhã.

Eu te avisei.

Gurgel sentiu tontura e caiu sentado na cama. Veio a vontade de pôr fora o café da manhã. Sintomas de um mal súbito que revira tudo por dentro: chantagem.

— Gurgel, eu tô falando com você!

— Desculpa. Eu...

— Olha, dá pra ver pela janela que os convidados já estão entrando no salão. A gente tem que se apressar! Eu vou avisar o Enzo. Ai, olha ele ali! Ufa, ele já tá entrando. Anda, vamos. A gente aproveita e encontra a tia Hortência lá dentro.

V

— O cabelo dela tá ma-ra-vi-lho-so. Você não acha, bofe?

Lyra estava envolto pelas três madrinhas e por uma cabeleireira que fazia questão de ouvir a opinião do único homem naquele ambiente.

— O que achou do coque? Você tem que imaginar a tiara junto.

Conrado mal tinha referências para julgar. Pensou em adjetivos.

— Espetacular. Ousado. Lindo. — Viu a cabeleireira assentir. *Resposta certa.*

— A echarpe, então, ficou ótima.

Todas riram, debochando.

— Bofe, não é uma echarpe! É uma estola. Echarpe geralmente é menor e transparente. Estola é uma peça maior, como esta.

Janine, especialista em casamentos, bateu palmas para a noiva.

— Esse vestido... Tô sem palavras. Sinta-se privilegiado, seu Conrado, o primeiro homem a ver a noiva!

Era mesmo um privilégio vê-la no tomara que caia com a estola descendo sobre os braços. No busto, recortes de renda davam um destaque bonito, enquanto a cintura era marcada pela saia que descia até o chão. O vestido contornava as curvas da silhueta como se o conjunto tivesse sido projetado por Oscar Niemeyer. Simples e de bom gosto. Diana continha o sorriso. Sabia que estava estonteante.

— Gostaram?

Conrado Bardelli nem conseguiu responder.

— Sabe qual é o melhor desse vestido? — Vanessa falou pela primeira vez em vários minutos. — É que ele é fácil de tirar. Meu irmão vai amar.

— Vanessa!

Elas começaram a falar da noite de núpcias como se Conrado não estivesse lá. Ele corou e disse que já eram dez e quarenta e que seria bom irem logo.

— Tô quase terminando — disse a cabeleireira.

— Vai demorar mais?!

— Bofe, você chegou nos últimos vinte minutos. Sabe há quanto tempo eu tô trabalhando nessa obra-prima? Quase três horas. Então não vem com essa de querer me apressar justo no final.

Lyra riu. Ossos do ofício.

VI

A maior parte dos convidados já estava acomodada no local da cerimônia, usando o tempo de espera para admirar a decoração. O estofado branco das cadeiras, o tapete vermelho, o altar revestido de flores coloridas, as velas espalhadas pelo ambiente. E muitas luzes dando destaque a tudo isso.

Com tanto para ver, ninguém dava atenção à porta de vidro fosco próxima ao altar. Ela dava acesso a um corredor que, por sua vez, levava a duas saletas idênticas nos fundos. Só não eram mais claustrofóbicas porque tinham, cada qual, uma janela que se abria para a mata. Já tinham sido utilizadas como sala de reunião, escritório, camarim, até copa. Nesse dia, serviriam como sala pessoal para a celebrante e juíza de paz daquele casamento.

Foi na sala da direita que Hortência recebeu o sobrinho e a esposa. O rádio estava ligado numa estação que tocava músicas flashback e românticas.

— Você tá um caco, Ricardo — ela falou em cima da voz de Phil Collins cantando *Another Day in Paradise*.

Gurgel balançou a cabeça.

— É o cansaço, tia.

— Cansaço de quê? Duvido. Tem certeza de que é isso?

— Como assim, tem certeza?

Gurgel odiava quando a tia dava para insinuar.

— Eu só fico imaginando que deve ser difícil ver uma menina linda como essa daí saindo do mercado. E o Enzo a ver navios.

Sandra não teve paciência:

— Tia, pelo amor de Deus...

— Não me venha com *tia, pelo amor de Deus*. Eu só tô reproduzindo o que vi e ouvi nesses dias aqui. Vocês sabem muito bem. A opinião geral sobre o noivo... Bom, eu não preciso dizer.

— Tia, é só uma gripe — Gurgel sentenciou.

— Só uma gripe...

Faltavam dez minutos para as onze. Gurgel achou melhor conduzir a esposa ao salão. Hortência olhava para o relógio, contando os segundos.

— Quando a noiva chegar, eu vou pro altar. Só espero que ela não se atrase. Tô morta de fome.

— Você não devia ficar sem comer antes de celebrar um casamento, tia.

— Ricardo, eu sei muito bem o que devo e o que não devo fazer. Conheço o meu trabalho há anos. E te ensinei sobre o seu. Então, menos, tá?

No caminho de volta — enquanto tocava *Crazy*, de Seal —, Gurgel e Sandra quase esbarraram em Plínio, que vinha pelo corredor com um sorriso incrustado no rosto. Estava impecável no smoking com gravata branca. A espessa barba tinha sido bem aparada e penteada — uma resposta à altura a quem dizia que Plínio, o homem das cavernas, não sabia se arrumar.

Sandra o aprovou com um sonoro "uau".

— Chegou a hora, Plínio.

— Chegou, seu Ricardo! — Ele mal conseguia se conter. — Eu só vim ver se tá tudo certo com a dona Hortência.

Sandra ergueu as sobrancelhas.

— Certo até demais. Vai lá, ela vai gostar de companhia.

Plínio seguiu em frente e entrou ofegante na sala.

— Calma, homem! Vai casar ou correr uma maratona?

Ele riu.

— Desculpa. Eu tô pilhado, dona Hortência.

— *Pilhado* por quê?

— Ué, porque...

— Menino, eu preciso te perguntar uma coisa. Realmente preciso. Jurei que, se fosse mesmo me tornar juíza de paz, eu diria tudo o que penso pra não dar continuidade aos erros dos outros.

Plínio, ainda afobado, não entendeu. Foi perdendo o sorriso e, de um segundo para o outro, sentiu-se desconfortável na presença da mulher que dali a pouco o casaria.

— Você esbanja autoconfiança, mas sabe muito bem o que dizem pelas suas costas.

Ele ficou quieto. Ninguém dava atenção a Colbie Caillat e sua *Bubbly* na caixa de som.

— Querido, você quer mesmo casar com essa menina?

Os olhos de Plínio se arregalaram.

— Não entendo o que a senhora quer di...

— Noventa por cento das pessoas me chamariam de monstro por perguntar isso no dia do seu casamento, mas eu preciso fazer isso. Você precisa disso. A Diana precisa disso.

— A senhora quer dizer... Sobre a família da Diana?

— Claro que é sobre a família dela. Quero que você tenha certeza do que vai fazer. Um casamento cheio de espinhos... Ainda dá tempo de voltar atrás, se você quiser. Pensa bem. Não quero que faça algo de que vai se arrepender, Plínio.

Ele ficou muito sério. Pensava numa resposta quando a porta se abriu e apareceu a cabeça de Sandra.

— Oi, eu acho que esqueci a minha bolsa aqui. — Ela deslizou o corpo para dentro, pouco se importando se interrompia o assunto, e começou a vasculhar a sala. Contemplou rapidamente o quieto Plínio e a triunfante Hortência. Teve raiva. Quis mandar a tia calar a boca e expulsá-la para que aprendesse a não mexer mais com a vida dos outros, assim como mexera com a *sua*, tantos anos antes...

— Achei. — Plínio ergueu a bolsa de Sandra de debaixo da mesa.

— Ah! — Ela sorriu, apesar dos pensamentos ruins. — Deve ter caído quando eu tava sentada. Nossa, olha o horário! Onze e dois! Já tá quase na hora... — E quando pedia licença para se retirar, Sandra agarrou o braço de Plínio e fez um sinal para que ele saísse com ela. — Tia, a gente se vê já, já, tá bom?

Hortência olhou com seriedade para os dois. *Vocês não podem fugir de mim*, disse com a fisionomia.

Do lado de fora, porta fechada, Sandra cochichou:

— Vem comigo. — E conduziu Plínio para dentro da outra sala, a da esquerda, seguindo o corredor. Assim que fechou a porta, desembuchou: — Plínio, pelo amor de Deus, desconsidera tudo o que essa... essa *louca* te disse aí dentro...

— Não tem problema...

— Claro que tem problema! Ela tá envelhecendo e essa mania tá ficando cada vez pior. Agora, ela se mete inclusive nas coisas *certas* e faz elas ficarem *erradas*! Eu ouvi a conversa de vocês. Aquilo não foi só falta de filtro. Foi falta de respeito. Ela é louca. A tia Hortência fez isso a vida inteira comigo e com o Gurgel. Ela fica achando que deduz as coisas, mas é uma coitada, não sabe nada, quer se fazer de importante.

Plínio se sentia desconfortável por estar falando com Sandra Gurgel — uma mulher que ele mal conhecia — sobre um assunto tão delicado. Respirava de forma irregular.

— Dona Sandra, obrigado mesmo. Mas eu sei que a dona Hortência tem um pouco de razão.

Um baque.

— Não tem razão coisa nenhuma. Ela quer aparecer, sair falando o que não deve... Que ódio! — Sandra cerrou as pálpebras. — Plínio, só finge que essa conversa com a nossa tia nunca aconteceu. Pensa na Diana e pronto.

Ele concordou com isso bem a tempo de receber uma mensagem no celular da própria Diana. Leu com um sorriso.

— A senhora tem razão. Eu amo a Diana. E pronto.

Ele mostrou a tela do celular.

> Oi! :) Pronto pra me ver? Olha que eu tô arrasando! Rsrs. Sinto que esperei a vida toda pra me vestir de noiva e te encontrar no altar. Te amo, te amooooo! Até já já.

— Bom, dizem que o noivo não pode falar com a noiva antes do casamento senão dá azar. Eu espero que isso não conte.

— Mais azar do que você já teve encontrando com a tia Hortência? Impossível.

Até Sandra, representante da nata paulistana da boa educação, se permitiu algumas risadas. Foi então que, pela porta entreaberta, chegou Oscar.

— Bem que eu ouvi as vozes. Tá na hora!

Ele olhou para Plínio com um sorriso curto, porém verdadeiro. De cumplicidade. *Eu não gosto muito de você, você não gosta muito de mim, mas vamos deixar isso de lado pela Diana, beleza?* Gostou de ver o sorriso recíproco no rosto do genro.

Era hora de casar.

— Vamo pra lá, garoto. Ou vai desistir de casar com a minha Diana?

— Tá louco, sogro?

— Então põe esses músculos aí pra mexer. Onze e dez já, olha aí.

— Nossa, nem vi — disse Sandra.

— O Mercedes já encostou do lado de fora. A minha princesa chegou. A minha princesa vai casar.

Desfilaram pelo corredor, Sandra primeiro, Oscar logo atrás, sem saber se puxava uma última conversa com Plínio, que ia por último. Quando Oscar estava prestes a perguntar *e aí, tá nervoso?*, o genro falou:

— Vou lá avisar a dona Hortência.

— Ah, sim, boa.

A partir daí, tudo aconteceu muito rápido.

Oscar passou pela porta de vidro fosco e ficou observando cada um dos ansiosos convidados no salão. Procurou Enzo com o olhar e ficou vários segundos com o pensamento longe. Queria ver o rapaz e imaginar, mesmo que por um segundo, como seria se...

De repente, vieram algumas batidas lá do fundo do corredor. *Cof-cof-cof.* Batidas? Não. Eram *tosses*. Sandra e Oscar tomaram um susto ainda maior quando viram o noivo, com o rosto roxo, cambalear pelo corredor, uma mão na garganta, a outra erguida pedindo ajuda.

— Meu Deus, Plínio!

Parecia que a vida se esvaía de seu peito a cada vez que tossia.

— Ele vai ter um treco! — Sandra estava cada vez mais alterada.

— Não, é uma crise de asma, eu já vi o Plínio ter outras antes — disse Oscar, não menos desesperado.

Cof-cof-cof. Mesmo acudido, Plínio estava desnorteado pela violenta crise. O ombro do smoking ficou molhado de saliva.

— Encosta na parede! Encosta na parede pra não cair! — Sandra teve nojo de tocar no noivo, como se a tosse fosse contagiosa. — Você não consegue tentar parar de tossir? Você... Ai, meu Deus!

Tosses que doíam só de ouvir. Oscar ficou parado, sem ter a menor ideia do que fazer. Olhava para os lados, esperando ajuda divina. Mas não havia nada naquele corredor que pudesse colaborar. Mirou o genro nos olhos, tentando tranquilizá-lo. Viu medo. *Cof-cof-cof*, Plínio não conseguia dizer uma única sílaba. *Morte.* Oscar começou a tremer.

— Cadê a sua bombinha? Em qual bolso, Plínio? Aponta!

Plínio chacoalhou a cabeça, indicando que não estava com ele. Não conseguia parar de tossir. Fazia força para respirar. Com o pouco ar, tentou dizer:

— Conr-Conra.... Conrado...

— O Lyra! — Oscar bateu na testa. — É isso, vou chamar o Lyra, ele vai saber o que fazer, espera aí.

Conrado Bardelli, que até então perguntava a Diana sobre a viagem de lua de mel, deixou de ouvi-la e desceu do Mercedes assim que viu um muito alarmado Oscar vir de dentro do salão.

— Aconteceu alguma coisa? — perguntou baixinho para não preocupar Diana.

— Sim, a asma. Vê se você consegue consertar o garoto, porra!

Com a discrição de um verdadeiro detetive particular, Lyra passou despercebido pelo salão decorado e atravessou a porta de vidro fosco depois de Oscar. Quando viu Plínio encostado na parede do corredor, só balançou a cabeça. Mau sinal. Sandra não se aguentava de preocupação.

— Fechem a porta pra não chamar a atenção dos outros convidados — Lyra pediu.

Era impressão sua ou o noivo queria... *comunicar* algo com a vista? Olhava vidrado sempre na mesma direção, alucinado. O que será que ele queria dizer?

E *cof-cof-cof* sem parar. Angustiante. Sandra já quase chorava.

— Que que tá acontecendo aqui? — era Vanessa, recém-chegada.

— Esse homem vai morrer, é isso o que tá acontecendo! — Sandra cedeu ao desespero.

— Plínio! — Vanessa se ajoelhou ao lado do irmão e o abraçou. — Respira! Pelo amor de Deus, *respira!*

— Calma todo o mundo. — Lyra tomou a dianteira e sacou um objeto do bolso. — A bombinha, Plínio, aqui. Vai ajudar. Consegue? Isso. Agora tenta se acalmar. Eu sei que é difícil, mas vai no seu ritmo. — Virando-se aos outros: — É melhor vocês saírem daqui, isso pode demorar. A Diana vai ter que esperar alguns minutos dentro do carro até que o Plínio tenha condição de...

Foi bruscamente interrompido por Oscar:

— Que é que aconteceu com ele? Parece veneno! Nunca vi nada igual!

— Não envenenaram ninguém. É só uma crise de asma. Deve ter sido o nervosismo, acontece.

— Deve?! *Só pode* ter sido isso! — Sandra falou, ela também com a respiração acelerada. — A idiota da Hortência cismou em falar um monte de bobagem pro menino agora há pouco! Eu bem que tentei melhorar as coisas, mas o estrago já tava feito!

Dona Hortência — Lyra entendeu pelo aceno de Sandra — devia estar na sala no fim do corredor. *No fim do corredor.* Exatamente na mesma direção para onde os olhos aflitos de Plínio apontavam...

Ele entendeu o recado.

Conrado foi naquela direção. Girou a maçaneta e vislumbrou, no interior daquela sala, uma das cenas mais horríveis que veria em toda a vida. Capaz de fazê-lo criar aversão à música *You Give Me Something*, de James Morrison — era a que tocava no rádio. Sentiu os pelos se eriçarem, os *croissants* do café da manhã revirarem no estômago. Fechou a porta imediatamente, desejando que aquilo que acabara de ver fosse apenas fruto de sua imaginação.

Mas não era.

Aproximou-se de Oscar e ordenou:

— Liga pra polícia. Agora. Eu vou ficar aqui pra ninguém chegar perto. Faz tudo com a maior discrição do mundo.

Ceticismo no semblante de Oscar.

— É só uma tosse, Lyra, não precisa chamar a polícia.

— Oscar, o Plínio não ficou nervoso por causa do casamento. Ele ficou nervoso por causa do que ele viu *lá dentro*. — E apontou a sala.

— Lá dentro?

— A Hortência foi assassinada. Não deixa ninguém entrar ali. Tem sangue demais.

SEGUNDA PARTE

A ARRUMAÇÃO

CAPÍTULO 8

A proposta

NOVE MESES ANTES DO CASAMENTO

I

Diana tinha a sensação de que Plínio ia pedi-la em casamento naquela noite. Era a coisa mais idiota a se fazer — nenhum dos dois tinha emprego garantido, tampouco casa própria ou condição de se sustentar —, mas exatamente por esse motivo, Diana tinha *certeza* de que seu pressentimento estava certo.

Havia ainda outros indicadores. Em primeiro lugar, Plínio a convidara, naquela noite, para jantar no mesmo restaurante onde haviam começado o namoro. E justamente no dia vinte, quando completavam um ano e nove meses juntos.

E mais: Plínio recentemente começara com uma mania de dizer que *amaria Diana para sempre* e cismava em perguntar se ela sentia o mesmo. Diana sorriu ao imaginar o tipo de cena que ele prepararia: Plínio chegando com uma aliança mal escondida no bolso da calça, achando que ela não suspeitaria, cheio de sorrisos suspeitos. Em um ano e nove meses, ele não aprendera que Diana sempre descobria tudo.

Um ano e nove meses que, por sinal, pareciam uma vida inteira para ela. O que era bom. Sim, era ótimo. Ela convivia com os vícios do namorado como quem se acostuma a morar num país novo. Era capaz, inclusive, de prever o que ele ia fazer. Como nesse dia. *Hoje, ele vai me pedir em casamento.*

Só que Plínio não sabia que ela sabia, claro. E por quê? Porque Plínio era desligado. Era o jeito dele. Esquecia a carteira, errava receitas, derrubava a bebida na toalha, dirigia mal, pior do que um iniciante sem carteira de motorista. O tipo de pessoa que você observa executando algumas tarefas e se pergunta *meu Deus, como ele ainda está vivo?!*.

O mais estranho de tudo: Diana se divertia com esse jeito dele.

Gostava de como ele gaguejava antes de falar coisas importantes, de como dependia dela para dobrar as roupas ou para aprender a mexer nos aplicativos novos do celular. E quando Diana lhe ensinava o básico, Plínio a contemplava com aqueles olhos negros admirados, como se ela fosse a deusa que ele reverenciava. Ela ria! Ria da cara de Plínio. E ele ria de volta pra ela.

Diana o amava.

Chegara recentemente a essa conclusão. Amava-o porque podia se abrir com ele. E deixar que os outros ouvissem seus segredos era um privilégio que Diana só concedia a quem confiava sua vida. Plínio a ouvia, mudo — ela suspeitava que muitas vezes ele mal prestava atenção, mas o fato era que ele *ouvia*. Era paciente como um padre no confessionário. E estava sempre disposto a beijar a nuca de Diana quando ela se irritava. Ela se desmanchava.

Em frente ao espelho do banheiro, terminando de se maquiar, Diana se deu conta de que tinha aprendido a fazer algo que julgaria impossível algum tempo atrás: conviver com o oposto. Sua mente sempre tão organizada e sistemática acabara acolhendo o caos de Plínio como um suspiro de renovação. Sentia-se viva e ousada ao lado dele. Amava o corpo dele, amava suas atitudes, que, de tão ingênuas, beiravam a audácia. Amava suas falhas tentativas de surpreendê-la.

E, pelo jeito, era o que ele tentaria fazer naquele dia.

Diana chamou um Uber. Recusava-se a fazer com que Plínio gastasse gasolina para vir buscá-la de carro. E, além do mais, Plínio agora só andava de ônibus. Estava brigado com o pai porque anunciara que largaria a faculdade particular de medicina. Um investimento de três anos e milhares de reais que — aos olhos da família Amaral — o filho mais velho estava jogando no lixo. Como uma espécie de castigo, Plínio agora tinha que sobreviver com pouco dinheiro. Que trabalhasse pelo seu próprio sustento. Diante disso, ele teve que abrir mão de algumas regalias. E o carro estava entre elas.

O Uber chegou, Diana confirmou o endereço do bistrô com o motorista e partiram para a rua Augusta.

Plínio se atrasou. Deixou Diana esperando por vinte minutos à mesa reservada. Mas ela estava acostumada. Pediu uma caipirinha e afogou com álcool qualquer resquício de irritação. Dali a pouco, surgiu o namorado. Entrou no bar aos tropeços, suado dos pés à cabeça. Diana ignorou os poréns e ficou feliz em vê-lo. Sentiu uma pontinha de felicidade extra ao reparar que um grupo de mulheres no balcão secou seu namorado e cochichou elogios.

— Mano, você não sabe o que aconteceu. — Plínio sentou-se como o Godzilla à delicada mesa do bistrô. Derrubou os talheres. — Eu acho que mudaram o ponto do ônibus que eu pego, sei lá, porque, tipo, eu tava de olho no caminho, só que...

Devia estar distraído, o Plínio sempre se distrai quando anda de carro ou ônibus, fica olhando a paisagem.

— ... sei lá, quando vi, já tinha passado a galeria aí de cima e o ponto que eu tinha que descer. Eu desci no seguinte e vim correndo o mais rápido que pude e...

— Tá bom. Calma. — Ela riu com uma leveza que ele não esperava.

— Mas eu te deixei esperando e...

— Caaalma. — Ela cobriu a mão dele com a sua. — Quer um gole?

Ele aceitou e acabou tomando o copo inteiro de caipirinha.

— Nossa, foi mal, eu nem vi que tava acabando.

Ainda rindo, Diana perguntou se ele não queria ir ao banheiro se secar. Quando Plínio se levantou, as costas molhadas de suor, Diana quase pôde vislumbrar a caixinha com a aliança no bolso da calça.

Ele voltou com mais histórias sobre o passeio de ônibus. Jogou o guardanapo de pano em cima da mesa e pediu dois chopes — não perguntou se Diana ia querer beber outra coisa.

— ... Bom, mas deixa isso pra lá. Me conta da sua semana. Deve ter sido importante. Quero ouvir a sua voz, Di.

Eu amo esse homem.

Plínio não entendia sobre pequenos detalhes. Não sabia sobre o amor nem sobre os caminhos que faziam uma mulher se apaixonar. Mas julgou estar na trilha certa, pois os olhos de Diana brilharam, e então ela começou a falar sobre a semana, o trabalho novo, o livro que estava lendo... O grupo de mulheres ao fundo se remexeu. Todas olhavam para Plínio. Diana engoliu em seco e parou a frase.

— Quer saber, fala de você.

— De mim? Eu não tenho nada pra falar. — E ele sorriu, parecendo dizer *só você é importante, Diana.*

As mulheres do grupo já nem disfarçavam. Olhavam sem mascarar a curiosidade. Diana chamou o garçom e se escondeu atrás dele. Aproveitaram para pedir os pratos. E quando o atendente foi embora, não apenas as mulheres continuavam a encarar o casal como uma delas tinha se levantado e vinha se aproximando e...

— Diana?

Ela demorou para reconhecer. *Corpo bonito,* foi a primeira coisa que seu cérebro decifrou, *uma ameaça,* e veio a pontada de inveja. Olhos puxados. O sorriso largo e perfeito de quem um dia usara aparelho fixo...

— Meu Deus, Carmen?!

No fim das contas, era para Diana que o grupo olhava, não para Plínio.

— Nossa, para tudo! É você mesmo! Carambaaaaa! — Carmen deixou o último *a* passear por todo o restaurante. — Quanto tempo!

Abraçaram-se. Diana ficou feliz de verdade. Não via Carmen desde a escola. Haviam sido amigas próximas até o segundo ano do ensino médio. Daquelas que compartilham segredos, colam juntas nas provas. Mas então Carmen acabou saindo da escola no meio do ano letivo, e elas nunca mais se falaram, a não ser por alguns "ois" e "tudo bens" pela internet. Diana nunca ficara sabendo para que colégio Carmen mudara, nem ouvira explicações sobre o motivo. O boato de que tinha sido expulsa rodou pela escola, mas as histórias paravam por aí.

— Amor, essa é a Carmen. A gente estudou junto, tipo, um século atrás!

Carmen mostrou todos os dentes para Plínio num sorriso de fofura de quem está prestes a apertar bochechas.

— Amiga, não vai me dizer que esse aí ainda é aquele seu *crush*...

— Carmen...

— ... o endinheirado gatinho com quem você sempre falou que ia casar...

— Carmen...

— É Enzo o seu nome?

Plínio piscou algumas vezes, sem saber como reagir.

— Não... Não é... Eu me chamo Plínio.

Carmen tapou os olhos com as mãos e fez um *o* com a boca.

— Nossa, eu não sei onde enfiar a cara!

A reação de Plínio foi melhor do que Diana esperava. Ele gargalhou. E, no final, as duas fizeram o mesmo. Diana foi a que *menos* achou graça. Era capaz de jurar que Carmen conhecera Enzo anos antes... E Carmen não era o tipo de pessoa que se esquecia de fisionomias. Nem que dava foras como aquele.

Diana deixou o pensamento de lado e perguntou da amiga. Carmen explicou que trabalhava como representante de produtos farmacêuticos e morava num apartamento novinho na região da Faria Lima. O que *não* explicou foi como ganhara dinheiro suficiente para morar naquela região nem se tinha namorado ou marido. Também se eximiu de qualquer comentário sobre a saída repentina da escola anos antes. Foi além: tirou a atenção de si mesma e começou a perguntar sobre o casal. Diana adorou contar a história dos dois, justamente naquele dia. Parecia um preâmbulo do pedido de noivado.

— Como assim, você vomitou numa babosa?!

Gargalhavam como velhos amigos. Enfim, Carmen lançou mais um de seus largos sorrisos ao casal e pediu licença. Sentia que tinha abandonado seu grupinho de amigas por tempo demais.

— São umas amigas do pilates. Sinceramente? Puta que o pariu, que encontro chato. Tô quase pedindo pra sentar com vocês...

— Pode sentar, ué — respondeu Plínio, de maneira quase infantil.

Carmen caiu na gargalhada de novo.

— Adorei esse seu boy, miga! — Ela bateu nos braços dos dois. — E até parece que eu vou interromper esse encontro de vocês. Não esquenta comigo. Vai fundo, miga! Esse aí tem futuro, hein? Mas tem que me chamar pro casamento.

Novas risadas. Desta vez, Diana foi quem *mais* achou graça. Pensou no anel que deveria estar no bolso de Plínio. Imaginou a cena: ele se ajoelhando a qualquer momento, pedindo sua mão em casamento... Ela respondendo *sim* com lágrimas nos olhos. O restaurante aplaudindo — e Carmen também. Não precisava ser tão comovente e teatral quanto propunha a imaginação de Diana. Mas ela não negava que um pouquinho de encenação daria o charme condizente com a cena. O romantismo exagerado de Plínio seria de bom tamanho — o bastante para Diana ter o prazer duplo de dizer *Plínio, você me mata de vergonha* e ao mesmo tempo aceitar o pedido, do jeito que sempre quisera.

Só que a noite terminou e nada de aliança. Não houve pedido, não houve restaurante aplaudindo. Plínio nunca fora imprevisível, nunca surpreendera Diana. Tinha decidido fazer isso justo naquele dia! *Caramba!* Diana emburrou na hora.

Estavam na rua, Plínio já dando as costas para voltar ao ponto de ônibus — ele, além de tudo, tinha dito que preferia passar a noite sozinho porque estava cansado da semana —, quando Diana o segurou. Abriu um risinho que, apesar de meigo, não era leve como os do início da noite.

— Você... percebeu que hoje a gente faz um ano e nove meses juntos?

Não, ele não tinha percebido.

— Eu sou aquele que esquece as coisas nessa relação, lembra, gatona? — disse Plínio, rindo de si mesmo.

Aquilo irritou Diana.

— É, e eu ainda cismo em pensar que em algum momento você vai se lembrar. Melhor eu aprender pra não dar com a cara no poste toda vez... Bom, tchau.

— Nossa, que foi?

— Não, nada.

— Fala, Di. Você tá estranha.

— Eu, estranha? Poxa, Plínio, que observador!

— Desculpa — ele se apressou em dizer, sabendo que aquele era o único jeito de esfriar a situação.

— Tudo bem. — Diana aceitou o abraço e o beijo. Mas depois de um instante em silêncio: — Você nem sabe por que eu fiquei brava, né?

O vazio na expressão dele entregou a culpa.

— Meu Deus, você não faz ideia...

— Di, desculpa, eu...

— Não precisa ficar pedindo desculpas. Quando você pede tantas vezes, perde o sentido.

— Tá, eu... — Ele não sabia como completar.

— O que você tem no bolso?

— Por que quer saber o que eu tenho no bolso?

Ela foi logo agarrando a calça jeans. Aquilo que parecia uma caixinha de aliança era, na verdade, a chave do carro. Agora, além de aborrecida, Diana estava confusa.

— Por que você trouxe a chave do carro? Não veio de ônibus?

— Nossa, sei lá, acho que peguei no automático junto com a carteira... É de um dos carros do meu pai. Tava junto na escrivaninha e...

O olhar de dúvida no rosto de Diana foi suficiente para ele se desesperar.

—Nossa, Diana, eu juro! Peguei a chave do carro por distração. Você sabe que eu não tô andando de carro porque tô sem dinheiro, mandei meu pai se foder, e você sabe, ele...

— Eu sei, eu sei! — Ela respirou fundo. — Plínio, juro que não vou fazer escândalo nenhum. Juro. Mas você tem que me contar. Você tá me traindo?

— Quê?! Diana!

— Eu não vou julgar ninguém, só não quero fazer papel de trouxa, porque vim esperando uma coisa e, tipo, foi tudo completamente diferente do que eu imaginava. Eu só queria saber por quê. E agora descubro que você tá com a chave do carro sendo que veio de ônibus. Aliás, você mentiu sobre o motivo de ter se atrasado hoje?

Plínio não tinha fala. Ali, no meio da calçada, sem se importar com o que pensavam os outros pedestres, ele tropeçou nas palavras como um gringo que não sabe falar português. Mas foi claro ao frisar que nunca pensaria em trair Diana.

— Eu teria que ser uma porra de um imbecil, Diana!

Ela não respondeu. Plínio não aguentou a expectativa e perguntou:

— O que você tava esperando de mim hoje? Por que mexeu no meu bolso? Hein?

As lágrimas começaram a brotar no rosto dela.

— Eu tinha certeza que você ia me pedir em casamento! Saco!

Foi um choque pra ele. Não teve ideia do que dizer, *como* dizer nem por onde começar.

— Casamento?! Casar?! Você nunca nem falou que... Você presumiu que eu...? Como é que você sai imaginando que alguém vai fazer uma coisa dessas, Diana?

— Mas foi você que saiu falando de amor e, sei lá, viver pra sempre juntos, e eu pensei que você ia me pedir em casamento porque é o restaurante onde...

— Como eu ia adivinhar o que você queria?!

— Aí que tá o problema, Plínio, você não ia. Você *nunca* adivinha. Eu deveria ter imaginado... Eu saio criando expectativa porque você... você...

— Que tipo de pessoa faz isso, cacete?!

Ele foi sincero, direto, hostil como nunca havia sido com ela. E então os papéis se inverteram. Plínio era a ponta resistente da relação. Diana era a criança perdida dos pais.

— Você ainda me chama de louca.

— Mas também, olha o que você vem me dizer! Eu só tô sendo sincero. — Ele suspirou, indício de que queria trazer calma àquela discussão. — Desculpa. Mas é que não dá pra ficar esperando coisas das pessoas. Imaginando.

— Ah, não dá? Eu, por exemplo. Você me acha imprevisível? Acha que não dava pra adivinhar que eu ia ficar irritada?

— Quer que eu seja sincero? Sim, eu acho que todo o mundo é imprevisível.

— Até eu?

— Até você! Eu não imaginaria que você fosse capaz de fazer uma coisa tipo nadar pelada com a minha irmã. Ou é disso que você gosta? Você nunca me falou. Quer dizer, não é como se você tivesse *me* chamado pra nadar pelado.

O golpe foi muito mais destrutivo do que Plínio calculara. Ele não tinha noção. Ficaram em silêncio por vários segundos, Diana de olhos fechados. As pessoas que passavam por eles na calçada podiam perceber o clima pesado.

— Sinceramente, Plínio? Talvez tenha sido melhor você não ter aliança nenhuma mesmo.

— Diana, você entendeu errado...

— Não, deixa. Tudo bem, tá? Você tem o seu jeito, e eu é que deveria ter imaginado que você nunca ia mudar.

— Diana, é claro que eu quero me casar com você. Eu te amo e... É que você...

Ela devolveu a chave do carro para ele e saiu andando pela rua Augusta. Pegou o primeiro táxi que encontrou e não olhou pra trás.

II

Naquela noite, Edna tentou descobrir o que tinha acontecido no encontro com Plínio que deixara Diana tão miserável.

— Mãe, me deixa! Não aconteceu nada.

— Ele levantou a mão? Hein? Porque se ele foi agressivo com você, agora é a hora de...

— Para de ficar achando que tudo é culpa dele!

— Bom, eu não vou repetir a mesma coisa mil vezes. Você já sabe a minha opinião. Direito seu não querer ouvir. Mas não vem fingir que tá tudo bem. Eu sei que você tá com raiva.

Não era bem *raiva*. Raiva também. Raiva da situação. Raiva de si mesma. Mas não de Plínio. O que mais incomodava Diana, isso sim, era a confusão. Sentia como se tivesse saído de casa três horas antes com o leme de sua vida nas mãos, segura de que navegava no sentido certo. Agora, a bússola que a guiava perdera o norte. E ela viajava sem noção sequer das rochas submersas que poderiam rasgar o casco do navio.

E quando se sentia assim, ela sempre recorria à mesma pessoa. A *ele*.

Trancou-se no quarto, disse à mãe que iria dormir, apagou a luz, meteu-se debaixo das cobertas. E, no escuro, ligou para ele.

Três toques, quatro toques, cinco toques. Diana ficou apreensiva. *Atende, atende...* Caixa postal. Ela sentiu os olhos pesarem. Secou-os no lençol, revoltada, condenando a própria fraqueza emocional. Resolveu mandar uma mensagem:

Oi. Que vc tá fazendo?

Esperou a resposta com os olhos na tela. Em vão. Pelo que constava, ele nem havia lido a mensagem.

Eu só queria depois te contar umas novidades. Coisa boa!

Assim que enviou a mensagem, já se sentiu uma idiota. *Coisa boa?* O que acontecera com o navegante corajoso e seguro de suas aventuras? Que Diana imbecil era aquela?

Novamente sem resposta. Diana tapou o rosto com as mãos e desejou desmaiar. Dormir até a manhã seguinte. Qualquer coisa para tirá-la daquele papel ridículo, daquela confusão toda...

O celular tremeu. Mensagem recebida. Mas a mensagem não era dele. Era de Plínio.

Eu sei q nessas horas vc precisa de um tempo... Mas qndo/se quiser, tô aqui, fmz? Bj, gatona...

Diana leu a mensagem e ficou pensativa por vários segundos. Não queria responder. Não era com Plínio que queria falar. Caramba, como aquilo doía... Sem nem perceber, já estava digitando de novo:

Tá, não é coisa boa. Era só pra vc falar comigo... Na real, eu tô um lixo.

E logo em seguida, com os olhos marejados:

Por favor, eu só precisava de alguém pra me colocar nos trilhos...

Um minuto, dois minutos. Diana se convenceu de que teria que dormir desiludida. E então o celular tocou. Chamada de Enzo Gurgel.

— Enzo... Você ligou.

— É, eu liguei... — ele falava baixo, quase cansado. Uma voz que traduzia sensatez. A sensatez de que Diana tanto precisava.

— Eu... eu nem sei o que dizer.

— Foi alguma coisa que ele fez?

— Não... Não ele. Acho que foi mais uma coisa que *eu* fiz.

Silêncio. Enzo não era o tipo de pessoa que perguntaria o que ela tinha feito. Ou se o casal tinha brigado. Costumava ser mais cauteloso.

— Ele te conhece, não conhece? O Plínio.

— Sei lá, acho que sim. Às vezes, nem eu sei.

— Bom, se ele te conhece, então vai perceber o que tá acontecendo. Quantas vezes eu e você não passamos por isso? E chegou uma hora que eu entendi.

— Mas eu não sei se ele... — Pausa marcada por incerteza. — Vocês não são iguais. Nem parecidos.

— Sei que não, mas ele se importa com você. Você sabe que sim. Ele vai te perdoar quando entender tudo.

Diana suspirou do outro lado da linha.

— Mas o problema não é ele *me perdoar*. Nossa, não, nada disso! O problema... Ai, o problema sou eu. Não sei o que eu quero. Tô perdida, Enzo...

Ele não respondeu. Ela, então, continuou:

— E quando a gente era criança, era sempre você que me ajudava nessas horas...

— É. Era eu.

— Mas aí... — Ela deixou a frase morrer.

— Posso conversar com ele se você quiser, Diana. Eu digo que conheço você há muitos anos e explico.

— Essa é uma péssima ideia, você sabe disso.

— É, eu sei.

— Ah, quer saber? Esquece. Por telefone não funciona.

Um instante em que ambos seguraram os celulares e ficaram em silêncio.

— A nossa vida mudou muito — Diana prosseguiu. — Às vezes me esqueço disso. A gente não é mais vizinho, a gente não sabe mais tudo sobre o outro. — Dizer aquilo, apesar de doloroso, era também um alívio. — Você tá ocupado, não tá?

— Mais ou menos. Pra você, eu não sei se tem essa de ocupado.

Lá atrás, ouviu-se uma exclamação, um *ei*, quase como se alguém tivesse dado bronca em Enzo por má-educação. Uma voz feminina. Diana logo compreendeu.

— Caramba, você não tá sozinho. Tem alguém com você? Nossa, desculpa!

— Não, Diana, não tem problema.

— Gente, que idiota, eu... É melhor a gente desligar. Eu nem devia ter te mandado mensagem. — Estava vermelha de vergonha. — Eu devia ter me tocado de que você tava ocupado...

— Mas fui eu que te liguei.

— Me ligou só porque leu as mensagens e viu que eu tava triste. Faz um tempo que você só fala comigo quando eu tô triste... Sério, desculpa mesmo por... por tudo.

Ela já tirava o celular da orelha quando ouviu a réplica dele:

— Diana, independente de qualquer coisa, nada mudou entre a gente, tá?

— Você fala isso porque é generoso.

— É diferente, Diana. Pra você, eu *sempre* vou estar disponível.

Ouvir aquilo foi como jogar o sol numa câmara escura. A mente de Diana se abriu. Ela foi dormir estranhamente calma. E certa de que seu navio tinha sim um rumo.

III

Aqueles foram dias em que Plínio ficou tão abatido que até emagreceu. Não saía do quarto, não conversava com a família. Ele só queria saber de assistir a séries deitado na cama. Camila se preocupou. Só que pouco pôde fazer, porque Demétrio, irritado com o comportamento rebelde do filho, disse que o moleque era crescido e não deveria ser paparicado. Que aprendesse sozinho que o melhor após largar o ensino superior era tomar vergonha na cara e arranjar um emprego.

Não sabiam que a depressão repentina nada tinha a ver com estudo ou trabalho. Era consequência daquelas mensagens sem resposta que ele mandara para Diana. E das ligações não atendidas. Sem contar que Edna ficava dando desculpas diferentes a toda hora. Três dias nessa tortura. Plínio pensou que fosse enlouquecer. As séries perdiam a graça. Ele precisava pensar em outra coisa. E o irônico foi que os livros de anatomia — aqueles que ele tinha usado nos anos de estudos médicos e que decidira jogar fora junto com o curso — acabaram virando sua distração.

Era um deles que Plínio lia na noite de sábado. Assunto escolhido aleatoriamente: sistema circulatório do corpo humano. Veias, artérias. Nove da noite. Ele achava estar sozinho em casa — os pais e irmãos tinham ido a um evento da Polícia Militar. Ordens de Demétrio.

E eis que Plínio ouviu um barulho vindo do andar de baixo. Ele coçou a cabeça. Saiu do quarto, foi até a escada e não enxergou nada. Devia ser imaginação. Voltou a ler. *Ler* não era a palavra mais apropriada. Plínio passava os olhos, certo de que aquele era o melhor jeito de matar o tempo. E então ouviu algo às suas costas.

— Oi.

Ela estava lá, irreal como um sonho. Usava calça jeans simples, uma blusa de renda branca, o cabelo caindo nos ombros.

— Eu não queria te assustar... queria te fazer uma surpresa. Espero ter conseguido.

Ele se levantou da cadeira com o queixo caído. Parecia um viajante no deserto avistando um oásis.

— Você ainda me odeia por ser uma louca neurótica?

Tão feliz que estava, Plínio não conseguiu rir. Não tinha emoção. Era o choque.

— Impossível eu te odiar, Diana. Isso nunca vai acontecer.

Diana quase chorou ao ouvir aquilo. Ele então a agarrou pela cintura e deu-lhe um beijo que a fez perder o fôlego. Quando separaram os lábios, Diana riu.

— Você sabe que eu nunca ia te trair, né? — ele perguntou.

Diana sabia. E tinha checado — apesar de não se orgulhar muito dessa parte. Conversara com Vanessa nos últimos três dias para saber se Plínio, por acaso, havia saído para encontros com outras mulheres. Vanessa, na conversa mais recente, tinha rido e dito que Diana só podia ser retardada. *O Plínio não sai do quarto porque acha que te perdeu*, falou. *Chega a dar enjoo esse amor de vocês.* Diana amou ouvir aquilo.

Ela pediu mais um beijo e abriu um sorriso arteiro.

— Eu vim porque sei que tô te devendo uma coisa faz tempo.

— Não precisa pedir desculpas...

— Tô falando de outra coisa que você mesmo disse. Nadar pelado.

A piscina ficava no quintal, entre um jardim iluminado e o canil dos dois pastores alemães da família. Eles latiram enquanto Plínio e Diana tiravam as roupas. Continuaram latindo quando os namorados se jogaram na água fria. Só foram perder a voz e voltar pra casinha quando perceberam que o casal ia demorar ainda um bom tempo naquela piscina.

Eram dez da noite quando Diana saiu da água, um sorriso inabalável no rosto, e deitou no piso de pedra. Plínio a acompanhou. Ficaram admirando o céu por vários minutos, um silêncio tranquilo... porque não havia necessidade de falar.

Então, Diana suspirou fundo e comentou:

— E pensar que tudo isso começou com uma babosa.

Plínio riu descontroladamente.

— A gente tem algumas aqui, sabia?

— A planta? Onde?

Ele se levantou e indicou o jardim.

— Eis a sua melhor amiga. — Plínio indicou com uma reverência teatral. — Quer dar uma vomitadinha?

Diana sorria de orelha a orelha. Havia uma nuance a mais no seu sorriso. Uma esperteza que — essa sim — Plínio conhecia. Ele gostou, mas não entendeu. Então Diana o abraçou, apontou para aquela mesma babosa e pediu que ele olhasse dentro das folhas.

E lá estava. O anel de noivado. Nua, sob o luar, ela se agachou no piso de pedra:

— Plínio, quer casar comigo?

CAPÍTULO 9

Demissão

CASAMENTO SUSPENSO

I

Hortência Gurgel tinha sido assassinada com um corte profundo no pescoço, que atingiu a jugular e a carótida. Ela não teve chance de reagir. Fora pega de surpresa na cadeira de rodas e só se dera conta da lâmina que lhe cortava a carne quando, cega pela dor, perdia a consciência. Haviam tampado sua boca, e seus gemidos acabaram sendo encobertos pelas músicas do rádio.

Foram essas as primeiras conclusões do médico legista, que chegou pouco depois do perito criminal ao Hotel-Fazenda Cardeais. Dali, o corpo seguiria para o Instituto Médico Legal da região. O médico e a equipe trabalharam em silêncio, tentando se lembrar de quantas vezes tinham examinado uma cena de crime como aquela. Sangrenta. Violenta. Ainda mais em Joanópolis. *Nenhuma vez.*

O médico não se arriscou a revelar nada, com medo de tirar conclusões precipitadas. Mas, pressionado pelo delegado, disse que o autor do crime deveria ter um mínimo de conhecimento para matar daquele jeito.

— Não estou restringindo esse crime a um médico. Mas também acho muito pouco provável que uma pessoa comum tivesse tanta sorte. Quer dizer, o corte foi certo, quase estudado, me entende? Profundo da metade do pescoço até a lateral.

— Um aluno de medicina saberia disso tudo, certo?

O médico legista não sabia aonde o delegado queria chegar com aquela sugestão. Mas teve que concordar.

— E por que a mulher não reagiu? Ela morreu na hora?

— Na hora? Não. Morreu rápido, um minuto, talvez um pouco mais. Teve algum tempo pra sofrer. — Olhou para o corpo de Hortência. — Coitada... Uma idosa que deveria estar aproveitando a aposentadoria...

— Ainda não entendi por que ela não se virou quando lhe meteram a faca na garganta.

— Olha, se a pessoa fosse conhecida, poderia andar pela sala, ir para as costas da senhora e... bom, você sabe.

II

Horas antes.

O tempo passava, os convidados estavam ansiosos, a música no salão prosseguia — os músicos apenas à espera de um alerta para começar a tocar a marcha nupcial.

— Cadê todo o mundo?! — cochichou Edna para si mesma.

Deixou-se levar pelo burburinho que vinha do corredor. E, ao passar pela porta de vidro fosco, surpreendeu-se com o tumulto: Plínio estirado no chão com Vanessa ao lado; Conrado Bardelli de guarda no fim do corredor; Sandra e Oscar como baratas assustadas andando de um lado para o outro.

— Alguém me explica o que tá acontecendo!

Oscar estava ofegante.

— Parece que o Plínio fez alguma coisa com a... — Ele se interrompeu ao perceber o deslize. — Quer dizer, ninguém sabe, ela morreu, a dona Hortência, ela morreu!

Edna olhou para Plínio mexendo-se no chão. Viu uma mancha no sapato dele. Sangue. E então, o choque. Edna precisava se certificar. Foi até Lyra.

— Assassinada?! Você tem certeza?! — Como era uma mulher de ação, Edna fez que ia passar por Conrado para conferir tudo com os próprios olhos. Queria ter certeza de que aquilo não era uma brincadeira de mau gosto... *Morta? Bobagem!*

— Edna...

— Lyra, sai do caminho.

— Edna, caramba, isso aí dentro é assunto de polícia!

Quando ouviu o termo *polícia*, a ficha caiu. *Isso aí dentro*, dissera Lyra. *Isso, e não ela.*

Então pronto. Casamento adiado. Dor de cabeça. Até então, Edna não conseguia imaginar sua filha casando com Plínio. Achava que alguma coisa entraria no caminho dos dois. Mas nada parecido com... *aquilo.*

— Como assim...? O quê...? Ai, meu Deus, preciso avisar a Diana. A coitada tá esquecida dentro daquele carro.

— Eu vou com você. — Oscar suava frio.

Antes de saírem, Edna bateu o olho uma última vez na mancha de sangue no sapato de Plínio e recomendou:

— Vanessa, acho melhor você também levar o Plínio pra longe daqui. Pro quarto dele, é melhor.

— Mas o casamento...

— Esquece o casamento. Faz o que eu tô mandando.

Vanessa não era de receber ordens. Mas, na atual situação, acatou sem discutir.

No salão, Edna e Oscar pediram paciência aos convidados e seguiram para a saída sem olhar para trás, receosos do momento em que teriam que dar maiores explicações a todos. Abriram a porta de madeira e receberam uma lufada de ar frio no rosto. *Ventania é anúncio de tempestade em alto-mar*, Oscar pensou.

Mal ouviu do que se tratava o atraso, Diana despencou no banco do Mercedes 220S. Ela suava, boquiaberta e de olhos vidrados.

— Co... Como assim, pai? Vocês estão brincando comigo? Mas ela tava ótima... Eu preciso entrar, a gente vai casar...

Seus pais a impediram. Diana, então, chorou. Começou a tremer, gaguejou palavras soltas. E, de um segundo para o outro, perdeu todo o brilho de noiva. A maquiagem borrou. Sua testa ficou molhada. O vestido não tinha mais graça. Diana se aninhou dentro da grossa estola como se pudesse cobrir o corpo todo e se esconder do mundo.

A mãe a levou até o quarto. Diana andava na frente, não queria que a tocassem. *Me deixa!* Ela não parava de fazer perguntas. Duvidava que fosse mesmo verdade. Chorava pela tragédia e queria esconder o rosto. *Humilhada.* Sorte que apenas a mãe a via naquele momento.

Aquela que deveria sair radiante e acompanhada de uma chuva de arroz ia embora pela porta dos fundos.

— Filha, eu também não vi a Hortência, a polícia tá a caminho e... O Plínio... — Edna não sabia como continuar. Sentia-se perdida.

— Eu preciso entrar por aquela porta, mãe, o Plínio tá me esperando...

— Caramba, filha! Dá pra se controlar? Eu não te criei assim!

Diana estava prestes a abrir um berreiro. No fim, conteve-se. Assim que entraram no quarto, Diana foi direto para o banheiro e se trancou lá dentro. Depois da bronca, Edna não sabia como consolar a filha. Pôde ouvir a respiração pesada do outro lado da porta, como se faltasse ar aos pulmões de Diana. Igual acontecera com Plínio.

— Filha, eu... Eu vou buscar uma água pra você.

— Não precisa.

— Precisa sim. Vai fazer bem.

Edna foi até o salão onde seria realizado o almoço. Eunice, ainda sem saber de nada, veio sorrindo, crente que Diana e Plínio já tinham trocado as alianças.

— Parabé...

Ouviu a notícia. Despencou sobre uma cadeira, horrorizada.

— Um... *crime*? Aqui?! Só pode ser brincadeira!

— Olha, Eunice, eu só tô avisando pra você ficar ciente de que a polícia vem aí. Acho melhor que fique aqui esperando com os funcionários.

Eunice nunca ouvira falar de nada parecido na sua cidade. Reagiu com uma risada descontrolada.

— Desculpa — ela disse, envergonhada —, mas eu não consigo me conter... Eu simplesmente não acredito!

Continuou entre susto e risadas até depois de Edna voltar para o quarto de Diana, levando água quente e sachês de chás calmantes. Quando entrou no aposento, deparou com a porta do banheiro aberta.

— Filha?

Não houve resposta. Perguntou-se onde estaria Diana. E logo que saiu do quarto, descobriu. Avistou a filha ajoelhada no grande jardim aos fundos. Ela soluçava, com os olhos fixos num ponto específico: um conjunto de plantas ao redor de uma fonte de pedra. Não era para a fonte que a noiva olhava. Era para uma... *uma babosa*? Edna via certo? Sim, Diana parecia abraçar a planta, chorando. A mãe não entendeu do que aquilo se tratava, mas resolveu respeitar o espaço da filha.

III

Soldados da polícia militar chegaram em meia hora, mas a polícia técnica e o responsável da Delegacia de Investigações Gerais demoraram quase duas horas para aparecer. Lyra podia apostar que todo esse efetivo devia ter sido convocado às pressas para comparecer ao hotel. Afinal, era sábado.

Os policiais militares cochichavam sobre o delegado. Lyra ouviu um deles dizer:

— É o Doce de Berinjela que vem aí? Puta merda, então a gente pode ir embora e voltar só amanhã...

A fama do doutor André Santana o precedia. O sujeito magro, de óculos, rosto comprido, barba fina e cabelos negros chegou com um atraso que caberia à noiva, não ao delegado. Era calmo no andar e nos gestos. Falava pouco, pensava muito. Talvez presumisse que fazer perguntas objetivas e observações resumidas fosse o segredo para obter respostas espontâneas das testemunhas.

E o que o delegado mais queria agora — momento em que o crime ainda estava fresco na memória das pessoas — eram respostas espontâneas. Ele vagava ao lado dos investigadores falando cada hora com um indivíduo, juntando informações, tentando dar liga aos fatos, anotando nomes de quem convocaria para prestar depoimento. Queria tudo, menos apressar as coisas. Postura de monge.

— Então foi o senhor que teve o acesso de asma? — o doutor André perguntou a Bardelli, no minuto em que se cruzaram.

— Não, quem teve a crise de asma foi o noivo, o Plínio.

— Hum. O senhor me disse que tem asma.

— Eu tenho asma, e por isso o Plínio me chamou pra ajudar. Mas a minha tarefa era trazer a noiva no Mercedes. — E Lyra embalou um resumo sobre o que acontecera naquela manhã.

— O senhor foi bastante inteligente. Ao isolar a sala, quero dizer — mas o que deveria ser um elogio soou como uma suspeita.

— Eu sei que é essencial pra perícia.

— Parece até que sabia exatamente o que fazer.

Oi? Mas antes que Lyra pudesse responder, o delegado continuou:

— O senhor que tem asma: acha que o noivo pode ter tido essa... essa crise de tosse porque viu o corpo da mulher?

— Ah, sim, doutor. O nervosismo pode ser a causa. Aproveitando, eu queria te falar sobre...

Mas o doutor André parecia não prestar mais atenção. Anotava algo em seu caderno. Pediu licença com um gesto de cabeça e se distanciou, mudo. Lyra sempre fora uma pessoa calma e pensativa, mas até ele se irritou. Pensou em correr atrás do delegado. Melhor não.

— Meu caro, faz um favor? — disse a um policial que saía do restaurante com garrafas de água. — Quando puder, informa ao delegado que eu preciso falar com ele?

— Vai ser difícil hoje, viu...

— Diz que é importante. Meu nome é Conrado Bardelli. Aqui, meu cartão. Ele já sabe quem eu sou. É só entregar pro doutor e dizer que preciso muito falar com ele.

A falta de comprometimento do policial deu a entender que a mensagem não seria repassada. Lyra pensou em brigar e exigir... *Mas exigir o quê? Pressa? Do doutor André?* Riu de seus próprios pensamentos. Não, para conseguir a atenção do delegado, Lyra teria de se fazer de importante.

Como?

A resposta para isso estava no celular, que Lyra usou para fazer uma ligação ao DHPP.

— Wilson, tudo bem?

— Lyra, não dá pra falar agora...

— Você também com esse papo de que não dá pra falar?

— Olha, eu não consegui ir atrás da ficha da mulher que você pediu. Mal tive tempo de comer esses dias.

— Não é isso. Queria te pedir outro favor. Não me mata...

— Fala rápido.

— Uma senhora foi assassinada no casamento onde eu tô, em Joanópolis.

— Uma senhora o quê?!

— Foi assassinada.

— Puta merda! Você foi pra aí agora? Te chamaram?

— Não, eu tava aqui na hora do crime. Quem tá investigando é a DIG regional. Você pode ligar pro delegado e pedir a lista de convidados? — E prosseguiu rápido para não ser interrompido: — É que eu tô nessa lista, e você bem que poderia dizer pra ele que sou detetive e já ajudei o DHPP com outros inquéritos...

— Porra, só eu tô achando uma puta coincidência você estar aí bem quando aconteceu o crime?

— Não deve ter sido coincidência.

— Você tá seguindo um assassino?

— Não sei se um assassino, mas um criminoso, sim.

— É a mulher de quem você pediu a ficha?

— Pode ser, ainda não sei.

— Lyra, seguinte — Wilson disse após uma pausa —, eu posso tentar fazer o que você pediu, mas não tem essa de uma delegacia se meter na outra, não.

— Eu sei que não tem, eu sei, claro. Mas não é bem *se meter*. É só, sei lá, um papo que você vai ter com o delegado. Como se fossem colegas de trabalho, entendeu?

— Ah, claro, normal pra caralho. Uma ligaçãozinha pra ver como o povo do interior tá indo.

Lyra odiava quando Wilson fazia suas sugestões soarem tão estúpidas.

— Me quebra essa.

— Não sei, Lyra. Eu preciso ir.

— Tá, só *por favor* não esquece do que eu te pedi.

— Como você me enche o saco, barbudo.

Era sempre um prazer conversar com Wilson.

IV

Lyra aproveitou que estava no restaurante para comer alguma coisa. Passava da hora do almoço, e o nervosismo tinha mexido com o estômago do detetive.

Agora que não havia mais casamento, cada um comia no horário que bem entendesse. Em respeito aos noivos, o bufê não fora servido — quem quisesse que pedisse a refeição diretamente na cozinha. Isso, claro, para os que não haviam perdido o apetite com a notícia do homicídio ou com a presença de policiais.

Foi sobre isso que Eunice falou quando anotou o pedido de Lyra:

— Esse monte de homem farrrrdado tá assustando as minhas galinhas. Capaz de não ter ovo amanhã. Bom, mas é capaz também de nem ter convidado pra *comer* os ovos. As pessoas estão assustadas.

— Imagino...

— Ninguém fala em outra coisa, seu Conrado. O senhor tem ouvido por aí?

— Pra ser franco, eu tentei acompanhar o delegado e acabei não falando com mais ninguém — respondeu Lyra, fugindo do assunto.

— É verdade que foi... que foi o seu Plínio?

— O quê? Quem disse isso?

Eunice esquentou feito uma panela de pressão.

— Vish, seu Conrado, esquece o que eu falei. O senhor não presta atenção ao que uma velha caipira fala. Deixa pra lá.

— Tudo bem. — E Lyra voltou ao silêncio.

Mas Eunice ficou tão envergonhada que precisava se explicar:

— É que todo o mundo que vem aqui na cozinha pedir comida comenta que viu o sangue no sapato dele. E que o delegado foi até o quarto do seu Plínio e ficou um tempão lá conversando. Um longo interrogatório... Parecia que eles até já iam prender na hora mesmo. E como eu só vi a correria no momento do... do crime, não sei de mais nada do que aconteceu lá dentro. Depois, fiquei presa aqui no restaurante o tempo todo, pensando, pensando e...

Ela riu. Era de nervoso.

V

Conrado disse que esperaria pelo filé de frango sentado, e escolheu uma mesa no canto do restaurante. Dali a poucos minutos, surgiu a pessoa com quem Lyra mais queria conversar. Ricardo Gurgel parecia um sofá velho: sulcos e pele flácida eram sinais de seu abatimento.

— Tô te procurando faz um tempão, cacete.

Lyra quis responder que não era escravo para ficar no encalço dele. Mas escolheu ser respeitoso:

— Lamento muito pela sua tia.

Gurgel chacoalhou a cabeça. Um vácuo de pensamento.

— Ela pelo menos viveu bem — Lyra prosseguiu. — Era uma mulher cheia de energia e com...

— Vai tomar no cu, Bardelli. Não vem falar que a tia Hortência era uma pessoa alegre, que gostava de viver, que foi pro céu, sei lá que mais. Eu conhecia a minha tia, não preciso desse papo de velório.

— Desculpa.

Silêncio enquanto os dois olhavam para a toalha.

— Sabe o que só piora? — Gurgel jogou com certa agressividade.

— Hum?

— Esse lerdo desse delegado já veio dizer que não vai ouvir os depoimentos hoje, sei lá por quê. Vai chamar as famílias em particular nos próximos dias pra comparecer à delegacia e depor. Juro pra você que tudo o que eu queria era nunca mais ter que pisar nesta bosta de cidade.

— Eu entendo o doutor André. É que provavelmente não vai dar tempo de terminar hoje. Tá todo o mundo em choque ainda. E amanhã é domingo.

O filé de frango de Lyra chegou, acompanhado de um suco de laranja.

— Servido, Gurgel?

— Não. — Ele olhou para o frango com nojo. Achou que jamais seria capaz de comer carne de novo. Não depois de ter visto a cena do crime.

Sim, ele, Ricardo Gurgel, de estômago reconhecidamente fraco, fizera questão de entrar na sala do homicídio junto com o doutor André. Queria ver o que haviam feito com sua respeitada tia. Pensar no *respeitada* fazia tudo doer ainda mais — olhar para o estado em que Hortência tinha sido encontrada, imaginar como ela sofrera nos poucos segundos finais de sua vida...

O refluxo, ao ver a cena, fora imediato. Os olhos de Gurgel tinham sido atraídos para a pele dilacerada e para o contorno da artéria projetando-se para fora do que sobrara do pescoço. A cabeça pendia de lado, tocando no ombro — e Gurgel se lembrou, involuntariamente, de quando levou Enzo para assistir ao primeiro filme de *Harry Potter* no cinema, dezesseis anos antes, e Enzo apontou para a tela e gargalhou no momento em que o fantasma Nick Quase Sem Cabeça puxou a cabeça de lado e deixou o pescoço decepado à mostra. A diferença é que no filme não havia sangue. Aqui, parecia que baldes dele tinham sido jogados no chão e nas paredes. Gurgel conseguiu conter o vômito até chegar ao banheiro.

— Você se importa de comer depois? — ele perguntou a Lyra com imponência. Uma ordem, não um pedido. — Obrigado.

Lyra deixou os talheres descansando ao lado do prato.

— Você acha que eu deveria ter feito alguma coisa pra impedir tudo isso, mas falhei. Não é isso, Gurgel?

O outro começou a sacolejar a cabeça como se alucinado.

— Só me diz uma coisa, Bardelli. O que você acha que aconteceu? Hein?

— O delegado ainda deve interrogar todos nós. Eu sei que os funcionários já devem prestar depoimento hoje e...

— Tô cagando pro que o delegado acha. Tô perguntando *pra você*. Porque, pra mim, é bastante claro que a desgraçada fez isso.

— A gente não pode sair tirando conclusões.

Fingir que o crime não tinha sido cometido pela chantagista era demais para Gurgel. A gota d'água. Ele perdeu a paciência e socou a mesa.

— É só pôr a cabeça pra funcionar! E parece que isso é exatamente o que você não tem feito! Porque, no fim das contas, a impressão que eu tenho é de que te contratei pra que você ficasse assistindo essa filha da puta me chantagear ainda mais e meter uma faca na garganta da minha tia!!!

Lyra mordeu a bochecha para não replicar ofensas.

— Bom, Gurgel, eu vou te dar um desconto porque você acabou de perder a tia. Mas não adianta jogar a culpa em mim. A gente nem sabe se esse crime teve a ver com a chantagem...

— Ah, beleza, então! Você quer me convencer de que é tudo uma coincidência? Que não tem nada a ver o fato de eu ter sido esfaqueado nas costas, chantageado, ameaçado, e aí de repente minha tia aparece morta!

— Uma coisa é dizer *tudo indica*. Outra é afirmar. Não dá pra saber, Gurgel. De repente, pode ser que tenha sido algo relacionado à própria Hortência, e não à sua chantagem, sei lá! — Bardelli abriu as palmas das mãos. — Não tenho como tirar a resposta da cartola, desculpa. A sua tia tinha algum desafeto?

— *Desafeto?!* Bardelli, você tá ouvindo a bosta que sai da sua boca? — Ele apertou os olhos. — Como é que uma pessoa com a sua fama...?! Olha, inacreditável. Juro.

Eu, agora, te acho a pessoa mais escrota do mundo. *Não é coincidência, Bardelli.* Olha o que eu recebi hoje cedo!

Ele mostrou o celular. A mensagem mais recente era de um número desconhecido: *Eu te avisei*, dizia.

— O pior é que ela realmente me avisou, Bardelli! Ela avisou! Eu sabia, ela sabia, *você sabia*, e, mesmo assim, você não fez nada pra evitar!

Lyra se recusava a evoluir para o nível de irritação de seu interlocutor. Assim, manteve o tom calmo:

— Isso tudo vai ser investigado, Gurgel. Espera! Me deixa falar. Obrigado. Em primeiro lugar, se você odiou tanto o meu trabalho, fica à vontade pra se levantar, ir embora e continuar fingindo que não me conhece. Ninguém te obriga a contratar os meus serviços. Assim como eu também não era obrigado a nada. Não garanti que ia encontrar a sua chantagista em sete dias, não mexo com tarô, não leio mão, não prevejo o futuro. Você que fosse atrás de outro profissional. Eu me comprometi a tentar. E eu tentei, Gurgel, realmente tentei. Me intrometi em conversas, falei com os convidados, medi cada uma das mulheres, *cheirei* cada uma das mulheres pra achar a porra do perfume...

— Tudo pra nada!

— Eu tenho certeza de que tava perto! Eu te falei sobre a Carmen e contei que tava na cola dela, mas... A verdade é que tudo aconteceu muito rápido. Muito... imprevisível. Tive um dia e meio, praticamente, pra fazer um raio X de tudo! Gurgel, é impossível. Ainda mais quando ela agiu tão depressa...

— Depressa?! Faz meses que eu recebo mensagens dela. Recebo mais mensagem dessa vagabunda do que do meu filho, pra você ter noção. E você vem com esse papo de que ela agiu *depressa*? De que era *imprevisível*?

— Como é que eu ia saber quando ela ia agir?

— Você não sabe, claro, *você não sabe*! Essa vaca deu um baile em você! Ela é só uma mulher, Bardelli, e te passou pra trás como se você fosse uma menininha burra! Não me conformo com a sua incompetência!

Lyra não respondeu. Desta vez, não porque estivesse tentando se controlar, mas porque aquelas palavras causaram certo efeito. Até então, ele só pensava em usar argumentos para mostrar que não tivera culpa de nada. Agora, colocou-se no lugar de Gurgel e questionou suas próprias habilidades. Viu tudo pela óptica alheia.

Será que eu realmente poderia ter evitado tudo isso?

Aquilo mexeu com Lyra da forma como nenhum outro caso havia feito.

— Ela... ela foi mais esperta do que eu — Conrado confessou, cabisbaixo. — Não sei o que houve, achei que ia ter tudo sob controle, que ia conseguir encontrar o gato entre os pombos... Mas eu...

Ele o quê? Será que sabia o que estava fazendo? Conrado Bardelli vinha perdendo suas habilidades para solucionar casos?

Gurgel bufou.

— Olha, a esta altura do campeonato, o mínimo que eu exigiria é que você desmascarasse de vez essa filha da puta e mandasse a maldita pro tribunal por ter me extorquido e assassinado a minha tia. Tudo isso de graça, claro.

— Eu posso fazer isso.

— Nem fodendo! Continuar com essa palhaçada? Foi modo de dizer. Eu não quero mais você mexendo com os meus negócios. — Gurgel não poupou grosseria na hora de expressar sua decisão. — Sua fama é uma mentira. Pode deixar que procuro outra pessoa pra correr atrás disso.

Ego violentamente ferido. Por mais que quisesse permanecer em silêncio para se recuperar, Bardelli precisava tocar num último assunto antes de Gurgel se levantar e ir embora.

— Só me diz uma coisa: você já contou da chantagem pro delegado?

Ricardo Gurgel humilhou-o com uma risada.

— Você só pode estar de sacanagem comigo.

— Gurgel, você precisa contar.

— Tá louco? Você tem noção do quanto eu gastei nos últimos meses só com chantagem e com os seus serviços? Tudo pra manter esse caso em segredo. E agora você quer que eu esqueça e conte tudo? É melhor jogar dinheiro no lixo de vez.

— Você não tem escolha. É um inquérito policial, tem que revelar tudo. Claro, você não vai ser processado se esconder, mas contar é o mínimo que a sociedade espera de você.

— Sociedade? Puta que o pariu, olha o que você tá dizendo!

— A vítima foi a sua tia. Você tem o dever de falar.

Por um segundo, Gurgel perdeu a pose. O que, em seguida, só serviu para deixá-lo ainda mais irritado.

— Você tá querendo usar o nome da minha tia pra me obrigar a fazer isso? Como é que você tem coragem?!

— Gurgel, eu vejo isso em todos os casos. Esconder fatos só atrasa as investigações.

— E contar pra quê? Hein, me diz? Ninguém vai resolver nada, eu sei disso, você sabe disso. Aquilo ali, ó... — Apontou para os homens uniformizados. — ...é um bando de palhaço achando que tá enganando alguém. Aquele delegado? Um lerdo. Um coitado zoado pelos próprios subordinados. Chamam o sujeito de Doce de Berinjela, sabia? Doce porque ele é uma bichona. De berinjela porque ninguém quer chupar. Você acha que um homem patético desses tem mérito pra resolver alguma coisa?

— Lamentável que você ache que isso tem relação...

— A coitada da minha tia vai ser lembrada por ter morrido sem motivo, Bardelli. Brasil, meu amigo! Se é pra eu revelar minhas confidências e no fim esses imbecis não chegarem a conclusão nenhuma, então prefiro manter o sigilo. Eles que trabalhem com o que têm. E se chegarem a alguma conclusão, ótimo. Vou contratar um detetive *de verdade* pra pegar essa chantagista, e fodam-se as leis, os inquéritos, os policiais, fodam-se! Só o que eu quero é ter um dia sozinho com essa vaca num porão. Porque eu sou vingativo, Bardelli, ah, isso eu sou desde que nasci.

E deixou a frase no ar. Um aviso? O detetive não parava de chacoalhar a cabeça, atônito.

— Pra início de conversa, contar um segredo pra polícia não significa que ele vai se espalhar por aí.

— Não? Numa cidade minúscula como esta? Não vem tentar me convencer. Agora mesmo, antes de entrar aqui, ouvi dizer que todo o mundo já acha que foi o Plínio que matou a minha tia. Porque ele tinha sangue no pé, porque ele fez medicina, sei lá o que mais... Falaram isso na minha cara! E você quer me convencer de que as conclusões da polícia não vazam?

— Ninguém disse que essas foram conclusões da polícia...

— Mas a ideia é a mesma. Todos já sabem, todos já falam. Imagina o que fariam se descobrissem que eu tô comendo a madrinha há meses?

Conrado não tinha como revidar. Gurgel estava certo. Controlar o fluxo de informações num inquérito policial, dependendo das condições, é a mesma coisa que tentar bloquear um rio com troncos de madeira: a água pode até ficar contida na barragem por um tempo, mas logo algum pedaço de pau apodrece e filetes começam a vazar para o outro lado.

— Você tá demitido — Gurgel anunciou pelo simples prazer de dizê-lo. Depois, levantou-se para partir.

— Você precisa contar. *Eu* preciso contar...

— Escuta aqui... — Meteu o dedo indicador no peito de Lyra. — Quem decide isso sou eu. Você só fez o que eu mandei, foi um mero empregado. Você não tem porra nenhuma a ver com isso, entendeu? E se abrir a boca sobre esse assunto, eu te meto um processo. Meto *mesmo*. Porque eu te contratei pra resolver assuntos pessoais e sigilosos.

O dedo em riste subiu do peito para o nariz de Lyra. Uma ameaça. Aquele que antes fora confidente agora era inimigo.

VI

E agora? O que fazer no meio dessa crise moral? Contar ou não contar à polícia sobre o adultério?

Lyra devorou o filé de frango gelado no modo automático. Cada mordida era como uma engrenagem que girava e fazia o cérebro funcionar. E no cérebro tudo o que acontecia era a repercussão de uma mesma pergunta.

Por que Hortência Gurgel?

Por um momento, ele se esqueceu do *quem*. Focou no motivo. Matutou durante toda a refeição e, na hora de largar os talheres no prato, enxergava três respostas que poderiam contemplar a pergunta. Pegou uma caneta e escreveu no guardanapo:

1 – Porque a chantagista resolveu consumar as ameaças.

Era a resposta óbvia. A vigarista tinha, de alguma forma, descoberto que Ricardo Gurgel contratara Lyra para investigar. Como? Não muito difícil. Várias pessoas já sabiam que Lyra era detetive particular: Emílio, Enzo, Oscar, Edna, talvez Vanessa. A informação devia ter se espalhado.

Com isso, *ela* se irritara. E tinha decidido mostrar que não estava de brincadeira. Até porque havia sido clara: se alguém de fora ficasse sabendo da chantagem, Gurgel iria se arrepender. Lyra lembrou-se do conteúdo de uma das mensagens: algo sobre pegar as pessoas mais importantes para Gurgel. Fazia sentido... E nesse dia, cedo, antes do assassinato, ela também enviara: *Eu te avisei.*

Ameaça lançada, ameaça consumada. Simples.

Mas e se o motivo do assassinato não tivesse nada a ver com a chantagem?

2 – Por motivos pessoais. Vingança? Herança?

Hipótese: uma pessoa próxima de Hortência Gurgel aproveitara a ocasião cheia de possíveis suspeitos — padrinhos, convidados, funcionários — para se livrar dela e, com sorte, escapar impune num ambiente que, de tão excêntrico e superlotado, poderia ofuscar as investigações da polícia. Razoável. E por que matar Hortência? Vingança, intrigas mal resolvidas, dinheiro, herança... Herança? Provavelmente os bens da morta iriam para o sobrinho ou o sobrinho-neto. Mas Ricardo Gurgel já era rico, não era? Matar por mais dinheiro?

Havia aí um cardápio de possibilidades. E Lyra sabia que precisava mergulhar no círculo social da falecida para tirar conclusões mais aprofundadas.

Ainda nessa hipótese: o assassino poderia muito bem nem saber sobre a chantagem. Agira em paralelo — quem sabe? Coincidência demais? Lyra precisava assumir que sim: um assassino e uma chantagista no mesmo lugar. Mas o detetive sabia, por experiência própria, que um crime costuma puxar outro. Também existia a possibilidade de o assassino ter descoberto a extorsão, bem como as ameaças, e aproveitado o cenário para cometer o homicídio e jogar a culpa na chantagista.

Explicações convincentes. A bússola interior de Lyra oscilava entre esses dois caminhos.

Só que ele não podia desprezar o terceiro... O que, ao detetive, incomodava como uma farpa espetada no dedão. E se a morte de Hortência Gurgel nada tivesse a ver com a chantagem nem com motivos pessoais? E se ela tivesse morrido, na verdade, não porque era Hortência Gurgel, mas... *mas porque era a celebrante e juíza de paz daquele casamento?*

3 – Porque alguém queria interromper o casamento.

Era insano pensar nessa teoria, decidiu Bardelli. Matar apenas para que o casamento fosse adiado? Doentio — e também uma evidente idiotice. Porque não fazia sentido, pelo menos não a longo prazo. Pois Diana e Plínio remarcariam a data do casamento e, na segunda tentativa — se é que se podia chamar assim —, trocariam alianças. O que o assassino esperava fazer? Assassinar o novo juiz de paz? E o próximo depois dele? Repetir a mesma tática quantas vezes fossem necessárias até que o casal desistisse do matrimônio? Sem nexo. A Lyra, bem como aos demais convidados, ficara bem claro que a data da festa seria remarcada e tudo terminaria como deveria terminar.

Mas e se *não terminasse*? E se mais coisas ainda estivessem para acontecer? Era absurdo pensar nisso? Lyra percebeu que só o tempo poderia esclarecer.

CAPÍTULO 10

Sangue na maçaneta

CASAMENTO SUSPENSO

I

— Mais um copo d'água, dona Edna? — perguntou a cozinheira.

— Dizem que beber água libera a tensão e ajuda a parar de chorar. E aquele menino chorou *tanto*... Ele deve estar desidratado.

Menino?, dona Lourdes se perguntou quando Edna saiu. *Mas não era a filha que estava chorando por ter perdido o casamento?*

Lá fora, Edna ofereceu o copo a Enzo. O rapaz não saía da retaguarda do doutor André. Os olhos eram duas grandes bolas vermelhas. Ele aceitou a água e tomou tudo de uma vez.

— Vai pro quarto descansar, Enzo. É melhor assim. Edna o abraçou com carinho.

Ele retribuiu o abraço, mas recusou com firmeza:

— Obrigado, mas só vou descansar quando a polícia descobrir quem fez isso com a minha tia-avó.

E entre tantas idas e vindas atrás do delegado, Enzo ouviu falar sobre uma faca. A que cortara a garganta de Hortência.

— Vocês sabem onde ela tá?

O delegado fechou os olhos por um minuto. Pareceu adormecer, *vou fingir que estou dormindo pra dar um perdido nesse moleque.*

— Olha, rapaz. Eu sei que você quer ajudar...

— Doutor, por favor, não me manda embora. Eu... Eu preciso disso.

O doutor André deu de ombros.

— A gente não sabe onde tá. A faca. Que você perguntou. Tá sumida. O assassino escondeu ou levou embora.

— Então vocês precisam procurar!

— A gente tá procurando.

— Mas e nos quartos? E se alguém escondeu nos quartos? Vocês têm de procurar agora, senão...

— Já estamos procurando. Calma, menino.

II

Ricardo Gurgel desistira de tentar acalmar seu filho. Resolveu voltar para o quarto. Mas congelou quando viu policiais entrando na suíte vizinha e pedindo que os hóspedes dali — os avós maternos de Diana — se retirassem por alguns minutos. Estavam fazendo buscas. Atrás do quê? Gurgel não imaginava. Mas seu cérebro ligou um alerta de perigo.

Eles vão encontrar a mala com os cinquenta mil reais.

O alívio foi ver que os policiais ainda não haviam tocado em seu quarto. Só quem estava lá dentro era Sandra, descansando depois do choque. Ela estranhou a pergunta do marido.

— Que policiais, Gurgel? Do que você tá falando? Tá afobado por quê?

É questão de tempo até eles chegarem, Gurgel concluiu. Inventou que o delegado os chamava. Que era necessário ir ao salão imediatamente. Sandra podia ir na frente. Ele precisava usar o banheiro antes. Sandra ficou imaginando o que o delegado queria com eles. Disse que esperaria o marido sair do banheiro.

— Sandra, você não tá entendendo. Você precisa ir já. É o delegado chamando, porra!

— Nossa, que grosseria...

— Não é grosseria, é um assunto sério.

Sandra olhou fundo nos olhos dele.

— Você precisa saber lidar melhor com o luto, Gurgel. Senão vai acabar tendo um infarto.

— A minha tia foi assassinada, Sandra!

— O Enzo perdeu uma das pessoas mais importantes pra ele. E a Diana e o Plínio perderam o casamento. E mesmo assim eles não estão gritando com as pessoas!

Sandra saiu do quarto batendo a porta, a impressão de que suas palavras tinham surtido efeito. Mas Gurgel só conseguia pensar em como teria de agir rápido antes de os policiais aparecerem...

Batidas na porta.

— Boa tarde, alguém aqui dentro?

Ricardo Gurgel sentiu o coração pular para a boca. Lembrou-se do que Sandra dissera sobre um infarto.

— Alguém? — E mais batidas.

Gurgel tinha de responder, senão os policiais achariam que o quarto estava vazio. Com certeza tinham uma chave mestra. Gurgel imaginou tudo: eles entrando, encontrando a mala com cinquenta mil no armário, *o que o senhor fazia com tanto dinheiro aqui? A quem o senhor ia pagar? Que coincidência, não?*

— Tem gente! — Assim que as palavras saíram, Gurgel percebeu quão estúpidas soavam. *Tem gente!* Estava onde, num banheiro público?

— O senhor pode abrir?

— Um segundo! Me vestindo! Só pegar a roupa no armário.

Ele realmente abriu o armário, mas dali tirou a mala com o dinheiro. *A janela, vai ter que ser pela janela.* Teve sorte, pois seu quarto, localizado na extremidade do prédio, tinha uma janela lateral. Gurgel abriu a cortina, escancarou a vidraça — torcendo para que os policiais não estivessem ali também — e analisou o grande jardim com uma fonte de pedra no centro. Uma fonte bonita, de seus dois metros de altura, mas que não tinha nenhum bom espaço para se esconder uma mala. Era como uma grande cascata. Gurgel então passou os olhos pelas plantas. Gostou do que viu. Havia variedade suficiente para ocultar a mala entre folhas e flores. Decidido, estendeu o braço e soltou a mala no meio do emaranhado. Talvez ali ela passasse despercebida por algum tempo.

— Senhor?

— Indo!

Fechou a janela e abriu a porta bem a tempo de impedir que o policial tomasse medidas arbitrárias. Gurgel pediu desculpas e plantou lágrimas nos olhos, embalando um discursou sobre a dor da perda. O policial explicou que estavam fazendo uma busca pelos quartos. Pediu permissão para que ele e outro homem continuassem ali. *Claro, por favor, entrem, fiquem à vontade.* Três amiguinhos brincando de gentilezas.

Gurgel saiu arfando. Algo na forma autoritária daquele policial dava a entender que ele não deixaria passar nada. Nenhum detalhe, nenhuma mala cheia de dinheiro.

Será que Gurgel fechara a cortina antes de sair? Não conseguia lembrar... E se tivesse deixado aberta? E se o policial resolvesse dar uma olhada pelo vidro com um pouco mais de atenção? E se vislumbrasse um ponto azul no meio daquelas plantas?

Ricardo Gurgel suava frio. Seria incapaz de se encontrar com a esposa enquanto não resolvesse a situação. Deixar tudo ao sabor da sorte, agora, seria puro descuido. Tanto dinheiro gasto, tantos sacrifícios...

Ele então prosseguiu com os planos ilegais. Foi até a esquina do prédio, à margem do extenso jardim, e ficou de quatro. Engatinhou encostado na parede, tentando se manter longe da visão dos policiais que revistavam seu quarto. Sentiu-se ridículo. Suou mais, apesar do vento frio. Sujou os joelhos de terra, espetou a palma da mão num galho quebrado e, pela dor, soube que sangrava. Mas enfim conseguiu agarrar as alças da mala sem ser notado. Puxou e abraçou-a, como se tranquilizasse as notas de cem reais, *papai está aqui, tudo vai ficar bem*. Continuou a engatinhar até a outra ponta do jardim. Achou que já era seguro se levantar. Estava a poucos metros do declive que levava à piscina. Quem estivesse hospedado nos quartos daquele lado poderia muito bem olhar pela janela e enxergar um homem com uma mala. Por isso, o jeito era andar como se nada tivesse acontecido.

Mas andar para onde? Ele precisava encontrar um esconderijo para o dinheiro. Analisou as opções. A churrasqueira. A piscina. A área pública do prédio, os vestiários, os armários com mantimentos, o quartinho de limpeza. Nada disso era bom. Eram lugares óbvios. Gurgel se esforçou para pensar num local naquele horizonte por onde dificilmente alguém passaria.

Horizonte...

A represa. Jogar a mala na água? Não, claro que não, isso estragaria as cédulas. A mata. Sim, se um jardim era capaz de disfarçar a mala, então as plantas nativas seriam ainda melhores.

Gurgel desceu com passos acelerados. Nem pensou em usar a escada da piscina — era arriscado demais. O jeito era seguir pela margem do terreno e...

— O senhor precisa de alguma coisa?

Ele deu um pulo e acabou assustando a própria pessoa que lhe dirigia a palavra. Eunice. Ela vinha do caminho dos quartos, o rosto confuso. Pelo fôlego curto, devia estar atarefada.

— Me perdoa — disse Eunice, sem desconfiar. — Não vi que era o senhor, seu Ricardo... O senhor... Eu lamento muito pela sua tia.

Mais uma vez, Gurgel percebeu que poderia usar o luto como seu aliado.

— Tudo bem... Ainda tô tentando entender tudo isso. A ficha ainda não caiu.

— E vendo a necessidade de se justificar antes que ela estranhasse: — Eu só estava ajudando a polícia. Eles estão revistando os quartos e pediram pra eu liberar umas malas.

Se aquilo fazia sentido? Provavelmente não. Mas Eunice não fazia questão de saber. Ela concordou com a cabeça. Estava desconcertada demais para questionar.

— Precisa de alguma ajuda?

— Não, não.

— Tá... — Aquela expressão de dó no rosto dela. — Qualquer coisa o senhor me chama, tá bom?

— Tá bom. Obrigado mesmo...

Puta que o pariu, se as coisas continuarem nesse ritmo eu infarto mesmo!

Gurgel continuou descendo até chegar às margens da represa Jaguari-Jacareí. Depois de muito testar o terreno, encontrou um canto seco onde a vegetação alta cobria qualquer coisa que estivesse no meio. Com peso no coração, Gurgel posicionou a mala ali. Fez um xis com alguns galhos para marcar o local exato. Depois, subiu de volta ao hotel. Em nenhum momento pensou que poderia estar sendo observado. Torcia para que o suor na camisa não suscitasse perguntas de Sandra.

III

O doutor André mandara fechar o cerco em volta do gramado, eliminando as chances de curiosos se aproximarem do salão do homicídio. Dois policiais ficavam ali de plantão, inflexíveis, como se guardassem Chernobyl após o desastre nuclear. Chegar perto do local do assassinato, então, era flertar com a radiação. E isso se estendia a Conrado — que, pelo visto, continuava sendo um convidado qualquer aos olhos do delegado. Será que Wilson demoraria a ligar?

Lyra ficou no quarto se remoendo: *Contar ou não contar sobre a chantagem?* Aquilo já o deixava com dor de barriga. Diante de tanta ansiedade, o detetive não viu a tarde passar. Cochilou sem querer. E acordou assustado com batidas na porta. Fim de tarde, o frio tão hostil quanto as pancadas na madeira.

— Abra a porta, por favor.

Pela janela, Lyra viu o pôr do sol gelado entre as nuvens.

— Só um minuto. — Colocou o sapato, abriu a porta, e um rosto redondo nada simpático o encarou.

— Preciso que o senhor dê licença pra gente fazer um trabalho no seu quarto.

— Um trabalho? — Lyra deduziu que seria uma busca, mas fez questão de ser específico. É que não gostava de policiais mal preparados ou mal-educados. E esse à sua porta parecia ser os dois.

— Senhor, vou pedir pro senhor sair pra gente procurar nas suas coisas.

— Mas procurar o quê? A arma do crime?

— Não tenho autorização pra dizer, entendeu?

— Bom, pela urgência, deve ser a arma do crime. E pelo jeito, vocês ainda não encontraram.

— Olha, se o senhor não quiser colaborar, eu vou ter que chamar o delegado.

Engraçado, era exatamente o que Lyra queria: ver o delegado. Mas preferiu não causar problema. Pediu desculpas, disse que tinha sido mal interpretado e abriu caminho para os dois homens.

Saiu para o ar frio vestindo uma blusa. Olhou em volta. Debaixo das lâmpadas já acesas, as malas em trânsito chamaram a atenção. Lyra ficou sabendo que boa parte dos convidados estava de partida. Quem contou foi Janine, que escondia o barrigão debaixo de uma blusa de lã molhada de lágrimas nas mangas. Ela e o marido caminharam lado a lado com Lyra até a recepção. Estavam indo fazer o *check-out*.

— O que me entristece — Janine disse, assombrada — é acharem que foi algum de nós. Um absurdo! Você viu os policiais revistando os quartos, seu Conrado? Entraram no nosso e saíram fazendo pergunta. Como se... como se eu ou o Caio ou qualquer convidado pudesse ter levantado da cadeira e ido até aquela sala. Quem é que faria isso? Uma crueldade...

Uma cortina se abriu numa janela próxima e eles enxergaram a família Amaral dentro do aposento. Plínio, que abrira a cortina, não viu quem se achava lá fora. Estava transtornado demais para reparar. Atrás dele, Demétrio dava uma bronca. Não era possível escutar suas palavras. Camila e Vanessa, sentadas lado a lado, mantinham expressões cúmplices. E Emílio, também em cena, estava em pé, encostado na parede oposta. Sorria discretamente.

No gramado, um silêncio constrangedor. Caio fingiu não olhar. Janine se fez de surpresa.

— Ai, o que andam falando sobre o Plínio... Um absurdo esses boatos. Ele é tão bonzinho!

— O sangue no sapato não é boato — disse Lyra, com crua sinceridade. — Eu mesmo vi a mancha.

— Gente, mas isso não quer dizer nada! Como é que pensam numa coisa horrível dessas? O coitado, além de descobrir o... o *corpo*, ainda foi chamado de assassino. Não dá pra acreditar! Eu só consigo pensar — ela entoou, olhando para os salões ao longe — que a essa hora a gente estaria numa festa superlegal, todo o mundo feliz, sabe? E aí todos começariam a arrumar as coisas, tirar os enfeites, pra amanhã ter o café da manhã de despedida e as pessoas irem embora com a sensação de que tinha sido um feriado mágico...

Estranho imaginar que, mesmo que de formas diferentes, aquilo se sustentava. *Estavam* no fim de um espetáculo. Só não era um casamento, e sim um homicídio. E aquela era a hora da arrumação. E em vez de tirarem as decorações da festa, tiravam sangue das paredes e um corpo do hotel. Um feriado mágico? Não. Marcante? Com certeza.

— A gente não vai se despedir do Plínio, amor?

— Melhor não — o marido deu a resposta que aliviou os dois. — Senão a gente atrapalha. E não é como se não fôssemos mais ver o Plínio. Você ouviu o que a Edna disse: na semana que vem, a gente se reúne de novo. Provavelmente eles já vão ter uma nova data pro casamento. A gente fala com o Plínio lá. Melhor, porque aí tudo vai ter voltado ao normal.

Normal? Lyra tornou a pensar nas teorias que desenvolvera mais cedo... Melhor ficar quieto.

IV

A recepção era um entra e sai contínuo de hóspedes. No meio daquelas pessoas, Lyra reconheceu Iara encostada no balcão com o noivo, Samuel. Esperavam a recepcionista terminar de fazer o *check-out*. Iara sorria de lado, como se alguma coisa naquele clima pesado lhe agradasse. Sorriso que tratou de apagar quando viu Conrado. Eles se cumprimentaram com um movimento com a cabeça. Depois, ela abraçou o noivo para não ter que olhar pra trás novamente. Samuel Azevedo parecia halterofilista. Músculos e veias saltavam da pele parda como lombadas em uma rua de terra. O pescoço era tão grosso que chegava a forçar a gola da camisa polo amarela — de manga curta, apesar do frio.

Seu noivo esmurrou uma mulher?

— Foi um prazer conhecer o senhor — disse Janine, indo embora. — A gente se vê na próxima festa.

Lyra retribuiu o adeus. Pensou em voltar para o gramado e sondar os policiais que ainda faziam guarda em frente ao salão do homicídio, mas deteve-se ao avistar o doutor André, que vinha da sala da dona do hotel falando ao celular com olhos vazios. O delegado parou ao avistar Bardelli. Disfarçou, baixou os olhos, terminou a ligação num minuto. E então, como quem dá o braço a torcer, chamou Lyra para conversar do lado de fora da recepção. Ventava muito.

— Pelo menos esquenta o corpo em dias frios como hoje — o delegado comentou, de repente.

— Oi?

— O lado bom de correr com casos assim. Esquenta.

A essência do delegado era essa: estava noventa por cento do tempo perdido em seu mundo interior, de onde saía com espasmos repentinos, dizendo coisas aleatórias e por vezes começando assuntos no meio, como se o interlocutor pudesse ler sua mente e imaginar o tópico em discussão.

Lyra forçou um sorriso e apertou a mão do delegado. Um aperto sem força.

— O melhor mesmo, doutor, seria se esquentar com um bom vinho no sofá.

— Ah, sem dúvida. Ninguém nunca espera uma coisa dessas. — André destravou o celular e digitou uma mensagem com o dedo indicador direito, sem pressa, interrompendo a conversa com Lyra como quem deixa uma chamada telefônica em espera.

E Lyra esperou. Depois:

— O dia parece que não vai terminar. Tô pra conversar com o senhor desde cedo. O senhor é aquele detetive de São Paulo, não é?

Nossa, delegado, descobriu sozinho?

— Sou.

Mas quando Lyra pensava que o doutor André fingiria conhecimento que não tinha, surpreendeu-se:

— Vou ser sincero. Eu não fazia ideia até agora há pouco. Uns amigos de São Paulo me ligaram. Viram seu nome na lista. Disseram que o senhor merecia crédito.

Lyra coçou a barba. *Fazer-me de bobo ou assumir?*

— Bom, vou ser sincero também. Fui eu que liguei pro DHPP e pedi pra eles te telefonarem informando quem eu era.

O delegado balançou a cabeça, compreendendo tudo, e, em seguida, sorriu. Era impressão de Lyra ou aquele sorriso tinha um significado esperto? Algo como *podia apostar que era isso e você se entregou, há-há-há.* Num segundo, o sorriso sumiu. André fechou os olhos. Perdido no mundo interior.

— Agora tô sem pressa — disse. — Só falta o carro vir buscar o corpo. Atrasado. Enquanto isso, ele tá lá. Dá dó.

— De quem? Do corpo?

— Não, do menino. Fica sofrendo.

— Que menino?

— O sobrinho-neto. Chama Enzo. Passou a tarde preocupado. Queria me ajudar, o menino. Deixei que me acompanhasse. Coitado.

Um instante de silêncio em respeito a Hortência e seu sobrinho-neto.

— Me disseram que o senhor queria falar comigo, Bardelli. Você queria me contar alguma coisa?

No fim, o doutor André se mostrou cortês e paciente, o que tornava tudo ainda mais difícil. Porque mentir para um delegado antipático era mais fácil.

Eu preciso contar.

Óbvio que era o momento de Lyra cumprir seu compromisso com o inquérito policial e fornecer as informações que tinha. Que tipo de falso moralista seria ele para pregar tantos princípios éticos e dar as costas a eles justamente num caso que o envolvia?

Mesmo assim, Lyra assistiu a seus lábios verbalizarem um sonoro *não*. Um *não* que saiu como se automático, e que o perseguiria por muito tempo.

— Não. Contar? Ah, nada de importante.

V

Conrado fazia de tudo para não prejulgar.

Pensava consigo mesmo que o doutor André tinha uma lista de bons adjetivos: calmo, bom ouvinte, esforçado... e interessado, tal qual um filósofo que julga situações complicadas não como problemas, mas como desafios a serem decifrados. Só que, lá no fundo, o cérebro cético de Conrado levantava dúvidas. Bem parecidas com as de Ricardo Gurgel. Aquela calma toda do delegado não estaria apenas demonstrando incapacidade para investigar um crime tão complexo?

O carro fúnebre finalmente chegou.

— O senhor quer que eu acompanhe o rabecão, doutor? se ofereceu Eunice, vindo de dentro da recepção. *Doutorrrr.*

— Não, pode deixar.

— Qualquer coisa, o senhor me chama. Nem tive tempo de falar direito com o senhor...

Veio de novo a impressão de que os preparativos para o casamento ainda não tinham terminado. O bolo chegou, as flores também, os músicos da banda estavam ali, *pode deixar que eu os acompanho, qualquer coisa me chama.*

— O senhor vem comigo? — André perguntou a Lyra. — Queria te fazer umas perguntas.

— Claro.

O carro os seguiu pela rua interna até o salão. Os faróis iluminavam as costas de Conrado e André conforme eles andavam no asfalto.

— A porta, o senhor abriu?

De novo, uma pergunta relacionando nada com nada.

— Porta de onde, doutor André?

— Da sala onde aconteceu o crime. O senhor chegou a abrir a porta antes de vigiar para que ninguém entrasse?

— Ah, sim. Eu abri, vi o corpo e depois não deixei mais ninguém entrar.

O delegado mordiscou a unha, levando tempo demais para chegar a uma conclusão — fosse ela qual fosse.

— Por que pergunta, doutor?

— Ah, é porque encontraram impressões digitais de duas mãos na maçaneta da porta. Claro que ainda não sabem de quem são, isso exige laudo. Mas se o senhor disse que abriu a porta e o noivo também...

— Sim, minhas digitais. Sou suspeito?

André olhou depressa para Lyra. Franziu a sobrancelha.

— Eu não apressaria tanto assim as coisas.

Ou ele está mentindo ou é a lerdeza.

— Eu não estranho — o delegado continuou — porque me parece até lógico. O assassino limpou a maçaneta, senão teria muitas outras digitais nela. Faz mais sentido do que se o senhor ou o seu Plínio tivessem assassinado a mulher e se esquecido de apagar as digitais. Ou apagado todas as digitais e deixado apenas a de vocês.

Chegaram à porta do salão, guardada por dois policiais sentados em cadeiras de plástico. Eles reclamaram da demora. O delegado os silenciou apenas com o olhar.

— Por aqui — disse aos funcionários que vinham buscar o corpo e guiou o caminho.

Rever a cena do crime foi tão chocante quanto da primeira vez. Dava tremedeira. Lyra entrou na sala junto com o delegado. Não sabia se tinha permissão, mas também não perguntou para não ouvir uma negativa.

— Abafado aqui, hein? — disse um dos funcionários, também tapando o nariz por causa do cheiro ruim. — Pelo amor de Deus, alguém abre uma janela...

O doutor André respondeu com uma ironia que Lyra ainda não conhecia:

— Claro, por que não abrimos a janela mais cedo, durante o trabalho da perícia? Pouca chance de violar a cena. Ótima ideia.

O funcionário ficou sem graça.

— Brincando só, doutor...

— A janela tava fechada? — Lyra perguntou. — Na hora do crime, eu quero dizer.

Conrado teve medo de que o delegado se recusasse a responder, alegando que um detetive particular não tinha que se meter num inquérito policial. Mas se em algum momento se sentiu incomodado, o doutor André não demonstrou.

— Isso, janela fechada. E essa janela só abre por dentro, então o assassino não teria como abrir de fora e entrar. Também não acho muito coerente a própria dona Hortência tê-la aberto...

— Por que não?

— Porque ela era cadeirante. Não alcançaria o trinco. Olha.

O doutor foi até o vidro, puxou uma cadeira e nela se sentou. Tentou, em seguida, agarrar o trinco, que ficava no topo da janela. Não teve sucesso. Provado: alguém de cadeira de rodas não conseguiria destravar o vidro.

— E quando o corpo foi encontrado, a janela tava fechada. Pelo menos foi o que me disse o rapaz, o Plínio.

Conrado balançou a cabeça.

— Pensando bem, é verdade. Tenho uma vaga lembrança de que vi a janela fechada quando abri a porta e encontrei o corpo.

— Jura? Com um cadáver desses, o senhor reparou na janela?

Poderia soar como outra ironia do doutor André. Talvez fosse uma das mais refinadas, porque o rosto do delegado traduzia verdadeiro interesse.

— Nessas situações, doutor, a gente tem que reparar nos detalhes. O senhor há de concordar que são eles que fazem a diferença.

— Claro, claro. — O delegado esboçou um sorriso impregnado daquele fascínio que ou era muito honesto ou transbordava sarcasmo.

— Bom, a Hortência foi morta de frente pra porta — Lyra continuou. — Por que deu as costas pro assassino?

— Tava de saída. Não faz sentido?

— É... Faz.

— Pelo que entendi, já era hora do casamento. Então. O assassino provavelmente veio chamar a dona Hortência. Pra ela ir ao altar. Não sei. Começou a empurrar a cadeira de rodas. Ok? E, antes de os dois saírem da sala, ele, o assassino, cortou a garganta dela. Razoável?

— Faz todo o sentido, só que... — A mente de Lyra coçava. Algo estava fora do lugar. A começar: — Uma coisa eu te garanto: a dona Hortência *não aceitaria* que empurrassem a cadeira de rodas dela.

— Hum. Fazia tempo que o senhor e ela se conheciam?

— Não... pra falar a verdade, a gente se conheceu mesmo ontem — respondeu Lyra, meio sem jeito.

— Ah. — Lá estava ele de novo: o tom inocente, inofensivo, mas que poderia muito bem ser de deboche.

— Só que eu posso te garantir — Lyra reforçou — que ela não era o tipo de mulher que gostaria de ser empurrada. Tem a ver com personalidade.

— Mas isso não invalida a suposição de que ela tava de saída com o assassino. A dona Hortência ia na frente, ele atrás, quando ela menos percebeu, ele sacou a faca...

— Ah, já sabem que foi uma faca?

— Navalha afiada, mas a gente não encontrou ainda. — Acariciou o bigode de Visconde de Sabugosa. — O médico legista deve chegar a alguma conclusão na necropsia. Mas fazer um corte desses, bom... só se fosse afiado como faca de carne.

— Imagino que o senhor já tenha pedido pra dona Eunice checar se todas as facas da cozinha estão no lugar.

— Pedi. Ficou de me responder. Ia ver com as cozinheiras.

O corpo foi levado. O delegado fez menção de seguir o caminho, mas Conrado Bardelli, com muito tato, pediu para que os dois ficassem mais um segundo ali dentro. Levantou uma dúvida:

— Alguma câmera de segurança?

— Nenhuma. A dona disse que nunca imaginou que precisaria.

— Mas ela tem uma câmera de segurança na recepção.

— A única. É, infelizmente.

— Ah... — O detetive deu uma última olhada na sala, pronto para sair, e então enxergou algo que prendeu sua atenção. — Que estranho...

— Estranho?

— É, essa mancha.

A mão do assassino, marcada com sangue na maçaneta da porta.

— O que tem a marca de sangue? O senhor quer saber se tem impressão digital? Não tem. Tudo com luva. O assassino usava luvas.

— Isso eu imaginava. Mas por que o assassino abriria a porta usando a luva suja de sangue?

O delegado não reagiu por alguns instantes.

— Não entendi aonde...

— Não é como se eu quisesse *chegar* a algum lugar. É que eu não entendi a lógica. Se o assassino foi cuidadoso a ponto de limpar a maçaneta do lado de fora, por que não limpou do lado de dentro? Faria mais sentido tirar as luvas sujas de sangue primeiro, *depois* abrir a porta e então limpar a maçaneta dos dois lados.

Silêncio de um delegado que não fazia ideia da resposta.

— Do jeito que tá agora, o senhor entende como foi a cena, doutor André? Parece que o assassino abriu a porta usando as luvas, tirou essas luvas enquanto saía pelo vão e limpou somente a maçaneta de fora depois de guardar as luvas imundas de sangue. Pouco prático, difícil. Teria sido mil vezes mais fácil tirar a luva dentro da sala (assim ele também não correria o risco de ser flagrado enquanto fazia isso) e só então abrir a porta, limpando a maçaneta de dentro e depois a de fora.

— Não sei se isso significa alguma coisa — o delegado falou, sem querer dar o braço a torcer. — Talvez tenha sido só um descuido. Nenhum crime é cometido com todos os passos premeditados. Esse é o tipo de coisa, eu acho, em que não se pensa antes. E as coisas dão errado. O assassino devia estar com pressa. Abriu a porta do jeito que dava. Fechou e limpou. Eu não vejo problema.

Conrado Bardelli não se convenceu.

— Agora é melhor eu avisar a dona que já podem limpar a sala. Coitada da faxineira.

Estavam prontos para se separar no gramado quando Lyra investiu uma última vez:

— Imagino que vocês já tenham conversado com alguns... enfim, tenham ideia de quem é suspeito...

O delegado não replicou.

— Acho importante te dizer, doutor, que a dona Hortência me falou sobre o Demétrio, o tenente-coronel aposentado.

— Hum.

— Ela disse que eu deveria ter cuidado com ele. Isso um dia antes de morrer. A dona Hortência me deu um nome; é de alguém que não conheço, mas talvez ele possa dizer alguma coisa sobre o Demétrio.

— Verdade?

Tom dúbio. Aquele rosto de suposta surpresa. Conrado se irritou, mas prosseguiu com a história que Hortência lhe contara sobre os supostos crimes abafados pelo ex-comandante da Rota. O doutor André tomou nota mental. Não abriu a boca. Nem um *obrigado*. Lyra começou a suar frio. Decidiu que era hora de ser direto:

— Bom, então o assassino passou pelo corredor, né? Quer dizer, vocês... vocês já sabem quem passou pelo corredor na hora do assassinato?

O delegado encarou Conrado Bardelli por vários segundos. Agora, tinha olhos mais sérios.

— O senhor, como advogado, deve saber muito bem que a investigação de crimes cabe à polícia, Bardelli. Passar bem.

Partiu com um aceno educado e um sorriso discreto. O sorriso de quem ganha uma aposta consigo mesmo. Lyra se sentiu um idiota.

VI

Enzo Gurgel veio do escuro e deu um *boa noite, tudo bem?* sem ânimo a Lyra. Depois confessou que estivera escondido ali ao lado, escutando a conversa de Conrado com o doutor André.

— Alguma chance de esse encontro de vocês... Enfim... vocês sabem de alguma coisa? — Estava com vergonha de se intrometer.

— Pelo jeito, o doutor sabe mais do que parece. É um espertão, esse doutor.

A cabeça de Enzo sempre baixa. Parecia interessadíssimo no sapatênis azul. A verdade era que não tinha coragem de pedir aquilo olho no olho:

— O senhor vai investigar quem matou a minha tia?

Era irônico pensar que o doutor André acabara de mandar Conrado pros infernos com sua investigação e agora Enzo vinha pedir que Conrado se metesse. Mais irônico ainda: *um Gurgel!* Até poucas horas atrás, Bardelli *estivera* trabalhando para um Gurgel.

— Enzo, desculpa, mas isso tá fora da minha alçada.

— Mas o senhor é detetive. Eu... eu vi naquele site no celular do Emílio, diz lá que o senhor resolveu um caso famoso em São Paulo. E agora há pouco eu vi o senhor e o delegado entrando no salão e saindo com o corpo da minha tia. Achei que... — Enzo estava esbaforido.

Conrado coçou a testa. Complicado explicar.

— Desculpa, mas não é bem assim que as coisas funcionam... Detetive não investiga homicídio. No máximo, desaparecimento.

— Mas então por que o senhor tava andando com o delegado?

Foi a primeira vez que Enzo levantou o rosto e encarou o detetive. Havia soberba ali — algo certamente copiado do pai. E, ao perceber isso, Enzo desviou o olhar, como se pedisse desculpas pelo sangue que corria em suas veias. Decidiu retomar, muito mais manso:

— Hein? Do que vocês conversavam?

— Só uma dúvida do doutor André. Uma coisa sobre as minhas impressões digitais na maçaneta. Tudo já foi explicado.

— Mas...

Enzo queria voltar ao tema. Queria insistir. E por isso Conrado precisava cortá-lo, tirar essa ideia da cabeça dele. O pior era que se afeiçoara ao rapaz. Tinha pena, mas era necessário ter pulso firme.

— Enzo, eu não posso investigar. Primeiro porque é trabalho da polícia, que tá fazendo o possível pra solucionar o caso. Os policiais são de confiança, e não tem por que você achar que eu seria melhor que eles.

Você se orgulha de mentir tanto?, dizia sua mente, *falar pro menino que a polícia vai chegar à conclusão deste caso? Vai coisa nenhuma. Aquele Visconde de Sabugosa lerdo não tem ideia do que se passa neste hotel. Doce de Berinjela.*

— Segundo — Lyra prosseguiu, fechando os olhos para calar seus pensamentos —, mesmo se eu quisesse investigar, o fato é que não sei um décimo do que aconteceu. Fiquei dentro daquele carro e, pra saber mais, eu precisaria dar um jeito de conseguir as informações do inquérito, que não são públicas, entendeu? E por fim, como eu já disse antes, não é assim que funciona. Não posso sair investigando qualquer coisa.

— Tá, então eu te contrato.

— Enzo, não. Eu não posso aceitar. Tô atolado de trabalho e não tenho condições de ficar vindo pra Joanópolis checar informações.

Por que não diz logo a verdade? Seja homem. Fala que não aceita porque se o pai dele descobrir que você tá trabalhando pra família, vai te meter um processo astronômico nas costas. Conta também que o delegado acabou de te fazer de otário.

Lyra estava à beira da exaustão mental. E por mais que a mente gritasse que era insensato se envolver naquele caso — nem a polícia nem Ricardo Gurgel o queriam investigando —, havia, em contrapartida, aquele sussurro que o instigava com palavras de esperança: *Talvez você ainda seja capaz de fazer justiça e evitar que mais gente se machuque...*

— Eu realmente não queria te decepcionar, Enzo, mas... — Suspirou. Tocou no braço do rapaz e deu um apertou gentil. Num lampejo, Lyra percebeu que se seu filho estivesse vivo, estaria hoje com a idade de Enzo. Aquilo fez tudo doer ainda mais.

— Desculpa.

O jovem respondeu com um silêncio de respeito.

— Eu só queria justiça. A minha tia merece isso.

Enzo ficou com a boca aberta, cada palavra custando a sair. Enquanto falava, encostou-se na parede e deslizou até cair sentado na grama.

— Eu não tive avós, sabe? — comentou, sem olhar pra cima. — Pelo menos, não presentes. Os únicos vivos são os pais da minha mãe, mas quase não vejo os dois. Moram em outro estado. A tia Hortência foi quem sempre cuidou de mim. O meu pai passava o dia todo trabalhando, e a minha mãe, correndo atrás do que quer que fosse. Aí, a tia Hortência vinha depois do trabalho e ficava a tarde toda lendo na sacada, de olho no que eu e a Diana fazíamos na rua. Ela... ela sempre foi dura. O senhor conheceu, deve ter percebido. Todo o mundo que conheceu sabe disso... Mas, na real, eu não sei se as pessoas realmente *conheceram* a tia Hortência. Não a que eu conheci.

— Como assim?

Enzo balançou a cabeça.

— Tenho a sensação de que só eu entendi que a tia Hortência vinha cuidar de mim não porque era obrigada, mas porque fazia questão.

— Ela me disse que via um futuro brilhante em você, Enzo. No dia em que ela conversou comigo. Poxa, foi ontem mesmo...

— Parece que faz tanto tempo...

E Enzo chorou. Chorou porque a memória da tia-avó era tão palpável... Mas também tão abstrata. Seu cérebro entendia o passar do tempo, mas seu coração, não. Ele sentia que aquelas doze horas não passavam de um pesadelo e que a tia-avó poderia sair do salão viva a qualquer momento.

— Um dia, a Diana perguntou se a minha tia não gostava de mim. A Diana era muito sem noção quando criança. — Enzo riu por cima das lágrimas. — Era na época que a gente brincava na rua. A Diana não entendia por que a tia Hortência nunca descia pra me buscar ou trazer suco ou me chamar pro jantar, como o Oscar e a Edna faziam. Eu é que tinha que saber a hora de subir. A minha tia ficava com os livros dela lá na sacada e, numa determinada hora, ela virava a cadeira de rodas e entrava. Eu precisava ficar de olho, porque essa era a minha deixa pra dizer tchau e entrar também. Era a regra.

— A sua tia passava mesmo a impressão de ser durona. — Lyra também se sentou no chão.

— Eu sei, e ela era, mas não significa que não tinha coração. Quer ver? Uma vez, eu não vi a minha tia entrando pro jantar. Era um dia em que a gente tinha decidido perseguir o gato da rua, eu e a Diana. Um gato que fazia uns barulhos de madrugada. A gente se divertiu tanto correndo atrás do bicho que eu não vi a minha tia entrar. Aí, quinze minutos depois, ela apareceu no portão. Não gritou nem nada, a tia Hortência nunca foi disso. Mas a cara dela tava... sei lá, dura. Parecia mais *longa*.

Ele riu pelas narinas e continuou:

— Bizarro isso, mas é uma visão que eu sempre tive da tia Hortência quando ela ficava brava: uma cara longa. Tipo aquelas máscaras de Veneza. E aí, nesse dia, eu disse *maus, tia* e entrei sem ouvir nem uma palavra. Tomei banho, jantei com ela, o tempo todo esperando a bronca chegar. A única coisa que a minha tia fez, na hora da sobremesa, foi tocar no meu braço e dizer que eu ficaria duas semanas sem brincar lá fora. Eu deveria ficar todos esses dias dentro de casa fazendo palavras cruzadas pra desenvolver a minha atenção (assim eu saberia a hora de entrar em casa da próxima vez) e aprender palavras cultas em vez de gírias como *maus, tia*. Eu poderia ter me revoltado, mas sabe por que não me revoltei? Porque a tia Hortência *realmente* me ensinou a jogar palavras cruzadas. Ela sentou comigo. Era paciente tipo professora. Você precisava ver como minha tia ficou feliz em me ensinar... Me incentivou a consultar o dicionário, essas coisas. Tá, parece chato pra cacete, ainda mais pra um moleque de, sei lá, nove anos. Mas eu fiquei impressionado, porque o tempo todo esperei que a tia, sei lá, se vangloriasse da dura que tava me dando, tipo, pra me humilhar... Mas, no fundo, o interesse dela era *mesmo* que eu aprendesse. Ela queria ficar comigo. Ela também me ensinou a jogar xadrez. Virou uma coisa divertida, até.

Enzo balançou a cabeça, saudoso, e prosseguiu:

— A Diana é que ficou impressionada. Eu contei tudo isso pra ela no dia em que voltei a brincar na rua, com peso na consciência por ter abandonado a minha tia lá dentro com as palavras cruzadas, o xadrez e os livros. A Diana fez o sinal da cruz, sabia? Ela não entendia como um adulto poderia obrigar uma criança a fazer coisas chatas como aquelas. Ela não via como uma pessoa dura pode ser mole por dentro. Mas é que, também, a Diana sempre foi a princesa da família dela... Pra eles (o senhor conhece o Oscar, seu Conrado, talvez o senhor concorde comigo), a base de tudo é a proximidade da família, é o emocional, e não o intelectual.

— Você tem razão.

— Só sei que, nessas de ter medo da minha tia, a Diana uma vez chamou a tia Hortência de Bruxa do 71. Eu fiquei o diabo! A gente brigou feio e... foi a única vez que eu bati na Diana. Dei um soco no braço dela, que saiu correndo gritando pelo pai. O Oscar depois veio até a rua, me ofereceu um guaraná, passou a mão na minha cabeça e disse: *filho* (daquele jeitão dele), *se você e a Diana quiserem continuar amigos, você não pode bater nela, entende o que eu tô falando? Homem não pode tratar mulher assim. E eu já avisei que ela não pode ficar inventando coisas sobre a sua tia-avó.* E aí a Diana saiu da casa gritando *mas ela é uma bruxa, sim, ela é uma bruxa...*

Ele deu de ombros, sorrindo.

— Pensando hoje, foi bem engraçado, mas na época eu fiquei uma semana sem sair na rua. De raiva. Tanto da Diana quanto da minha tia. Não queria brincar com nenhuma das duas. A tia Hortência percebeu. Perguntou o que tinha acontecido, e eu disse que era tudo culpa dela por ter me botado de castigo. Falei: *Eu vou perder a Diana porque a senhora não tem amigos pra ficar jogando esses jogos de velho!* E assim que terminei, vi a besteira que tinha feito. Eu ia levar uma surra. Mas a tia Hortência, de novo, nem lição de moral deu, porque deve ter percebido o arrependimento na minha cara. Ela só escreveu uma coisa num pedaço de papel e me entregou. Ela tinha desenhado dez caixinhas, uma em cima da outra, igual palavras cruzadas, sabe? *Dez letras,* ela disse. *O que é que consegue crescer com fermento próprio?* Falei que eu não sabia, e ela respondeu *então fica com o papel até você descobrir.* E me falou que eu *nunca* deveria bater em outra pessoa, muito menos numa menina. Que diferença nenhuma justificava o que eu tinha feito com a Diana.

Conrado assentiu.

— Fiquei no quarto uma semana inteira, a ponto de a minha mãe vir perguntar se tinha acontecido alguma coisa. Foi... foi uma merda. Eu tinha entendido o recado da minha tia, sabia que eu tinha errado ao bater na Diana, mas ainda assim queria dar um gelo nela pra que também aprendesse. Continuei sem sair de casa. E aí, quando eu finalmente saí, descobri que a Diana *também* não tinha saído na rua pra procurar por mim.

Enzo riu, incrédulo.

— E olha isso: *eu* é que tive que pedir por favor pra gente voltar a brincar juntos. Ela aceitou, mas toda rancorosa, sabe? A Diana é... ela não existe. Ela sabia ser cabeça-dura. Mas uma coisa a Diana aprendeu desde aquele dia: o quão importante a tia Hortência é pra mim. A partir dali, ela não deu nem mais um pio sobre Bruxa do 71. Eu é que não conseguia mais respeitar a minha tia. Peguei birra, pensando que ela só tinha me colocado de castigo pra ter companhia. Achei que tinha sido um gesto egoísta. Até o dia em que descobri a palavra cruzada.

Enzo puxou a carteira do bolso. Dali, tirou um pedaço de papel amarelado pelos anos e o entregou a Lyra. O detetive desdobrou a folha com medo de que ela se desmanchasse em suas mãos. E leu, nas letras tortas de uma criança:

O que é que consegue crescer com fermento próprio?

E	N	Z	O	G	U	R	G	E	L

O rapaz chorava de novo, o rosto escondido entre os joelhos, que apoiavam seus braços. Bardelli apertou o ombro dele e o envolveu num abraço, ali no chão mesmo. Deus, como ele parecia seu filho!

— Enzo, não posso aceitar essa investigação. É complicado, mas não posso. Dá uma chance pra polícia. Agora, no calor do momento, eu entendo a sua reação, mas por enquanto não tem nada que a gente possa fazer.

— Tudo bem.

— Mas olha... — Lyra continuou com a mão no ombro de Enzo. — ...daqui a algumas semanas, se nada avançar, você pode me procurar.

Lyra disse aquilo apenas para ganhar tempo. A verdade era que já tinha se decidido. Investigaria tudo por conta própria.

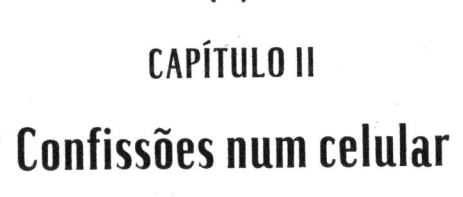

CAPÍTULO II

Confissões num celular

CASAMENTO SUSPENSO

I

A polícia foi embora por volta das nove da noite.

Lyra jantou com Edna e Oscar, os dois únicos dispostos a sair de seus quartos. Oscar virou três taças de vinho enquanto Edna reclamava. Ela falou mal dos que foram embora (*acredita que até as madrinhas abandonaram a minha filha?*) e dos que ficaram (*uns frangos, estão com medo de sair dos quartos*). Só poupou Diana.

— Ela tá um trapo. Parece uma morta na cama, a coitada... Sim, o Plínio também deve estar sofrendo, mas é que... Ah, deixa. E também, a Diana andou tendo umas recaídas de humor nos últimos anos, Lyra. A gente tá com tanto medo de que aconteça de novo...

Conrado era bom ouvinte. Ganhou sua recompensa: nos embalos do papo, ficou sabendo quais convidados passariam a noite no hotel. E no meio da lista...

— Ah, aquela menina japonesa também ficou. Não sei por que, sinceramente.

Lyra sabia. Tinha um bom palpite.

Voltaram para os quartos. Mais reclamações. Deram boa noite, e Lyra foi direto para o chuveiro. Foi o tempo de se secar e atender um telefonema de Wilson.

— Em primeiro lugar, não tem de quê — disse o vozeirão do outro lado da linha.

— Do que você tá falando, Wilson?

— Ué, o delegado. Ele deve ter ido comer na sua mão. Eu mesmo falei com o cara pelo celular. Você me deve uma.

— Não foi tudo isso, não.

— Como não?

— Ah, ele me levou pra sala onde a mulher foi assassinada, me passou algumas informações, mas deixou bem claro que existe um espaço entre a gente. Não quis me dizer sobre suspeitos que passaram pela cena do crime. E ficou por isso mesmo.

Wilson permaneceu quieto por alguns segundos. Depois, irritado:

— Bom, negão, aí você que se vire. Eu ajudei como dava.

— Tá, tudo bem, eu realmente agradeço.

— E você continua me devendo uma. Mais de uma, na verdade.

— Tá bom, te devo três, quatro, sei lá.

— Me diz uma coisa — Wilson recomeçou, com uma voz mais interessada. — Como você adora esse misteriozinho e ainda não abriu o jogo, não sei por que você tá aí. Mas imagino que tá na cola de alguém, que deve ser o assassino.

— Aonde você quer chegar?

— Eu tava lendo essa lista de convidados que o delegado da DIG me passou (a que eu li só pra fingir que não sabia que você tava no meio, a propósito), e, dando uma procurada em cada nome... vi um que me chamou a atenção. Por acaso você tá indo atrás de um militar?

Lyra franziu o cenho.

— Do Demétrio Amaral? Você descobriu alguma coisa sobre ele, Wilson?

— Não, não do Demétrio. Por sinal, que bom que você conhece ele. Eu te aconselho, sinceramente, a manter distância do cara. Não quero nem tocar no assunto. Mas não era dele que eu tava falando. É de um tal de Samuel Azevedo.

Lyra demorou para ligar o nome à pessoa. Samuel Azevedo... *Ah, sim, o noivo de Iara* — o pseudo-halterofilista que a madrinha queria colocar como condutor do Mercedes.

— Sei. Ele é militar, esse Samuel?

— Era. Foi expulso da corporação faz uns dois anos.

— Expulso?! Caramba...

— É por isso que tô te ligando. Talvez a informação ajude.

— Opa, se ajuda.

— Então eu acertei? É atrás dele que você tá indo?

— Talvez. Não sei direito.

— Hum...

— Você sabe por que ele foi expulso?

— Bom, tem um relatório, que eu não li, mas uns amigos da PM me contaram por cima. Parece que o cabo Samuel foi dispensado por má conduta. Desobediência. Só que quando tem justificativa assim, genérica...

— ... é porque pode ser coisa bem pior?

— Não é legal falar nesses termos. Policial que é policial é decente, direito, por isso a gente não gosta de... Enfim, de se referir a isso. Só comentei porque sou seu amigo. E falando francês bem claro: sim, o cara pode ter feito uma merda muito grande. Fodida. Eu disse *pode*. Porque existe a possibilidade de ter sido só desobediência mesmo. Você já falou com ele alguma vez?

— Não. Mas ouvi alguns comentários.

É um cara... sei lá, meio violento. Já passou por ajuda profissional, pra você ter ideia. Diana dissera isso no dia anterior. O que mais ela havia comentado? Alguma coisa sobre Samuel parecer neurótico e ficar seguindo as pessoas.

— O que ele faz da vida?

— Aí eu já não tenho como saber. Alguns militares expulsos costumam ir trabalhar em empresas de segurança. Dá uma olhada que você pode descobrir. Bom, por hoje é só, barbudo?

— É, né? Se é só isso o que você tem pra hoje...

— Vá à merda!

II

Já era quase meia-noite.

O vento soprava forte como se estivesse participando de uma competição de canto. Um frio úmido capaz de fazer doer os ossos. Nada disso impediu Conrado Bardelli de sair de seu quarto e descer as escadas em direção ao outro lado do prédio. Foco: a porta de número nove. Deu três batidas e esperou. Sua barba chacoalhava feito bandeirinha de festa junina.

Conrado podia apostar que ela estaria acordada. Que ela, de alguma forma, o esperaria a noite toda.

A porta se abriu rapidamente. *Bingo*. Parecia que Carmen estivera do outro lado na maior expectativa. Eles se encararam por pelo menos dez segundos. Calados. Até que Carmen começou a rir.

— Desculpa — ela disse —, mas você tem que concordar que isso é irônico pra caramba! Primeiro, você me leva pro seu quarto, aí depois me ameaça e agora vem parar na minha porta...

— Eu tinha certeza de que você estaria me esperando — Lyra murmurou. E aproveitou que Carmen se recompunha de suas risadas para passar por ela e entrar.

— Nossa, nem me esperou te convidar? Tá assim fogoso?

Lyra sorriu para ela.

— Carmen, você precisa tomar mais cuidado. Tirando a família do noivo, da noiva e da morta, você foi a única que ficou pra passar a noite. As pessoas já estão começando a suspeitar do porquê.

— Ai, bobo, *você* também ficou. Olha que coincidência. Eu e você. Quem sabe não tem alguém lá fora, agora mesmo, se perguntando por que você entrou no meu quarto no meio da noite... Posso jurar que vi um vulto atrás de você. — Ela começou a narrar com uma voz quase infantil: — Eu posso dizer que você me pegou pelo braço, tirou minha roupa, se aproveitou de mim e eu não consegui reagir, e *é tão difícil contar tudo pra policiais homens, será que não tem mulheres pra ouvir o meu depoimento?*

Lyra respirou fundo.

— Olha, vou falar a verdade: eu nunca encontrei ninguém igual a você.

— Obrigada.

— Isso não é um elogio.

— Eu sei que é. Bom, a que devo a honra, lindo?

— Eu que te pergunto. — Ele se encostou no armário onde tinha uma toalha esticada. O quarto todo estava uma bagunça. — Você decidiu não ir embora por algum motivo. Tô curioso.

— Você é direto, hein? Eu gosto de preliminares...

Carmen aproximou o corpo, mas Lyra fez questão de se afastar. Ela cheirava bem. Um perfume suave que combinava com noites frias.

— Carmen, pelo amor de Deus... Cadê aquela mulher aterrorizada que encontrei na piscina? Aquela morrendo de medo que eu contasse tudo pra polícia? É muito mais fácil conversar com ela.

— E cadê o machão cheio de ordens e ameaças que falou comigo lá também? Ele seria muito bem-vindo aqui... — E deu uns tapinhas no lençol da cama.

Conrado percebeu que Carmen seria capaz de seguir com aquele joguinho de provocações durante a noite toda. Ele fazendo perguntas, ela fingindo estar num filme pornô. Lyra teria que ceder se quisesse sair daquele círculo vicioso.

— Sei que você quer livrar a cara. Foi por isso que ficou, foi por isso que tava tão pronta pra me receber no seu quarto. Mas você é orgulhosa demais pra assumir isso.

Como Carmen adorou vê-lo dar o jogo por vencido... Comemorando a vitória, tirou um cigarro do criado-mudo e o acendeu.

— Você não pode fumar aqui dentro.

— Quem disse que eu tô fumando? É você que tá.

— Você não consegue largar essa máscara nem por um segundo, Carmen?

— Nossa, que máscara? Não viaja. — Ela deu um trago no cigarro e fez questão de soprar a fumaça no rosto de Conrado.

Ele fechou os olhos, impaciente, e disse:

— Lembra aquele papo sobre segredos quando se conheceu? Eu acho que sei um dos seus.

Carmen ficou só esperando Lyra terminar.

— Você, pelo jeito, nunca foi a rainha do baile. Tem cara de quem tentou muito, mas...

— Aff, que conversa chata. Se veio pra cuspir essa psicologia barata, pode ir embora. — Ela apagou o cigarro num prato de comida.

— Eu te proponho um acordo, Carmen. — Conrado se aproximou dela, desviando-se dos sapatos jogados pelo chão. — Adianto que, da minha parte, tô disposto a fingir que você nunca tocou no cofre do meu quarto.

— Gosto de acordos. — Ela tocou na perna dele, um pouco acima de onde seria aceitável.

— Tá, mas você precisa agir como uma pessoa normal.

— Vai me dizer que você não tá gostando.

— Geralmente não me importo, mas só tô avisando porque, se eu decidir sair por aquela porta sem acordo nenhum, quem perde é você.

— Você também perde. Eu tenho informações. Eu tenho, não tenho?

— Nossa, você nem sabe.

Ela deu de ombros. *Dane-se.*

— Sinceramente, não faço a menor ideia do que você quer comigo. Mas percebi que deve ser alguma coisa importante. Se fodeu! — Carmen gargalhou.

— Eu consigo descobrir essas informações de um jeito ou de outro. A única diferença é que com você é mais rápido.

— Você não me engana. Não precisa gastar saliva tentando.

— Dá pra gente voltar a falar do acordo?

— Dá. — E lá estava a mão na coxa, de novo.

Lyra arrancou a mão dela com força.

— Ai! Não sabia que você gostava de violência. Depravado...

Lyra se fazia de impaciente. Mas era tudo encenação. Ele sabia que pessoas como Carmen deveriam ser tratadas como carne na grelha — cada corte com um tempo certo para ficar ao fogo e atingir o ponto ideal para o consumo. Algumas malpassadas, outras ao ponto... Carmen tinha cara de bem passada. *Ao ponto mais*, ele diria ao garçom.

Naquele momento, Carmen estava quase saindo da grelha.

— Tá bom, a gente fecha esse acordo e depois você passa a noite comigo. — Uma piscadela.

Bardelli fingiu não escutar a segunda parte.

— Quero saber por que o Samuel te deu um soco. Você vai perguntar: "Como você sabe?" Eu deduzi, pronto.

— Eu tinha certeza de que era isso o que você ia me perguntar.

Foi só por um segundo que ela ficou séria — um único momento em que Lyra vislumbrou a verdadeira Carmen e a preocupação dela em tocar no assunto. Mas logo tudo isso se esvaiu.

— Tira a roupa.

— Caramba, eu já disse que...

— Não é o que você tá pensando. Se quer fechar acordo, então vai ter que contar tudo sem roupa. Não tem nada a ver com tesão. Eu preciso me prevenir.

Carmen receava que ele usasse uma escuta escondida nas roupas.

— Você tem assistido a filmes demais.

— Eles servem pra alguma coisa.

— Eu não vou tirar a roupa.

— Então pode ir embora.

— Direto pra delegacia? O doutor André vai adorar saber que você fez uma visitinha criminosa no meu quarto *justamente* no mesmo feriado em que estão buscando um assassino...

— Boa sorte pra provar. O prédio não tem câmera de segurança. O máximo que vão fazer é um boletim de ocorrência e dar um tapinha nas suas costas pra você voltar pra casa.

Talvez Lyra estivesse errado. Talvez o ponto da carne fosse mais que bem passada. Carne torrada. Carvão.

— Você precisa facilitar as coisas, Carmen. — Ele estava decidido a não ceder. Não porque tivesse vergonha de ficar nu, mas porque renunciar à própria dignidade seria um golpe danoso demais.

— Tudo isso é timidez? Você já me viu sem roupa. O contrário seria no mínimo justo.

Lyra teve uma ideia. Pegou o celular, escreveu no bloco de notas **Você me irrita** e mostrou para ela. Carmen sorriu.

— É um bom método.

Ela abaixou o rosto sobre o celular dele e digitou por alguns segundos. Depois, mostrou a tela para Bardelli.

> Tudo bem, eu conto sobre o Samuel e vc nao abre a boca p polícia sobre mim, eu te fodo se alguém ficar sabendo de alguma coisa.

Lyra concordou. Quebrou o silêncio com uma voz quase sombria:

— Eu já te disse isso antes, que você parece muito com alguém que eu tô procurando. Uma pessoa que se comunica por mensagens e que é ótima em ameaçar.

Ah, é?, ela comunicou com o olhar.

— Você não andou ameaçando outras pessoas por aí?

Carmen se fez de desentendida. Conrado jogou essas ideias longe e pediu para que ela contasse de uma vez o que acontecera com Samuel.

— Me disseram — ele acrescentou — que o cara é agressivo.

Ela escreveu:

> Vc já conversou c ele?

— Não, só ouvi falar. E mal. Que ele é meio louco.

> Dá p vc escrever tbm, porra?

Ele riu, o que fez Carmen se sentir incomodada. Uma onda de revolta passou pelos olhos dela, *nem vem, só eu posso fazer esse papel de rir dos outros*, mas depois se recompôs.

Lyra escreveu e deu a ela o celular:

> Você também tentou dar o golpe nele?

Ela fez que sim com a cabeça. E digitou, com os polegares a todo o vapor:

> Ele foi mais fácil que vc no começo, não precisei ficar falando de música ou de psicologia p fazer o cara querer me comer q nem precisei com vc, ele foi direto, tipo, a nerdezinha (aquela lara) saiu emburrada, foi uma noite antes de vc e eu nos conhecermos (nos conhecermos, ai, que romântico S2), aí essa lara saiu do restaurante pra falar alguma coisa com a Diana, eu fui até onde ele tava e ele pegou na minha perna, foi tipo troca de pensamentos.

Carmen deu para Lyra ler até essa parte. O detetive aproveitou:

Será que ele farejou que ia ser fácil?

Ela piscou para Lyra.

Vc sabe q é fácil, n precisa de indireta, barbudo, pode ser aqui e agora, já.

Bom, e depois?

Eles haviam trocado o celular de mãos tantas vezes que decidiram se sentar na cama, um ao lado do outro, de forma que conseguissem ler o que o outro escrevia.

A gnt foi pro quarto dele, tipo, uma hora depois, quando a esposa/noiva tava com a outra madrinha e com a Diana, e a partir daí foi muuuuuito mais difícil p mim, sério, foda, pq ele queria fazer sem camisinha msm, e foi um inferno convencer o cara q NAO, VC PRECISA IR BUSCAR, FILHO DA PUTA, e ele ficava tirando a roupa, e eu convencendo o cara a colocar de volta p ir buscar a camisinha. Nossss e eu tendo q ser boazinha e princesinha e blá-blá-blá pra ele não suspeitar, aí ele saiu do quarto (finalmente!!!!!) e eu fui pra cima da carteira que ele deixou pra trás.

Ela parou por um segundo. Lyra balançou a cabeça para incentivá-la. Carmen estava, enfim, maleável, ansiosa por ter que reviver aquele momento, o que a tornava mais humana e menos personagem.

Foi igual com vc, mas ele é tipo 1000x mais burro e não ficou sabendo q eu roubei dinheiro, nem reparou.

Lyra cobrou:

E depois?

Mas mesmo assim ela continuou em silêncio.

Vocês dormiram juntos?

Ela girou os olhos.

> Puta merda, DORMIRAM JUNTOS não, Bardelli. A gnt F-O-D-E-U. Por uns dez minutos só, pq o cara é fraco apesar de, sei lá, dos músculos.

— Eu não quero saber disso — ele disse, quebrando o pacto do silêncio.

> Vc q pediu p eu contar!!!

— Eu quero que você conte por que ele te deu um soco.

> Pqp, eu disse p vc escrever!!!!!!!!

Os olhos puxados dela se abriram mais do que o normal.

> Se vc abrir a boca de nov

Bardelli roubou o celular da mão dela.

> Tá, eu já entendi. Por que ele te socou?
>
> Pq (olha isso) ele reparou q eu tinha mudado um papel lá de lugar.
>
> Quê? Que papel? Fala direito.
>
> Ai, um papel q tava na tábua de passar, perto de onde ele deixou a carteira, tipo uma pasta, sei lá o q era, eu devo ter trombado no negócio e ele saiu do lugar, o desgraçado do Samuel é tão imbecil q nao reparou q eu roubei dinheiro, mas reparou q mexi um centímetro da pasta.
>
> E dentro dessa pasta tinha...?
>
> Sei lá, acho q um monte de anotação.

Lyra olhou feio.

> Você só pode estar de sacanagem. Você não sabe?
>
> Ué, eu não vi, pq eu abriria uma pasta inútil sendo q eu tinha tempo contado p roubar dinheiro de dentro da carteira?
>
> Então ele te socou por nada?

Foi muito mais longo do q só "ele te socou por nada", ele fez um escândalo, disse q eu tinha mexido nas coisas dele, q eu nao tinha o direito de andar pelo quarto, q se a noiva pegasse um fio de cabelo meu, ele me matava...

Carmen coçou a nuca.

Aí deu merda, pq a vaca-quatro-olhos entrou bem na hora, dizendo q tava procurando o noivo e ouviu a gritaria, e no fim sobrou p mim.

A mão que digitava, então, descansou sobre a nuca. Carmen perdeu o olhar no espaço. Conrado terminou de ler e ligou os pontos.

Ele te deu um soco na nuca?

Sim. ;(

Aquele símbolo de choro fez Conrado sentir um incômodo no estômago. Compaixão. O detetive perguntou, já sabendo a resposta:

E a Iara viu?

Ela e a Diana tavam juntas, o Samuel falou q eu tinha me jogado em cima dele, eu jurei q n, mas n tinha muito como negar pq eu tava sem roupa e ele com, aí eu tentei discutir, a menina nao queria me ouvir, aí eu arranhei o Samuel p q ele contasse a verdade e... ele me deu um soco.

E a Diana? Não acredito que ela viu e não fez nada.

Ela quis fazer, tipo, ela ficou em choque e me tirou do quarto depois q eu me vesti, e ela disse q eu precisava fazer alguma coisa mas eu disse q era melhor n pq esse tipo de história é melhor abafar... Pq vc acha q na noite seguinte ela me pôs na sua mesa? Era p me distrair c alguém, desviar atenção do q tinha acontecido com o Samuel, e vc tava tão sozinho quanto eu. Eu n podia contar nada p polícia senão poderiam descobrir q eu tinha roubado o filho da puta. Então convenci a Diana a n contar nada tbm, e ela aceitou ficar quieta só pq um escândalo desses ia tirar atenção total do casamento, ia ser um desastre, entendeu? Mas ela ficou, tipo, meeeega chocada e me ajudou, xingou o fdp do Samuel, me levou pro quarto, pegou tudo o q eu precisava, foi uma puta amiga.

Lyra balançou a cabeça, indignado. Era estranho ter dó de Carmen, estranhíssimo. Alguma parte dele dizia que não, *que dó, que nada!*, ela tinha merecido aquilo. Sofrer. Era o mínimo para pagar o que fizera a Lyra, Samuel e tantos outros homens que tinham caído naquele golpe. Ainda assim...

Só o que impediu Lyra de se solidarizar em voz alta foi a dúvida. A suspeita. Tudo bem, Carmen fora agredida. Mas ainda podia ser a chantagista de Gurgel ou a assassina de Hortência.

Ela escreveu:

> Ajudei?
> Mais ou menos.

Lyra fez uma careta de dúvida.

> Tá aí o que vc queria, detetive, talvez o q tem dentro daquela pasta seja importante.

Carmen já ia devolvendo o celular a Conrado quando se lembrou de algo e agarrou o aparelho de volta.

> Deve ter alguma coisa a ver com seguir alguém, sei lá.

Por quê? Desta vez, Lyra perguntou só com os olhos.

> Pq foi o q o Samuel me perguntou quando viu q a pasta tava fora do lugar, ele me pegou pelo braço e perguntou se tinha sido "ele" q tinha me mandado. Antes q vc pergunte, sei lá quem é "ele", mas tinha uns horários naquela pasta, tipo, pensando agora, podia ser um relatório, sabe? Sei lá.

Conrado Bardelli pinçou o lábio.

— Bom, é um começo. — Sua voz saiu mais fraca depois do tempo sem falar.

A Carmen-personagem estava de volta.

— Você não vai me perguntar onde eu tava na hora do crime, lindo?

— Por que eu perguntaria isso?

— Ah, vai, por favor, me pergunta! Fiquei esperando você me perguntar isso a noite toda.

— Onde você tava na hora do crime?

Ela abriu um sorriso.

— Sentadinha do lado da porta de entrada.

Silêncio.

— E você não vai me perguntar se vi alguém indo até o corredor onde aconteceu o crime?

— Carmen, eu não sou a polícia.

— Ai, como você é chato.

— Vou começar a conversar com você só por mensagem. É tão mais fácil...

— Bom, então fica sem saber. — Ela abriu a porta do quarto, expulsando-o. O vento frio entrou para participar da conversa.

— Carmen, não dificulta, vai... Fecha essa porta.

— Viu?! Eu não disse que você ia acabar topando dormir comigo?

— Esquece. Pode abrir de novo.

E lá veio o vento novamente. Conrado estava a meio caminho da saída quando se deu por vencido.

— Tá, vai. Você viu alguém?

— O Oscar e a mãe do Enzo, a perua — falou com os olhos brilhantes, sentindo-se inteligente. Tudo teatro, claro.

— Obrigado. E você não se levantou?

— Claro que me levantei. Quem é que fica sentado o tempo todo numa festa?! Pergunta imbecil...

— Então alguém pode ter entrado sem você ver.

— Bom, mas pelo menos serve de alguma coisa a informação que eu dei.

— Quem disse que serve?

— Ai, não me diga que aquele Conrado Bardelli feroz tá voltando pra falar grosso comigo... Adoro essa sua versão selvagem.

— Qual a chance de você ser confiável?

Ela fez cara de quem pouco se importa. *Nenhuma.*

— Eu ia te dizer que vi mais uma pessoa. Mas você foi um menino mau.

— Quem?

— Você foi um menino mau.

Lyra já não se importava mais, até porque não tinha garantias de que Carmen falava sério. Decidiu que era hora de ir embora. Foi contido na soleira.

— Ai, tá bom, eu conto... Eu super me dei bem com ele, o Emílio, achei até que eu fosse encobrir o cara em nome da nossa nova amizade, mas no fim nunca resisto a uma fofoca. E ele também não, então ele faria a mesma coisa que eu.

— Você viu o Emílio?

— Pouquinho depois. Ele entrando por aquela porta de vidro fosco.

Conrado Bardelli ainda não tinha certeza se podia confiar. Ela o conteve uma última vez, fechando a porta.

— Bonitão, fica aqui comigo. Eu sei que essa sua história de esposa é mentira. Sério, fica.

O coração de Lyra congelou por um segundo.

— Oi?

— Eu vi no seu celular. Você não troca mensagem amorosa com ninguém. Não tem esposa.

— Você mexeu no meu celular?

— Nossa, calma... Não fui só eu, o meu *best friend forever* Emílio também tava curiosíssimo pra dar uma fuçada na sua vida. Por sinal, bicha esperta, aquela. Pegou o seu celular quando você foi se servir no café da manhã. Você nem percebeu. A gente ficou trocando fofoca a tarde toda ontem. Já é meu *bestie*.

Não responde, é isso o que ela quer, te tirar do sério, não responde... Engraçado como sentimentos nobres, como dó e compaixão, podem desaparecer tão rápido.

— Só pra saber, qual o interesse de vocês na minha vida?

— Ué, eu já disse, pra saber se você era mesmo casado. O Emílio jurava que você era *gay*. Eis que ele me mostrou uma mensagem no seu celular, *mas uma mensagem...* — Carmen levantou as sobrancelhas, cheia de insinuações. — Sabe do que eu tô falando? É, barbudo, a gente descobriu seu maior podre... Uma mensagem que dizia: "Você não tem vergonha de namorar uma pessoa dessa idade?" Quem aqui sabe que você namora uma ninfetinha, hein?

Carmen esperou Bardeli responder, mas ele se mantinha imóvel, quase como se tivesse tomado veneno e esperasse os sintomas para se certificar de que estava mesmo morrendo.

— Olha, se for isso mesmo, não tem problema transar comigo, viu, porque, de certa forma, você *já tava* fazendo uma coisa errada, então... Já que tá no inferno, abraça o capeta.

Conrado deu as costas e foi embora sem despedida. Teve certeza de que Carmen e aquele caso, como um todo, eram um dos exercícios de paciência mais difíceis de sua vida.

III

Só um sentimento foi capaz de substituir a irritação. O medo.

Conrado voltava para seu quarto quando ouviu um barulho do outro lado do gramado. Eram passos. Lyra, coração disparado, se fingiu de morto.

Duas pessoas passavam em frente ao salão do casamento. Contornaram a esquina e sumiram atrás do prédio. O que planejavam fazer àquela hora da noite? Estranho. Lyra se perguntou o que haveria para aqueles lados além da mata. Lembrou-se apenas do banco isolado onde ele e Gurgel haviam trocado segredos dois dias antes.

E então Lyra entendeu.

Trinta minutos depois, os vultos retornaram pelo mesmo caminho. Aproximaram-se da ala dos quartos, onde as luzes do jardim revelaram seus rostos. Vanessa e Gurgel. Os dois sorrindo. O casal se beijou no sopé da escada e depois cada um seguiu seu caminho.

Ou melhor, Vanessa seguiu. Porque Gurgel foi detido no topo da escada. Ele tomou um susto com a mão que o pegou pelo ombro.

— Puta que o pariu, Bardelli, você quase me mata!

— Sério mesmo, Gurgel? — era a voz da inquisição. — Sério que você não conseguiu esperar nem um dia?!

— Quem você acha que é pra ficar me questionando?

— Tá certo. Não é pra mim que você deve explicação.

— É pra quem, pra minha tia morta? Vai se foder!

— Eu ia dizer que é pra polícia. Mas claro que serve pra sua tia também. Você não conseguiu esperar nem um dia!

Gurgel pegou Lyra pelo cotovelo. Estavam prestes a começar uma briga num local onde podiam ser vistos. Mas Lyra foi racional: afastou o braço de Gurgel e entrou num quartinho ao lado, o primeiro que viu. Era onde guardavam os produtos de limpeza. Gurgel, impelido a se explicar, foi fazer companhia ao lado das vassouras. Fecharam a porta.

— Pra sua informação — Gurgel recomeçou, cuspindo revolta —, ela me chamou pra dizer que sente muito por mim e pela minha família. Foi muito nobre o que ela fez. Ainda mais porque ficou assustada, a coitada.

— Poxa, e ela achou que o jeito mais fácil de te consolar era dando pra você? Eu vi a garota te beijando!

— Olha como você fala...

— Sabe por que eu falo assim? Porque tô metido nessa história *por sua causa*! Eu posso sujar a minha carreira *por sua causa*! Para e pensa, por um segundo, o que vai acontecer se descobrirem que não tô contando tudo pra polícia. Você tem noção do quanto é difícil pra um detetive particular conseguir um mínimo de mérito agindo nessa área, nesse campo de guerra com policiais que é o meu dia a dia? Porque, caso você não saiba, noventa e nove por cento deles já me odeiam só de ouvir falar que sou detetive particular. Eu posso ser impecável, posso ser um gênio da investigação, posso ser a pessoa mais correta do mundo, mas ainda assim muita autoridade não me leva a sério. Penei pra conquistar o que tenho, caramba. E agora você me obriga a ocultar informações do inquérito policial, Gurgel. Tudo bem, você tá sofrendo. Mas não vai achando que eu tô curtindo o feriado e decidi te perseguir só porque você me demitiu.

Um bom tempo de silêncio. Gurgel baixou o rosto. Disse:

— Ela veio me acalmar. Disse que me conhece, que sabe que eu tô destruído. E quer proteger o irmão também, tá preocupada com ele. Falou que ele não seria capaz do que estão dizendo por aí... E que pode apostar a vida dela que não foi ninguém daqui de dentro que matou a minha tia.

— Ela falou isso?

— Falou pra eu confiar na polícia e ir atrás dela se precisar de apoio. A Vanessa se importa comigo de verdade, Bardelli. Você pode achar que ela é só uma foda, mas...

— Ele engasgou nas palavras.

— Você pensa em largar a Sandra pra ficar com ela?

— Não, nada disso — ele se apressou em responder, levantando o rosto. — Mas a Vanessa é especial. Hoje ela usou o colar que eu dei de presente. Usou pra eu ficar feliz. Eu comprei pensando nela e fiquei carregando comigo e me perguntando qual seria o momento certo de entregar. Eu queria algo tipo cinematográfico. No fim, foi numa noite, deve fazer umas semanas, a gente tava comendo pizza e vendo TV no quarto do motel e aí... Eu olhei pra ela, ela sorriu pra mim, e eu soube que era a hora certa de mostrar o colar. Foi a coisa mais pobre que fiz nos últimos anos. Mas a Vanessa amou. É um colar com pingente de bússola. Eu disse que era pra ela se lembrar da direção certa na próxima vez que chorasse... Ela chora muito. Tenho dó dela. Eu queria poder ajudar a Vanessa a mudar de vida...

— Engraçado que ela dê outra impressão. Parece muito bem resolvida e avessa a qualquer tipo de ajuda.

— Eu sei, mas é só um casulo.

E agora, a pausa ao lado das vassouras foi mais incômoda. Pois, pelo rosto de Conrado, já se supunha que o que ele ia dizer era doloroso.

— Gurgel, você sabe que tem que terminar com essa menina, não sabe?

— Você só pode estar brincando.

— Pelo menos por enquanto. Você tá envolvido num caso de assassinato que pode ter relação com esse adultério. Até a água baixar, você precisa...

Corte seco:

— Não vou fazer isso. Parece que você não aprende! Você não é mais meu empregado, e a última coisa que quero é o seu conselho. Porque segui tudo o que você disse até agora, e olha no que deu. — O veneno de Gurgel ia voltando aos poucos.

Bardelli negou com a cabeça.

— Gurgel, você já parou pra pensar no que a Vanessa disse? Ou melhor, no *porquê* de ela ter dito tudo isso?

O silêncio dele foi um claro "não".

— Por que é que ela falaria que aposta a vida dela que não foi ninguém daqui? Por que ela diria pra você confiar na polícia?

— Porque ela se importa comigo.

— Junta as peças. Você mesmo me falou uma vez que ela te viu *olhando por cima do ombro umas cinco vezes no mesmo dia*.

— O que você tá insinuando? — Ele se empertigou. Apertou os punhos.

— Você sabe o que ela me perguntou quando me viu anteontem à noite? Se me conhecia. E sabe quantas vezes eu tinha encontrado a Vanessa antes? Zero.

— Ela pode ter te visto com a Diana...

— Pelo amor de Deus, Gurgel, você sabe que não é isso! Eu fui um excluído dessa família por anos e anos. Não, a Vanessa me reconheceu por outro motivo. Porque ela já tinha me visto com você!

— Ela tem mais o que fazer do que ficar me seguindo.

— Você pode repetir isso o quanto quiser, mas se parar um pouquinho pra abrir a mente, vai ver que eu tenho razão. Gurgel, olha isso! É óbvio que ela flagrou nós dois juntos. A garota pode não saber que a gente falava da chantagem, mas o fato é que agora sua tia foi assassinada. E aí ela me vê conversando com você de novo. Vê pelo lado dela. O que você acha que ela tava pensando quando te chamou praquele jardim?

Gurgel não teve imaginação para deduzir. Ou preferiu o silêncio para não admitir a derrota.

— Ela acha que você decidiu me contratar pra descobrir quem matou a sua tia. E o que ela te diz? Pra você confiar na polícia. Pra você não procurar aqui dentro porque ela *aposta a vida que foi alguém de fora*. A Vanessa não quer que você investigue. Agora é que você deve ser perguntar: por quê?

Gurgel meteu o indicador no peito de Lyra.

— Eu te proíbo de ficar se metendo nesses assuntos, tá me entendendo? Nunca fiquei tão perto de meter aquele processo em você!

— Não vou me meter — mentiu. — Só quero que você abra o olho. Quero que se pergunte por que a Vanessa não sai daquela casa. Você não disse que ela quer ajuda pra mudar de vida? Por que é tão difícil pra ela fazer isso sozinha?

Gurgel encostou o corpo na estante com panos. Experimentou um cansaço insuportável. Ameaça por mensagem de texto ao acordar. Homicídio da tia antes do almoço. Fuga com uma mala de dinheiro depois do almoço. Entrevista extenuante com o delegado à tarde. Repetidas reclamações de Sandra à noite. E uma conversa emocionada com Vanessa antes de dormir. Um terremoto capaz de derrubar qualquer um. Por isso ele não conseguia perdoar Conrado. Porque Conrado não estava disposto a enxergar Ricardo Gurgel como humano que era — complexo, vulnerável. Não era porque se importava com Vanessa que ele estava pouco se lixando para a tia Hortência.

Mandar Conrado à merda de novo? Já estava cansado disso. Não adiantava. Foi o que pensou naquele silêncio...

... silêncio que revelou algo a mais. Uma respiração ofegante do outro lado da porta. Lyra também escutou. *Shh*, o detetive colocou o dedo indicador nos lábios e depois apontou a orelha. *Também está ouvindo?*

Conrado Bardelli empurrou a porta num movimento brusco. A luz do quartinho de limpeza iluminou Emílio Amaral no batente. O rapaz vestia um pijama de moletom. Mas Emílio não parecia nem um pouco pronto para dormir. Seu rosto assustado pelo flagrante dava-lhe a impressão de estar bem desperto.

— Emílio... — O cumprimento de Lyra soou também como uma afronta.

— O que você tá fazendo aqui? — perguntou Gurgel, sem compreender uma situação tão aleatória.

— Eu que pergunto o que *vocês* estão fazendo aqui — Emílio virou o jogo. — Este lugar fica bem em cima do meu quarto. Vocês têm noção do barulho?

Lyra cruzou os braços.

— Bom, desculpa. A gente já tava terminando mesmo. Boa noite. — E deu um aperto no ombro de Gurgel, um sinal de que a conversa estava apenas suspensa, não terminada.

— Que essa tenha sido a última vez que você se intromete na minha vida — Gurgel cochichou no ouvido de Lyra e partiu, apressado.

— Engraçado — Lyra disse, a seguir, medindo Emílio de cima a baixo. — A minha experiência de vida diz que essa cena não tem nada de acaso. Parece que já vi Emílios em situações assim antes.

O rapaz contraiu os lábios, *ué, quem sabe?*.

— Olha, meu caro Lyra, não era eu que tava trocando cochichos num quartinho de limpeza... Ouvi vocês falarem num caso... Será que você e esse Gurgel aí...? Bom, eu só digo que meu *gaydar* é aguçado.

Lyra abriu um sorriso extenso. Um de quem se prepara para uma piada engraçadíssima. Mas as palavras que verbalizou foram duras:

— Quer um conselho valioso? Toma muito cuidado com quem você espiona.

— Isso é uma ameaça?

— Não, eu disse, é um conselho. Tô falando isso porque sei que é a segunda vez, no mínimo, que você tenta descobrir sobre a minha vida. Você foi descuidado a ponto de me deixar perceber. Tudo bem, eu sou um cara mega-aberto, mas...

Emílio o interrompeu:

— *Você*, mega-aberto? Meu caro Lyra, não tenta me enganar. — Ele riu. — Pedo-filia é crime, meu querido. Eu vi a mensagem no seu celular. Um tal de Augusto per-guntando se você não tinha vergonha de ter um caso com alguém *daquela idade...*!

Lyra balançou a cabeça, o sorriso inalterado.

— É o meu último aviso. Se você se meter com a pessoa errada e descobrir algo que não deveria, pode não ter volta. Você vai se arrepender...

— Acha que eu não sei?

— Pode até saber. Mas uma hora você vai se deixar trair pela curiosidade. Gente como você não sabe a hora de parar. E por mais insuportável que você seja, eu não gostaria de te ver num caixão.

Emílio perdeu a pose. *Caixão.* Passou por Lyra e foi embora sem dizer mais nada.

IV

A lógica de Conrado Bardelli era a seguinte: como detetive, tinha uma espécie de autorização social para investigar a vida particular dos outros. Lei das profissões, ora. Médicos veem pacientes nus. Advogados sabem dos podres dos clientes. Técnicos de informática checam em quais sites você entra. Cozinheiros preparam a sua comida. E detetives investigam os negócios alheios, oras.

Mas não tem essa de pessoas comuns quererem me investigar, caramba!

Conrado estava irritadíssimo com aquele complô para descobrirem sobre sua intimidade. E Emílio usava aquilo quase como objeto de chantagem. *Pedofilia é crime, meu querido!* Aquilo fez subir o sangue de Lyra. Quem era Emílio para julgar? Ele não sabia nem um décimo das coisas e queria ficar se metendo onde...

Pausa.

Onde raios estava a chave do quarto? Lyra revirou os bolsos e não encontrou nada além da carteira e do celular. Tivera o descuido de perder a chave?

Merda! Ele pensou em outra possibilidade. Uma muito pior do que simplesmente perder a chave por um descuido. Torceu para estar errado. *Mas eu sei que estou certo.*

Foi até a recepção, a madrugada, um gelo, e perdeu mais dez minutos esperando que a recepcionista de plantão entregasse uma cópia da chave. Ao voltar para o quarto — ele tremia de frio —, parou no batente, acendeu a luz e encontrou o que já imagi-nava. O cofre do quarto aberto. Os quatrocentos reais de dentro haviam sumido.

Conrado discou o número da recepção e perguntou à recepcionista se algum hóspede havia feto *check-out* recentemente.

— Uma moça acabou de ir embora. Tinha alguma coisa que o senhor precisava com ela?

— Não, tudo bem. Era uma de olho puxado?

— Isso.

Maldita. E esperta. Carmen devia ter furtado a chave no meio da conversa com Bardelli — será que era por isso que ela se jogara tantas vezes em cima dele? — e certamente invadira o quarto enquanto Lyra esperava por Gurgel no jardim. Arriscado... Mas era a cara de Carmen apostar alto assim. Bastava ter pego a escada dos fundos que ninguém a teria visto subir. Mais tarde, de olhos fechados sob o chuveiro e envolto por um vapor tão denso quanto a neblina lá fora, Lyra refletiu feito um monge. Alguma coisa o incomodava, lá no fundo. Algo que haviam lhe dito...

O quarto do Emílio não fica embaixo do quartinho de limpeza. Fica do outro lado do prédio.

Sim, disso ele já sabia. Nenhuma surpresa aí. Era outra coisa que inquietava o detetive... Lyra abriu os olhos. Por que tinha a impressão de que não era a primeira vez que ouvia falar sobre Emílio pegando o celular de outra pessoa?

A memória daquele primeiro jantar veio num raio só. Vanessa, no vestido azul-claro agarrado, irritada porque o irmão havia desaparecido com o celular dela — o celular que Enzo descobrira em cima da mesa e que trazia uma pesquisa com informações sobre Conrado Bardelli. Vanessa explicara sobre Emílio...

Porque é idiota. Ficou bêbado, sei lá, tipo umas duas semanas atrás, aí deixou cair o celular dele na piscina da nossa casa! E agora tá usado um velho e ele fica pegando o meu emprestado quando precisa usar a internet...

O clichê do século XXI era dizer que a vida de uma pessoa está guardada no celular. Os segredos. Interessante. Quais deles teriam relação com o assassinato de Hortência Gurgel ou com a chantagista?

O que levava Lyra de volta ao ponto central de tudo aquilo: o crime. A faca na garganta. Cadê a faca? Por que escondê-la? O cadáver com uma mangueira espichada para fora do pescoço. E o sangue? Onde estava o sangue na roupa dos convidados? E as luvas? Chegava a ser fascinante.

Tudo o que Conrado sabia era que pelo menos três pessoas haviam passado pelo corredor que levava à sala do homicídio: Sandra, Oscar e Plínio. Esses três tinham sido vistos e se pronunciado. Mas Carmen citara Emílio. Será? Podia confiar nas palavras dela? Difícil...

Supondo que sim, por que Emílio não contara a ninguém que fora ao corredor? Por que esconder a informação? Para se proteger?

Àquela altura, a polícia talvez já soubesse de outras pessoas. Mas o maldito do doutor André não contaria. *Doce de Berinjela.* Conrado teria que se virar sozinho. Se ele pelo menos tivesse ficado no salão... Teria os próprios olhos como testemunhas.

Bom, mas *alguém* devia ter visto algo. Como é que o assassino agiria em pleno salão lotado sem ninguém notar suas atividades suspeitas? Talvez fosse questão de tempo até alguém se pronunciar: *Eu me lembro de ter visto o fulano saindo pela porta de vidro fosco, voltando ao lugar, do meu lado... e, pensando agora, eu bem que reparei numa mancha vermelha na manga dele...*

Uma mancha vermelha? Não, de jeito nenhum. Um corte na carótida não faz sangue escorrer, faz *jorrar.* De novo aquela questão que quebrava qualquer linha de raciocínio. Como o assassino voltara para sua posição original sem que ninguém suspeitasse? Tudo parecia magistralmente arquitetado.

Ao pensar em sangue, o detetive pensou em Plínio. O noivo com ataque de asma. O rosto vermelho que traduzia desespero — a expressão de quem acabara de descobrir que a juíza de paz do *seu* casamento quase fora decapitada. Poderia ser fingimento?

Lembrou-se do que Oscar havia narrado sobre os acontecimentos daquela manhã e tentou recriar a cena: Plínio pedindo para o sogro e Sandra irem na frente enquanto ele voltava para chamar a dona Hortência. Aí entrava a imaginação de Lyra: Plínio preparando uma faca — ele a tiraria de onde? Da manga? Do bolso? Plínio entrando na sala sem bater, *já tá na hora?*, Hortência perguntaria, sem imaginar que seriam suas últimas palavras. Em seguida, Hortência saindo na dianteira, dizendo que era muito cavalheiro da parte de Plínio e... Um corte profundo, Plínio tapando a boca de Hortência e segurando a cabeça com força para que não atrapalhasse a navalha, um corte que deveria sair exatamente da forma como ele vira na faculdade de medicina... E então, aquele chafariz de sangue atingindo a parede, a mesa, o chão, a manga do smoking e o sapato de Plínio. Claro, ele teria se assustado com a cena, *meu Deus, eu fiz isso*, olharia para suas próprias mãos, para a faca que tomara conta de seus movimentos, *eu realmente fiz isso*, e começaria a tossir e tossir, num de seus incontroláveis ataques de asma, e voltaria pelo corredor desesperado, decidindo que seria mais sensato esconder toda a história e se fingir de coitado, o coitado que apenas tinha descoberto o corpo...

Não. Simplesmente não encaixava no perfil de Plínio. A agressividade do crime, o *timing* perfeito, a encenação digna dos melhores atores. Se considerados, todos esses itens pareciam afastar a hipótese de que Plínio Amaral fora a mente criminosa por trás de tudo.

E outra: por que ele mataria Hortência Gurgel? Os dois mal se conheciam, a própria Hortência dissera isso. Referira-se a ele como um garoto bonzinho, apesar de lerdo — e uma miniofensa dessas não era motivo de crime, claro.

Que outro motivo faria alguém matar um desconhecido?

Se não Plínio, então quem? E por quê?

CAPÍTULO 12

Café da manhã com Eunice

UM DIA DE CASAMENTO SUSPENSO

I

— Obrigado por ter me ajudado ontem. Com as... as tosses — Plínio disse, muito vermelho, as palavras quase inaudíveis, os dedos passeando pela toalha da mesa como se ele pudesse, a qualquer momento, puxá-la para cobrir o rosto de tanta vergonha.

Era hora do café da manhã, e Conrado Bardelli, mesmo tendo chegado ao restaurante mais cedo do que todos os outros hóspedes, comia devagar para aguardar um por um. Ah, a curiosidade...

Plínio foi o primeiro a chegar, acompanhado dos pais — como uma criança que precisa ser supervisionada. Demétrio e Camila foram se servir do bufê sem desejar bom dia. Plínio hesitou. E decidiu que o melhor seria assumir os fatos.

— Não precisa agradecer. — Conrado fez um aceno. — Horrível ter um desses acessos de tosse. E outra, eu nem fiz nada.

— Você, tipo, me acalmou.

— Filho, vem pegar comida — Camila chamou baixinho. Lançou um olhar para Lyra. Foi o mais próximo de um cumprimento que o detetive conseguiu.

Demétrio passou pelos dois com um prato cheio de ovos mexidos.

— Não destruiu meu carro ontem, Bardelli?

Claro, uma senhora foi degolada, mas vamos falar sobre o carro!

— Se encontrar qualquer risquinho nele, pode vir atrás de mim. Foi o combinado, não foi?

— Gostou de dirigir?

Melhor nem responder. Falar sobre o Mercedes, além de tudo, lembrava o crime. Afinal, o detetive estivera dentro dele quando tudo acontecera.

Plínio foi finalmente se servir. Só que, ao voltar, em vez de se sentar com os pais, decidiu comer à mesa de Lyra. Acomodou-se e já foi logo perguntando:

— Você falou com a Diana ontem?

— Não. Fiquei sabendo que ela passou o dia mal.

— Mas é só choque, né?

— O que mais poderia ser?

Plínio mordeu o sanduíche e baixou a voz. Não queria que os pais ouvissem. Eles não tiravam os olhos da mesa do filho.

— Nada de mais, é só que... Ela ainda não quis me ver. Tipo, desde ontem.

— Fica tranquilo. Pelo que eu entendi, ela não quis ver ninguém.

— Não, né?

— Também, com um susto desses...

— É, você tem razão.

Lyra pôde sentir a angústia de Plínio como se fosse uma terceira pessoa sentada à mesa com eles.

— Ah, vocês chegaram! — Eunice entrava esbaforida pela porta da cozinha. — Café da manhã mirrado, mas não teve jeito. Me desculpem. Tô sozinha hoje, tive que dispensar a dona Lourdes. Ela ficou comigo até tarde ontem, limpando tudo, arrumando, lidando com policial... E aqui na roça, já sabe: geralmente dá dez da noite e a gente tá na cama. Então, imaginem.

Engraçado que, naquela manhã, Eunice Rabelo parecia mais uma mulher da cidade do que da roça. Olheiras como se pintadas a lápis, rosto branco de quem não toma sol. Devia sofrer de uma enxaqueca. Intensidade: terremoto. Ela se sentou a uma das mesas massageando as têmporas.

— Me desculpem — repetiu, olhos fechados —, mas não consigo ficar muito tempo em pé. E esse pesadelo parece estar longe de terminar. Bom, tô à disposição pro que precisarem. Só algumas comidas que... Enfim, eu já disse, é um café da manhã pobrinho, do tipo que eu nunca servi no meu hotel. Mas dadas as circunstâncias...

— Tá ótimo, dona Eunice — Conrado afirmou, enfim dando o conforto de que a dona do hotel precisava.

— Obrigada, seu Conrado, obrigada mesmo. E, Plínio... — Ela virou o corpo para ele. — Só posso dizer que eu sinto muito. Não tive tempo de dar atenção pra você e pra Diana ontem, mas só pra colocar os pingos nos is, eu queria dizer que vocês não têm ideia do quanto eu...

E foi aí que o tenente-coronel resolveu intervir:

— Tudo bem, mas agora não adianta ficar repetindo isso.

— Desculpa?

— O delegado me falou que não há câmeras de segurança espalhadas pelo hotel. E que a única que existe, na recepção, não tem nem o mínimo de definição necessária pra identificar quem enviou aquele bilhete com ameaça pra Edna. Parece que era a única pista deles, não sei qual relação eles viram, mas era importante.

Eunice quase caiu pra trás.

— Mas é porque eu... O meu marido, na época...

Ela falhava na tentativa de se explicar. Demétrio deu de ombros.

— Eu só tô dizendo isso pra ser justo. Colocar os pingos nos is, como a senhora disse. — E voltou a devorar os ovos.

Eunice abriu a boca e fechou várias vezes.

— Como é que eu ia... Eu sempre... — Olhou de um em um. — Vocês precisam entender que não existe parte do mundo mais tranquila do que esta. *Nunca* aconteceu nada até este final de semana, vocês...

— Então a senhora quer dizer que a culpa é nossa — Demétrio se mostrava implacável.

— O senhor...! Eu não disse isso! — Estava vermelha a ponto de explodir. — Só quero dizer que vocês podem perguntar pra qualquer um de Joanópolis, perguntem quantas vezes aconteceu coisa parecida por aqui. Não tem nem jornalista na nossa porta, podem ver, porque a cidade não tá preparada pra coisa assim e...

— Aconteceu, não aconteceu? E parece que não era tão imprevisível assim.

Eunice só não chorou porque não era o tipo de mulher que desmonta em público. Lyra teve ódio. E quando ficava assim, ah!, não segurava a língua.

— O senhor fala, seu Demétrio, quase como se *soubesse* o que ia acontecer. Engraçado.

O tenente-coronel parou de mastigar.

— Só os pingos nos is... — disse Lyra e deu um sorriso.

— Você não sabe o que está dizendo.

Eunice intercedeu:

— Olha, seu Demétrio, o senhor me perdoa, mas eu não tenho dinheiro pra colocar essa parafernália toda de segurança de que o delegado falou, eu...

— Então que feche o hotel e só reabra quando tiver a estrutura mínima. Segurança é dever do proprietário. Só não peço indenização pro seu hotel, dona Eunice, porque imagino que...

— Pai, chega.

E então todos olharam para Plínio. Ele tinha amassado a toalha da mesa com as mãos. Quando se deu conta de que o observavam, relaxou. Demétrio encarou o filho. Camila olhava desesperada de um para o outro, à beira de um aneurisma. Então o tenente-coronel voltou a comer os ovos mexidos. E a cena toda acabou.

— Eu só peço desculpas — finalizou Eunice, cabisbaixa. Em seguida, levantou-se e partiu para a cozinha, dizendo, num sussurro, que estaria lá para qualquer coisa de que precisassem. Saiu em frangalhos.

— Ela tá vindo aí! — disse Plínio, no instante seguinte.

A Diana que entrou pela porta era irreconhecível. Mais magra, mais branca, mais insegura. Parecia vinda do mundo invertido de *Stranger Things*. Quando viu Plínio ao lado de Conrado, só os olhos mudaram. Eles se abriram mais.

— Diana! Como você tá? — Plínio correu para abraçá-la.

Diana foi mais fria no cumprimento, preferiu não abraçar. Trocaram algumas palavras, *estou bem, deixa que eu mesma me sirvo*, e Plínio escoltou a noiva até o bufê. O Guarda-Costas correndo atrás de Whitney Houston. Diana acenou bom dia para seus sogros — seriam eles ainda sogros, mesmo com o casamento suspenso?

A voz que veio da entrada deu um susto em Lyra:

— Incrível como ela não obedece nem quando tá em choque! — Era Edna, chegando emburrada ao lado de Oscar. — Eu disse pra Diana me ligar antes de vir pro restaurante. Eu queria vir junto, sou a mãe, fiquei preocupada, queria trazer a minha filha nos meus braços... Podem me julgar, mas é direito de quem criou a filha. Fiquei esperando que nem boba, até agora, aí resolvi ligar pro quarto dela e ninguém atendeu. Ela saiu sem me avisar, acredita?

— Edna, caramba, deixa a menina! — Oscar reclamou. — Ela quer ficar sozinha, você é cega? Se coloca no lugar dela.

Edna emburrou de vez. Conrado tranquilizou os ânimos jurando que Diana acabara de chegar.

Houve mais uma rodada de ois e bons-dias desconfortáveis entre os pais de Plínio e os de Diana.

— Bom, a gente vai sentar com o Lyra — disse Edna com um sorriso falso.

Camila e Demétrio concordaram com a cabeça. Plínio e Diana, por sua vez, se acomodaram a uma terceira mesa. Continuavam falando baixo, Diana em estado letárgico.

Conrado Bardelli decidiu que era a deixa para pedir licença.

— Só vou pedir uma tapioca pra dona Eunice lá na cozinha.

II

— Aquele bruto, mal-educado!

Colher de pau na mão, Eunice surrou a massa que cozinhava na panela. Seus olhos vermelhos reviam a cena humilhante pela qual tinha acabado de passar. Ela não se virava de frente para Lyra porque queria escondê-los.

— O senhor ouviu aquele homem falando sobre indenização? Que ameaça baixa! Indecente!

— Ele falou por falar, dona Eunice — disse Lyra, a voz do sossego, mas sua vontade era voltar ao restaurante, buscar Demétrio pelo colarinho e meter aquela cara arrogante dele dentro da panela para que Eunice pudesse espancá-la de verdade com a colher de pau.

Por falar em panela, Eunice já se esquecera do que estava cozinhando. Largou tudo no fogo e ficou olhando qualquer coisa lá fora, pela janela da porta lateral.

— Pode ter sido só pra me assustar, mas o senhor viu o jeito dele? A forma como... — Ela respirou fundo. — O senhor é advogado, não é, seu Conrado? Ele pode mesmo me processar?

— Dona Eunice, esquece isso. O Demétrio não vai fazer nada. Você não tem ideia do trabalho...

— Mas ele *poderia*?

O silêncio dele fez Eunice levar as mãos ao rosto. A pele descoloriu como se tivesse sido lavada com aqueles produtos de limpeza milagrosos das propagandas. Ela deixou o corpo cair numa cadeira.

— Eu não fiz nada de errado, seu Conrado, eu... — As palavras evaporaram.

Do fogão veio o cheiro de queimado.

— Dona Eunice, se o Demétrio fizer alguma coisa, fica tranquila que *eu mesmo* te ajudo.

Ela o encarou, grata. Não escondeu os olhos vermelhos.

— Saco, queimou! — Eunice se levantou e foi jogar a gororoba torrada no lixo. — Seu Conrado, por favor, nem comenta daquilo que eu falei ontem pro senhor. Aquelas fofocas sobre o seu Plínio e o sangue e a polícia... Aí sim é que esse crápula me pega! E ainda acabo levando outra do delegado. Sim, porque ele também quis me dar uma lição de moral.

— Nosso doutor André é mesmo uma simpatia.

Eunice precisou olhar para Lyra para entender que ele emanava ironia.

— O delegado também me disse que eu precisava de mais segurança, de cerca elétrica. Câmeras em todo o perímetro. O senhor imagina? Eu sou só uma caipira coitada que cuida de um hotel e que penou por anos pra conseguir isso. E agora esses caras falando como se eu fosse uma iniciante... Como se meu hotel já não fosse ficar amaldiçoado por causa de tudo e...

Ela escondeu o rosto de novo. Conrado mudou de assunto:

— O doutor falou alguma coisa sobre a faca do crime?

— Ah, teve essa também. Outro assunto praquele reizinho mandão ficar me perseguindo. Teimou que eu deveria ter um controle das facas da minha cozinha. Mas, gente! — Palmas da mão para cima, ela fez cara de surpresa. — Como é que eu vou fazer isso? Me diz! Isto é um hotel. Cozinho pra dezenas de pessoas. Você acha que eu fico numerando talher?

— Mas pelo que eu entendi... — Lyra se fez de bobo ao dizer isso. — ... a faca que matou a dona Hortência não era das que a gente usa pra comer, de talher. É de cortar carne.

— Eu sei. Do faqueiro.

— Sabe como?

Silêncio demorado.

— Dona Eunice? Algum problema?

— A Lourdes... — Eunice hesitou por um instante. — A Lourdes contou pra mim e pro delegado que, na noite de quinta-feira, alguém entrou na cozinha enquanto ela estava fora. Ela diz que mexeram naquele armário ali. É o armário...

— ... do faqueiro. Certo? Este aqui?

Ela fez que sim, apreensiva. Lyra abriu a porta do armário, tirou algumas fôrmas da frente e encontrou o faqueiro atrás. Enquanto isso, Eunice prosseguia:

— Falei pro doutor André que não teria como eu ter testemunhado nada, porque na hora da correria eu tava arrumando as coisas aqui na frente. E os salões não têm janelas laterais. Então, como é que eu, na fachada do restaurante, conseguiria ver o que tava acontecendo na sala dos fundos do salão vizinho? Me diz! E olha, eu posso jurar, por exemplo, que não sumiu nenhuma faca das que eu ou a Lourdes estamos acostumadas a usar ou...

— Posso abrir? — Bardelli tinha puxado o faqueiro para cima da mesa. Era feito de madeira e devia ter sido passado de geração a geração.

Eunice olhou como se encarasse a caixa de Pandora.

— Ué... Acho que... pode. — Intrigada, parou de falar.

O interior da caixa era forrado de tecido vermelho desbotado pelo tempo. E lá estavam as perigosas facas de inox. Mais pareciam espelhos, límpidas, afiadas, de vários tamanhos.

Lyra sentiu calafrios. Contou pelo menos uma dúzia de facas ali. Empunhou uma delas, sentindo seu peso. Devia ter seus vinte centímetros de comprimento. Ele tocou o fio para experimentar seu poder de destruição. E foi o suficiente para imaginar aquela lâmina de metal dilacerando pele, carne, osso...

Quando voltou a si, Conrado percebeu que Eunice o encarava com horror indisfarçável. A nova massa na panela também queimou. Eunice, queixo caído, parecia prestes a gritar. Mas não, ela estava distante demais para isso. Em outro planeta, outro tempo.

— Dona Eunice?

Ela deu um pulo.

— Desculpa. É que o senhor aí de pé, com a faca na mão... Engraçado...

Era como se dois códigos de sua programação tivessem se chocado e o sistema apresentasse erro. *Pééé, pééé, pééé.* Só que antes de Conrado ter tempo de perguntar, a porta se abriu. Enzo Gurgel entrou.

III

— Bom dia, a senhora faria uma omelete de... — Enzo parou de falar assim que enxergou a cena que o esperava naquele ambiente: Conrado Bardelli com uma faca na mão; dona Eunice assustada olhando para ele.

Enzo esbugalhou os olhos. E Conrado perdeu a compostura.

— Nossa, Enzo, desculpa, eu... — O detetive guardou a faca às pressas. — Eu tava só conversando com a dona Eunice sobre, enfim, as buscas da polícia...

Lyra se explicava feito um adúltero flagrado pela esposa. E assim como no adultério, as explicações, ali, não faziam efeito. Enzo já tinha sido atingido pelo baque. Ver aquela faca empunhada trouxera todas as más recordações do dia anterior. Ele baixou o rosto.

— Tudo bem, seu Conrado, não se preocupa.

— Desculpa mesmo, a última coisa que eu queria era causar isso.

— Não, sério, tudo bem...

Eunice, que voltara à panela para escapar da cena constrangedora, perguntou do que era a omelete que Enzo queria.

— É a segunda vez que eu deixo a comida queimar hoje. Só um minutinho, Enzo. Se você quiser esperar aqui mesmo, eu já faço e você leva pra comer.

— Obrigado, dona Eunice.

— Que é isso. Eu faço mil omeletes se você quiser.

Ele sorriu. Era de gestos assim que Enzo precisava.

Conrado Bardelli queria ter tido a sacada das mil omeletes. Qualquer coisa para compensar seu fora. Tentou puxar assunto. Perguntou se Enzo havia dormido bem, se ele e a família precisavam de alguma ajuda. O rapaz respondeu que o apoio de todos ajudava muito e que estava agradecido.

— Não quero que nada mude. Mas eu preciso de um tempo pra mim. Senão não vou parar de ver as pessoas como... — Não teve coragem de completar. — Eu preciso de distância deste lugar. Sem ofensa, dona Eunice.

— Imagina, filho, não tem problema.

Mas na cara dela veio aquela onda de mal-estar. Bem que Eunice tinha previsto que seu hotel ficaria amaldiçoado.

A porta tornou a se abrir, e pela fresta surgiu o rosto esquálido de Diana. Os três dentro da cozinha silenciaram.

— Ô, minha querida... — Dona Eunice ficou sem jeito. No fim, decidiu que um abraço era o jeito mais sincero de dizer que sentia muito. Ofereceu omelete, tapioca, bolo. Teria dado uma de suas vacas se Diana quisesse.

— Obrigada, eu já comi.

— Come mais. Você precisa.

Diana negou. Deu um sorriso meio morto. E depois, tocou no ombro de Enzo:

— Muito obrigada por tudo, ontem. Mesmo. Se você não tivesse me ligado... Enfim, eu não sei o que teria acontecido.

Poucos olhavam no fundo dos olhos como Enzo.

— Eu conheço você. Sabia que era hora de ligar.

— Ah, e desculpa pelo Plínio lá fora. Ele tá confuso, é o jeito dele, sabe, sair falando assim quando...

Enzo já chacoalhava a cabeça, um retrato da compreensão.

— Eu sou a primeira pessoa a entender. Imagino que a cabeça dele...

O próprio, como se invocado, surgiu à soleira. Diana se assustou.

— Plínio, você quer alguma coisa daqui também?

O recém-chegado contemplou cada um dos indivíduos naquela cozinha. Demorou mais analisando Enzo.

— Não. Eu só estranhei porque você demorou.

— O tio tava contando pra gente sobre o seu ataque de tosse. Né, tio?

Jogado naquela cena, Lyra demorou para reagir.

— Ah, sim. Isso. Eu sei bem o que é ter um desses surtos de asma. Horrível. Você não anda com a sua bombinha, Plínio? Tem que carregar sempre.

— Eu ando com ela — E ele mostrou o objeto no bolso.

— Ah, boa.

Fim de papo.

— Da próxima vez vai ser diferente — dona Eunice exclamou, lá do fogão. — Sem tosse, sem essa coisa horrível que aconteceu... Por sinal, quando é que vai ser a nova data do casório?

Ela perguntava por curiosidade. Em momento nenhum pensou que colocaria o casal numa situação complicada.

— A gente ainda não teve tempo de conversar, mas acho que... — Diana coçou a nuca.

— O quanto antes — Plínio deliberou.

— Tô à disposição de vocês. Não sei o que vão preferir, mas eu tô aqui pro que precisarem. Enzo, aqui a sua omelete.

— Obrigado. A senhora pode vir com a gente pro restaurante? É que eu acho que o meu pai ia te pedir alguma coisa também...

IV

Poucas vezes Gurgel se sentira tão deslocado quanto no café da manhã de domingo. Queria fugir daquela gente que lhe lembrava morte. Rancor é um diabo que você alimenta sem querer: de repente, ele te espeta, e você começa a olhar para os outros como se eles tivessem culpa pelas desgraças da sua vida.

Malditos.

Vanessa. A única que importava. Devia estar dormindo ainda, pois não aparecera para o café. Nem ela nem Emílio. Gurgel a imaginou metida na camisola de dormir. Ele queria entrar no quarto dela, mergulhar debaixo das cobertas, passear as mãos pelo seu corpo...

— O senhor quer alguma coisa, seu Ricardo?

Coitada, a dona do hotel não tinha culpa. Mas acabou abordando Gurgel na hora errada. Se ele queria alguma coisa? *Quero. Uma faca da sua cozinha pra eu cortar o seu pescoço e o de todo o mundo à minha volta.*

— Não, obrigado.

Pelo menos, era uma mulher com noção. Conseguiu dizer que sentia muito pela dona Hortência, desejar bom café da manhã e se retirar em menos de dez segundos. Se tivesse levado quinze, Gurgel a teria mandado à merda.

Ele *realmente* precisava sair dali.

— Vou dar uma volta. Preciso de ar puro, sério.

Sandra e todos os demais o olharam com preocupação. Piedade, até. Gurgel se levantou e foi embora, deixando a xícara de café com leite pela metade e o pão francês intocado no prato.

— Gente, ele *nunca* foi assim — a esposa comunicou, sem saber o que fazer.

Não imaginava que o marido ia sedento até o quarto de Vanessa. *Foda-se o bom senso, foda-se a discrição.* Ele deu três batidas na porta e esperou por um minuto. Em vão. Repetiu as batidas e continuou plantado. Nada de resposta. Vanessa devia estar dormindo pesadamente.

Gurgel foi embora, frustrado, seus pés o guiando até a piscina. Não que quisesse algo por lá. Passou pelas espreguiçadeiras e molhou a mão na água gelada. Lembrou-se de quando vira a amante de biquíni se bronzeando... Sentiu mais saudade do corpo dela.

A churrasqueira, por outro lado, trouxe péssimas recordações. Gurgel caminhou até debaixo da cobertura e parou no ponto exato onde deixara a mala com cinquenta mil reais. Parecia ter passado tanto tempo... Mas fazia menos de dois dias.

Desgraçada.

Ele esperava um novo contato dela. Uma mensagem ofensiva, como haviam sido as demais. Mas até agora, nem sinal dela. Será que tinha desistido depois do assassinato? Por sentir que estava a um passo de ser pega teria medo do que Gurgel poderia fazer com ela? *Você tem razão em sentir medo... Vou te encontrar mesmo que seja no inferno.*

E como seus pensamentos se concentravam em chantagem e dinheiro, Gurgel refletiu que aquele, provavelmente, seria o melhor momento para resgatar a mala que escondera da polícia na véspera. Todos estavam no restaurante e ninguém o veria agindo, certo?

Olhou em volta. Ninguém. Então, desceu pelo desnível do terreno, atravessou os arbustos bem no local onde Lyra passara a madrugada e seguiu até a margem da represa. Perto da água, seus pés afundaram na lama e ele xingou. Mas tudo bem. Começou a procurar os galhos que colocara em formato de xis para indicar a localização da mala. Onde mesmo? Não, aqui não. Por lá? Também não, já era longe demais, ele tinha certeza de que colocara mais para a frente. Ampliou a área da busca...

E nada.

O desespero ganhou gosto na boca de Gurgel. Ele começou a suar, correu de um lado para o outro, os sapatos no barro, a cabeça com uma microfonia constante, *CADÊ, CADÊ, CADÊ?!*

Até que encontrou o xis feito de galhos. Mas ele e a vegetação em volta já não escondiam mala nenhuma. Escondiam, agora, uma mensagem rabiscada num papel A4 dobrado.

SABE DO QUE EU SOU CAPAZ?

V

Que alívio largar a panela e ter um segundo para respirar.

Eunice se sentou à mesa da cozinha e limpou a testa suada. Como queria que o fim de semana acabasse... Como queria que todos fossem embora e ela estivesse a caminho de casa, a família a esperando com uma sopa na mesa, os cachorros inocentes querendo apenas a sua companhia, ninguém falando de tragédia... Pelo menos naquele momento os hóspedes já estavam terminando o café. Logo, logo voltariam aos quartos para arrumar as malas. *Aguenta firme, Eunice, só mais um pouquinho.*

E já que podia pensar em outra coisa que não o trabalho, sua cabeça voltou a focar naquilo que chamara sua atenção mais cedo.

Estranho...

Ela ficou se perguntando se não estaria imaginando coisas. Aquela lembrança de meses atrás... Uma coincidência enorme... E que deveria ser mesmo uma coincidência, é claro. De qualquer forma, não custava contar ao delegado. Até porque, se houvesse relação...

Não que Eunice estivesse realmente pensando *naquilo*. Naquela pessoa sendo... fazendo... coisas horríveis. Cortando a garganta da dona Hortência. Improvável. Sem sentido. Longe de qualquer realidade. A polícia não dera a entender, com todas aquelas perguntas sobre cercas e vigias, que tinha sido alguém de fora? E eles tinham razão, ninguém ali seria capaz de uma coisa dessas.

Eunice sentiu-se até mal só de imaginar... *Deus que me perdoe.*

... mas, remontando aos acontecimentos do dia anterior, ela percebeu que alguma coisa *estava* fora do lugar. Aquela correria... não fazia sentido. Isso, claro, com base no que se sabia sobre o caso. Se tudo tinha acontecido do jeito que a polícia dizia, então... então estavam fazendo as perguntas da forma errada.

— Dona Eunice?

A porta se abriu com um estrondo. Eunice deu um pulo.

— Meu Deus, é a senhora. Que susto!

Sandra viu o rosto alarmado da dona do hotel e não entendeu o motivo do susto.

— Nossa, me desculpa... — Mas o rosto de Sandra era mais o de alguém ofendido do que de alguém que se redime. *Tenho cara de bruxa pra senhora ficar assim?*

— Não, dona Sandra, fica tranquila... Eu é que tava tão longe que voltar pra Terra quase me matou. — Riu com exagero. — A senhora quer alguma coisa?

— Saber se meu marido tá aqui.

— O seu Ricardo?

Sandra confirmou, impaciente. *Quem mais?*

— Não tá aqui, não. Ele não tá no quarto?

— Então, não sei, é que... Eu perdi a chave, preciso da chave do Gurgel pra entrar e não o encontro. Achei que estivesse na recepção, mas não tá. E ele não responde o celular.

— A recepcionista não deu a chave reserva pra senhora?

— Aquela menina? — Preconceito na voz de Sandra. — Não soube resolver nada, aquela lá. Disse que a chave extra tinha sumido.

— Sumido? Nossa, que estranho... Bom, a gente pode pegar a chave das faxineiras, mas fica lá no...

Sandra já gesticulava.

— Deixa. Eu espero o Gurgel aparecer.

— Se eu vir o seu marido por aqui, aviso que a senhora tá procurando por ele, pode deixar.

Mas em vez de se manter no lugar, Eunice começou a andar em direção à saída.

— Ué, mas a senhora não ia ficar aqui?

— Vou, eu só quero ver se o seu Conrado ainda tá tomando café.

— Ah, não mais. Todo o mundo já foi. Agorinha mesmo.

O que Sandra dizia era verdade. O restaurante estava vazio.

— Acho até que a senhora pode chamar os empregados pra recolher tudo — disse Sandra, a entonação de quem dá um conselho sábio. — Deixar comida assim atrai bicho. E aqueles dois irmãos do Plínio nem devem vir mais. Nem deveriam, né? Quase onze da manhã... Perderam o café.

— É... — Mas Eunice não estava nem aí para horários. Refletia se seria prudente chamar Conrado Bardelli. Confiava nele. E ela precisava de alguém para opinar. Alguém para dizer se ela estava sendo neurótica ou...

— Bom, a senhora fica aqui então. — Sandra lhe deu as costas. Ela sabia ser mandona.

— Dona Sandra? E a senhora, se vir o seu Conrado, pode pedir pra ele falar comigo?

Sandra não se virou de volta. Não achava que deveria. Era, por acaso, garota de recado?

— É só que... Eu acho que as pessoas entenderam tudo de trás pra frente...

VI

Primeiro, veio um tremor horrível. Depois, aquele mal que Gurgel já conhecia tão bem: o ódio. Ódio tão intenso que seus olhos se encheram de lágrimas. *Sabe do que eu sou capaz?* Caiu de joelhos na terra e encarou a represa como se estivesse se afogando nela. A sensação era a mesma.

Ficou dez minutos ali. Um lixo. Ele sentiu o celular vibrar várias vezes no bolso, mas ignorou.

Até que alguém começou a ligar. Gurgel olhou a tela, as lágrimas ainda nublando sua visão. Sandra. Ele a ignorou. Até porque atender a esposa com a voz embargada entregaria tudo o que ele lutava para esconder. Deixou tocar até cair na caixa postal. Então, viu que Sandra já tinha enviado várias mensagens.

Mas, no meio delas, havia uma que não era da esposa. Era de um número desconhecido. *É dela.*

Passeio matinal? Não adianta fugir. Achou que eu ia desistir de te torturar? Isso foi só o começo. Tudo isso. Sabe do que eu sou capaz?

Foi então que Gurgel perdeu o controle. Cerrou os punhos com tanta força que as unhas furaram a pele. Subiu de volta para o hotel, olhou aquela churrasqueira — a que trazia lembranças ruins — e descontou tudo ali. Chutou o balcão, esmurrou os banquinhos, pegou um espeto e usou-o para espancar o piso. Quebrou o que podia. Aliviou a ira como se ali fosse um *playground* terapêutico. Foi embora pisando firme.

Respira, caralho, respira! Você ainda vai pôr as mãos nela. E aí sim vai poder fazer o estrago que quiser.

No caminho de volta, com a respiração pesada, Gurgel leu as mensagens de Sandra. Eram três. Na ordem:

Cadê você??? Já bati na porta do quarto e você não me responde!

Te procurei na recepção, e agora eu e o Enzo estamos dando voltas feito tontos atrás de você!

Até a dona do hotel está te procurando, sabia, Gurgel?!?! Atende o celular!!!

Gurgel fechou os olhos. Àquela altura, com as emoções se misturando, não sabia o que era pior: perder cinquenta mil reais, ser ameaçado por uma chantagista ou ficar com a esposa enchendo o seu saco.

Gurgel escreveu:

Desgruda de mim. Estou bem.

A resposta de Sandra veio em seguida:

Finalmente você respondeu!!! E não é nada disso!!! É que eu perdi a minha chave pra entrar no quarto e fiquei trancada pra fora.

Tá, Sandra, espera no quarto do Enzo.

É o que estou fazendo. Mas até agora eu estava feito idiota te procurando. Onde você estava, poxa?!

Já estou indo. Mas como assim, perdeu a chave?

Ele e a esposa tinham guardado as chaves no bolso ao saírem. Cada um levava a sua. Como Sandra conseguira perder a dela numa ida e volta ao restaurante?

Não sei o que aconteceu. Deixei em cima da mesa e sumiu, poxa! Já vou voltar para o quarto, então.

E aí o cérebro de Gurgel fez as ligações. Sandra sempre fora uma mulher cuidadosa. Raras foram as vezes em que esquecera os pertences por aí. Justo nesse dia? *Hoje?!* A mente dele foi além. E se Sandra não tivesse perdido a chave? E se alguém tivesse pego sem ela perceber? Furtado para... para quê? Para entrar no quarto deles? Com qual objetivo?

Sabe do que eu sou capaz?

Gurgel disparou até seus aposentos, a camisa suando na corrida. Entrou esperando o pior.

O engraçado foi que a primeira visão, ao contrário do que se imaginava, foi animadora. *Eu estou enxergando direito?* Sim, ali, em cima da cama, estava a mala com cinquenta mil reais que ele escondera na véspera. Risada de alegria. Puxou o zíper e abriu. Nem uma nota sequer faltando ali dentro.

Mas havia algo a mais.

Uma longa faca de cozinha ensanguentada sujava as cédulas ao redor. Junto dela, um novo papel com palavras rabiscadas.

É DISSO QUE EU SOU CAPAZ.

Naquele momento, Gurgel teve três certezas:

Aquela era a faca que cortara a garganta de tia Hortência.

A chantagista estava metida no homicídio.

Ela queria jogar a culpa em Gurgel.

Porém, o que mais assombrou foi o sangue. Ricardo Gurgel girou a faca entre os dedos trêmulos, sujando até debaixo das unhas, e se perguntou: *Se a minha tia foi morta há vinte e quatro horas, de onde é que veio este sangue fresco?*

VII

Emílio foi até o restaurante às onze e vinte da manhã decidido a obrigar a tal Eunice a servi-lo. Nem aí que perdera a hora do café da manhã. Estava pagando diária e era obrigação do hotel fornecer o que ele pedia. Talvez precisasse fazer um charminho, usar sua lábia ou...

Não. Por incrível que parecesse, a porta ainda estava aberta e livre para que qualquer um entrasse e se servisse do bufê.

Emílio até suportava frutas velhas e pão murcho. Mas não café frio. Foi isso que o levou à cozinha. Ele abriu a porta e gritou para saber se tinha alguém lá dentro. Nada de resposta. O único som que ouviu foi o de outra porta rangendo. A dos fundos, abrindo e fechando ao sabor da brisa.

Entrou devagar. Pelo canto do olho, reparou em alguém sentado à mesa. E aí sentiu o desespero irromper do estômago. Lembrou-se do que Conrado Bardelli dissera na noite anterior sobre o perigo de saber demais. De seguir as pessoas erradas. E, num segundo, Emílio imaginou aquela silhueta se levantando da mesa para feri-lo. Ele poderia gritar o quanto quisesse; dificilmente alguém o ouviria da ala dos quartos...

Pensou que seria o seu fim.

Mas logo aquela ânsia desapareceu. E deu lugar ao choque.

Quem se achava à mesa era Eunice. E Emílio entendeu por que ela não tinha respondido ao seu chamado nem se levantado da cadeira. Estava com a cabeça apoiada sobre a toalha, imóvel, como se tirando um cochilo. Quem dera fosse isso. O sangue que escorria pelo cabelo e formava uma poça aos seus pés denunciava algo muito pior.

VIII

Já era quase pôr do sol novamente. E ainda estavam todos lá, cansados, olhos mortos, semblantes de soldados que haviam ido e voltado da guerra num único feriado. Conrado foi chamado ao restaurante por volta das cinco e meia da tarde. Seu estômago roncava, mas ele não pensava em comer. E sabia que não haveria comida. O lugar estava, mais uma vez, tomado de policiais.

Quem o esperava a uma mesa ao fundo — coincidentemente, a mesma em que Lyra fora demitido por Gurgel — era o doutor André. Mangas da camisa dobradas, mesmo com o frio. Não tinha sido ele que comentara, no dia anterior, que casos assim esquentavam?

— A gente fala as coisas, Bardelli. As pessoas não respeitam. E aí depois reclamam que sofrem as penas da justiça.

— Oi? — Lyra não entendeu. O que era aquilo, uma charada? Interrogatório em enigmas, agora?

— Ontem. Sobre você se intrometer. — André olhava para os sapatos, não para o rosto de Lyra.

— Eu não me intrometi em nada, doutor. Só pedi pra um amigo do DHPP ligar e dizer que eu era...

— Não é disso que eu tô falando. O senhor se meteu.

Merda. Será que o delegado tinha descoberto tudo sobre a chantagem? Lyra sentiu urgência pela bombinha em seu bolso, a asma atacando na hora errada. Deu a impressão de que ele assinava um atestado de culpa.

— Eu quero que o senhor me conte tudo.

Ele está jogando verde.

— Tudo o que, doutor?

— Tudo o que a Eunice te contou.

— A Eunice? Ela não me...

— Senão o senhor é cúmplice.

— Eu sou o quê?! — Lyra pôs um dedo em riste. — Eu sou advogado! Que história é essa de jogar acusação? Não fui intimado a depor. Isto aqui... — Apontou para a mesa. — ... é informal. Me recuso a continuar aqui e ouvir acusações ridículas.

Foi embora, fazendo as vezes de Poderoso Chefão. Quando estava quase a sumir de vista, ouviu o delegado chamar:

— Não, não, não, volta aqui... Anda, eu preciso agilizar as coisas. Tenho uma família furiosa aí fora querendo uma resposta.

Lyra adorou ver o delegado se derreter naquele pedido de perdão.

— Só me responde, caramba. — Era engraçado que, mesmo alterado, o doutor André mantinha a cabeça baixa. Perseu fugindo do olhar da Medusa. — O que é que tava *de trás pra frente* na versão dela?

— Dela quem?

— Da Eunice.

Mas de que merda você tá falando?!

— A dona Sandra Gurgel foi a última pessoa a ver a Eunice viva. Segundo ela, a mulher tava perguntando do senhor...

— Nossa...

— Disse que precisava conversar. Que as pessoas estavam vendo tudo de trás pra frente.

Lyra, até aquele momento, tinha se questionado várias vezes sobre o motivo de Eunice ter sido assassinada. Passara a tarde pensando nisso, desde a descoberta do corpo e a chegada da polícia. Mas não sabia nada sobre uma versão dos fatos *de trás pra frente*.

Contou isso ao delegado, que pode ter acreditado, pode ter duvidado, não havia como saber, já que ele mantinha o rosto caído. Então, coçando a nuca, o Visconde de Sabugosa da Polícia Civil resolveu encarar Lyra. O bigode era uma bagunça.

— O senhor tem ideia de quem fez isso? — precisou de nova dose de humildade.

— Se o senhor tá perguntando se sei de alguma coisa, doutor, eu já disse que...

— Não, eu quero saber a sua opinião. Pensa na família da vítima.

Aquilo era uma espécie de apelação? Para quê? Pensarem mais rápido? Pensarem mais? Como se naturalmente fossem lentos? Lyra achou ridículo.

— Olha... — Ele balançou a cabeça, mostrando-se incerto. — Eu não tenho como ajudar. Nem sei como o crime aconteceu.

— Como aconteceu? Eu te conto. Esfaquearam a mulher na parte de cima da nuca. Sumiram com a faca. As circunstâncias da morte? Pelo jeito, quase todo o mundo foi ver a mulher na cozinha. Ao longo da manhã toda. Num determinado horário, todos foram pro quarto arrumar as malas. E a partir daí ninguém viu mais ninguém. Uma das hóspedes teve um mal-entendido com a chave. Parece que perdeu. Enfim. Ela foi a única que rodou pelo hotel. Ah, e foi a última pessoa a ver a Eunice viva.

— A dona Sandra.

— Isso. Diz que depois foi pro quarto. E ficou com o marido e o filho o tempo todo. Álibi pra todos. Ah, e alguém chutou os bancos e quebrou o piso da churrasqueira. Nenhuma ideia em relação a isso.

Conrado se perguntou se Gurgel não estaria metido naquilo de alguma forma.

— Desculpa, doutor, eu não sei de nada. Juro.

Desilusão nos olhos do doutor André. Lyra gostou, apesar de não querer assumir. A ácida voz interior se esbaldava: *Mas também, o Visconde acha o quê? Que vai chegar aqui, te excluir da investigação, dizer que você tem que ficar longe, te fazer de idiota, te chamar de cúmplice e depois vir chorar resposta? Doce de Berinjela.*

Mas Lyra sabia que precisava ouvir também o anjinho no ombro oposto. *Ética, meu caro Lyra, ética.*

— Ah, tem uma coisa. Eu acho que a dona Eunice perguntou por mim porque a gente tinha se falado mais cedo.

— Sobre?

— Sobre a faca. Do crime.

Sabe aquela cara de quem ouve *surpresa!* e no acender das luzes se vê numa festa de aniversário organizada pelos amigos? Foi essa a reação do doutor André enquanto Conrado contava sobre o episódio com a faca mais cedo.

— O senhor acha que ela pode ter descoberto quem pegou a faca?

— Não faço ideia. É tudo muito confuso... Ainda mais com essa informação que o senhor acabou de me passar sobre... como é? Alguma coisa *de trás pra frente*, é isso?

O doutor André se recostou no espaldar e olhou para o teto.

— Só pode ser isso. A arma do crime. Ela sabia de alguma coisa. Não é como se ela pudesse ter visto algo no dia do crime. A dona Eunice nem tava no salão do casamento.

Lyra refletiu sobre aquilo. O doutor André começou a balançar a cabeça de um lado pro outro.

— Que foi, doutor?

— O senhor imagina por que pedimos pra vocês todos voltarem pros quartos?

Lyra não respondeu.

— Se algum de vocês tivesse ido até a recepção e encontrado a família da dona Eunice... Ah... Eles teriam matado alguém. Um dos filhos dela teve que tomar injeção. Pra ficar calmo.

— Bom, mas eles vão ter que dar um jeito de deixar a gente passar. Não é como se pudéssemos ficar mais um dia aqui.

— Não, claro que não. Me comem o fígado.

Conrado Bardelli pediu licença. Deixou para trás um derrotado doutor André. Sentiu pena dele, pela primeira vez. Na cabeça, perguntas sobre a faca. Onde ela estaria agora? E por que escondê-la *duas vezes*?

IX

As despedidas foram breves. Beijos rápidos como se os outros fossem contagiosos. Começava a irromper a voz do medo. Aquela que dizia *o assassino é um de vocês*.

Gurgel pediu que Enzo dirigisse de volta para São Paulo e o rapaz reagiu com surpresa. Ele parecia totalmente incapaz de pegar numa direção. Era um boneco gasto que fora jogado de um lado para o outro por alguma criança demoníaca. Só que nem ele nem Sandra sabiam que Gurgel estava muito pior. Mal conseguia se concentrar nos próprios passos. Imagine, então, dirigir.

Eu estou ajudando a acobertar a criminosa que vem me extorquindo há meses.

A mente só sabia repercutir isso. Mas também, que outra escolha ele tinha? Nenhuma! O tempo fora muito curto... O que fazer quando você tem uma faca com sangue nas mãos e sua esposa está a segundos de chegar ao quarto? Você faz o mais fácil: joga a faca de volta na mala com os cinquenta mil reais, esconde a mala na gaveta, lava as mãos e corre pra abrir a porta. Nao é como se ele tivesse alternativa. Era isso ou ser pego com a arma do crime. Com dinheiro destinado a uma chantagista. Sandra perguntaria. Ela era implacável, ela faria um escândalo, ela...

Ela chegara com o rosto branco e dissera que tinham matado uma mulher. A dona do hotel. Facadas na nuca, cinco dedos acima de onde se usa cordão, bem na linha do crânio. Muito sangue na cozinha... *O sangue fresco...* A desgraçada da chantagista planejara tudo. A filha da puta. Ela roubara a chave de Sandra, esperara Gurgel descer até a represa, depois assassinara a dona do hotel e deixara a faca ali, junto com o tesouro de Gurgel, como uma armadilha banhada a ouro.

A família já estava na estrada. Enzo, dirigindo, Sandra, no banco do passageiro, Gurgel, largado no banco de trás. Pediu que ligassem o rádio. Qualquer coisa para calar os pensamentos atrozes. *Losing my religion*, do R.E.M. Ele deu graças a Deus pela melodia sedativa. Até começarem a cantar:

Every whisper, of every waking hour,
I'm choosing my confessions
Trying to keep an eye on you
Like a hurt, lost and blinded fool, fool...

Cada sussurro
De cada hora de vigília
Estou escolhendo minhas confissões
Tentando ficar de olho em você
Como um bobo magoado, perdido e cego

E a voz começou a vir do porta-malas do carro: *Eu estou aqui, escondida no seu porta-malas, a faca que matou a sua tia, no porta-malas, a faca com cinquenta mil reais sujos de sangue, a garganta da sua tia, os cinquenta mil reais, a faca no porta-malas, estou bem aqui, a um metro de você, e você ajudando a me esconder...*

Gurgel fechou os olhos e gritou mentalmente: *A faca que eu vou usar pra te matar também, sua maldita!*

TERCEIRA PARTE

FELIZES PARA SEMPRE

CAPÍTULO 13

Território inimigo

SEMANA SEGUINTE AO CASAMENTO SUSPENSO

I

Quase meia-noite. Lyra sentiu um nó no estômago ao entrar pela porta de seu apartamento na Bela Vista, em São Paulo, e se ver sozinho. Os livros jogados no sofá, as cortinas entreabertas, a toalha posta na mesa com o saco de pão em cima. Estranhíssimo. Dava a impressão de que nada tinha mudado naquele feriado. Mas como tinha... O Lyra que voltava pra casa era mais cético. Esperar o que de quem viu dois cadáveres e passou o feriado suspeitando dos convidados?

O nó no estômago era pura ansiedade.

O desafio em mãos era digno de dor de barriga: remontar aos acontecimentos daquele feriado sendo que cada indivíduo já tinha voltado para sua casa, seu trabalho. Difícil falar sobre a Vida-do-Feriado quando se estava imerso na Vida-da-Rotina. Era como pedir que atores aposentados voltassem ao palco para reproduzir falas e cenas de que eles provavelmente nem se lembravam mais.

Conrado espirrou incontáveis vezes no fim do domingo. Resultado da noite de friagem de dois dias antes. Os pulmões asmáticos reclamaram. Na TV, os canais de filme só passavam carnificina. Maratona de preparação para o Halloween. Aquela gritaria de gente torturada, no fim, serviu para que a mente de Lyra viajasse. Ele anotou tudo para não esquecer.

Corredor: Sandra, Plínio e Oscar.

Emílio também?

Quem mais?

Samuel? O que havia na pasta que Carmen tinha descoberto?

Samuel Azevedo seria o ponto de partida.

Espirro, espirro, espirro. Pausa para recuperar a respiração. Espirro. *Que alegria.* Lyra foi à cozinha, mas não encontrou remédio para inibir os sintomas da gripe. *Por que só penso nessas coisas quando preciso delas?*

Tinha sido fácil conseguir o endereço de Iara Nogueira na recepção do hotel, mais cedo naquele dia. A funcionária de nada suspeitou quando Lyra apareceu pedindo, em razão extraoficial, os endereços de alguns hóspedes. O rosto sério de um agente secreto. Menor ideia do que queria dizer *em razão extraoficial.* Mas questionar as intenções daquele barbudo com cara de importante? Ela não o vira andando com o delegado? Sim, senhor. Devia ser policial. Quem era ela para duvidar? E outra: naquele momento, tinha muito mais com que se preocupar. Por exemplo: o assassinato da sua chefe.

Na cama, antes de dormir, Conrado Bardelli experimentou a sensação de que o feriado tinha e não tinha terminado. Um fantasma sempre presente, ali mesmo, ao pé da cama. E que só deixaria de assombrar quando alguém chegasse à conclusão de tudo.

Nas alucinações que precederam o sono, Lyra se viu no quarto do hotel. Ele se levantava zonzo, ia até a janela e via, lá fora, que era fim de tarde. À luz do pôr do sol, uma silhueta se desenhava no gramado. O fantasma. Olhava fixamente para Lyra. Sem rosto. As mãos estavam ocupadas. A da direita segurava uma mala cheia de dinheiro. A da esquerda, uma faca por onde escorria sangue.

II

A segunda-feira começou antes das cinco da manhã. Café, banho, camisa, Uber. Endereço de destino: Santana, na Zona Norte de São Paulo, endereço de Iara Nogueira. Cedinho, o caminho não levou nem meia hora. Lyra desceu do Uber quando o sol ainda nem ensaiava nascer. Horário de verão. A rua de asfalto esburacado era mista: prédios residenciais baixinhos intercalados com o comércio.

Lyra duvidava que bater à porta da madrinha e perguntar sobre seu noivo fosse uma boa ideia. Não apenas seria enxotado como daria aviso ao inimigo de seus intuitos. Decidiu que o mais sensato seria seguir a Iara. Altas chances de que ela visitasse o noivo em algum momento do dia. *Melhor se fosse antes do almoço.*

O prédio dela era antigo, com poucas janelas, o que dava uma sensação de claustrofobia. Erguia-se em cima de uma galeria onde funcionava um mercadinho, uma lavanderia e uma padaria. A padaria trocou a placa de FECHADO pela de ABERTO às seis da manhã, horário em que Lyra decidiu entrar para tomar café, os olhos sempre atentos para qualquer movimento na portaria do prédio e na garagem.

Percebeu que esperar na padaria seria uma excelente sacada. A lateral envidraçada dava vista para o portão de entrada e saída dos condôminos. A mesa do canto, encostada no vidro, era ponto estratégico para ver tudo.

Lyra espirrou cinco vezes seguidas.

— Vai querer alguma coisa? Pra ficar sentado tem que consumir — foram as palavras de bom dia daquela garçonete com cara de sono e uniforme laranja três tamanhos maior do que o ideal.

Ele pediu pão na chapa e café. Ela foi embora arrastando os pés. Uma sonâmbula. No sono, devia ter vestido as roupas erradas. Não era só Lyra que precisava de café.

A primeira coisa que o detetive fez foi telefonar para o celular de Dirce, sua fiel secretária na advocacia. Contou que estava ficando doente. Uma baita de uma gripe. E um baita de um assunto que precisava resolver naquela manhã. Por isso, ele finalizou, chegaria ao escritório depois do almoço. Se é que chegaria. Ela poderia cuidar dos assuntos do escritório? Tinha tudo para ser uma segunda-feira tranquila.

— Claro, doutor Conrado. Qualquer coisa, eu peço pra te ligarem no celular. O senhor, todo doente, coitadinho. Tem uma receita de chá que é pá-pum. Bebeu, melhorou.

Dirce era um poço de compreensão. Não reclamava do trabalho extra e não se importava em fazer loucuras para ajudar o chefe. Lyra, às vezes afundado em contratos e dores de cabeça, tinha vontade de jogar a papelada para cima e dar um abraço em Dirce e seu corpinho infantil. Um metro e meio. Cinquenta e cinco anos. A voz e a postura de uma avó fundidas com a eficiência de uma chefe de estado. Tudo o que Conrado um dia pedira a Deus.

— Qualquer coisa, eu aviso o senhor, doutor Conrado. Fica tranquilo. Descansa, tá bem?

— Descansar eu não vou, Dirce. Infelizmente.

Ela hesitou.

— Bom, o senhor sabe que eu sempre peço cuidado com esses casos perigosos, né, doutor Conrado? Pelo amor de Deus.

— Como é que você sabe que se trata de crime, Dirce?

— Eu imaginei, ué. Assassinato é uma coisa que, não sei explicar, parece que a gente sabe só de falar com o senhor. Tipo essa sua gripe. Dá pra perceber pela voz.

Lyra desligou desejando um bom dia para ela.

Sete da manhã, oito, nove... Gripe, espirro, asma, bombinha. Lyra teve medo de que, a exemplo da madrugada no quiosque, tivesse que ir embora também sem resultados. E se Iara tivesse ligado para o chefe e dito que não iria trabalhar? *Presenciei um assassinato que me devastou, quero um dia de folga.* Era uma opção.

— Você não quer mais nada? — perguntou a garçonete, de novo.

Lyra olhou para o uniforme dela e viu que estava encardido. A moça devia ser atendente, cozinheira, faxineira e caixa daquela espelunca. A Pobre Explorada da Zona Norte. Era o que ela traduzia com a fisionomia de cansaço, miséria e saco cheio.

— Não, obrigado.

— Você precisa pedir se quiser ficar.

— Mas a padaria tá quase vazia.

— Moço, é regra da casa.

— Tá, traz um suco de laranja.

Laranja. A cor do uniforme dela, que, *Deus!*, além de largo era feio: laranja claro com listras de laranja escuro. Parecia o próprio Balão Mágico. O balão saiu ventando.

Bem a tempo de Lyra voltar o rosto para o vidro e ver que uma jovem de cabelos loiros e óculos saía pelo portão do prédio. Era Iara. Escondendo o rosto, o detetive se levantou para seguir o alvo. Mas, nesse momento, lembrou-se de que não podia simplesmente sair sem pagar a conta. *Como eu não pensei nisso antes?!* Quis gritar para a Atendente Balão Mágico e pedir que cancelasse o suco de laranja e trouxesse a conta. Não, ele precisava pagar no caixa! *Merda!* Dificilmente teria tempo de fazer tudo e sair para a rua no encalço de Iara.

Para sua sorte — e azar —, não precisou pensar mais no assunto, pois Iara veio até ele. A madrinha puxou a porta da padaria e entrou. O detetive só faltou se esconder debaixo da mesa. Sabia que seu rosto não era do tipo que se disfarça com facilidade — quem é que não repararia na barba comprida? Então ele decidiu que o melhor seria se esconder no banheiro. A porta do masculino ficava logo ao lado.

Conrado entrou no cubículo cheirando a urina e desinfetante. Abria o apetite. Deixou a porta entreaberta para que pudesse observar Iara. A moça foi até o balcão, sentou-se numa das banquetas e fez um pedido ao balconista sem olhar no rosto dele. Só sabia mexer no celular. Dois minutos depois, ela devorava um pão integral com a boca aberta. Virou o café com leite em grandes goles.

Nesse minuto, a garçonete estragou tudo. Apareceu com o suco de laranja, olhou confusa para a mesa vazia que Lyra ocupara e começou a perguntar em voz alta:

— Gente, cadê o homem que tava aqui? Afff, saiu sem pagar?

Lyra bateu na testa. *Maldita.* Ela não ficava quieta. E piorou: quando Lyra olhou de novo pela fresta da porta, viu que o balão soprava na sua direção.

— Ô, moço, você tá aí? Seu suco.

— Opa, já vou.

— É que você tinha sumido, eu...

— Já vou!

Ela foi embora, deixando o suco na mesa. Talvez com cuspe. Conrado voltou os olhos para Iara, mas a moça não estava mais na banqueta. Nem no caixa. Nem em lugar nenhum. O detetive abriu a porta do banheiro e marchou pela vidraça lateral, desesperado. Teve tempo de ver seu alvo entrando novamente no prédio com um saco de pão nos braços.

Lyra ouviu risadas vindas do balcão. Sua garçonete preferida e outros três funcionários gargalhavam, os olhos fixos no vidro. Riam de Iara.

— O que eu perdi? — Lyra perguntou, imitando risadas, como quem quer se inserir em algum grupinho muito descolado.

— Nada não, moço. Não é como se a gente estivesse falando *dela*. — As risadas maliciosas da Balão Mágico denunciaram a mentira. — O Josué aqui que é bobo.

— Bobo, é?

Como os três não aguentavam rir sozinhos e aquele homem parecia tão interessado numa boa piada, acharam ok compartilhar um segredinho engraçado:

— Vamos dizer que essa menina aí comeu mais calorias do que imaginava.

E riram. Lyra preferiu ser ingênuo e pensar que eles tinham colocado manteiga no lugar do cream cheese light do pão dela.

— Sabe quando engordam a Regina George no *Garotas Malvadas* sem ela saber? — foi a garçonete gorda quem falou.

Lyra não sabia.

— Ai, deixa.

Um minuto depois, Iara voltou a descer do prédio. E, desta vez, partiu. Entrou num Uber que saiu acelerando assim que ela fechou a porta. Sem chance de Lyra ir atrás. Mas, a essa altura, ele não pensava mais em seguir Iara. Percebera que o ouro poderia estar ali mesmo, atrás do balcão da padaria.

— Estranha a moça, né? — ele puxou papo quando a atendente veio buscar o copo vazio de suco de laranja.

— É. Vai pedir mais alguma coisa? É que senão o chefe...

— Já sei. Traz uma esfirra. De carne.

Ela foi buscar e tomou um susto quando viu que o barbudo a havia seguido até o balcão.

— Nossa, moço...

— Calma, querida, o Dia das Bruxas é só daqui a duas semanas.

Ela riu. Lyra se sentou ao balcão e puxou papo sobre aquela loira tão estranha de óculos que, *nossa!*, tinha chamado atenção e, *nossa!*, como parecia antipática. Mas a garçonete, por mais que quisesse falar sobre aquilo, desconversou. Ela não era estúpida. Tinha se tocado de que o barbudo queria falar sobre a mulher... E informações importantes não são baratas, não é mesmo?

— Onde a gente pode conversar direito, querida?

— Moço, não posso sair daqui, não. Se eu colocar o pé pra fora, tô ferrada.

— Então me diz uma coisa...

— Preciso atender a mesa ali, ó. — E se foi. Ela se fazia de difícil. Mostrava que tinha seu preço.

Quando ela retornou ao balcão, Lyra perguntou se o outro atendente não poderia atender às mesas no lugar dela.

— Você não vai pedir mais nada, moço? Pede um cafezinho.

— Um café por manhã pra mim já basta.

— Não um café. Um *cafezinho*.

— Ah...

Bardelli trocou olhares com a garçonete. Ele em dúvida. Ela incisiva. Ela estendeu a mão engordurada. Dinheiro. Lyra confirmou com a cabeça. A garçonete pediu que ele esperasse. Deu uma volta vistoriando as redondezas. Seus colegas de trabalho estavam longe. Ou na cozinha ou atendendo mesas. Apenas um se achava ali atrás, ocupado com os sanduíches que saíam da chapa. Certa de que tinham um espaço reservado, a mulher piscou para Lyra. O sinal de que ele precisava. Bardelli abriu a carteira e tirou uma nota de dez reais. A garçonete fez que não com a cabeça. Ele tirou uma de vinte. Ela fez que não com a cabeça.

— Vamos começar aos poucos, pode ser? — Esboçando um sorriso, Lyra colocou a nota de vinte reais debaixo do prato de esfirra. — Seu nome, pra começar.

— Pra que meu nome?

Ela estava gostando daquilo tudo. O sigilo, a propina. O máximo de emoção que se poderia obter trabalhando numa padaria de bairro.

— Pra eu saber como te chamar.

Hesitação.

— É Heloísa. Não preciso saber o seu, preciso? Um saco decorar nomes.

Conrado descobriu que Heloísa era mais do que uma atendente em roupas largas. Ela era perspicaz quando posta em teste e boba quando lhe convinha. Tinha trinta anos e costumava usar e abusar de uma coleção de cremes e perfumes doces demais que provavelmente se chamaria *Doce Sedução* ou *Atração Fatal*. A alegria de sua vida era ler romances de banca de jornal ou assistir a comédias sobre garotas americanas que se ferravam na escola ou no emprego. Um quê de ligação com a realidade? Heloísa completava oito meses de trabalho naquela padaria. Oito meses sem que o chefe tivesse lhe dado uniformes no tamanho certo. Odiava o que fazia, odiava sua rotina. Mas era o preço a se pagar para poder sair de casa. Morava com o namorado boliviano, e só não terminara com o infeliz porque ainda não tinha como se sustentar sozinha. O plano era juntar os salários de garçonete e, dentro de poucos meses, abandonar tudo. A padaria, o namorado, São Paulo.

— Sabia que hoje em dia dá pra morar e trabalhar na Austrália só com um tipo de visto de turista? Tem uns esquema bom. Bem melhor que Estados Unidos. Um homem que vem aqui na padaria disse que fez isso por anos e nunca deu nada. Ele disse que dá pra levar uma vida dessas que a gente vê nos filmes.

— É pra lá que você vai?

Heloísa fez uma pausa. Circulou pela padaria, anotou alguns pedidos, distribuiu cafés. Sempre de olho nos colegas de trabalho. Voltou após cinco minutos.

— Você parou de comer. Tem que comer pra ficar aqui.

— Você vai mesmo me empanturrar de esfirra?

— A coxinha daqui é boa. Pede a coxinha. — Heloísa tinha cara de quem comia várias ao longo do dia.

— Não quero coxinha.

— Pede a coxinha, caramba, não precisa nem comer. Só pede e morde de vez em quando pra não suspeitarem.

Como se Lyra acreditasse. Claro que a gorda estava usando aquilo a seu favor. Vender mais.

— E pra beber? — ela perguntou.

— Nada.

— Não, moço, você não entendeu. *E pra beber?* — O brilho no olhar transmitiu a cumplicidade.

— Ah, o *cafezinho*. Esperta... — Ele sacou outra nota de vinte e pôs debaixo do prato.

Heloísa não estava gostando dos vinte. Queria notas mais altas. Teve que se conformar.

— E a nossa querida cliente de óculos e cabelo curto?

— Oclinhos de Mosca.

— Oi?

— É o nome que a gente dá pra essa nojenta. Oclinhos de Mosca. Viu o tamanho daqueles óculos? Que ridículo?!

— Pelo jeito, você adora a garota.

— Você não é polícia, é?

— Não.

— Me mostra alguma coisa pra provar.

Lyra coçou a cabeça.

— Quer uma cópia de processo pra você ver que sou advogado?

— Acha que eu sou otária? Sei que delegado e esses cara da civil é tudo formado advogado. Gente de tribunal, gente que te mete em coisa ruim.

— Querida, eu já paguei, só quero informação da menina.

— E como é que você vai garantir que depois não vem atrás de mim?

— Por que eu viria atrás de você?

— Sei lá, pra falar alguma coisa em tribunal. De repente a Oclinhos de Mosca aí é uma psicopata que mata geral e vão me chamar pra depor. Igual no filme *Legalmente loira*, quando tem aquela cena do tribunal, que mataram o homem. Pressionam a filha dele no banco e no fim ela confessa tudo. Eu não quero ninguém me pressionando.

— Ninguém vai te chamar, Heloísa. Eu finjo que não te conheço.

Ela não sabia se acreditava.

— A moça não é uma psicopata assassina. Quer dizer — Lyra se precaveu —, não que eu tenha provado ainda...

— Ela bem que podia ser. — Heloísa foi em frente, os olhos no prédio vizinho: — O jeitinho dela, toda escrota, com ar de superior. Parece aquela Emily, de *O diabo veste Prada*. Só que sem o *look*, claro. Vem todo dia tomar café aqui e nunca olhou na nossa cara, sabia?

— E o saco de pão que ela leva pra casa?

— Ah, é pro noivo dela.

Então Samuel morava com Iara? As coisas, assim, ficavam mais fáceis.

— Uma delícia, ele. — Heloísa riu. — Todo o mundo aqui acha. Devia largar daquela corna. Eu ia dar um pega naquele moço, que olha... Ia andar de perna bamba.

Lyra fechou os olhos. Quis impedir sua mente de imaginar Heloísa dando *um pega naquele moço*. Tarde demais. Lá estava a imagem mental.

— Você disse corna?

— Quem, a Oclinhos de Mosca? Opa!

Heloísa contou a rotina do casal. Iara saía por volta das dez da manhã para ir trabalhar e só voltava depois das seis da tarde. Vez ou outra, Samuel descia para almoçar sozinho na padaria. Um dia, numa conversa com uma balconista que jurou estar sendo cantada, ele contou que estava desempregado e que morava com a noiva.

Coffee break. Heloísa estendeu as mãos cheias de óleo.

— É minha última nota. — E Conrado depositou mais vinte reais debaixo do prato da coxinha que ele nem degustou.

— Bom, então é minha última informação.

— Me fala do noivo. Você disse que ele trai a noiva.

— Trai. É o que ele faz quando sai à tarde. A noiva não sabe de nada.

— Como sabe que ela não sabe?

— Ele contou pra essa minha amiga garçonete. Ele adora ficar se achando. E, tipo, ele meio que pediu pra todo o mundo ficar quieto sobre isso.

— E o cara falou pra essa sua colega aonde vai?

— Moço, seu café acabou.

— Não, Heloísa, por favor, me fala mais sobre...

— Seu café.

Lyra ficou quieto por um segundo. Depois, aceitou a derrota. Mais vinte reais debaixo do prato.

— Eu tinha certeza que tinha mais amarelinha nesse seu bolso. Certeza.

— Aonde ele vai? À tarde, quando sai sozinho. Me conta.

— E eu que sei?

— Você não sabe? Tá de sacanagem... Então devolve o dinheiro.

— Não, nem vem, não tem devolução — ela falou como se fossem as regras da padaria. *Horário de funcionamento: das 6h às 23h. Wi-fi: livre. Dinheiro de propina: sem devolução. Cordialmente, a Gerência.* — Olha, moço, eu só sei que ele sai todo escondido com o carro e não conta pra noiva. Pede pra gente também não contar. Entendeu?

— Ele só sai à tarde, então? Por que você supõe que seja pra trair?

— Porque é óbvio. E tem vez que ele traz umas amiga aí no banco do passageiro. Tudo escondido. É um sacana, esse gostoso.

Lyra se despediu de Heloísa Balão Mágico com o desejo de que desse tudo certo na viagem à Austrália ou aonde quer que ela estivesse disposta a ir para fugir do boliviano e da vida miserável. A garçonete ficou triste ao ver o barbudo partir. Significava que ela não ganharia mais cafezinhos e que seu dia, a partir daquele momento, voltaria à mesmice de sempre.

No caixa, a conta deu vinte reais.

III

Agora, era esperar para ver se Samuel desceria do prédio. Lyra estava curiosíssimo para saber aonde o ex-policial militar costumava ir. Mas a curiosidade morreu com o tédio da demora. Lyra ficou passeando na rua, entrando em lojas e lendo revistas na banca da frente. A manhã passou. E nada.

O celular tocou às onze e meia. Oscar Miglioni.

— Você tá doente? — foi a primeira percepção ao ouvir a voz de Lyra.

— Acho que peguei uma gripe. Tão fácil assim de perceber?

— Xi, rapaz. É que eu liguei pro seu escritório e a secretária disse que você não ia. Deve ter sido aquele vento que a gente pegou.

Eles compartilharam um silêncio constrangedor. Nenhum dos dois sabia muito bem o que dizer desde o *acontecimento*.

— Você vai ao velório da Hortência hoje?

— Não sei, Oscar. Acho que não vai dar. Tô ocupado com umas coisas.

A verdade era que Bardelli não conseguiria olhar para a cara daquela família e ficar em silêncio. Acabaria revelando tudo o que sabia se Enzo lhe lançasse novamente aquele olhar sofredor.

Oscar comentou que ele e Edna passariam para dar um abraço nos Gurgel. Diana se dizia destruída demais para ir.

— Olha, Lyra, eu só liguei pra te agradecer por tudo. Você foi parceiro nesse feriado. Ajudou, dirigiu o Mercedes, ficou do nosso lado. E ter um final desses... A gente não sabe nem que satisfação dar pros convidados. Falei pra Diana ligar pra cada um e, sei lá, trocar uma palavra, pedir uma desculpa ouvindo a voz da pessoa, tá me entendendo? Mas ela não quer. Se recusa.

Óbvio que ela não quer, pensou Lyra. O que diria? *Olá, estou traumatizada, mas faço questão de pedir desculpa pelas mortes deste feriado. Até a próxima, tchau.* Oscar era incrível. Ao mesmo tempo que tinha talento para animar as pessoas em momento de festa, carecia de semelhante sensibilidade em momentos opostos, de grande tristeza.

— Como a Diana tá?

— Ah, Lyra, estranha pra caramba. Tá na casa da mãe dela. A Edna me contou que a Diana passou a noite fazendo sabe o quê? Trabalho de casa. Limpou o quarto. Costurou, lavou roupa, fez um bolo.

— Ela precisa de um tempo...

— Ela precisa de um terapeuta, isso sim. — Oscar suspirou. — Ou melhor, precisa de companhia. Precisa deixar as pessoas entrarem no quarto dela e conversar. Ela agora deu pra se isolar. Mas não adianta ficar lavando roupa e se fechar num casulo.

— Eu sei, mas não é assim tão simples.

— Vou ver a Diana esta semana agora — Oscar continuou. — É aniversário da Edna. Ela vai fazer um jantarzinho pra tentar dar uma animada e trazer uma cor pra cara daquela menina.

— Legal.

— O aniversário mesmo é no final de semana. A gente só não sabe o dia que faz esse jantar. Quinta ou sexta. Acho que a Diana vai convidar o Plínio.

Era impressão ou Oscar dissera aquilo com ressentimento? *Acho que ela vai convidar o Plínio.*

— Talvez — Oscar terminou — você possa aparecer também, Lyra. O que acha? A Diana gosta de você. Acho que quanto mais companhia agradável nesta hora, melhor.

— Tem certeza? A minha presença não vai lembrar a Diana do... Enfim.

— Ah, ela que supere isso, Lyra. Pronto, tá combinado. Depois te ligo pra confirmar o dia, tá bom? A Edna vai ficar feliz. Ela tá morando na Vila Mariana. Te passo o endereço por mensagem.

Lyra aceitou. Queria mesmo ver Diana. Confortá-la. Já ouvira várias vezes que a simples presença de sua barba excêntrica evocava morte. Que ter um detetive particular num recinto é o mesmo que provocar um homicida, instigá-lo a pôr as mãos na massa. Claro que aquilo era um absurdo. Mas a falácia repercutia no subconsciente de Lyra. Sentia-se responsável. Queria estar ao lado de Diana em parte por um motivo egoísta: para dizer à própria mente que estava se redimindo de qualquer culpa, pagando por qualquer crime que tivesse indiretamente causado.

O detetive voltou a descansar os olhos na portaria do prédio. Nada de Samuel. Onze e quarenta e três da manhã. Oscar agradecera por ele ter dirigido o Mercedes 220S. *O Mercedes...* Uma ideia despontou na mente de Lyra.

IV

Ao meio-dia e meia, a rua se encheu de gente. Lyra se juntou à multidão que entrava na padaria para almoçar. Avistou a Atendente Balão Mágico. *Com os bolsos cheios de dinheiro, né, querida?* Ela sorriu ao avistar o barbudo.

— Mais um cafezinho?

Ele chamou Heloísa de canto. Ela disse que não podia, estava muito ocupada. Ele insistiu.

— Puta merda, você é polícia...

Ele só abriu a carteira e mostrou o conteúdo. Cafezão. Heloísa ergueu a sobrancelha. Levou Bardelli até o canto do banheiro, único local com um mínimo de privacidade. Cheiro de urina novamente. Só mesmo uma nota de cem para tirar a atenção do xixi.

— Que acha de fazer mais um trabalhinho pra mim, Heloísa?

Ela salivou. Delícia. Preferiu ter cautela:

— Olha, eu não faço serviço sujo, moço. Não faço.

— Nada sujo. Só uma forcinha. Digamos que eu tenho que ir embora agora e preciso de um olho amigo aqui na área.

Ele saiu cinco minutos depois com o acordo fechado. Pegou um táxi até o centro da cidade. Sebo do Messias.

— Posso ajudar?

— Eu queria saber se vocês têm um manual de carro. De um Mercedes. Imagino que seja bem raro...

Às duas da tarde, o telefone de Lyra tornou a tocar. Dirce e sua voz doce e reconfortante. Informou que umas dez pessoas tinham ligado só até aquele horário. A maioria, clientes da advocacia.

— Mas dois queriam falar com o senhor por outro motivo, doutor Conrado. Um disse que se chamava Oscar.

— Ah, sim, já falei com ele. E a outra pessoa?

— Um rapaz. Não disse o nome. Tava meio nervoso. Falou que precisava agradecer por um aviso que o senhor tinha dado pra ele. Desligou dizendo que talvez não devesse ter ligado.

Lyra imaginou quem seria. Agradeceu à secretária e desligou.

V

— Como assim, você vai dar uma volta? — Edna tinha escutado bem? *Diana quer sair?!*

Modéstia à parte, a própria Edna julgava-se uma mulher forte. Cética. Mas nem ela conseguiria pensar em *dar uma volta* no dia seguinte à tragédia. Seria como ir tomar sorvete no meio da guerra. Não parecia... *certo*. Diana não percebia? Ela deveria passar o dia — talvez a semana — trancada no quarto superando o trauma. Trauma é uma mancha de mostarda na roupa: você deixa de molho por um tempo e só tira do tanque quando o tecido volta ao estado de antes.

— Mas, filha, o seu sono todo truncado, você precisa dorm...

— Não consigo pregar o olho, mãe.

— Bom, de qualquer forma, o delegado pode ligar a qualquer minuto...

— Celular, mãe. Eu atendo quando ele ligar.

— Mas e se tocar e você não puder atender ou...

— Caramba, mãe, eu não vou pro cinema! Só preciso... — As palavras morreram. Precisava do quê? Ela não sabia.

Edna foi ficando vermelha conforme suas desculpas para segurar a filha em casa foram se esgotando.

— E as malas? Tem que desfazer, é bastante coisa.

— Já desfiz e guardei tudo.

Que sugestão idiota. Edna sabia que Diana desfizera as malas. Tinha varado a noite guardando roupas, limpando, lavando. Incapaz de dormir. A verdade era que Diana tinha medo de fechar os olhos e ter pesadelos. O sangue no sapato. O olhar de culpa que ela conhecia.

— Mas, filha, *sair*? Você tem que...

Você tem que estar arrasada, destruída, miserável!, era o que a mãe queria dizer. Mas pra que o óbvio? Diana era um vazio. Uma desolação. Edna não soube como responder àquele rosto lívido. Apenas assistiu à filha sair pela porta do apartamento com promessas de voltar antes do jantar.

Diana podia não saber para onde ir, mas sabia de onde *fugir*. Da mãe, do pai — coitados, não tinham culpa. Mas era uma rotina com que ela não conseguia mais se acostumar. Nada daquilo fazia sentido agora. Tudo estava manchado pelos assassinatos do feriado, como se o sangue que jorrara dos pescoços de Hortência e Eunice tivesse respingado também nas agendas de cada um. E Diana se sentia uma babaca só de pensar em ignorar aquilo. *Seguir em frente.* Como? Tudo era diferente agora.

O crime estava lá. As suspeitas também. Nada seria como antes.

E por saber disso, Diana começava a se irritar com a forma como os outros olhavam para ela: dó misturado com lágrimas. Mimavam-na, davam dois tapinhas nas costas e diziam que tudo ia *voltar ao normal*. Como se *normal* fosse passar por cima daquelas mortes. Para que dar bola ao prédio em chamas ao seu lado? Olhos no altar lá na frente, bem melhor. O casamento com Plínio já não era mais questão de amor, era remédio. Quando casar, sara.

Plínio... Doía tanto... O sangue... O olhar...

Diana se viu irritada com os próprios pensamentos. Uma contradição ambulante. Andava distraída na rua, era o caminho do metrô, e atravessou a faixa de pedestres bem na hora em que uma picape preta passou a toda a velocidade. Quase. Um centímetro, um passo a mais, e Diana teria sido atropelada. Estaria debaixo das rodas da picape.

— Tá cega, sua louca?!

— Era pra você ter parado!

— Tem que olhar antes, porra!

O carro disparou e deixou Diana sem equilíbrio. Ela caiu sentada, as coxas e as mãos raspando no asfalto. Bêbados do boteco próximo acharam graça. Uma memória a assaltou naquele instante. Tinha a ver com vômito e babosa. E um sabor de derrota.

Diana se levantou, uma idiota confessa, respirou fundo, fuzilou os bêbados com os olhos. E viu a cachaça, logo ali na mesa. Boa ideia, não? Imaginou o gosto forte do álcool substituindo o gosto de derrota. Tentador. Uma solução fácil...

Mas Diana não acreditava em soluções fáceis. E odiava o clichê e o previsível. Era birrenta. Decidiu fazer aquilo que surpreenderia a todos e, de quebra, serviria para ocupar sua mente tão perturbada.

Diana percorreu vários bairros durante a tarde. E voltou quase às nove para casa, o rosto de quem reconhece o próprio mérito.

— Arranjei um emprego.

— Quê?! — Edna se esqueceu na mesma hora do filme que passava na tela.

— Vendedora numa livraria.

— Vended... — Travou. — Filha, mas por quê?!

— Porque eu leio bastante, ué. Por isso.

Diana sabia que a justificativa não respondia a pergunta da mãe, mas estava sem paciência para explicar. Talvez nem soubesse explicar. *Dane-se.* Ela deu as costas e se trancou no quarto para não ter que dar mais satisfação.

— Filha, abre a porta.

— Eu vou descansar. Começo amanhã, às oito da manhã.

— Filha, o Plínio te ligou várias vezes.

Diana fez questão de não responder.

— Você precisa fazer alguma coisa, filha. Não dá pra deixar o menino atrás de você o dia inteiro sem dar resposta. Ele vai achar que...

Diana abriu a porta e ficou cara a cara com Edna.

— Que o que, mãe?

Edna hesitou ante a impaciência da filha.

— Ele... vai achar que tem alguma coisa com ele... Talvez o rapaz não saiba como você é.

— E como eu sou? Me diz. Louca? Já me chamaram assim hoje.

— Filha, não vem querer descontar em mim! Eu só tô alertando porque vai que o Plínio se irrita e acontece alguma coisa.

— Ah, nossa, vai que acontece! — Diana era um poço de ironia. — Vai que o Plínio pensa que tá sendo excluído da minha vida! Não era *exatamente* o que vocês queriam?

Edna pôs a mão no peito.

— Que coisa absurda! — De repente, ela percebeu que estava na defensiva. E Edna Ferraz *nunca* fica na defensiva. — Olha como fala comigo, menina!

Diana já batia a porta. E não havia gritos suficientes para tirá-la do quarto.

VI

Naquela noite, Plínio telefonou mais duas vezes. Edna repetiu o discurso de antes: Diana tinha passado o dia dormindo. Mal saíra do quarto. Só pra comer e ir ao banheiro. Edna inventou detalhes, queria que sua história parecesse real. Acabou fazendo papel de tonta. E de carrasca. A voz asfixiada de Plínio deixou tudo muito pior...

VII

A manhã de terça-feira começou fria mas esquentou com o sol forte e o céu sem nuvens.

Conrado Bardelli saiu de casa com dois celulares no bolso e um manual de carro numa sacola plástica. Espirrava mais do que no dia anterior. Entrou em seu carro e dirigiu para a Zona Oeste de São Paulo. A avenida Rebouças era uma esteira de prata, as centenas de carros em marcha lenta refletindo o sol naquele calor de asfalto. O trânsito parou. Lyra tinha paciência de sobra. Aproveitou o trânsito para se concentrar nos planos e repassar as falas na cabeça.

Abriu a sacola plástica e tirou dela o livro. Pesado, com capa verde e cheiro de mofo. *Mercedes Benz 220/220S — Manual de instruções*. Lyra sabia que muitos colecionadores matariam por um manual daqueles. E o matariam, especificamente, se descobrissem o motivo fútil que levara o detetive a gastar trezentos reais naquela raridade.

Dirce é que tinha comprado, na tarde anterior, uma vez que o sebo do Messias não tinha conseguido ajudá-los, tão raro era o exemplar. Conrado voltara ao escritório de advocacia para trabalhar até a noite, e tinha sido recebido por Dirce com um daqueles chás milagrosos de ervas que sempre uma tia do amigo do cunhado sabe fazer.

— O senhor tá com uma cara de doentinho, doutor Conrado — ela dissera.

— Você me ajuda, Dirce?

— Ajudo, claro! Quer algum remédio?

— Não, quero que você procure um livro. E vai ser difícil, porque até agora não encontrei.

Dirce já tinha se acostumado com os pedidos estranhos do chefe. Duas horas depois, voltou com olhos cansados e o resultado anotado no caderninho.

— Na rua Helvétia tem um sebo de discos, doutor Conrado, e acredita que encontraram um manual do Mercedes perdido lá no meio? Mas é caro...

— Caro quanto?

— Trezentos reais.

— O Mercedes vem junto?

— Posso procurar um lugar mais barato... — Dirce experimentou uma pontada de desespero ao pensar que voltaria às pesquisas.

— Não, a gente compra desse mesmo.

Mandaram um *office boy* buscar a encomenda. *Trezentos reais.*

Lyra voltou ao presente com uma buzina. O motorista de trás reclamando que o trânsito tinha andado e o carro de Lyra continuava parado. O detetive pôs a mão para fora do vidro, pedindo desculpas. Um segundo de desatenção e quase bateu no veículo da frente, um Gol preto de placa engraçada: FIU. *Fiu-fiu,* Bardelli assoviou. Ou melhor, tentou assoviar. No meio, veio o que parecia ser um ataque de asma, mas era só um acesso de espirros. Oito seguidos. Lyra odiava a combinação de gripe e calor. Sentia que o nariz nunca mais pararia de escorrer.

A tela do celular acendeu. Uma mensagem, remetente: Heloísa Balão Mágico — sim, Lyra registrara o contato com esse nome.

A Oclinhos de Mosca saiu agorinha.......o gostoso num saiu......acho q num vai saí.....aviso se mudá........ cada veiz q eu olho pra eles eu penso q ela é tipo a anastasia sem graça e ele o grey gostoso do 50 tons de cinza........

Conrado Bardelli apreciou as informações. Só não gostou de pensar até quando Heloísa faria o trabalho com os cem reais que ele oferecera. Previa cafezinhos eternos. *Cem reais. Com os trezentos do manual, quatrocentos reais. Mais os oitenta na padaria, quatrocentos e oitenta.* Precisava resolver rápido aquele caso antes de falir.

E tinha mais gasto. Sim, além de gastar com sebo e informante, ele também estava prestes a destruir um celular. Antigo, mas não deixava de ser um celular. E pior: não havia garantia nenhuma de que as coisas iriam correr do jeito que esperava.

Zero. Podia muito bem acontecer de ele bater no portão daquela casa e ser barrado. *Oi? Conhecemos o senhor? Ah, Bardelli, sei, lembro, claro. Pode marcar horário?* Pronto. Fim da linha. Quatrocentos e oitenta reais pro espaço.

Mas Lyra tinha motivos para acreditar na boa sorte. Sabia que alguns queriam falar. E ele estava disposto a ouvir. Era só, digamos, dar uma forcinha para que as duas partes se encontrassem. E depois, só deixar que olhassem para sua longa e penteada barba e revelassem tudo o que sabiam.

O detetive estacionou na rua indicada no Butantã. Tocou a campainha e ouviu no interfone que alguém iria recebê-lo. Era uma casa antiga, fachada larga, paredes brancas, colunas de madeira na frente. Uma construção no estilo rústico. Mas o que Conrado Bardelli não conseguia entender era por que os outros cinquenta por cento da casa eram tão discrepantes. Janelas de metal, vidros do chão ao teto, cortinas claras, grafiato com tinta amarela na parede, portão automático de aço. Uma tentativa de estilo moderno? Lyra teve duas certezas: que a casa passara por várias reformas e que quem as encomendara não sabia o significado de harmonia. Resultado: esquizofrenia arquitetônica. Frankenstein. Um imóvel requintado para parecer de rico. Era fácil deduzir uma explicação: Demétrio Amaral tinha investido ali conforme ganhara dinheiro. Uma reforma hoje, outra dali a três anos, novas tendências de mercado, sabe como é, e o resultado... Um horror.

A empregada doméstica abriu a porta da frente e desceu a escadinha que levava ao portão. Existem rostos pessimistas, rostos muito pessimistas e o rosto daquela senhora. O olhar de quem já vira de tudo. Lyra podia imaginá-la numa reportagem como a pessoa que perdera o marido para o crime organizado, o filho para as drogas e que acabaria ficando paraplégica por causa de um acidente de ônibus. Idosa, branca como se albina, cabelos negros presos numa touca, uniforme.

Dona A-Vida-É-Amarga ouviu a apresentação de Lyra sem reagir e o interrompeu bruscamente quando ele ainda explicava sobre o Mercedes que dirigira:

— Mas o seu Demétrio foi trabalhar.

— Poxa, que pena... — Lyra encenou frustração, como se já não soubesse. — Mas então serve o Plínio, ou a Vanessa, ou o Emílio.

Só não me traz a dona Camila, pelo amor de Deus.

— Espera aí. — Ela olhou o detetive de cima a baixo, desconfiada. Voltou para dentro da casa e deixou Conrado plantado na calçada feito um poste. Tornou a aparecer. — A Vanessa já vem.

Dava as costas de novo quando Lyra indagou:

— Seu nome?

— Cileide, por quê?

— É que eu não me lembro de ter visto a senhora no casamento.

— Não fui.

— Puxa! Por quê?

— Dinheiro.

E foi embora. Um exemplo de cortesia.

Vanessa, que apareceu em seguida, também não foi lá muito receptiva.

— O que você tá fazendo aqui?

Ela tinha sido interrompida no meio de alguma atividade, e no calor do momento, esbaforida, nem se tocou do quão rude — e sincera — foi sua recepção.

— Vim por causa do Mercedes. Nada sério. — Lyra forçou uma risada para suavizar o clima. Estava pronto para as mentiras.

— Mas não foi o meu pai que te chamou, né? A Cileide não explica nada.

— Não, é que eu fui desfazer as malas da viagem e vi que tinha trazido o manual do carro do seu pai por engano. Do Mercedes. Peguei pra dar uma olhada antes de dirigir e... Enfim, velho é uma coisa. A gente vai ficando desligado.

Estratégia: autodepreciação que causa piedade.

— Tá, pode entrar. — E Vanessa indicou o caminho pela porta.

Bingo.

Mas a forma apressada com que conduziu Lyra pela sala de estar deu a entender que Vanessa não estava nada à vontade. Ela olhou para o alto da escada pelo menos duas vezes, apreensiva. Parecia estar conduzindo o amante escondido até o quarto. Vanessa chegou a pular de susto quando latidos soaram vindos lá dos fundos.

— Olha, não quer dar o manual pra mim? Eu mesma ponho ou... Sei lá, aviso o meu pai.

— Não, faço questão. Já tô aqui mesmo.

O *uhum* dela foi pouco convincente. Ela suspeitava. Mas dane-se, agora que tinha trazido o intruso, que pelo menos agissem rápido, assim ela se livrava dele e...

— Deixa só eu amarrar meu sapato.

Pela cara que ela fez, deu a impressão de que ia responder: *Não deixo, depois você amarra, cacete.* Lyra se sentou num sofá. Mais latidos à distância.

— Bonita a casa de vocês.

Segunda mentira do dia. A sala de estar era tão incoerente quanto a fachada. Revestimento de madeira escura no mesmo ambiente de móveis ultramodernos. Mural prateado com televisão de tela plana, sofás e poltronas de couro branco, tapete de bolas coloridas ao centro. Um mau gosto que fez Lyra e seu perfeccionismo chorarem.

— Obrigada.

— Eu te interrompi no meio de alguma coisa? — Lyra olhou para ela enquanto dava nós nos cadarços. — Desculpa se...

— Não, tudo bem, eu só tava terminando de me arrumar.

E merecia parabéns, porque estava linda. Talvez maquiagem em excesso. Mas um lindo vestido florido e relógio prateado. Relógio que praticamente carregava uma etiqueta dizendo: *Foi presente do Gurgel.* E então só faltou Lyra bater na testa quando entendeu. Vanessa ia se encontrar com Gurgel, claro. Seria esse o motivo da apreensão? Ela sabia que Gurgel e Lyra conversavam? Sabia que um era detetive e o outro fora cliente? O quanto Vanessa escondia por trás daquele rosto aparentemente fútil?

— Vamos? — Ela não deixou Lyra um segundo a mais do que o necessário naquele sofá. — O Mercedes do meu pai fica lá atrás.

— Ah, com o cachorro?

— *Cachorros.*

— Mais de um? — Ele espantou um calafrio. — Qual a raça?

— Acho que é... Algum dogue. Não, pastor, nunca sei.

— É que eu tenho medo de cachorro grande.

Mais uma mentira para conta. Vanessa não se compadeceu dessa. *Problema é seu se tem medo, que vá embora.* Prosseguiram em direção a uma porta na outra extremidade — a da cozinha?

— Por que o seu pai não deixa o Mercedes na garagem da frente?

— Porque é menos segura. Menos, sei lá, merecedora.

Lyra ficou esperando que ela acrescentasse algo na linha de Emílio, como *e se meu pai pudesse, me expulsaria do meu quarto para colocar o Mercedes lá.* Mas Vanessa, ao contrário de Emílio, guardava bem um segredo. Não era de se deixar trair pela língua.

Foi só pensar no diabo que ele apareceu.

— Puta merda, Emílio, que susto! — Vanessa não tinha visto o irmão abrir a porta da cozinha e encostar o corpo no batente.

Ele comia uma maçã e lia uma página de jornal.

— Meu caro Lyra... — Um meio sorriso. — Nem um pouco surpreso em te ver, sabia?

Conrado forçou um aperto de mão. Emílio estava prestes a se divertir com mais indiretas, mas Vanessa acabou com o clima:

— Emílio... — Seriedade nos olhos dela. — Ele disse que esqueceu o manual do carro do pai. — E apontou para a sacola plástica na mão do barbudo.

Os irmãos se entreolharam com cumplicidade. Bizarro, como se a cena tivesse sido pausada. Depois, miraram Lyra, os olhos perfuradores. E o detetive percebeu o quanto representava uma ameaça naquela casa. A simples troca de olhares foi capaz de lembrá-lo de que estava metido numa investigação de homicídio. O perigo tocava ali, naquela atmosfera, naquele vestido florido, no meio sorriso ensaiado.

— Você é assim esquecido, Lyra? — Emílio provocou.

— Não costumava ser.

— Você é tão novo. Quanto, uns quarenta e cinco? Cinquenta? Não sei por que gosta de se fazer de velho. Você conheceu a Cileide?

— Conheci.

— Minha mãe, quase. Criou nós três, acredita? — Ele abriu um sorriso largo.

— E o tenente-coronel não quis nem levar a Cileide pro casamento. Disse que ela teria que pagar o ônibus até Joanópolis.

Emílio sabia causar desconforto.

— Bom, o senhor... Vamos? — E Vanessa voltou a conduzir o visitante, uma pressa de quem vai perder a condução.

Passaram pela cozinha, onde Cileide lavava a louça. Encarou os dois com discrição, um quê de interesse naquele olhar enquanto Lyra e Vanessa saíam para os fundos.

— Cala a boca, Opala! Cala a boca, Dodge!

Lyra demorou até entender que Vanessa não gritava com os carros, mas com os pastores alemães que latiam para o intruso.

— Não liga pra eles, só latem.

No caminho pelo quintal, os olhos de Lyra foram logo atraídos pela piscina de dez metros por cinco. Ladrilhos cinzentos e gastos denunciavam sua idade. Ao lado, um jardim bem cuidado com várias espécies de plantas. Frankenstein versão paisagismo. Mais à frente, a edícula com pintura gasta e manchas de infiltração era o lar do Mercedes 220S e de outros dois carros antigos: um Rolls-Royce e um Maverick. Nada mal para um quintal e uma edícula.

O desafio foi tirar o manual da sacola e colocá-lo no porta-luvas do Mercedes sem Vanessa perceber que já havia um lá dentro. Ela olhava todos os movimentos do intruso, desconfiada. Num desvio de atenção que produziu — Lyra pediu para ela olhar os cachorros, tinha medo de que escapassem, *tenho trauma, sério* —, o detetive conseguiu escorregar o manual comprado de volta para a maleta que carregava.

— Pronto? Arrumou aí? Eu preciso sair.

— Pronto.

— Tá, vamo. Eu realmente preciso ir.

— Obrigado pela atenção aí, e pede desculpas pro seu pai. Pela confusão toda.

— Não por isso. — Ela descartou o agradecimento com a mão. Estava mais animada agora que guiava o estranho para fora.

E então Lyra pôs em prática seu grande truque.

No caminho até a cozinha, tirou o celular antigo do bolso e começou a mexer nele falando sobre seu trauma de cachorro e a mordida que levara quando criança de um rottweiler que... *Au-au-au!* Os latidos dos pastores alemães coincidiram com o momento em que Vanessa e Lyra passavam pela borda da piscina. Um pulo de susto, uma careta de medo, um tropeço no próprio pé... E Lyra deixou o celular escorregar de suas mãos e mergulhar na piscina.

— Ah, que merda!

Vanessa também xingou. Deu a impressão de ter se irritado não com o cachorro, mas com Lyra. Com a imbecilidade dele. Ela ficou com uma das mãos na cabeça, outra na cintura, os olhos no celular no fundo da piscina como se pudesse chamar o aparelho de volta apenas com a mente.

— Puta, que saco!

— Desculpa, eu me assustei, é que o cachorro...

Para não se atrasar mais, Vanessa suspirou e decidiu:

— Olha, espera aqui. Eu vou chamar a Cileide. Ela ajuda você a tirar o celular. Mas, tipo, sem chance, você tá ligado, né? Perdeu o aparelho.

Lyra lamentou com o rosto de quem tem a pior sorte do mundo.

— Eu preciso ir. Tchau.

Educação não era a virtude dos Amaral. Vanessa sumiu pela porta da cozinha e deixou Lyra sozinho nos fundos. Ele e os pastores alemães do outro lado da grade. Lyra sorriu para os cachorros e eles pararam de latir, como se soubessem exatamente quando atuar. *Obrigado pela ajuda.*

— Sério? Você tem medo de cachorro? — foi o que Cileide perguntou assim que apareceu. Buscou na garagem uma daquelas redes que tiram folhas da piscina. Voltou carregando aquilo como uma atleta preparada para o salto com vara. — Tem certeza de que foi o cachorro que derrubou o celular?

— Foi o latido. Eu me assustei.

— Certeza mesmo? Ou foi *ele*? — ela perguntou baixinho, tentando pescar o objeto na água.

— Como assim?

A empregada ofereceu um sorriso de desconfiança. E Lyra agradeceu aos céus por estar certo nas suas suposições. Ela disse:

— O Emílio. Adora aprontar essas coisas.

— Que coisas?

— Derrubar celular. Ele fez isso. De propósito. Eu vi. — Cileide conseguiu pescar o celular e puxou para cima.

— Viu o quê?

— Ô, diabo, você é surdo? Tô dizendo. Ele queria ver o celular da Vanessa. Eu conheço aquele menino. Conheço os três desde crianças. O Emílio é... como é que se diz?... arteiro. Ele colocava brinquedo no chão pros outro tropeçarem. De propósito. Depois se fazia de coitado, chorava. Vingança de quando apanhava. Ele mexia na comida do pai. Também vingança. O Emílio nunca gostou de levar bronca. Aquele menino consegue o que quer. E ninguém percebe que ele consegue, compreende?

Lyra concordou com a cabeça. Cileide apanhou o celular, segurou-o na palma e soltou uma gargalhada funesta.

— Ih, já era. Não vai servir pra nada.

— Ouvi dizer que se colocar no arroz pode salvar. — Conrado quase riu das próprias palavras. Mas se manteve no personagem.

— Salva nada.

— A gente pode tentar? Eu tenho muita coisa importante aí.

Ela não respondeu. Quis dizer "não".

— Por favor. Só colocar num punhado de arroz.

Não houve resposta. Cileide retornou à cozinha. Aquilo devia ser um "sim". Lyra a seguiu e no caminho, ela encerrou o assunto com a mesma voz fraca e sugestiva:

— Só sei que eu vi o Emílio derrubando o próprio celular na piscina. Ele quis derrubar. Ele queria fuçar no celular da irmã. Achei que o menino tivesse derrubado o seu celular também. Tem segredo aqui?

Lyra negou. Tudo não passava de uma curiosa coincidência. Cileide foi buscar o arroz.

— Vou ficar quieta porque senão sobra pra mim. Você já sabe? Demitiram o adestrador e a outra empregada que ficava comigo.

— Oi?

— Surdo, você. Eu disse que demitiram todo o mundo. Voltaram do casamento, já avisaram: podem ir embora. Disseram que foi por falta de dinheiro. O seu Demétrio. Dinheiro acabando, família empobrecendo. Mesma coisa desde que o velho se aposentou. Ele ainda sustenta os três filhos, sabia? Uma hora ia dar nisso. Esta casa aqui... — Ela apontou para o chão. — ...é questão de tempo. Vou ficar quieta. Senão vou eu. Ó o arroz.

VIII

Emílio entrou na cozinha um minuto depois e perguntou o que tinha sido aquela gritaria da Vanessa.

— Sua irmã precisava ir embora. Eu fui ajudar.

— Ajudar no quê?

Viu Cileide colocando um celular dentro do pote de arroz. *Oi?* Emílio encarou Lyra com uma expressão de ofensa. *Como ousa usar a minha tática contra mim?!* Conrado deu de ombros. Podia tanto significar um *ops, como sou descuidado* como um *toma essa.*

— Eu fico me perguntando por que você veio até aqui, meu caro Lyra.

O barbudo respondeu com uma objetividade que fez Emílio desmontar:

— Ué, porque você me ligou ontem. Vim perguntar o que era, já que desligou na cara da minha secretária sem deixar o contato pra eu ligar de volta.

— Ah... Achei que ela não fosse dar o recado. Não me lembro de ter deixado meu nome. Nem meu endereço.

— Você não deixou. — Uma pausa. — Eu imagino que tenha a ver com o aviso que te dei. E se você desligou, bem...

Emílio engoliu em seco. *Se você se meter com a pessoa errada e descobrir algo que não deveria, pode não ter volta. Você vai se arrepender...* Sim, era verdade que aquela frase retumbara nos ouvidos de Emílio. Sim, ele tinha sentido um medo descomunal ao entrar na cozinha do hotel e sentir perigo. E sim, encontrar a poça de sangue nos pés de Eunice fora a faísca de um distúrbio que ele sabia crescer dentro de si. Um medo muito maior, um desespero, um trauma. Mas confessar tudo isso a Conrado Bardelli seria muita falta de orgulho.

— Eu liguei pra cobrar um favor. Te dei tantas informações, meu caro Lyra. Uma graninha só.

Bardelli riu. Puxou Emílio para a sala com muita delicadeza.

— Emílio, que dinheiro? Eu não tenho dinheiro.

— Bom, você tem um tempinho pra arranjar. Senão... enfim, vai que escapa por aí que você namora uma menor. Uma mulher *daquela idade.*

Silêncio de guerra entre os dois.

— Chantagem? Jura? — Lyra suspirou. — Posso falar pro delegado que você passou pela porta de vidro fosco na hora em que a Hortência foi assassinada.

Pânico no rosto de Emílio. Ele não conseguiu replicar.

— Eu só quero te ajudar, Emílio.

— Cileide, não é assim! — Emílio passou por Lyra e foi ao balcão da cozinha. — É pra colocar o arroz em volta, e não meter o celular na panela, esperta! E você derrubou tudo. Ai, deixa. Meu caro Lyra, é melhor você levar e procurar um especialista. A gente não é assistência técnica.

Conrado coçou a barba.

— Deixa. Já vi que não vai dar pra salvar nada daqui.

— Não mesmo.

— Droga... Bom, só preciso do *chip.*

E cadê a chavinha para abrir o compartimento que abrigava o chip? Lyra tinha uma no carro. Disse que ia buscar. Disse. Porque não foi. Andou até a sala e chegou a abrir a porta da frente, mas não saiu: era só para criar uma ilusão. Assim que se percebeu sozinho, subiu as escadas ao lado da porta de entrada. Desembocou num corredor com várias portas. Quatro quartos.

O dos fundos era dos pais, sem dúvida. O primeiro estava com a porta aberta. Uma fronha de gatos na cama, roupas espalhadas pelo chão, pela cadeira, pela escrivaninha. O quarto de Vanessa. Lyra seguiu até a porta seguinte. Dentro, um aposento limpo, impessoal, notebook e cadernos arrumados na escrivaninha, cobertor preto puxado sobre a cama. Na estante, livros de anatomia humana. *Básico 1 — Graduação*. Lyra lembrou-se de que Plínio tinha estudado medicina até abandonar os estudos. Aquele devia ser o quarto dele. O seguinte, consequentemente, só podia ser o de Emílio.

Só que não. O quarto vizinho recebia o visitante com o pôster de uma mulher de sutiã e calcinha colado num mural ao lado da cama desarrumada. Havia uma revista de esportes no criado-mudo, decorações do Corinthians e cartões e papéis jogados. Na estante, fotos de um casal — Plínio e Diana num show, numa praia, assistindo ao pôr do sol. *Aquele* era o quarto de Plínio. Então...

... por que Emílio tinha os livros de anatomia humana do irmão no seu quarto?

Lyra voltou ao aposento anterior, sentou-se na cama arrumada e folheou algumas páginas de um dos livros. Falavam de órgãos, artérias, nervos. Mas não dava para perder mais tempo com aquilo. O notebook. Conrado se sentou à escrivaninha e abriu a parte superior do aparelho. Estava ligado. *Sorte!* Mas precisava de senha. *Azar.* Ele fez várias tentativas sem sucesso. 123456, abcde, Emílio2017, data de aniversário. Impossível adivinhar uma senha assim, na pressa, e sem conhecer direito o dono do computador. Lyra se deu por vencido. Bateu o olho no nome de usuário que apareceu na tela — *RivaldoMundo* — e desceu para a sala.

Emílio ainda estava jogando fora o arroz que caíra da panela. Olhou torto para Lyra.

— Achou?

— Não, essa droga é tão pequena que não consegui achar no porta-luvas.

Emílio mordeu o lábio.

— Engraçado, eu podia jurar que o seu celular não era este aqui.

— Ah, como você sabe? Por acaso pegou meu celular alguma vez?

A única pessoa que reagiu foi Cileide. Ela riu.

— Parece que eu conheço você há tanto tempo... — disse para Conrado Bardelli. — Como se você fizesse parte desta casa, sabe?

Era hora de ir. Bardelli pediu licença e saiu pela porta da frente, assistido por Emílio.

— Volte sempre, meu caro Lyra.

— Claro, volto sim.

Quarta mentira do dia. Lyra jurou que nunca mais colocaria os pés naquele lugar. Passar pelo batente era como escapar do purgatório. Havia uma energia entre aquelas vigas de madeira que fazia os pelos do corpo arrepiarem.

O detetive entrava no carro quando ouviu alguém chamar da calçada. Pensou que fosse o motorista de um Gol preto estacionado mais à frente. Não, era um pedestre que tinha descido do ônibus um segundo antes. Caminhava solitário de volta para casa e carregava uma bombinha para asmáticos na mão que erguia. Plínio. Estava muito diferente. Lyra quase não o reconheceu. Esse Plínio do dia a dia não tinha um décimo da maturidade daquele Plínio do casamento. Como se agora, livre do matrimônio, ele estivesse livre também de qualquer responsabilidade. O visual era o de um moleque de dezoito anos: bermuda de estampa de camuflagem, camiseta preta agarrada, barba por fazer. E a expressão de um adolescente em depressão.

Um rosto que se iluminou um pouco ao ver Conrado.

— Caramba, você aqui!

Lyra ainda tinha a impressão de que era, aos olhos de Plínio, o adulto companheiro que daria conselhos e resolveria problemas. Lyra não o culpava. Modéstia à parte, achava-se um ouvinte atencioso, bom articulador e uma espécie de figura paternal. O tipo que ajuda. E mais: era próximo de Diana, o que Plínio via como vantagem.

O rapaz apertou a mão do barbudo e perguntou se ele não queria entrar. Não quis saber o motivo da visita. Não quis saber por que Emílio estava de cara feia. Queria apenas oferecer uma bebida a Conrado. Este se viu obrigado a aceitar. E lá foi ele de novo à casa-purgatório, apenas para contradizer sua recente promessa. Aceitou suco, aceitou cadeira. Plínio parecia necessitado de atenção. Os pais não estavam, Vanessa não estava, o irmão não era a melhor companhia, e Diana...

— E a Diana? — foi exatamente o que Emílio perguntou, ácido, quando se achavam os três à mesa. — Você se encontrou com ela? Pelo menos pessoalmente ela te respondeu alguma coisa?

Plínio baixou a cabeça. Fungou.

— Não, ela... tinha saído. Parece que... Bom, a Edna disse que ela arranjou emprego.

Emílio abriu um sorriso.

— Nossa, eu sempre gostei da Diana. Uau. Sério.

Lyra não sabia o que dizer. Por um segundo, cogitou perguntar se Plínio iria ao tal jantar de aniversário de Edna, mas percebeu que era melhor ficar quieto. Vai que...

Ninguém falou, e instalou-se aquele clima de funeral. O celular verdadeiro de Lyra vibrou. *Salvo pelo Whatsapp.* Só que ele não podia checar a mensagem ali, na frente dos outros. Ia entregar a farsa do celular jogado na piscina. Pediu licença, colocou a culpa na asma e foi ao toalete.

Era Heloísa Balão Mágico.

O gostoso cabô de saí com o carro...... vc vem?..... queria mais café......

Por mensagem, Conrado agradeceu pela informação e disse que não poderia aparecer naquele dia. Quem sabe no dia seguinte?

Lyra voltou à mesa e encontrou um Plínio com olhos ansiosos.

— ... porque você é amigo da família, não é? Da Diana.

— Eu... bom, o Oscar...

— E a Diana falou alguma coisa? Você sabe que emprego é esse?

— Não tenho ideia, Plínio. Ela não me contou nada.

— Mas e os pais dela? Eles não me falam nada. Eu sei que eles me odeiam, mas, poxa, não custa me darem notícia... Eu não sei o que aconteceu com a Diana. — A visão dele estava vazia. — Da última vez que ela ficou assim, sem me responder, foi porque a gente tinha brigado. Só que, tipo, a Diana achou que era porque eu tava traindo ela, mas viu que era besteira, e no fim apareceu em casa e... e me pediu em casamento. Foi muito foda. Ela colocou a aliança bem ali atrás, no jardim, no meio de uma planta... É meio que uma piada particular nossa. É que no dia em que a gente se conheceu, ela vomitou numa babosa.

Doeu mais quando Plínio percebeu que, naquela época, tudo era diferente. Havia perspectiva — justamente o que ele não via agora.

— Mano, eu só tenho medo de que ela... — Ele começou a tremer. Estava perdendo o controle. — Porra, não faço ideia do que tá acontecendo com a Diana, caralho! — terminou, com um soco na mesa.

Emílio não falou nada. Conrado tocou no braço de Plínio e disse que tudo era questão de tempo. Por dentro, porém, repetia: *Será?* E se fez a mesma pergunta de Plínio: o que estava acontecendo com a Diana?

CAPÍTULO 14

Rival do mundo

SEMANA SEGUINTE AO CASAMENTO SUSPENSO

I

Dois dias depois, na quinta-feira, Lyra voltou cedinho à padaria debaixo do prédio de Iara Nogueira. Heloísa pediu mais gorjeta pelo trabalho de espionagem. Lyra encheu a mão dela com quatro notas de vinte reais.

— Epa, o combinado eram cem! Aqui tem oitenta.

— Nunca teve combinado nenhum.

— Nem vem, barbudo. Pagou cem numa vez, tem que pagar cem em todas. Ou mais.

— Sem chance. Meu dinheiro tá acabando.

— Me paga mais vinte que você vai ver que vai dar sorte.

Dito e feito. Cem reais na mão de Heloísa, e tudo deu certo para o lado de Lyra. Às nove e vinte, Iara desceu para tomar café na padaria. Como de costume, sem olhar pros lados. *Quero um pão com manteiga, café, aqui o dinheiro, tchau.* Conrado mal precisou se esconder, já que Iara não tirava os olhos do celular. Olhar para fora do umbigo? Impossível. Ela voltou para o prédio às nove e trinta e seis, levando um saco com pães.

Samuel saiu com o carro, um Ford Ka prata, às dez e quinze, minutos depois de Iara partir para o trabalho. O ex-policial emergiu da garagem com uma precaução que revelou a confidencialidade de sua saída.

— Olha o gostoso indo chifrar a Emily — disse a Balão Mágico.

— Que Emily?

— A chata do *Diabo veste Prada*!

Bardelli pegou um táxi no ponto em frente à padaria bem a tempo de seguir Samuel pelas ruas de Santana.

— Então é pra eu seguir o carro pra onde quer que ele vá? — indagou o taxista.

— Isso.

— Mas ó, já vou avisando, pode dar caro.

— Tudo bem.

O taxista gostou.

— O senhor é policial? Tipo agente infiltrado?

— Nenhum dos dois.

O taxista não gostou.

— Não vai me arranjar problema, hein? — E riu, uma risada histérica.

Saíram da Zona Norte, atravessaram a Ponte da Bandeiras, pegaram a avenida Tiradentes e seguiram pela Nove de Julho. Aonde estariam indo? Cruzaram a avenida Brasil. Lyra precisava ficar atento. Olhar em volta e ver se reconhecia algum lugar. Entraram à direita pouco à frente, nos Jardins, passando por lojas chique e casas imensas. Rua Canadá, rua Guatemala, rua Argentina. FIU. Lyra deu uma risada. Coincidência, de novo aquela placa engraçada. *Fiu-fiu.*

Espera. *FIU...*

— Ele tá estacionando, patrão — disse o taxista.

Mais quarenta e cinco reais para pagar a corrida. Lyra não pensava em dinheiro. Nem na placa FIU. Pensava nas mansões do entorno, nas guaritas cheias de seguranças, nas lojas de grife. *O que o pé-rapado do Samuel veio fazer no Jardim América?*

Ruas Argentina, México, Peru. Lyra até esqueceu em qual país estava. Desceu do táxi e ficou encostado atrás de um poste esperando que o Ka prata de Samuel terminasse a baliza debaixo da sombra das árvores. Uma rua com muitas delas. E muros altos dos dois lados. Rua Costa Rica, dizia a placa. O sol tinha ficado mais forte — calor que, por outro lado, não tinha efeito nenhum sobre a gripe de Lyra, que continuava espirrando. Teve medo de que os espirros entregassem seu disfarce quando Samuel descesse do carro.

Mas Samuel não desceu do carro. Ficou uma hora lá dentro. E Lyra, plantado do lado de fora.

— Posso te ajudar?

O segurança de uma casa — ou da rua, enfim — se aproximou de Conrado. Com certeza vira o barbudo parado na esquina e tinha achado suspeito.

— Só tomando um sol. Um ar. Eu sou asmático, sabe? Olha a minha bombinha.

O segurança não soube o que responder. Disse apenas a frase padrão que decerto estava na ponta da língua:

— É que a gente não recomenda a ninguém ficar parado aqui perto das casas por muito tempo por questão de segurança e...

— Ué, eu tô na rua. Como assim, *a gente não recomenda*?

— Eu sei, senhor, é o que eu tô falando pro senhor, a recomendação é ninguém ficar parado por muito tempo perto das casas porque...

O segurança robô. Possivelmente tinha se esquecido do próprio nome, mas não da *recomendação*.

— Tá bom, então chama a polícia. Eu espero aqui.

— Senhor, se o senhor colaborar, ajuda o nosso trabalho, porque eu tô trabalhando e...

— Ah, só você trabalha. Não precisa tocar em mim. Eu te processo. Juro.

Pronto, segurança despachado. Lyra não perdera a paciência, mas fora duro. Era só o que faltava: ricos contratando seguranças e achando que por isso eram donos da rua. Do sol. Do lugar na calçada.

Droga, Samuel estava dando a partida no Ka e saindo da vaga. Lyra se desconcentrara por causa do maldito segurança e ia perder a presa. Qual a chance de encontrar táxi ali na rua deserta? Não teve escolha a não ser correr até a esquina seguinte. Viu o Ka virando lá na frente, em direção à avenida Brasil. Lyra continuou indo na direção que Samuel tinha seguido e, quando já se convencia de que tudo estava perdido, avistou o carro estacionando numa padaria. Sorte.

Santa Balão Mágico! Bem que ela disse que os vinte reais a mais dariam sorte.

Samuel tinha ido comer. Lyra ficou observando do outro lado da rua, nos bancos de uma pracinha ocupada por idosos fazendo caminhada e exercício. Samuel pediu pão com ovo e jogou conversa fora com a garçonete, que parecia muito animada com o papo. Morena, magrinha. Ele sorriu para ela, olhou-a de cima a baixo quando a moça deu as costas, mas acabou pedindo a conta sem trocar número de celular. De volta ao Ka, uma volta no quarteirão — desta vez Lyra conseguiu um táxi — e estavam de novo na rua Costa Rica.

E mais espera.

Lyra desceu do taxi e decidiu se aproximar lentamente do Ka prata. Teve muito cuidado. Se ele fosse identificado naquele momento colocaria tudo a perder. Conrado resolveu atravessar para o outro lado da rua, onde poderia ter uma visão mais segura do banco da frente. Samuel olhava ora para um pedaço de papel no colo, ora para a frente... *Para onde? Alguma casa?* Lyra seguiu o olhar dele. E teve certeza: Samuel estava de olho num casarão de vinte metros de fachada e linhas ondulantes na arquitetura ao estilo *art nouveau*.

Caramba, era isso! Samuel não saía de casa para trair Iara, mas para vigiar alguém — quem quer que morasse naquela casa. Bardelli se lembrou de Carmen contando sobre o dia em que tinha entrado no quarto de Samuel e esbarrado naquela pasta com informações que o fizeram surtar...

Pq foi o q o Samuel me perguntou quando viu q a pasta tava fora do lugar, ele me pegou pelo braço e perguntou se tinha sido "ele" q tinha me mandado. Antes q vc pergunte, sei lá quem é "ele", mas tinha uns horários naquela pasta, tipo, pensando agora, podia ser um relatório, sabe? Sei lá

Relatório que se encontrava no colo de Samuel e que era preenchido naquele exato momento dentro do Ka. Lyra arriscou que seria algo como *onze e meia da manhã, nenhum movimento até agora.*

— Você voltou por quê?

Conrado Bardelli tomou um susto. Quando se virou, não conseguiu acreditar. Era o segurança robô de novo. Desta vez, sem a boa educação, sem a decoreba sobre *a gente recomenda.* Apenas um cara ignorante e irritado.

— Você não tem outra pessoa pra encher? — Lyra perguntou, já sabendo que era hora de encerrar as atividades.

— Você não pode ficar aqui. Sai, vaza, porra!

— Por que é que você não vai dizer isso pro cara dentro do carro, hein? Ele também tá parado faz tempo. Por que só eu?

À simples menção do *cara dentro do carro*, os olhos do segurança se abriram um pouco mais. Surpresa.

— É diferente, você tá na rua, você é meliante, ele tá no carro e...

Lyra o interrompeu:

— Então você *sabe* dele. Você vê que ele estaciona aqui todos os dias. — Um instante de silêncio enquanto a chave caía. — Ele te pagou, não pagou? Ele te pagou pra ficar na rua e você não dizer nada.

As pernas do segurança bambearam.

— Sai fora, caralho! Já falei!

Lyra teve medo de ser agredido. Podia ver selvageria nos olhos do segurança. Mas havia também um resquício de fraqueza, lá no fundo. A fraqueza de quem é exposto à luz do dia. Sim, Lyra tinha acertado.

— Eu vou ligar pra polícia — foi o que disse para conseguir sair dali.

Fingiu que ligava para o 190 enquanto recuava pela rua, o segurança na sua cola. Lyra achava que não conseguiria mais nada, então não era prejuízo ir embora. Deu uma última olhada no Ka — talvez Samuel também estivesse de saída — e se assustou. De dentro do carro, o ex-policial olhava para ele. Para Lyra. Descobrira-o por causa da discussão com o segurança. O detetive precisava sair dali o quanto antes. Seguiu caminhando rápido até a rua Colômbia — o segurança ficou no meio do caminho, dando-se por vencido — e entrou na primeira loja que viu para despistar quem quer que o tivesse seguido. Pensou no que faria se Samuel viesse exigindo respostas. *O que você sabe? Por que estava me observando?*

Quando deu por si, Conrado estava sob ar-condicionado sendo paparicado por dois vendedores ao mesmo tempo. Era uma concessionária da Land Rover. Os funcionários analisaram a aparência de Conrado — um homem de meia-idade, calça e camisa, barba comprida — e logo concluíram que devia ser um judeu rico da região. Não pensaram duas vezes: saíram cuspindo ofertas, falando de *test drive* e disponibilidade dos automóveis e custo-benefício...

— Tô numa pesquisa longa. Eu acho que vou dar uma olhadinha na concessionária Mercedes aqui da frente antes de fechar alguma coisa... Obrigado.

Olhou em volta para se certificar de que Samuel não estava por ali. Nem sinal dele. Só que outra coisa lhe saltou aos olhos: o carro estacionado mais lá embaixo, do outro lado da rua. Um Gol preto. Placa: FIU.

Coincidência?

Lyra riu. Impossível discernir rostos através do insulfilme. O detetive pegou o celular e mandou uma mensagem para Wilson.

> Pode checar um carro pra mim? Gol Preto placa FIU-5280. Está me seguindo. Abs

Ele pegou um táxi para o escritório. Precisava de uns minutos para digerir o que acontecera. Encostou no banco, respirou fundo, ignorou os papos de política do taxista e pôs as ideias no lugar. Resumo: Samuel costumava sair durante o dia para espionar alguém. Tinha comprado o silêncio do segurança que vigiava a rua. Escrevia relatórios. E não tirava os olhos da casa número 121.

Para quem quer que estivesse trabalhando, era alguém poderoso.

O celular de Lyra tocou. Era Oscar.

— Oi, Lyra, tô ligando só pra te passar a data do jantar de aniversário da Edna. Vai ser sexta mesmo, tá bom? É o único dia que a Diana pode. Acredita que ela arranjou um emprego?

— Acredito.

— Não entendo essa menina. Vai ser vendedora. *Vendedora*. E eu que paguei a faculdade dela até o fim, tudo bonitinho. *Vendedora de loja*. Olha, eu espero que isso seja uma fase. Você bem que poderia levar um papo com ela. Quem sabe com uma opinião de fora essa menina não volta pros trilhos.

Lyra não perguntou se Diana convidaria Plínio. No fundo, já imaginava. Desligaram a chamada depois de Oscar reforçar o endereço de Edna na Vila Mariana.

E como falavam sobre ruas, bairros, mudanças, veio um *flash*. Um resquício final da sorte dos vinte reais da Balão Mágico. Com ele, Lyra compreendeu tudo. *Como é que eu não pensei nisso antes?* Voltou a telefonar para Oscar.

— Oi, Lyra, que foi, anotou errado o endereço?

— Não, Oscar, só me tira uma dúvida. Onde é que mora o Gurgel?

— O Gurgel? Nem sabia que você era amigo dele.

— Não sou. Só dúvida mesmo. Conheci uma pessoa que conhece. Acho que moram perto. Enfim, só curiosidade, pra eu comentar com o Gurgel.

— Essa pessoa que você conheceu deve ser rica pra porra, Lyra, se ela é vizinha do Gurgel. Hoje ele mora numa daquelas mansões fodidas perto da avenida Brasil, sabe? Em uma daquelas ruas com nome de país.

II

Os trabalhos à tarde foram todos desempenhados pelo Lyra-advogado, não o detetive. Quer dizer, em parte. Porque, por mais que o lado advogado precisasse de atenção exclusiva para lidar com os processos, o lado detetive insistia. Estava incomodado. Ele queria pensar, e não sossegaria até que tomasse a decisão: deveria ligar para Ricardo Gurgel ou deixar o assunto passar?

À noite, Conrado tomou banho, comeu lasanha de micro-ondas e ingeriu um remédio contra a gripe. Tinha medo de que a asma piorasse. Espirro, espirro, espirro e bombinha. De pijama, o detetive se sentou em frente à TV e, com olhos vazios, via o telejornal.

Pro inferno tudo aquilo! Ele precisava falar. Telefonou cinco vezes para Gurgel. Não foi atendido. Podia ser que o empresário estivesse ocupado, claro, mas alguma coisa dizia a Bardelli que seu ex-cliente via o nome na tela do celular e deixava tocar. Rancor.

Frustrado, Conrado foi devolvido ao telejornal. Falavam sobre esporte. Futebol, um dos assuntos que o detetive menos aturava. E foi assim, de maneira aleatória e irônica, que surgiu uma inspiração.

Lyra ouviu menção a um jogo em homenagem a atletas antigos. Mestres da época em que Lyra ainda gostava de futebol. A ideia era reuni-los no campo, mesmo que apenas para tirar foto, e Rivaldo confirmara presença. Rivaldo. Uma coceira na memória. Quem é que tinha comentado sobre futebol? Sobre Rivaldo? Lyra fechou os olhos com força...

RivaldoMundo.

O nome de usuário no notebook de Emílio. Poxa, Emílio, fã de futebol? Estranho.

Conrado bateu na testa.

Burro, claro que não é futebol! Não era *Rivaldo Mundo.* Era *Rival do Mundo.* Fazia muito mais sentido. Não tinha nada a ver com futebol, mas com a hostilidade e sarcarmo — tão típicos de Emílio. E se...? Lyra correu para o computador. No campo de busca do Google, começou a escrever...

Emílio rival

... e o Google sugeriu a seguinte busca:

Emílio rival significado nomes

Conrado foi em frente. *Google, guie-me.* Caiu numa página destinada a *mamães e papais grávidos.* Tinham dúvidas sobre qual nome colocar na criança? Pois que escolhessem um com uma definição nobre. E lá estava o significado do nome Emílio.

EMÍLIO (pode ser com ou sem acento)
Aquele que fala de modo "zeloso" ou "solícito". Rival enciumado. Pessoa desafiada pelos obstáculos que encontra. Enfrenta tudo com a certeza de que será vitorioso, o que aumenta o prazer da conquista. Origem: latim. Pontos positivos: paciência, fé, busca da perfeição. Pontos negativos: solidão, fanatismo, sacrifício. Personalidade de quem se chama Emílio: usa a filosofia nas decisões pessoais. Individualista, introvertido, silencioso nas relações sociais.

Lyra ficou boquiaberto. Era quase como se Emílio Amaral vivesse a cargo da definição de seu nome. Era perfeito. O rival do mundo. Um ótimo codinome para se usar na internet. Aquilo atiçou a curiosidade do detetive. Ele abriu nova página do Google e pesquisou: *RivaldoMundo comentário.* Nada na primeira página — cheia de propagandas —, nada na segunda, nada na terceira. Mudou de estratégia. Procurou: *como descobrir comentários na internet.* Bastante primário, mas eficaz. Aprendeu códigos que facilitavam a busca. Tentou de novo, desta vez colocando *username RivaldoMundo comment BR IP.*

Em cheio.

O que encontrou fez seus olhos se arregalarem. O usuário *RivaldoMundo* era internauta assíduo do site *Eutanásia Nossa*, uma página em que os moderadores postavam semanalmente textos sobre morte. Sobre suicídio. Lyra rolou a página aleatoriamente. *Com medo de que não funcione em você? Use as técnicas num animal de estimação.* Um tutorial para matar filhotes de gato e cachorro e comprovar que as técnicas de morte rápida eram eficientes. "Manual do suicida #1", "Manual do suicida #2", "Manual do suicida #3" — dicas para se matar de forma lenta. Comentários agradeciam os *posts*.

Graxxxi – 15:04 – 12 de novembro de 2016
Valeeeu... Eu espero q eu ñ volte mais, vai significar q funcionou.

morganograma002 – 19:17 – 14 de novembro de 2016
Alívio!!!!!!!! Chega!!!!!

Rafinha47 – 23:20 – 15 de novembro de 2016
juro vcs são d+++++ internet ñ fala isso nem deep web uma merda parabens Eutanásia Nossa *vcs são fodaaaaaa!*

RivaldoMundo – 04:11 – 16 de novembro de 2016
só uma correção: tentei a do remédio pra dormir, não funciona se passar muito tempo sem tomar, é mentira, arrumem isso

Lyra via-o muito bem agora. Emílio Amaral como um depressivo com tendências suicidas. E inúmeros comentários nos posts provavam o quanto ele era inteirado no assunto. Um suicida profissional. Como se não tivesse se matado ainda apenas porque queria aprimorar o site *Eutanásia Nossa* e ensinar aos outros melhores formas de morrer.

Era particularmente entusiasmado pela morte como forma de chamar atenção. *Rival do Mundo* classificara como *genial* um método de morte postado no "Manual do suicida #9". O autor propunha que o suicida arranjasse uma arma, fosse a uma praça movimentada, fizesse pedestres de refém e depois ameaçasse atirar em policiais. Era uma forma de fazer com que os policiais revidassem. Pronto. Suicídio ou homicídio? Estava aí a graça do método: morrer (como se queria) e ao mesmo tempo suscitar o caos, pois levantaria a questão sobre se o policial deveria ou não ter atirado.

Apesar das várias admirações, *RivaldoMundo* indicava sua preferência — o método escolhido para morrer. O *post* "Anedota" trazia uma versão simplificada de uma peça de teatro britânica. Nela, uma matriarca autoritária se mata injetando veneno nas veias e em seguida esconde a seringa num compartimento secreto da bengala. A família pensa que foi homicídio.

Rival do Mundo – 03:40 – 30 de julho de 2017

objetivo de vida: morrer assim. objetivo de morte: voltar como espírito e ver minha família sendo torturada pela polícia para descobrir quem foi. quero todos eles suspeitando uns dos outros e se sentindo horríveis porque, no fundo, eles foram os responsáveis

Mas nada deixou Lyra mais arrepiado do que o *post* seguinte, de menos de um mês atrás. Título: "Morte com faca". O detetive precisou de um intervalo para respirar. Sua pressão caía a cada linha do texto que explicava as formas de corte ou a força necessária para partir músculos e ossos. Havia fotos explícitas. E um *ranking* com diferentes maneiras de morrer. O número um da lista: o método T. Aquele em que o suicida passa a navalha dos pulsos até os cotovelos e termina fazendo dois traços imitando braceletes logo abaixo das mãos. *O tipo de dor que liberta*, dizia o texto.

A cereja do bolo ficava lá embaixo, nos métodos rápidos. *Você tem uma navalha na mão, não quer perder tempo e não se incomoda com dor? Esta seção é pra você.* Locais críticos de corte: abdome, pescoço, pontos estratégicos do peito, sempre mirando artérias ou o nervo vago, irreversíveis. Na coxa, a artéria femoral. E por fim, lá estavam. A artéria carótida e a veia jugular. Um corte rápido e profundo no pescoço, preferencialmente nas laterais, sem tremer a mão. Se fizer direito, é morte na certa. Sofrida, rápida e com muito sangue jorrando.

Lyra perdeu a respiração. Foi dormir com imagens horríveis que lhe tiraram o sono. O pior: não eram cenas com que ele precisava imaginar. Eram cenas que ele tinha testemunhado...

III

Sexta-feira, seis e cinquenta da manhã.

Lyra estava de volta à rua Costa Rica. Desta vez, não no encalço de Samuel. Vinha por conta própria. Desceu do Uber, marchou até o número 121 sem encontrar o segurança robô e parou. Admirou a casa. Muros altos, cerca elétrica, câmeras. Um projeto de bom gosto, com paredes e janelas que pareciam ondulantes. Aquela mansão, Lyra percebeu, era a materialização da vida profissional de

Ricardo Gurgel. Toda sua imponência e seu poder aquisitivo — o resultado de uma vida de trabalho duro.

Bardelli pegou o celular e digitou a mensagem:

> Gurgel, preciso falar com você URGENTE. Antes de você ir trabalhar. Estou do lado de fora da sua casa. Não vou tocar a campainha pra não cruzar com a sua família. Mas não saio daqui até falar com você.

A resposta veio em menos de dois minutos.

> Tem uma cabine de segurança três casas pra trás. Fica ali perto. Tenta se esconder. Daqui a pouco te encontro.

O detetive obedeceu. A cabine era ocupada por um vigia de seus sessenta anos. Conrado explicou que esperava um amigo e ficou vinte minutos esperando, lendo notícias no celular. Até que um Porsche Cayenne saiu da garagem da casa 121 e estacionou do outro lado da rua. Lyra entendeu o recado. Despediu-se do vigia e entrou pela porta do passageiro. Foi recebido num banco de couro macio, ar-condicionado glacial e o rosto mal-humorado de Gurgel. Ele usava terno e gravata.

— Eu te mandei ficar longe de mim. Esquecer que eu existia. Mas você fica vindo na minha casa, porra! — Acelerou o carro.

Lyra perguntou:

— Pra onde você tá indo?

— Trabalhar, caralho! Eu tenho mais o que fazer, diferente de você.

— Tá, tudo bem, eu pego um táxi do seu trabalho. Só preciso falar um minuto.

— Que que é?

— Primeiro: que belo detetive você contratou, hein? Muito honesto vir atrás de mim e roubar as as minhas ideias.

Gurgel não desviou os olhos do trânsito.

— Não sei do que você tá falando.

— Você contratou um imbecil pra ficar me seguindo. Um que não tem a menor discrição.

— Eu?

— Você mesmo acabou de dizer que eu *fico vindo na sua casa*. Como sabe que vim outras vezes? Gol preto, placa FIU-5280. Tenho fonte na polícia que checou.

Gurgel levou a mão ao rosto.

— Bando de idiota! — E socou a direção.

— Você achava o quê? Que eu ia encontrar a chantagista, virar amigo dela e que os seus amiguinhos iam descobrir tudo só me seguindo? Achei que não precisasse mais dos meus serviços.

— Nossa, mas não era pra ser assim! Era pra eles descobrirem por conta própria! *Eles* que tiveram a ideia de ir atrás de você pra gente continuar de onde você parou.

— Quem disse que eu parei?

Gurgel ia se irritar, mas foi invadido por um feixe de esperança.

— Não vai me dizer que você... também? É ela mesmo? Aquela vadia japonesa? Ela tá com nome falso num hotel, não é? — Gurgel se esqueceu da demissão e tratou Lyra como um de seus funcionários. — Porque a gente encontrou essa mulher, eu só tô esperando uma confirmação pra agir.

Lyra balançou a cabeça.

— Não tenho a menor ideia do que você tá falando. Não sei onde a Carmen tá. Não tô atrás dela. Eu só queria saber se você já considerou a hipótese de que a chantagem possa partir de um homem, não de uma mulher.

Gurgel contorceu o rosto.

— De onde você tirou isso?

— Só tô perguntando se você tem certeza de que a pessoa que te pegou pelas costas e te esfaqueou era mesmo uma mulher.

— Claro que era uma mulher. Unhas compridas, o corpo dela era mais, sei lá, fraco. E usava perfume feminino.

— Tudo isso poderia ser disfarçado.

— E as mensagens? Todas me xingando por trair a minha esposa. É típico de outra mulher, Bardelli, caralho! Você já viu homem condenando uma pulada de cerca?

Lyra fechou os olhos. Fingiu não escutar aquilo.

— Gurgel, parece que você usa viseira e não consegue olhar um centímetro pros lados. *Tudo* aponta pra uma mulher, você tem razão. Mas talvez por isso mesmo seja bom a gente considerar que pode ser um homem.

— De onde você tirou isso?

Lyra coçou a cabeça. Sabia que não deveria se meter, mas foi em frente, cumprindo com o que um dia prometera a Gurgel. Contou que Samuel Azevedo, um dos convidados do casamento, vinha vigiando a casa da família Gurgel e anotando num relatório.

— Puta que o pariu! É por isso que as mensagens sempre dizem aonde eu vou e o que faço, como se essa chantagista morasse na mesma casa que eu. É porque o filho da puta me segue!

Na mesma hora, olhou pelo retrovisor, como se pudesse ver o Ka prata ali, na cola deles. O rosto exalava medo.

— Que merda, Bardelli, o que eu faço?! — E pisou no freio, desencadeando uma chuva de buzinas atrás.

— Não acho que parar no meio da avenida seja a melhor solução!

— Tá bom. — Ele voltou a rodar. — Como esses putos da agência não descobriram?

— Eu recomendo que você continue a sua vida normalmente. Assim não demonstra que já sabe. Fica de olho aberto. Qualquer coisa, avisa a polícia.

— Eu já disse que não quero polícia nesse negócio. Vou pegar esse cara... Era um Ka que você disse que ele tinha? Eu vou pegar esse filho da puta.

— Espera. Eu já falei que não significa necessariamente que o cara é o chantagista. Ele pode só estar repassando a informação pra alguém.

— Bom, ele vai me contar quem é esse alguém. Ah, vai...

— Gurgel, agora mais do que nunca você precisa agir com inteligência. Não adianta sair por aí pegando as pessoas. Pode ser que ele não tenha nada a ver com chantagem nenhuma. E aí você acaba fazendo merda sem motivo.

Gurgel coçou a cabeça. Sacou o celular:

— Pera aí.

Ligou para um número que estava no topo da lista de últimas chamadas. Era o escritório de detetives particulares que ele contratara. Lyra os conhecia. Oxford Agência de Investigações. Uma das maiores de São Paulo. Gabava-se de ser a mais bem-sucedida em todo o Brasil, cumprindo, *em noventa por cento dos casos*, o seu objetivo principal: entregar ao cliente grande produção de provas para embasamento de processos judiciais que ele quisesse abrir.

Quem atendeu no viva-voz do carro foi o próprio diretor geral, Ulisses. Talvez nem fosse seu nome verdadeiro. Conrado Bardelli já o havia encontrado algumas vezes. Era tão arrogante quanto as propagandas de sua marca. Por isso Lyra sentiu uma pontada de alegria durante os dez minutos seguintes, tempo que Gurgel precisou para escrachar o serviço da agência. Disse — entre palavrões jogados aqui e ali — que eram incompetentes a ponto de serem descobertos enquanto seguiam um alvo. E mais: não haviam percebido que o cliente estava sendo seguido por outra pessoa.

Lyra se fingiu de morto no banco do passageiro. Conteve a risada.

— ... então, o mínimo que eu espero — Gurgel terminou, as veias do pescoço grossas contra a pele vermelha — é que vocês descubram quem é esse imbecil do Ka até hoje à noite!

Desligou sem despedir.

— Não sei o que te dizer, Bardelli — sua voz estava bem mais mansa. — É tanta incompetência. Eu te demiti, e mesmo assim você foi melhor do que eles. Eu deveria ter ficado com você.

— Não deveria. Prefiro as coisas do jeito que estão.

— Eu pago seu táxi de volta.

— Não precisa. Eu que quis vir. Não achava justo saber que tinha gente te vigiando e não te avisar.

— Obrigado. Vou mandar os idiotas pararem de te seguir.

Silêncio por um quarteirão inteiro.

— Você disse que encontrou a Carmen. Como assim, Gurgel?

Ricardo Gurgel olhou torto. Tinha sido simpático, mas não significava que estava disposto a se abrir.

— Só pode ser ela. Quer dizer, eu achava que só podia. Agora já não sei de mais nada.

— Você não tem prova de que é ela a chantagista, tem?

— Não. Mas as chances são enormes. Você mesmo disse isso.

— É...

— Então, em vez de ficar esperando, eu mandei encontrarem essa mulher. Na segunda-feira mesmo contratei o serviço dessa agência. Essa japonesa mora perto da Faria Lima, mas não voltou pra casa. Tá hospedada num hotel aqui na Marginal Pinheiros desde que voltou. A vadia usou nome falso, sabia? Pra mim, é indício de culpa. Ela tá protegidinha lá pra continuar me mandando mensagem. Já mandei um monte desses detetives aí ficarem em cima dela. Qualquer coisinha que eles virem, qualquer mensagem estranha que ela escrever naquele celular, eu vou pra cima dela. É toda prova de que preciso.

— E aí você vai fazer o quê? — Lyra perguntou, cético.

— Surpresa.

Ele até perdera o sono nos últimos dias de tanto fantasiar com o momento em que talharia o rosto daquela vigarista usando a mesma a faca que rasgara tia Hortência.

— É por isso que eu digo que fico feliz com as coisas do jeito que estão. — Lyra chacoalhou a cabeça. — Não quero participar dessa sua vingança doentia. Só toma cuidado. Se você fizer burrada...

— Não vou.

— Checa essa história do Samuel. Senão você acaba pegando a pessoa errada.

Foi quando Gurgel se derreteu numa risada macabra.

— Fala a verdade, Lyra, você quer pegar essa desgraçada tanto quanto eu. Ela atingiu seu ego. Ela te humilhou. Por isso você continua insistindo nesse caso. Você quer vingança também.

— Nem vem com essa. Eu só quero justiça.

— Você não me engana. A Vanessa me contou que você apareceu lá um dia desses. Na casa deles, do tenente-coronel. Foi como quem não quer nada.

— Fui devolver um manual do carro que eu tinha esquec...

— Isso é o que você diz. Eu já falei, você não me engana.

Lyra fechou a cara. Gurgel continuou, entre risadas de satisfação:

— A Vanessa disse que o pai dela ficou louco quando soube que você tinha entrado na casa deles. Irritadíssimo. Parece que demitiu a empregada que te atendeu. Falou que não era pra terem te deixado entrar.

— Que sirva de lição pra você saber com quem tá lidando.

— O que tá insinuando?

— Eu disse que você usa viseira. Você não pensa na possibilidade mais óbvia, é inacreditável. Só tô te avisando, Gurgel. As pessoas daquela família não são tão desunidas quanto fazem parecer. Senti isso quando vi que eles conversavam trancados num quarto no dia do crime, e senti de novo quando entrei naquela casa. Tem alguma coisa ali no meio. Eu não estranharia se eles soubessem do seu caso com a Vanessa.

— Quê?!

— Há um tempo, o Emílio deixou o celular cair na piscina e começou a usar o da irmã emprestado. A empregada jura que o Emílio fez isso de propósito. E eu só consigo pensar em uma coisa que o Emílio queria descobrir pegando o celular da irmã... E agora essa mesma empregada foi demitida.

Emergiu uma lembrança da noite em que Conrado ficara de vigília no quiosque. Duas pessoas descendo em direção à piscina, vozes altas, discutindo... Plínio e Demétrio com os nervos à flor da pele, um soco, e depois o pai dizendo que a família tinha motivos para cancelar aquele casamento...

— Por que eles fariam essa chantagem comigo? Sou tão bom pra Vanessa, eu...

— Você sabe como essas mensagens são ofensivas. De repente algum deles não suporta a ideia de você só usar a Vanessa, sem assumir o relacionamento.

— Mas por que não falar pra eu assumir, então? Pra que me extorquir? Pra que matar minha tia, porra?! Pra que continuar me ameaçando de... de...

Silêncio. Lyra, num tom mais grave:

— Então você recebeu mais mensagens?

Hesitação.

— Sim... Duas.

— O que dizem?

— Aquele monte de merda de novo. Que não é pra eu contar nada pra polícia. E pra eu separar dinheiro. Setenta mil! Recebi a primeira no dia em que eu, a Sandra e o Enzo tivemos que voltar praquela cidade dos infernos e depor na delegacia. — Suspiro dolorido. — Eles são uns burros, esses policiais. Não vão chegar a lugar nenhum.

Não sabem da chantagem, não sabem porra nenhuma, então ficam perguntando quem ia querer fazer mal pra minha tia. Como se tudo isso tivesse a ver com ela!

— Então talvez você devesse contar sobre a chantagem.

Gurgel fuzilou Conrado com o olhar.

— Ficaram me perguntando se ela tinha comentado com a gente algo sobre o Demétrio. Alguma coisa criminosa. Não faço ideia do que eles tavam falando. Parece que a minha tia comentou com alguém que ele era perigoso.

Lyra arqueou as sobrancelhas.

— Então o doutor André deu ouvidos ao que eu falei? Bom. Agora ele é um por cento menos idiota no meu conceito.

— Foi pra você que a minha tia falou isso? Que história é essa?

— Ah, a gente tava batendo papo e ela me disse pra ter cuidado com o Demétrio.

— Por que você não me contou isso antes?

— Porque não vi motivo. Eu não sei de nada. Ela só falou que ele cometeu algum crime, abafou tudo, conseguiu evitar os tribunais e saiu impune. Ela me deu um nome...

Mas Gurgel não estava disposto a dar o braço a torcer. Não queria acreditar que Demétrio ou alguém da família Amaral estivesse por trás daquilo.

— Só sei que esses policiais são ridículos. Eles... Caramba, Bardelli, eles acham até que fui *eu*! Ficaram me perguntando se eu tô feliz com a herança da minha tia... Como se eu já não fosse rico! E como se a herança viesse agora pra mim. São uns burros!

— É o trabalho deles, Gurgel. Investigar.

— Eles não estão só investigando. Estão quase me acusando. Só porque descobriram um negócio do testamento da minha tia que, diga-se de passagem, não era segredo pra ninguém.

— Que negócio?

— Que o espólio dela vai ficar congelado até o Enzo ter trinta anos. Aí depois vem pra nossa família, no meu nome, a não ser que aconteça alguma coisa comigo antes. Grande merda. Já sou rico, e o Enzo tem vinte e seis. Ou seja, nem herança a gente vai receber pelos próximos anos. Todo o mundo sabia. Minha tia não queria que o Enzo virasse um vagabundo que não trabalha, que se sustenta à custa dos pais.

— Ah, eu me lembro de a sua tia comentando isso...

— Era só uma das manias dela. A minha tia adorava fazer essas coisas pra que tudo saísse do jeito dela. Mas esses idiotas ficam insistindo como se... Enfim, quase dei um soco na cara daquele delegado veado.

Doce de Berinjela.

Chegaram. Lyra deixou o carro antes de Gurgel descer para a garagem. Com a porta entreaberta, o detetive deu adeus e um último recado:

— Por favor, não faz nada com a Carmen. Pelo menos por enquanto. Ela é esperta. Se você fizer alguma coisa, eu tenho a impressão de que ela vai fazer você se arrepender.

IV

Ao final daquele dia cansativo de escritório, incontáveis processos e xícaras de café entrando e saindo da mesa de Bardelli, a vontade era largar tudo, correr pra casa e desmaiar. Desta vez, sem as cenas de pescoços abertos com que Lyra sonhara na noite anterior. Mas ele ainda tinha um compromisso.

— Dirce, larga tudo e vamo embora. Amanhã cedo eu lido com o que faltou. Tenho um aniversário agora.

O pit stop em casa foi digno de corrida profissional: banho entra e sai do boxe, calça jeans deslizada pelas pernas ao mesmo tempo em que camiseta polo e jaqueta entravam por cima. No caminho de saída, parada para um remédio contra a gripe. E de volta à pista.

Chegou à Vila Mariana às nove. Atraso de meia hora, indigno de pódio. Lyra desceu do táxi em frente ao número 1.095, um prédio estreito com pintura amarela. O apartamento de Edna Ferraz ficava no décimo andar, mas a comemoração estava acontecendo no salão de festas.

O detetive caminhou até a portaria e, de súbito, parou. Plínio estava ali de plantão, falando com o porteiro ao interfone.

— Tenta de novo, de repente elas não ouviram — ele falou, o rosto exausto de tanto insistir. Então, avistou Lyra. — Seu Conrado! Você... O que veio fazer aqui?

O que responder num momento desses? Pois é. Lyra ficou sem palavras olhando para a cara de Plínio. Ao interfone, o porteiro perguntou se podia ajudá-lo.

— Sim, eu... vou na Edna. Dona Edna Ferraz. É... meu nome é Conrado Bardelli.

Plínio olhou torto. Não entendia nada, feito um viajante no tempo confuso com o presente.

— Ah, achei o nome do senhor na lista — disse o porteiro, e Lyra desejou que ele parasse de falar o quanto antes. — Pode entrar, é só virar à direita ali na frente, é no salão de festas, tá ok?

Lyra murmurou um *bom* com várias reticências a Plínio. Puxou o portão para entrar, como quem se despede, mas Plínio segurou a grade aberta.

— Eu vou junto, tava só esperando o seu Conrado — disse ao porteiro.

O que Lyra devia fazer? Dizer que era mentira? Deixar Plínio preso lá fora?

— Eu só não sabia que era no salão de festas, tipo, achei que tava todo o mundo lá em cima — Plínio foi incisivo.

Nisso o porteiro pôde acreditar. Então Plínio entrou no encalço de Conrado.

— Vim dar um oi pra dona Edna, seu Conrado, eu sabia que o aniversário dela era por esses dias — o rapaz sabia que devia uma explicação. — Ela é firmeza. Vim dar um beijo. E ninguém atendia lá no apê delas...

Viraram à direita, como instruído pelo porteiro, e, ao passarem por uma porta de vidro, viram-se dentro de um salão de festas dividido em parte interna e externa. A externa tinha churrasqueira, bancos e uma quadra poliesportiva, agora sendo usada por crianças do prédio. E a parte interna, cheia de mesas e um balcão, abrigava nesse momento umas vinte pessoas conversando. Todas ficaram mudas quando viram Plínio passando pela porta. Lyra, roxo de vergonha. Quase deu meia-volta e foi embora. Oscar, Edna, parentes, amigos, gente que Lyra tinha visto no feriado do casamento. Todos lá. Oscar estava pasmo.

— Plínio?

A voz veio lá de fora. Diana estava ao ar livre, debaixo de um poste de luz que fazia os olhos brilharem como faróis. Os cabelos castanhos estavam presos num coque; ela usava uma jaqueta vinho e segurava uma taça com bebida. O rosto era um misto de emoções. A boca ligeiramente aberta, a testa, franzida, pálpebras que pareciam cada vez mais molhadas. Mas as linhas fundas no rosto transmitiam outra coisa: ressentimento. Pois ela não havia convidado Plínio. E lá estava ele.

— Diana, eu nem acredito.

Plínio não ligou aos que o encaravam. Sabia que era indesejado, mas que fossem pro inferno. Atravessou a festa em direção a Diana.

— Eu tava tentando falar com você. Fiquei tão preocupado! Senti a sua falta, gatona. Você... — E então, quando chegou perto, Plínio viu que havia uma pessoa ao lado de Diana. Alguém que ele não tinha enxergado.

— Oi, Plínio — cumprimentou Enzo.

O noivo não compreendeu. Olhou de Diana para Enzo e de volta para Diana.

— Enzo? Vocês dois...

— Calma, eu só passei pra cumprimentar a Edna — Enzo explicou.

— Mas pelo jeito você não foi barrado. Eu fui.

Enzo abriu a boca, puxou o ar, mas não havia nada que pudesse dizer.

— Plínio, você não deveria ter vindo... — disse Diana.

— Claro que eu deveria ter vindo, Diana. Por que não deveria? Só vim pra dar os parabéns pra minha sogrinha.

— Eu tô aqui — Edna chamou de uma mesa. Seu vestido azul, apesar de bonito, destacava suas gorduras abdominais. — Pode me dar os parabéns.

Só que Plínio já tinha se esquecido dos cumprimentos, da sogra, do mundo ao redor. Ficou ali como quem despenca de um prédio e não sabe quantos andares de agonia faltam até acertar o chão duro.

— Por quê? Hein, Diana? Custava?

— Preciso de um tempo pra mim, Plínio. — Diana fixou os olhos na taça. Não conseguia encarar o noivo.

— Por que não me falou pessoalmente?

— Porque eu não conseguia!

— E de um tempo *dele* você não precisa, né?

Não houve resposta.

— Plínio, eu te entendo. — Enzo deu um passo à frente. — Sério, desculpa, isso foi um puta mal-entendido. Só vim porque os meus pais e os da Diana são...

— Amigos? Então cadê seus pais?

— Eles não puderam vir porque... O que aconteceu lá no hotel... Plínio, eu...

— Não toca em mim! — Plínio jogou longe a mão que Enzo tentou aproximar.

— Tudo bem, calma. Eu só quero que você entenda que...

— Caralho, Diana! Você não se dignou nem a me mandar uma mensagem!

— Eu já disse que não conseguia, droga! — Ela não tirava os olhos da taça. Começou a chorar. — Você não entende que...

— Então me explica, cacete! O casamento que foi arruinado na semana passada também era meu, você se lembra disso?

— Não me pega pelo cotovelo!

— Olha pra mim! No meu olho!

A taça se espatifou no piso com a investida de Plínio, que fazia Diana vítima de sua força.

— Me solta, Plínio!

— Hein?! Fala! Por que você...

Era demais. Enzo não aguentou e descarregou um belo de um soco no rosto de Plínio, que com o impacto foi parar no chão junto aos cacos da taça de Diana. A maçã do rosto ficou vermelha na mesma hora.

— Nunca mais agarra ela assim! — alertou Enzo, apontando o dedo.

Plínio ficou caído por vários segundos, assustado. Pelo salão, queixos caídos. Quando o rapaz se ergueu, revelou uma cachoeira de lágrimas. Abriu a boca, gaguejou, o maxilar tremendo. Foi a voz da sua alma que falou:

— Eu te amo, Diana, eu te amo muito, mas juro que isso tudo tá acabando comigo.

E foi embora sem olhar para a cara de ninguém.

V

Enzo só sabia ter dó de Diana. Ela escondia o rosto molhado, arfando. Enzo se perguntava se fizera a coisa certa. Tarde demais para desculpas. Ele tocou o rosto dela e disse que respeitaria seu espaço. Esperaria lá dentro. Diana respondeu com um sofrido *obrigada*.

No salão, Oscar mostrava sua revolta por Lyra ter trazido Plínio junto.

— Eu não trouxe ninguém! Quando cheguei, ele tava aí fora e me seguiu.

— Caramba, Lyra!

— Eu não sabia que ele não tinha sido convidado! Eu...

Uma das convidadas, irmã de Edna, interveio:

— Como é que ele ia adivinhar que vocês não tinham convidado o menino? O Plínio ainda é o noivo da Diana, gente. Parece que ninguém se lembra disso.

Conrado agradeceu. Ficou pensando naquele *ainda é o noivo da Diana*. Cumprimentou a aniversariante, ao seu lado:

— Parabéns, Edna. Tudo de bom, muitos anos de vida.

— Obrigada, Lyra. Só preferia que você não tivesse me trazido esse presentão. — Ela riu, apesar de tudo.

Enzo retornou. Todos emudeceram mais uma vez. Parecia que era Plínio quem voltava. Mas Enzo tinha muito mais tato. Ele sorriu e afirmou que Diana estava bem. Só precisava de tempo.

— Não se preocupa, seu Conrado — disse ao detetive, minutos depois, quando se viu a sós com ele, os ânimos já apaziguados —, o pessoal dizendo que foi o senhor que trouxe o Plínio. Eu sei que é besteira. O Plínio é assim mesmo.

— Assim como?

Enzo corou e se pôs a explicar:

— Ah, eu quero dizer que ele é, sei lá, instintivo.

Eles não sabiam mais o que dizer. Beberam de seus copos, comeram amendoim, qualquer coisa que justificasse o silêncio. Enzo então perguntou se Bardelli tinha conversado com o delegado nos últimos dias.

— Não, nenhuma vez. Ainda nem fui chamado pra depor.

— Entendi. A gente foi esta semana. Quarta-feira.

— E como foi?

Enzo suspirou e deu de ombros. Como quem diz *uma bosta*.

— Não sei. A gente nunca sabe o que se passa nessas investigações. Eu diria que eles não sabem de nada. Não têm a menor ideia. Mas sou só um leigo que não entende nada de inquérito.

Entende mais do que imagina, pensou Lyra, que apostava que a equipe de investigações da DIG de Joanópolis não tinha ainda uma única pista sobre quem matara Hortência Gurgel.

— E a sua família, Enzo?

— Todo o mundo se recuperando. Meu pai tá estranhíssimo. Sem paciência, mal-humorado. Sei que ele não tem dormido. Encontrei ele vagando pela cozinha uma madrugada dessas. Ele e o celular. Ele não desgruda do celular. Mas eu acho que, na real, meu pai já era assim. Antes mesmo de a minha tia...

Parou de falar. Desviou o rosto.

— Uma hora passa. E o senhor?

— Ah, voltei ao trabalho. Normal. Só burocracia de escritório. — Fez questão de frisar *burocracia* e terminar a conversa antes que Enzo lhe perguntasse se estava investigando.

Surtiu efeito. Enzo pediu licença e foi conversar com Edna. Ela sorriu como quem recebe um filho. Já tinha esquecido de toda aquela cena com Plínio. Passou a mão no braço de Enzo, cochichou no ouvido dele, poderia estar dizendo algo como: *eu achei muito cavalheiro aquilo que você fez lá fora pela minha filha.*

Ao pensar no assunto, Conrado olhou pela porta de vidro e avistou Diana sentada num banco ao lado da quadra poliesportiva. Sozinha. Parecia que a bola da criançada ia acertá-la a qualquer momento. Atrás do balcão, Oscar também observava a solidão da filha. Mas ele parecia agoniado só de imaginar sentar-se ao lado dela e não saber o que dizer. Servia-se de uísque enquanto pensava.

Lyra resolveu tomar a dianteira. Saiu para o ar livre e viu que Oscar lhe lançava um olhar de aprovação.

— Oi — disse para Diana.

A moça ergueu o rosto. Vermelho.

— Oi, tio. — E não soube mais o que dizer. *Desculpa pela cena?* Dramático demais. *Por que você trouxe o Plínio?* Também não era o tom certo. Daria a impressão de que estava irritada.

Atrás deles, o barulho irritante da bola sendo chutada contra a grade. A cada ruído, eles se assustavam, achando que seriam golpeados na nuca. Lyra quis mandar aqueles moleques irem jogar *videogame*. Melhor ignorá-los.

— Tudo deve estar sendo um furacão pra você.

Diana mordeu o lábio. Respondeu outra coisa:

— Achei que ninguém fosse tocar nesse assunto a noite toda.

— Por que a gente faria isso?

— *Faria*? — Diana levantou a sobrancelha. — Veja você mesmo, tio. Olha lá dentro. Ninguém dando a mínima. Não é que as pessoas iriam fingir que não aconteceu nada. Elas *já estão fingindo*. Menos você e o Enzo.

Conrado brincou com a barba. Preferiu nada dizer.

— É bem típico deles — Diana prosseguiu, mirando os pés — fingir que as coisas não acontecem. Deixar que tudo siga em frente. E se dá errado, depois eles esfregam na sua cara. Bem legal.

— Não acho que seja por mal.

— Tá bom, tio, eu sei. Enfim, deixa.

Pém! Bola na grade. Os dois se assustaram juntos.

Já que estavam sendo honestos, Lyra decidiu que era hora de abrir o jogo:

— Encontrei o Plínio uns dias atrás. Na terça-feira. Ele parecia desesperado pra falar com você.

— Você se encontrou com ele? Por quê?

— Calma, foi só um encontro sem querer. Eu fui devolver uma coisa do Demétrio. Aí encontrei o Plínio. Ele tinha acabado de voltar da sua casa.

— Hum...

— Disse que não tinha te visto. Que você tinha arranjado um emprego.

— Até ele me criticou?

— Não, não. O Plínio não disse nada. Só lamentou que você não tava em casa.

Diana começou a massagear a nuca. Parecia à procura de um botão liga/desliga. Conrado prosseguiu:

— Ele falou que te ligou várias vezes, que você... Enfim.

— Que eu não atendi.

— Isso.

— E você quer saber por quê.

Lyra cruzou os braços.

— É porque ninguém sabe do que eu sei, tio.

— Como assim?

As mãos foram parar nas coxas. Coluna encurvada, rosto cadavérico. Diana transformou-se numa boneca de pano. Atrás deles, a bola continuava a querer acertá-los, mas eles nem reparavam mais.

— Os meus pais não querem entender. Tipo, eles só querem que eu siga um protocolo e seja feliz do jeito deles. Nada que saia do *script* é aceitável. Foi assim com a faculdade. Foi assim com o intercâmbio que eu ia fazer e que tenho certeza de que eles não queriam que desse certo. Queriam que eu ficasse aqui, com eles, como se o cordão umbilical ainda estivesse me prendendo, sabe? — Ela chacoalhou a cabeça. — Foi assim com o Plínio. Ele é preto, ele largou a faculdade, ele não fica paparicando os meus pais...

— Mas nada disso interessa porque você escolheu o Plínio, não escolheu?

— Eu... eu acho que... Quer dizer, a gente não pode mudar os sentimentos assim, de uma hora pra outra.

Lyra não parava de pensar sobre mudanças. Sobre aquilo que pensara a respeito do crime. E se alguma coisa naquela teia de acontecimentos mudasse? Um pensamento que parecera tão longínquo... E que agora já se mostrava profético, menos de uma semana desde o assassinato.

— Diana, você precisa conversar consigo mesma. Entender o que tá se passando aí dentro. Entender o porquê de você não querer falar com o Plínio e...

— Eu entendo o porquê.

Lyra só arqueou a sobrancelha.

— É como se eu não conhecesse mais ninguém. Como se não conhecesse mais o Plínio. — Pausa. — Ou melhor, como se o Plínio fosse, no final das contas, tudo aquilo que eu sempre suspeitei...

— E o que ele é?

As lágrimas estavam de volta aos olhos dela.

— Eu não consigo mais amar o Plínio sabendo que foi ele!

— Que foi ele o quê?!

— Que foi ele que matou a tia do Enzo. Só pode ter sido. Por vingança.

— Diana, você só tá supondo...

— Tio, *eu vi* o Plínio estudando anatomia depois de largar o curso de medicina!

— Como assim?

— Na noite em que fiz o pedido de casamento. Ele já tinha largado o curso, disse que odiava o curso, que queria que todos os médicos fossem se foder! E aí eu entrei no quarto dele naquela noite, sem o Plínio me ver, e ele tava estudando sobre, sei lá, artérias, sangue, aquelas figuras com um pescoço dissecado... Por que ele faria isso? E um cara que sempre disse ter medo de sangue.

Diana voltou a esconder o rosto entre as mãos.

— Diana... — Lyra tocou o ombro dela. — Eu sei que os rumores dizem que foi o Plínio porque ele tinha sangue no sapato. Mas o verdadeiro assassino teria muito, muito mais sangue na roupa e... E não é por isso que...

— Mas aí que tá, não é só isso. — Ela levantou a cabeça e falou tudo de uma vez: — Isso que vocês viram, agora há pouco, ele me agarrando: esse é o verdadeiro Plínio.

É isso o que mais me dói! Que, no fim, por mais que eu tenha ódio mortal de assumir, todo o mundo tava certo! O Plínio é um homem das cavernas!

Conrado ficou quieto.

— Eu sei, sou uma monstra. E me odeio por dizer isso, mas esse *é* o Plínio. Eu tentei por esses dois anos mentir pra mim mesma, dizer que conhecia o meu namorado profundamente e que ele não era assim. Eu não queria assumir que tava errada.

— Talvez você não estivesse — Lyra disse, uma ponta de otimismo. — Só porque ele te agarrou aqui... Quer dizer, eu até entendo, ele ficou irritado porque te viu com o Enzo, aí...

— Tio, no dia em que conheci o Plínio, ele quase me assediou. Juro!

— Nossa. Eu... não sabia.

— Foi numa festa da nossa faculdade. O Plínio tava procurando mulheres pra beijar, eu entrei no caminho, ele tentou vir pra cima de mim, eu disse não, ele insistiu, me agarrou, me machucou de verdade, eu dei um tapa e ele veio atrás de mim.

Conrado ficou boquiaberto.

— Sei o que você tá pensando, tio. Que eu nem deveria ter me relacionado com ele. Acontece que depois o Plínio foi legal comigo, a gente ficou amigo e eu percebi que funcionava. A gente começou a namorar e ele virou esse cara que você conheceu no feriado. Tranquilo, agradável. Só que, nesse tempo todo, nunca me saiu da cabeça aquele dia. E agora...

Secar as lágrimas era tudo o que lhe restava.

— Tô me sentindo um lixo. Antes, eu enchia a boca pra dizer que amava o Plínio. Agora, acuso o cara de assassinato. Meu Deus!

No decorrer da noite, teve jantar, parabéns, bolo, cumprimentos. Bardelli não conseguiu sentir o gosto da comida nem simpatizar com a aniversariante. Estava aturdido demais para tudo aquilo.

Seu instinto estivera certo o tempo todo. E se aquele assassinato fizesse algo mudar? Não havia mais volta. Tudo estava diferente.

CAPÍTULO 15

Os mortos da corporação

UMA SEMANA DE CASAMENTO SUSPENSO

I

Na manhã de sábado, Conrado acordou com dor de cabeça. Fazia uma semana da morte de Hortência. Estava programada uma missa de sétimo dia, mas o detetive não iria, assim como não tinha ido ao funeral. Nada contra Hortência. Era só medo de ser mal recebido. E de orar pela morta cujo assassino ele ainda não tinha descoberto.

Lyra mandou uma mensagem para Ricardo Gurgel.

> Não vou poder comparecer à missa hoje, mas espero que vocês superem essa dor.

Gurgel não respondeu. Lyra enviou outra:

> Seus detetives conseguiram alguma coisa com o Ka? Falaram com o Samuel?

Agora Gurgel replicou:

> O filho da puta parou de aparecer. Parece que sabia que ia dar merda.

Naquele dia, Bardelli recebeu um telefonema da polícia. E não de qualquer um: do próprio doutor André. Demonstração de respeito ou provocação? Queria chamar Conrado para depor. Combinaram para terça-feira, na parte da manhã.

— Escuta, doutor, tem uma coisa que eu preciso contar.

O doutor André se comportara. Sem ironia por enquanto. Merecia uma recompensa.

— Diga, seu Conrado.

Sempre *seu* Conrado. Nunca *doutor* Conrado, como os advogados costumam ser tratados. Mas pro delegado tinha que ser *doutor* André. Incrível! O desgraçado continuava fazendo questão de posicionar como um superior. Conrado teve ódio. Mudou de ideia.

— Nada, esquece.

— Fala. Pode ajudar.

— Não, é só um detalhe.

— Por favor.

— É uma coisa que a noiva me disse.

Conrado contou o que ouvira na noite anterior sobre Diana ter flagrado Plínio lendo livros de anatomia humana mesmo depois de ter largado o curso de medicina. Disse que fora muito difícil para Diana confidenciar aquilo.

— Tá — foi a única resposta do delegado, que desligou logo em seguida.

Que vontade de matar aquele idiota.

II

Mas outro delegado, muito mais amigável e acessível, poderia ajudar.

— Liga pro Wilson e convida pra vir me encontrar aqui no escritório, Dirce, por favor.

— Claro, doutor Conrado. Mas o senhor perdeu o telefone dele?

— Não. É que eu sei que se você liga, ele obedece. Se eu ligo, ele xinga.

Foi exatamente o que aconteceu. Wilson Validus, delegado do DHPP, aceitou passar o horário de almoço daquela segunda-feira no escritório de Bardelli por um único motivo: a voz doce de Dirce. Impossível dizer "não" a ela.

Ao meio-dia e meia, a secretária o recebeu com um sorriso de velha amiga e o levou à sala do chefe.

— O doutor Wilson me trouxe sachês de chá de presente, doutor Conrado. Olha que gentileza!

Aquele urso que se passava por gente chegou exibindo seus dois metros de corpo, hoje metidos num elegante e inusitado terno cinza com gravata azul. O bigode estava especialmente aparado. Lyra apontou para as roupas e se fez de surpreso.

— Arrumado, hein. Tudo isso só pra me encontrar?

— Já vi que eu não deveria ter vindo.

— Ué, faz tempo que a gente não se vê. Vai que você ficou emocionado com a ligação da Dirce...

— Sabe quando vou vestir terno por sua causa? No seu enterro.

— Você fala, mas eu só vejo o seu bigode mexendo. Ele tá lindo hoje, sabia? A única coisa é que da última vez não tinha tantos fios brancos.

— Ah, olha quem fala... Você acha que tá arrasando? Papai Noel. Dezembro tá aí, aproveita e faz uns bicos.

Apertaram as mãos com sorrisos de genuína alegria.

— Eu juro que não entendo vocês dois. — E Dirce, pedindo licença, voltou para sua mesa.

— Sério, qual é a do terno? — indagou o detetive enquanto eles se sentavam.

— Reunião dos chefes de polícia de vários estados. Coisa de rotina. Eu geralmente nem participo dessa chatice, mas hoje não teve jeito. Enfim. Que é que você quer?

Lyra deu de ombros, sorriu.

— Ih, merda... — Wilson girou os olhos.

— Por que *ih, merda*?

— Porque tá na cara que você vai me pedir algo impossível. De novo.

— Nunca peço coisa impossível. Só peço coisas que você pode me dar.

— Eu vou te dar o dedo logo, logo.

— Bom, topa um almocinho no restaurante aqui embaixo?

Restaurantes italianos sempre animavam o doutor Wilson. Lyra sabia disso e usava a estratégia toda vez que queria fazer um pedido mais ousado.

Lyra pediu *capeletti*. O carneiro com molho e risoto deixou Wilson babando. Pediram vinho. Os dois só voltaram ao assunto anterior quando os pratos já tinham chegado.

— Me fala de uma vez — exigiu Wilson, a boca suja de molho. — É sobre aquele caso da morta no casamento? Claro que é. E eu ainda pergunto. E você quer a minha ajuda. Por isso me trouxe aqui, né, seu desgraçado? Foda-se, você que pague a conta.

— Pra sua informação... — Lyra se debruçou sobre a mesa. — ... não é só *a morta do casamento*. Foram duas pessoas assassinadas naquele feriado.

Conrado contou os detalhes do caso, incluindo a facada na nuca que matou Eunice Rabelo. Só omitiu a chantagem a Ricardo Gurgel. Lyra ainda não estava pronto para assumir que vinha ajudando a omitir informações importantes do inquérito.

— A gente sempre volta pras mesmas perguntas de sempre. O que essa mulher viu? A dona ho hotel. Do que ela sabia?

— Não é tão simples, Wilson, não é como se ela tivesse sido testemunha ocular do primeiro crime. Ela tava longe, no salão ao lado de onde a Hortência foi assassinada. E antes de morrer, no domingo, a Eunice comentou com uma hóspede que queria conversar comigo. Disse que a gente tava vendo as coisas de trás pra frente.

Wilson franziu a testa.

— Mas que porra quer dizer isso? O que é um assassinato de trás pra frente? A vítima matou o assassino?

— Legal, você fazendo piada ajuda muito.

— Ah, porque agora eu tenho obrigação de ajudar.

— Tô falando sério, Wilson!

— Tá, Lyra, eu também. Só tô repetindo o que a mulher falou: vocês estão vendo tudo de trás pra frente. Pega esse *tudo* e gira. Inverte.

— E que *tudo* é esse?

— Tenho cara de mágico? O caso é seu. — Ele meteu a faca na carne do carneiro sem imaginar que Lyra pensava em pescoços dilacerados. O detetive teve um arrepio. Wilson continuou: — Mas eu suponho que essa mulher não era nenhuma perita no caso.

— Não, uma pessoa comum, coitada.

— Então ela deve ter se referido ao conhecimento geral. Ao clichê, algo banal, entende? O tipo de coisa que qualquer um saberia. Ou então o tipo de coisa que a polícia perguntaria pra ela.

Lyra assentiu.

— Interessante...

— Me conta mais do crime.

Lyra sempre foi bom com detalhes. Descreveu o homicídio de Hortência tal como um observador que vê a cena na hora. Os vizinhos de mesa ouviam trechos, *ah, sangue nas paredes, o pescoço dela aberto, no colo uma poça vermelha, tudo coagulado depois, Wilson*, e dá-lhe carneiro e *capeletti* com molho vermelho.

— Bom, e se essa cena do crime foi vista de trás pra frente?

— De novo — Lyra interveio —, como é que a Eunice ia saber? Ela tava do outro salão a essa hora.

— Eu sei lá como ela saberia. Ela viu depois, não viu? Tá aí.

— Só se mexeram no corpo...

— Ele tava de frente pra porta?

— Sim, como se alguém estivesse empurrando a cadeira de rodas pra fora.

Wilson tentou pensar fora da caixa.

— Sei lá, de repente ela tava indo em direção à janela. É meio que de trás pra frente.

— Acho difícil. Por que ela iria até a janela? O assassino não poderia ter entrado por lá. Ela tava fechada e só abre por dentro.

— Então! A vítima foi abrir a janela pro assassino.

Lyra negou de novo.

— A Hortência era paraplégica. Na cadeira de rodas, ela não conseguiria alcançar a maçaneta que abre a janela no topo. Impossível, eu mesmo tentei.

Um minuto para nova teorias. Wilson ergueu o garfo.

— Talvez a relação dela com alguém fosse de trás pra frente. Eu sei, eu sei, é idiota. Só tô cuspindo tudo o que vem na cabeça.

— O que você quer dizer com *relação dela com alguém*?

— Me acompanha neste exemplo, sei lá, tô inventando: a vítima diz que odeia um homem. Faz de tudo pra mostrar isso. Só que ela, na verdade, é amante desse cara. Psicologia reversa, a gente vê direto nos casos, pessoas que fingem odiar, mas que na verdade amam. E vice-versa, que dizem amar, mas odeiam. Tudo jogo de cena pra enganar polícia. Enfim, voltando ao exemplo original: aí esse amante cansou de pular a cerca e resolve matar a mulher porque ele é comprometido e ela tá ameaçando contar tudo pra esposa. Assassinato pra manter o segredo. Pronto, tá aí o seu caso. E como você descobre? Pensando de trás pra frente. Inverso. Gira, sei lá.

— Tinha maconha no seu carneiro?

— Ah, agora *eu* é que tô viajando? Dá licença. Não vem falar de mim, não. Eu te conheço, sei que você adorou essa minha teoria.

— Nem vem, é ridículo pensar que a Hortência tinha um amante...

— Eu disse: Você. Amou. A minha. Teoria.

— Tá, é legal, pronto, parabéns, Einstein. Mas deixa isso pra lá. Agora eu queria te pedir aquela ajuda rápida.

— Como assim, *aquela ajuda*? Isso já não foi tudo?

Lyra deu um sorriso amarelo.

— Então... Não. É sobre aquele Demétrio Amaral. O tenente-coronel aposentado que foi comandante da Rota. Você me alertou pra ter cuidado com ele, lembra?

— E tem que ter mesmo.

— Aí que tá: por quê?

Wilson perdeu o bom humor. Pareceu, de repente, asfixiado com aquela gravata em torno do pescoço. Foi o único momento em que Wilson largou o carneiro por mais de cinco segundos.

— Olha, assuntos assim são muito confidenciais, Lyra. E tem motivo pra isso. Eu te aconselho a não ir atrás. Nunca. Nem brinca.

— Eu sei, é que...

— Não, você não sabe. Você tem uma ideia do que te disseram, mas não tem noção do todo.

Lyra uniu as mãos sobre o prato e insistiu:

— Eu preciso saber sobre isso...

— Precisa por quê? O Demétrio é o seu assassino?

— Pode ser.

— Bom, se for, fim da linha. Para por aí e vai ler um livro do Sherlock Holmes. Lá você vai chegar a um final feliz com o assassino indo pra trás das grades.

Lyra suspirou.

— Eu não vou parar.

— Lyra, eu tô te dizendo! — Wilson bateu na mesa e as pessoas em volta olharam. Ele nem reparou. — Você quer morrer, porra?

— Eu só quero saber se...

— Não quer. Então sai dessa.

Lyra ficou observando seu amigo terminar de devorar o almoço. Wilson largou os talheres, emburrado, recostou no espaldar, limpou o suor da testa e voltou a falar, mais calmo:

— Por favor, para com essa merda. Na boa. Não deve ter a ver. Aliás, certeza que não tem a ver.

— Wilson, a primeira morta me aconselhou a ficar longe dele. Disse que sabia de coisas confidenciais e que o cara era perigoso.

— Isso não quer dizer muita coisa. Eu também te aconselhei e nem por isso o cara veio atrás de mim.

— Vai que o Demétrio silenciou a velha.

— E ele ia matar a mulher antes do casamento do filho? Olha o que você tá dizendo.

— Wilson, você precisa ver a família dele. A casa parece o reduto de uma quadrilha...

— Pera, você entrou na casa dele?! Você... — Wilson precisava de ar. Abanou o rosto. — Lyra, isso é muito sério. Escuta o que tô dizendo: se você for atrás dele de novo, eu te entrego.

Agora foi a vez de Lyra tomar um choque.

— Você o quê?!

— Você sabe que detetive particular não pode investigar homicídio. Eu nunca fui cuzão com você, mas juro que não vou pensar duas vezes se você insistir nessa ideia, porra.

Lyra ficou sem palavras. E o clima pesou. As risadas de antes deram lugar ao silêncio e aos bicos de teimosia. Wilson pediu dois cafés e a conta. Beberam cafés azedos e Wilson fez questão de entregar a conta na mão do detetive.

— Você pode pelo menos me colocar em contato com o ouvidor da Polícia Militar? — Lyra perguntou antes de se levantarem. — Eu sei que vocês são amigos.

— Vou ver.

Aham, claro que vai. Lyra se despediu de Wilson com um aperto de mão fraco. *Vai se ferrar*, pensou. E desta vez não era brincadeira.

III

Mas Lyra era teimoso. Wilson não queria ajudar? *Dane-se, eu me viro sozinho.* Sentou-se à escrivaninha, jogou os processos de lado e abriu o computador para procurar pelo nome de Demétrio Amaral na internet. Nada de importante em vinte minutos de busca. Só se falava do desempenho do tenente-coronel à frente da Rota. Era firme e prático. Elogiava a força. Bandidos que morressem. Blá-blá-blá.

Se pelo menos Hortência tivesse dito mais...

Puta merda! Ela dissera. Lyra desbloqueou o celular assim que se lembrou de que Hortência, na véspera de sua morte, citara um nome... Um nome que Lyra tinha copiado no bloco de notas do aparelho.

Washington de Freitas.

Já era alguma coisa. Problema: tratava-se de um nome comum. Não comum tipo João da Silva, mas o bastante para que o resultado no Google apresentasse dúzias de perfis no Facebook, vários endereços de ruas espalhadas pelo Brasil e um sem-número de citações em processos de justiça.

Depois de meia hora sem resultado, Lyra sentiu a dor de cabeça da manhã voltar. Fechou o computador, checou o relógio — quase hora de receber uma cliente da advocacia. Será que Dirce, a Secretária-Ternura, não poderia continuar o trabalho enquanto Lyra conversava com a tal mulher? *Claro, doutor Conrado* — ela sempre aceitava com um sorriso de disposição. Sabia que não poderia rejeitar, era paga para aquilo; mas o teatrinho *por favor, Dirce* e *com certeza, doutor Conrado* era o tipo de gentileza que os movia.

A cliente ficou trinta minutos na sala de Conrado. Nesse meio-tempo, Dirce fez um chá de camomila para acompanhar sua pesquisa pelo nome Washington de Freitas. Só que nem chegou a beber, tamanha sua consternação com o que encontrou. Quando Lyra e a cliente saíram da sala, viram a xícara intocada. E Dirce da cor do chá, amarela, como uma personagem de *Os Simpsons*.

— Tá tudo bem, Dirce? — foi a primeira coisa que Lyra perguntou quando a cliente saiu.

— O senhor me perdoa por perguntar, doutor Conrado — ela iniciou, uma herege que fazia perguntas indecentes ao padre —, mas por que o senhor tá procurando o nome desse homem?

— É um caso complicado. Eu nem sei quem ele é. O que você descobriu?

— É que eu tava encontrando gente demais. Então comecei a fazer uma lista, doutor Conrado, com as pessoas com esse nome que fui encontrando, olha só... — Ela exibiu um documento no Word. — Aí eu pensei, *ah, mas qual será a idade desse rapaz que o doutor Conrado tá procurando? E a profissão?* Aí passei a buscar com essas palavras-chaves. E veio isso.

Conrado espiou por cima do ombro dela. Estava aberta uma notícia de seis meses antes.

CORPO DE POLICIAL MILITAR É ENCONTRADO EM MATAGAL DE ITAPECERICA DA SERRA

A dor de cabeça o atacou de repente.

— Diz aqui que o homem foi... foi esquartejado, doutor Conrado. Os órgãos todos sep-separadinhos... Uma coisa horrível!

Conrado copiou o *link* e foi ler a notícia em sua própria sala. Começou a fazer anotações. Morte causada por tiros que perfuraram o pulmão e o queixo. Esquartejamento em seguida. Coração e olhos arrancados primeiro. Órgãos encontrados num saco de lixo, carcaça do morto jogada a poucos metros, na mesma mata.

— Doutor Conrado! — Dirce chamou da outra sala e entrou correndo pela porta. — Tem mais um! Outro homem que morreu do mesmo jeito, corpo todo cortado, tadinho. Apareceu morto uma semana depois desse aí que a gente viu. Quase no mesmo lugar. E também policial militar.

O segundo morto se chamava Paulo José Aparecido. Sua morte fora igualmente veiculada por alguns jornais, sempre com a afirmação da Polícia Civil de que ambos os casos seriam investigados. Sim, *ambos*, porque estariam ligados, segundo o delegado do DHPP encarregado. Ele dizia que Washington de Freitas e Paulo José Aparecido tinham sido colegas de trabalho do mesmo Batalhão da Polícia Militar e tinham desaparecido no mesmo dia, enquanto faziam uma ronda de rotina no Jardim Ângela, bairro na Zona Sul de São Paulo. A viatura dos dois fora encontrada vazia num matagal no dia seguinte.

A mente do detetive viajou com as possibilidades. Imaginou os dois homens ouvindo um barulho suspeito, quem sabe aproximando a viatura, e então testemunhando algo. Algo que não deveriam ter visto. E então sendo silenciados... Mas por que aquela brutalidade nos assassinatos?

IV

Ainda na segunda-feira, um muito ansioso Conrado Bardelli telefonou mais de dez vezes para o celular do doutor Wilson Validus. O delegado se fingiu de morto. Devia estar nas reuniões de que falara. Ou simplesmente sentia que Lyra havia descoberto algo e não queria responder a perguntas.

O detetive foi dormir tarde. Ficou pesquisando sobre os homicídios dos dois policiais, apesar de saber que dificilmente encontraria informações novas. O caso, uma vez no estado etéreo de *inquérito aberto em investigação*, fora praticamente deixado de lado. Nem uma palavra a mais nos jornais desde então. Acontecia muito.

Não bastava dormir tarde, ele tinha também que dormir mal, claro. O cérebro parecia sempre saber a melhor hora pra ferrar o corpo todo. Lyra acordava dos cochilos com imagens de pescoços abertos, silhueta fantasmagórica no gramado do hotel, mala cheia de dinheiro, faca...

Quatro da manhã — melhor levantar de vez. Preparou um lanche reforçado: café, vitamina, mamão, sanduíche de peito de peru, pão com geleia. Saiu de casa antes das sete. Destino: Joanópolis. Era o dia de prestar depoimento.

Pegar as mesmas rodovias e terminar na estrada de terra reforçou as lembranças ruins. Era como se Lyra nunca tivesse acordado do sono cortado.

O doutor André Santana recebeu Conrado com um sorriso que só estava ali para encobrir as olheiras. E talvez para irritar. *Eu sei que você está tão ferrado quanto eu, Visconde de Sabugosa, não tenta me enganar.*

— Poxa. Você parece cansado, seu Conrado — ele *tinha* que provocar.

— Você parece ótimo, doutor. Aposto que deve ter avançado horrores no caso.

A partir dali, não se olharam mais nos olhos. O delegado caiu na real: estava ficando sem baterias e tinha tempo de menos para tarefas de mais. Ou respostas de menos pra perguntas de mais. Dava no mesmo.

Lyra repetiu todas as informações. Recontou o dia do assassinato, sua relação com Hortência Gurgel e jurou que não sabia o que Eunice Rabelo queria dizer com *eu acho que as pessoas estão vendo tudo de trás pra frente*.

O diabinho no ombro de Lyra cochichou nova provocação:

— Engraçado, o senhor deu a entender que tinha avançado. Mas pelo jeito...

O delegado ficou da cor de um tomate.

— Se o senhor acha que uma investigação é só escolher o criminoso e fechar o inquérito em uma semana é porque não tem nenhuma noção. Chego, inclusive, a duvidar da sua fama.

— De modo algum, doutor. Eu só lamento.

— E é isso o que o senhor vai fazer. — O delegado foi em frente, perdendo a verve irônica e partindo para o ataque: — Lamentar. Só isso. O senhor não tem nada que se meter.

— Claro, doutor. Na verdade, só quis dizer que lamento que a minha informação não tenha ajudado. Sobre o Plínio ter estudado anatomia e...

Bufando, André revelou de repente:

— O moleque tem álibi.

— O quê?

— O moleque é o único que a gente sabe que não foi.

Lyra se surpreendeu ao ouvir aquilo.

— Na hora em que a Eunice foi assassinada o Plínio tava na recepção, conversando com uma funcionária. Fazendo o pagamento da parte que faltava. Ficou o tempo todo lá. Tudo gravado pela única câmera de segurança do hotel. A qualidade da imagem é péssima. Mas é incontestável.

— Poxa... Eu... Bom, imagino que, de qualquer forma, vocês já nem considerassem mais o Plínio, porque... Enfim, o sangue. Se tivesse sido ele a degolar a Hortência, teria saído daquela sala com sangue nos braços, não só uma mancha no sapato.

O delegado não disse nada. Um por cento de bateria, favor carregar.

No caminho de volta, Lyra sentiu um impulso de revisitar o Hotel-Fazenda Cardeais. Estar imerso naquele ambiente poderia trazer luz às investigações, quem sabe? Mas ele teria que dar muitas explicações, convencer muita gente... Tomaria tempo. E ele precisava voltar ao escritório até a hora do almoço.

V

À noite, Lyra fez uma ligação com a respiração acelerada. Não sabia se estava fazendo a coisa certa. Esperava que sim.

— Oi, tio! Nossa, que surpresa — Diana estranhou, mas ficou animada com a voz dele.

— Você pode falar um minuto, querida?

— Eu... É que a gente tá fechando a loja aqui. A livraria.

Lyra tinha esquecido sobre o emprego novo.

— Eu te ligo quando pegar o ônibus de volta pra casa, tá bom?

Vinte minutos depois, Diana cumpriu a palavra. Retornou o telefonema e agora parecia exausta.

— Desculpa. É que o dia na livraria é um inferno. Você não tem noção, tio. Nossa, uma dor nos pés, dor de cabeça...

— Bom, mas eu fico feliz. Pelo emprego, quero dizer.

— É... Melhor do que ficar em casa o dia todo fazendo nada. Pensando sobre... Deixa.

— Então, Diana, sobre isso que eu queria falar... — Ele não sabia como dizer.

— Tio?

— Oi, tô aqui. É que... Diana, eu só acho que você deveria saber. Hoje eu fui prestar depoimento.

— A gente foi na semana passada também.

— Então, e o delegado... afirmou que o Plínio é inocente. — Lyra pôde ouvir a respiração em suspenso do outro lado da linha. Contou de uma vez sobre o álibi de Plínio. — Desculpa falar nesses termos, Diana, e também por tocar nesse assunto. Mas é que você comentou comigo na sexta-feira sobre os livros de anatomia e... Bom, eu achei que você deveria saber. Não foi o Plínio. Nao pode ter sido.

Ela parecia em transe.

— Ah... Nossa... Isso é ótimo.

Mas não *soava* ótimo. Soava complicado. Quase como se tivesse sido melhor e mais fácil ouvir de uma vez que Plínio era o assassino. *Pronto, todos nos preparamos para aceitar que foi ele, então que assim seja, amém.* E por compartilhar desse senso comum perverso, Diana se odiava. Lyra sabia disso, identificava na voz dela, nas pausas que ela fazia.

— Espero que não seja tarde demais — Conrado sussurrou.

Diana não respondeu.

— Eu lamento muito, querida.

— Obrigada. Desculpa por ter falado tudo aquilo pra você naquela noite, tio. Eu fui bem ridícula. Saí falando um monte de bobagem. Tô muito confusa.

— Vai passar. Pelo menos você tá ocupando a mente. E sabe o que dizem: os livros são o maior inimigo da ignorância. Quem sabe agora, metida no meio deles, sua cabeça não fica menos nebulosa?

Ela gostou da analogia. Ao desligar parecia um pouco mais animada.

VI

— Algum resultado com o Wilson, Dirce?

Hoje ela vestia saia com uma blusa de mangas compridas. O manequim infantil de uma loja de roupas para escritório.

— Não, doutor Conrado.

— Ah, o Wilson acha que vai conseguir fugir de mim pra sempre...

E conseguira ao longo daquela semana. Wilson não tinha atendido aos telefonemas nem respondido às mensagens. Ligar no DHPP era inútil — *o doutor Wilson Validus não pode atender, está muito ocupado*. Então Lyra não teve escolha: no fim da tarde, dirigiu-se à rua Brigadeiro Tobias, no centro, e foi entrando no DHPP como quem é de casa.

— Oi, Ju — ele cumprimentou a atendente que já conhecia havia uns bons cinco anos. — Pode liberar pra mim? O doutor Wilson me chamou.

Mas ela barrou, sem jeito.

— É que, desta vez, ele veio pessoalmente me dizer pra não deixar ninguém subir, doutor Conrado. Se coloca na minha situação...

— Aquele meninão... É tudo brincadeira, Ju. Pode me liberar.

— Não posso. Mesmo, *mesmo*. Mas... — Ela fez sinal para que o detetive se aproximasse e murmurou: — Eu sei que ele, o doutor Souza e um grupinho da investigação tavam combinando de sair juntos hoje. Fica aí. Quem sabe...

A chegada da noite e do vento gelado trouxe os espirros de volta. Lyra ficou lá fora ao lado de jornalistas que esperavam informações de algum caso. Pensou em conversar, *vocês vêm sempre aqui?*, mas estava cansado demais para isso. Gripe e semana cheia: nocaute. Sentou-se na calçada mesmo e chegou a fechar os olhos por alguns instantes, a cabeça caída entre os joelhos, a mente longe. Parecia um mendigo em roupa formal.

Foi acordado com um chacoalhão no ombro. Era Ju.

— Ele sabe que você tá aqui e não vai mais descer com o pessoal. Na boa, não adianta insistir. Pode demorar horas... Ontem, por exemplo, o doutor Wilson foi embora quase à meia-noite.

— Saco... Ele me viu da janela?

Ju fez que sim com a cabeça e disse que tinha que entrar. Pior seria se a vissem conversando com Bardelli.

— Eu posso te mandar um WhatsApp se souber de algum horário.

— Tenho uma ideia melhor, Ju. Diz pra ele que eu recebi uma ameaça de morte.

Eis uma forma de chamar atenção. Lyra voltou rindo para seu apartamento, imaginando a cara de Wilson ao ouvir aquilo.

Mas o semblante que Wilson estampou, naquela mesma noite, não tinha nada a ver com o imaginado. Eram onze e meia quando o interfone acordou Conrado e o porteiro anunciou a visita. Wilson passou pela porta do apartamento sem olhar na cara de Conrado. Olhos opacos, nariz e pálpebras vermelhas, as grossas sobrancelhas transmitindo decepção.

— Você não deveria fazer esse tipo de brincadeira.

Lyra, de pijama, fechou a porta, surpreso pela entrada enigmática. Wilson se afundou no sofá sem ser convidado.

— Quem disse que foi uma brincadeira?

— Não existe a mínima possibilidade de você ter sido ameaçado. Eu sei que não foi. Me dá um café.

O apartamento pareceu mais gelado. Wilson estava diferente.

— Eu precisava que você conversasse comigo — Lyra reiniciou, depois de trazer a caneca com café cheia até o topo. Sabia que Wilson gostava desse exagero. E agora ele parecia mesmo necessitado de café.

— Eu sei do Washington e do Paulo. Os que morreram.

Wilson, que dava goles na caneca, quase cuspiu. Olhou depressa para Conrado.

— Os que morreram?! Quem?

— Esses dois que eu disse.

— Quais dois?

— Então tem mais de dois?

A pele do delegado não estava mais vermelha. Empalidecia a cada palavra.

— Quem te deu esses nomes, Lyra? Foda-se, também. Só sai dessa, caramba, você é surdo? Aquilo que a gente vê em filmes sobre perigo... é igual, igualzinho ao que essas pessoas fazem.

— Que pessoas?

— Se soubessem que tô falando com você... — E envolveu as mãos em torno da caneca. Sentia frio.

Eram muitas perguntas. Mas fazê-las para Wilson naquele estado reativo era o mesmo que dar tiros de olhos vendados. Lyra precisaria amolecer o clima. Ganhar confiança. Tirar a venda devagarinho para poder mirar e acertar o alvo.

— Não achei que fosse te deixar nesse estado, Wilson. Desculpa. Vou pegar alguma coisa pra gente comer.

Trouxe bolo de laranja, suspiros e biscoito de polvilho. Wilson deu mordidas de leão, as migalhas voando para todos os lados da sala. Tomou todo o café e não precisou pedir: Lyra já estava lá para reabastecer a caneca. Quer ganhar uma pessoa? Dê comida a ela.

— Eu tô puto com você, porra, Lyra... — a voz foi um suspiro fraco, pouco condizente com aqueles xingamentos.

O detetive nunca tinha ouvido o amigo falar daquele jeito. Fora sempre o contrário, com o vozeirão aos quatro ventos.

— Você não tem ideia do quanto eu corri até aqui.

— Mas você não disse que sabia que era uma brincadeira?

— Corri pra te fazer desistir. E porque... Nunca se sabe.

— Não vou desistir. — Lyra se esforçou para não soar arrogante. — O que aconteceu com aqueles homens, Wilson? Dois policiais mortos de forma misteriosa... Brutalmente assassinados. E você me diz que ainda tem mais...

— Eu não disse isso.

— Do que se trata essa carnificina? Aqueles policiais viram algo que não deveriam? Ou se trata de um *serial killer* de policiais militares?

Wilson parou de mastigar. Ver o rosto do amigo cada vez mais branco fez Lyra perceber que estava na direção certa.

— Eu vim pra te fazer desistir, cacete... Pra você desistir! Não pra você investigar mais.

— Por favor, me coloca em contato com o ouvidor. É só o que eu te peço.

— Não vou fazer isso, porra!

— Wilson, eu juro que se você me passar o contato dele, não te procuro mais sobre esse assunto.

— Chega, Lyra! — Ele se levantou do sofá e falou mais alto: — Você acha o quê? Que o cara vai te contar tudo feito o espelho mágico?

— Ele pode me ajudar em algumas coisas, ué! Porque você claramente tá se cagando de medo.

— Me cagando?! Você tem ideia do que é ficar sem dormir por causa disso? Por *sua* causa?! — E lá estava de novo: o vermelho-sangue pintando o rosto de Wilson, a garganta esculpida pelas veias saltadas, a boca espumando. — Você é um idiota que só tá me fodendo, não percebe? Seu egoísta! E eu vou continuar me fodendo enquanto você não desistir de...

— Eu não vou desistir! Caramba! Quantas vezes vou ter que repetir, Wilson? Eu não vou parar!

— Então você que morra, caralho! — finalmente gritou.

E se os vizinhos não acordaram era porque estavam em coma.

Os dois rostos se encararam por alguns segundos. Revoltados. Wilson rosnava feito um cão de guarda. Lyra, mais discreto, mordia o lábio. Eis que, de repente, os olhos de Wilson começaram a brilhar. *Lágrimas? Que merda é essa?*, foi o que passou pela cabeça do detetive. E aí o homenzarrão se aproximou bem de Conrado, meteu o dedo no peito dele e balbuciou:

— Sabe por que eu sabia que era uma brincadeira essa história de ameaça de morte? Hein? Porque eu sei que, se eles decidirem agir, não vão avisar. Eles nunca avisam. Só passam a borracha no sujeito. E assunto encerrado. E todos têm... têm que engolir...

As lágrimas brotavam de verdade no rosto de Wilson, não era imaginação. Lyra jamais vira nada igual. Tudo o que sentia era dó e surpresa.

— Wilson... eu...

— Pelo amor de Deus, Lyra, sai dessa. Eu te peço co-como amigo... — Ele fazia de tudo para conter o choro. — Não quero passar por isso de novo...

Lyra se manteve em silêncio e deixou o amigo falar.

— Você não sabe como é difícil su-superar. Quase que um irmão... *um irmão!*... ser enterrado daquele jeito... Ca-caixão fecha-chado. A noiva dele... Ele era tão jovem, Lyra... Morrendo de tanto chorar... — Wilson despencou de volta no sofá. A cabeça caiu no encosto como se solta do resto do corpo. Os soluços pareciam vir lá do fundo da alma. — E saber que... S-só porque ele... Uma bobagem que ele fez, a curi curiosi dade de um cara que tinha acabado de entrar na Civil... E sabe qual foi o pior? E-eu tive que engolir qui-quieto...

A partir daí, palavra nenhuma saiu daqueles lábios. O bigode estava empapado de lágrimas. Wilson teve vergonha, e Lyra não quis ficar ali para ver o amigo daquele jeito. Saiu sem dizer nada e foi ao banheiro. Só quis fugir, lavar o rosto. Olhou no espelho e pensou em como tinha quebrado Wilson. Chacoalhou a cabeça, fitou a água indo pelo ralo e pensou em inúmeras metáforas com sua própria vida. O gelado da água passou para sua espinha.

Percebeu a gravidade da situação ali. Uma ameaça constante, psicológica, que o faria enlouquecer se ele não tivesse fechado a torneira com força e saído do banheiro depressa, sem olhar para trás, como faz um jovem vacilante que quer sair de casa mas tem medo do desconhecido.

Wilson já tinha partido. A porta estava entreaberta. Lyra foi até lá trancar. No batente, Wilson deixara um recado.

Faça o que quiser. Só tenha certeza de uma coisa: eles já estão de olho em você.

VII

Aquela história de perigo fez um pouco mais de sentido na manhã seguinte.

Lyra dirigia para o escritório quando o celular vibrou. Era uma mensagem da Atendente Balão Mágico.

qq vc fez com o gostoso......????

Lyra leu duas vezes, não entendendo do que aquilo se tratava. Esperou o semáforo fechar para digitar a resposta.

Não sei do que você está falando, Heloísa.

Ela respondeu em tempo recorde.

eu disse q ñ qria me metê em nada sujo......!!! eu disse p vc...... ñ teria aceitadu......

A curiosidade era tanta que Lyra estacionou na primeira vaga da rua e telefonou para Heloísa. Ela ficou horrorizada quando viu o número dele.

— Moço, pelo amor de Deus, me esquece!

— Heloísa, eu não fiz nada com ninguém. O que aconteceu?

— Não acredito em você.

— Fala, caramba!

Heloísa contou que já fazia três dias que Samuel Azevedo não saía de casa. Pior: se ela reparara bem, ele nem sequer voltara na terça-feira, último dia em que vira o carro dele. Heloísa tinha ido checar as vagas do prédio, como uma simples curiosa, e descobrira que o Ka prata não estava mais lá.

— A Oclinhos de Mosca também não aparecia aqui na padaria fazia um tempo. Pensei que eles tinham ido viajar, tipo, um tempo fora, moço. Só que hoje ela veio tomar café da manhã. E tava chorando, moço! Ela chegou chorando e saiu chorando! E hoje ela não levou saco de pão pra casa!

Conrado Bardelli quase deixou o celular cair.

— Eu até tinha pensado *tá, ele fugiu com uma mina aí,* mas não pode ser coincidência que você tá atrás dele e ele de repente some... Eu juro que não conto pra ninguém, moço. Nada disso. Morre comigo. Só não vem mais atrás de mim. Moço, por favor, eu tô tão perto de ir pra Austrália. Por favor, me esquece...

Ela desligou em pânico, quase chorando.

VIII

Quando Dirce chegou ao escritório naquela manhã de sexta-feira — uma hora mais tarde, pois tinha ido a uma consulta médica —, encontrou o chefe sentado na cadeira dela. Sim, *dela,* ali, de frente para a porta. Lyra não trabalhava, não fazia nada, parecia peça de decoração. Tinha o olhar morto. Nada nas mãos.

— Doutor Conrado? O senhor precisa de alguma coisa?

Lyra ficou em silêncio por um longo período. Dirce temeu que ele tivesse enlouquecido.

— Você tomou *cappuccino* ontem, Dirce?

— Se eu tomei... Como?

— *Cappuccino.* Tomou *cappuccino*?

— Eu... acho que... tomei chá e café, doutor Conrado. Café o dia todo e chá naquele dia que o senhor tava com a cliente na sua sala. Mas o que foi?

Bardelli apontou para o armário sem o fitar.

— Dá uma olhada. Só me diz se tem alguma coisa errada.

— Ai, doutor Conrado, eu fiz alguma coisa errada? — Dirce começava a ficar nervosa.

— Você não fez nada, Dirce, fica tranquila. Só olha o armário e me diz se tem alguma coisa errada com a caixa onde a gente guarda o pó do *cappuccino*.

Ela obedeceu, os passos lentos, o rosto preocupado, o tempo todo lançando olhares para o chefe.

— Er-errado como, doutor Conrado?

— Fora do lugar.

— Não, eu sempre deixo o *cappuccino* aqui. O senhor quer que eu mude? Eu não...

— Sei que você deixa o *cappuccino* aí. Mas deixa *desse jeito*?

— Desse jeito como?

Dirce abriu e fechou a boca pelo menos umas três vezes. Não soube o que responder olhando para aquela caixa com pó de capuccino. Ela tremia, tremia feito uma menininha debaixo da chuva.

— E esta caneta? — Lyra tirou o objeto do bolso.

— Que caneta?

— Vem ver de perto.

Dirce foi, os passos lentos. Era uma caneta com adesivo da Polícia Militar na lateral.

— Não lembro... Talvez um cliente tenha deixado cair.

— Difícil. Não me lembro de ter atendido ninguém da PM. E, ainda assim, achei essa caneta debaixo do armário. Não sei há quanto tempo tava jogada lá.

— Ah, eu... Ai, doutor Conrado, o senhor tá me matando!

Lyra balançou a cabeça.

— Deixa. Desculpa, Dirce. — Guardou a caneta de volta no bolso. — Vamo começar o dia.

Ele foi para sua sala. Dirce relutou antes de se sentar. Vai que loucura fosse transmissível pela cadeira... Ela ligou o computador e aí bateu os olhos num papel sobre a mesa. *Doutor Conrado, o senhor esqueceu algo*, ela ia dizer, mas a curiosidade segurou sua língua. Dirce passou os olhos pelo documento.

SECRETARIA DE ESTADO DA SEGURANÇA PÚBLICA
POLÍCIA CIVIL DO ESTADO DE SÃO PAULO

Dependência: 9º D.P. Carandiru
Boletim No.: 10257/2017
Emitido em: 25/10/2017 18:04

IMPRESSÃO PARA SIMPLES CONFERÊNCIA

Boletim de Ocorrência de Autoria Conhecida.

Natureza(s):
   Espécie: Pessoa
   Natureza: Desaparecimento de pessoa
   Consumado

Local: Rua Dr. Zuquim, 760, apto 61, Santana, São Paulo.
   Tipo de local: na rua, saindo de casa
   Circunscrição: 9º D.P.

Ocorrência: 24/10/2017 às 9:00
Comunicação: 25/10/2017 às 17:54
Elaboração: 25/10/2017 às 18:04
Flagrante: Não

Desaparecido:
   - SAMUEL MARTINS DA SILVA AZEVEDO - Não presente ao plantão - RG: 384120884 - SP emitido em 19/04/2013 - Exibiu o RG original: Não. Mãe: CARINA DA SILVA AZEVEDO - Natural de: MOGI DAS CRUZES - SP. Nacionalidade: BRASILEIRA - Sexo: Masculino – Nascimento: 18/06/1988. 29 anos - Estado civil: Solteiro - Profissão: PROFISSIONAL DE SEGURANÇA. Instrução: 2º Grau completo - Advogado Presente no Plantão: Não. Cutis: Parda - Olhos: Castanho-escuros - Tipo de cabelo: Ralo. Cor do Cabelo: Preto - Comprim. do Cabelo: RALO. Altura: 1,85 - Peso: 92,00 - Compleição: MAGRA. Observações: MEDIDAS APROXIMADAS - Vestuário: Calça Jeans - AZUL-CLARA, Camiseta - BRANCA, Peculiaridades: MUSCULOSO - Endereço: Rua Dr. Zuquim, 760, apto 61, Santana, São Paulo.
   - Telefones: (11) 3170-5874 (Residencial)
   - Relacionamento com a família: BOM

Declarante:

- IARA LUIZ NOGUEIRA - Presente ao plantão - RG: 329647057 - SP emitido em 14/07/2011 - Exibiu o RG original: Sim. Pai: NEÍLSON DOS SANTOS NOGUEIRA. Mãe: TEREZINHA DE SÁ LUIZ NOGUEIRA. Natural de: SÃO PAULO - SP - Nacionalidade: BRASILEIRA. - Sexo: FEMININO - Nascimento: 04/04/1991. 26 anos - Estado civil: Solteira - Profissão: DESIGNER GRÁFICA. Instrução: Superior completo - Advogado Presente no Plantão: Não. Cutis: Branca - Olhos: Castanho-claros - Tipo de cabelo: Liso. Cor do Cabelo: Loiro - Comprim. do Cabelo: COMPRIDO. Altura: 1,70 - Peso: 69,00 - Compleição: MAGRA. Endereço residencial: Rua Dr. Zuquim, 760, apto 61, Santana, São Paulo. - Telefones: (11) 3170-5874 (Residencial)

IMPORTANTE!!!

O RG DO DESAPARECIDO SERÁ BLOQUEADO.

EM CASO DE REAPARECIMENTO, SERÁ OBRIGATÓRIA A ELABORAÇÃO DE UM BOLETIM DE OCORRÊNCIA DE ENCONTRO DE PESSOA, PARA DESBLOQUEAR O RG.

ENCAMINHAR PESSOALMENTE OU PELO E-MAIL pessoasdesaparecidas@ssp. sp.gov.br À DELEGACIA DE PESSOAS DESAPARECIDAS UMA FOTOGRAFIA PARA PUBLICAR NO SITE DA POLÍCIA CIVIL www.policiacivil.sp.gov.br

Histórico:

Presente a declarante noticiando o desaparecimento do noivo. Esclarece que ela foi trabalhar na manhã de terça-feira, 24/10/2017, às 9:00 da manhã, quando se deu o último contato com o desaparecido, que ficou no apartamento do casal. Declarante voltou para casa às 18:20 da noite e não encontrou o noivo. O carro do casal, um Ford Ka ano 2007 PLACA FFB-9591, também não estava na vaga da garagem. Declarante pediu ao condomínio para ver imagens das câmeras de segurança. Acesso foi liberado pelo síndico Senhor Selmo Pereira dos Anjos. As imagens mostram que o desaparecido saiu com o carro às 11:05 de terça-feira, 24/10/2017. Não voltou mais. De terça para quarta-feira, declarante efetuou buscas junto com a família do desaparecido nos locais onde ele poderia ser encontrado, mas não obteve sucesso.

Solução: BO PARA REGISTRO

CARLOS EDUARDO SILVEIRA
INVESTIGADOR DA POLÍCIA

LÍCIA JORGE ALMA
DELEGADO DE POLÍCIA

— Dirce.

Ela deu um pulo. Conrado estava ao lado. Ele não ligou que ela estivesse lendo o Boletim de Ocorrência.

— Pode procurar um contato pra mim? É de um homem chamado José Roberto Damasceno. Ele é ouvidor da Polícia Militar.

— Claro, doutor Conrado, claro. Aqui seu BO.

Ele pegou o papel e fez menção de sair, mas seus pés não se mexeram. Uma luz surgiu enquanto Lyra olhava aquele BO pela milésima vez. Ergueu aqueles mesmos olhos alienados de antes e fez um raio X das quatro paredes do escritório. Balançou a cabeça.

— Procura esse contato depois, Dirce. Antes, me faz outro favor. Liga pro porteiro.

— O que eu digo pra ele?

— Que eu quero acesso às imagens das câmeras do circuito interno.

Ela obedeceu. O chefe permaneceu ao lado enquanto Dirce conversava com o administrador do condomínio e recebia uma negativa. Mas sua voz doce fazia milagres. Desligou com um sorriso.

— Doutor Conrado, ele disse que, apesar de ser contra as regras, até libera! Ufa! Mas falou que só as imagens do nosso corredor, e desde que a gente explique o motivo.

Conrado foi de novo até o armário com a caixa de *cappuccino*, e aí, como quem toma uma decisão, mandou a secretária desmarcar compromissos da manhã e descer com ele para a sala de segurança do edifício. Alertou: ela precisaria de paciência.

— Que acha de descobrir quem é o dono daquela caneta?

Estaria ficando louco? Talvez as imagens das câmeras o ajudassem a responder isso.

IX

Mas as duas horas de atenta observação foram infrutíferas. Conrado passou os olhos por todas as pessoas que tinham entrado em seu escritório — manhã, tarde e noite. Nenhum estranho.

— E antes da sexta-feira passada?

— Não tem — respondeu o administrador. — O sistema só deixa gravado por sete dias. Depois, apaga as imagens velhas, a não ser que a gente salve num *pen-drive*.

Lyra voltou para o escritório sem uma resposta definitiva. Não que precisasse. Ele estava convencido: tinham entrado na advocacia e vasculhado suas coisas.

CAPÍTULO 16

Tudo mudou

DUAS SEMANAS DE CASADOS

I

O fim de outubro e o mês de novembro passaram marcados por uma andança buro-crática entre advocacia e fórum. Conrado mergulhou nos processos judiciais com uma dedicação que estava devendo aos clientes. E isso incluiu passar finais de semana inteiros trancado na sua sala. Ele não se importou. Queria que, com o trabalho, o tempo passasse rápido.

É que José Roberto Damasceno, o ouvidor da Polícia Militar que poderia dar as respostas que Lyra tanto queria, tinha ido viajar no final de outubro para um con-gresso nos Estados Unidos. Lá, emendaria férias de um mês com a família. Voltaria a São Paulo apenas no fim de novembro. Tudo isso tinha sido descoberto por Dirce. Ela podia não ter a aparência de uma daquelas investigadoras fodonas de filme, mas quem vive o ofício no dia a dia sabe que jogo de cintura, coragem e simpatia são bem mais eficazes na hora de descobrir informações do que músculos, roupas pretas e ócu-los escuros.

Naqueles trinta dias, Conrado ficou no breu. No tempo livre, só o que fazia era investigar sobre o negócio secreto de Demétrio Amaral. Queria entender o medo de Wilson, saber quem era o policial amigo dele que morrera anos antes e levara lágrimas aos olhos do homenzarrão. Mais de uma vez, Dirce flagrou fotos, vídeos e textos de dar pesadelos abertos no computador do chefe. Títulos como SEIS POLICIAIS MILITARES MORREM EM CHACINA; ou: VÍDEO DE POLICIAIS DECAPITADOS É POSTADO EM REDE SOCIAL POR USUÁRIO ANÔNIMO; e ainda: CONHEÇA O HOMEM QUE MAIS MATOU POLICIAIS NA HISTÓRIA DO BRASIL.

Fracasso atrás de fracasso. Dava para ver pelo rosto abatido de Lyra. No fim, ele acabou tendo apenas três contatos com o caso de assassinato no mês todo.

Numa segunda-feira, recebeu o telefonema de Oscar. O primeiro desde o aniversário de Edna, quando Lyra levara consigo o insensato Plínio. *Quanto tempo, como você tá? Bem, tudo em ordem, trabalhando muito*, os dois deram o mesmo padrão de resposta impessoal. Pareceram dois desconhecidos.

— E a Diana? — Lyra finalmente perguntou.

Ela estava melhor, Oscar garantiu. Sorria mais. E só. Basicamente isso. Lyra pediu mais:

— E o emprego?

— Se demitiu.

— Ah... E o que você achou disso?

— Nada. Bom.

— E o trauma? Passando?

— Passando.

— E o Plínio? Ela e o Plínio? Estão bem?

— Depende. Não sei.

Senhor Desenvoltura. Lyra desligou com irritação. Oscar escondia algo. Então por que ligar? Aquele jeito dele de querer camuflar as feridas pra parecer que estava tudo bem... Infantil, pra não dizer idiota.

Dias depois, num sábado de manhã, o detetive visitou a rua de Iara Nogueira uma última vez. Viu a Garçonete Balão Mágico pelo vidro e sentiu afeição. Coitada. Só o que ela queria era ler histórias de amor e sair do país. Surpreendera com sua integridade ao enfrentar Lyra e se demitir do serviço de espionagem quando suspeitara de que aquilo estava ligado ao sumiço de Samuel.

Samuel, que, aliás, continuava desaparecido. O inquérito no 9º DP não avançava.

Conrado aproveitou o momento em que Heloísa foi para a cozinha para entrar na padaria, deixar duas notas de cem reais sob o prato no balcão e sair. Lá fora, viu o queixo da Balão Mágico despencar quando ergueu o prato e viu a surpresa. Ela olhou em volta e avistou Bardelli do lado de fora. Ele acenou para ela. Ela o encarou por vários segundos antes de se virar e fugir para a cozinha. Foi um adeus.

E houve Carmen também. O detetive se viu pensando nela numa noite que passou na companhia de uma garrafa de vinho e papéis de um processo chatíssimo.

Simples assim, feito um estralo, ela impregnou a mente dele com memórias de seu corpo perfeito. Isso levou Conrado a telefonar para Gurgel no dia seguinte. Pensou que seria ignorado, mas foi atendido por uma voz quase morta. Era como se Ricardo Gurgel tivesse descoberto um câncer. *É grave, doutor?*, Conrado imaginou a cena. *Chantagem? É sim, senhor Gurgel, vai te consumir os órgãos até você morrer...*

Lyra só queria saber se Gurgel tinha agido. Se ele fizera alguma coisa com Carmen. Ele ainda a estava observando?

— Você não deveria me perguntar isso, Bardelli.

— E você não deveria insistir nessa história da Carmen.

— Não fiz nada com ela. A garota mudou de hotel já duas vezes. Mas não tenho prova de que é ela a vagabunda que tá me extorquindo. — Uma pausa para recuperar o fôlego. — Eu... tô tão cansado, Bardelli... Tão cansado...

Gurgel contou que tinha brochado três vezes com Vanessa naqueles últimos dias. As coisas andavam mal. O caso entre os dois nunca estivera tão frio. Já não havia mais aquela adrenalina de pularem a cerca e transarem escondidos. Ele pensava em comprar um apartamento para ela. Ia reanimar as coisas. E era a carta de alforria que Vanessa tanto pedia. Ela ultimamente só falava em sair de casa, se livrar dos pais. Mas chorava dizendo que não tinha como. Gurgel só não comprara o apartamento ainda porque não sabia como Vanessa esconderia o adultério ganhando um presente daqueles.

E mesmo com o relacionamento dos dois em baixa, a chantagista continuava. Apertava, tirava cada gota daquela fonte. Já tinha pego setenta mil de Gurgel e dizia que pediria mais dinheiro em breve.

— E esses imbecis desses detetives não descobrem nada. Sua raça é inútil, Bardelli. Vocês são todos iguais.

Até que no dia vinte e nove de novembro, uma quarta-feira, o próprio José Roberto Damasceno retornou os telefonemas. Tinha voltado de férias. Dirce apareceu animada na sala do chefe e ficou ao seu lado enquanto ele falava com o ouvidor no celular. Mas então Dirce percebeu que era mais sensato esperar pelo pior. Pois Conrado falava com seriedade, quase como se José Roberto estivesse negando um convite... Da mesma forma como Wilson negara. Eis que então Lyra desligou animado:

— O Zé Roberto topou conversar comigo amanhã, Dirce! — comemorou o detetive, levantando-se e dando uma abraço apertado na secretária. Rejuvenesceu alguns anos como se num passe de mágica.

II

Engraçado como a neurose some assim que você tem garantias de que tudo vai dar certo. Naquela noite, Lyra chegou a cantar com o rádio enquanto voltava pro apartamento. Peito leve, atenção em nada além do caminho.

Seu erro foi pensar que *tinha* garantias.

Foi tudo tão rápido que ele só se deu conta da batida quando sua cabeça girava e o peito doía contra o cinto de segurança. Ouviu-se uma orquestra de vidro quebrado, pneu estourando, guia em pedaços. A dor no pescoço veio de imediato. Lyra abriu a porta e saiu com o mundo rodando. Percebeu que o automóvel tinha sido jogado para cima da calçada. Enxergou o horário no relógio eletrônico da rua: onze e trinta e sete.

E então gelou com o que avistou embaixo do relógio.

O carro que batera nele — um Fluence — estava com o farol alto ligado na cara do detetive. No entorno, tudo escuro, poucos postes. Alguns veículos passaram e depois veio o silêncio.

A porta do Fluence se abriu. Alguém ia descer.

A boca de Lyra ficou seca. Revisitou-o aquela sensação de anos atrás — a de quem sabe que está a um passo de morrer. A fala de Wilson voltou num *flash: Porque eu sei que, se eles decidirem agir, não vão avisar. Eles nunca avisam. Só passam a borracha no sujeito. E assunto encerrado.*

Então é isso. Acabou.

Mas o episódio guardava uma última surpresa. O algoz que desceu do carro — Lyra esperava um homem encapuzado empunhando uma arma — não se encaixava naquela cena. A começar pelo salto alto. Sim, a perna desnuda que se projetou pra fora trazia um scarpin preto no pé. Depois, os braços morenos pegaram impulso...

E lá fora, as luzes do farol alto revelaram Vanessa Amaral. Ela empunhava uma pistola Taurus. Nem precisou apontar.

— Entra de volta no carro e para na viela ali na frente — sua voz não transmitia emoção.

— Vanessa, por favor, não faz nada que...

— Agora!

Conrado obedeceu. O automóvel estava com a lateral amassada, mas conseguia andar. A viela indicada era ainda mais escura do que a rua. O detetive torcia para que alguém tivesse visto o acidente ou a Taurus. Mas estava pessimista. Onze e meia da noite, escuridão, naquelas ruas abandonadas do centro... Só os fantasmas estavam lá para ajudar.

— Não sai do carro — ela alertou, depois de estacionar o Fluence atrás.

Lyra imaginou o lance seguinte. Ela pegaria a carteira dele pela janela, miraria em seu rosto e faria tudo parecer um latrocínio.

Eis que a porta do acompanhante se abriu e Vanessa se sentou ao lado do detetive. A arma sempre em punho.

— Não reage. Eu já tô sendo boazinha demais.

— Boazinha? Porque você me deu a chance de ouvir o seu plano diabólico antes de me matar, é isso?

— E você ainda brinca. Depois de tudo o que eu tô fazendo... — Vanessa balançou a cabeça, como se prestes a desistir de alguma coisa. Então suspirou e disse: — Eu vim te dar um último aviso, tá me entendendo? É pra você cair fora!

Só agora, olhos acostumados à escuridão, é que deu pra ver o desespero impregnado no semblante dela. Foi o que fez Lyra acreditar. Afinal, uma pessoa que está decidida a cometer um crime não faz aquela cara de quem se importa.

— Eu tô falando sério — ela insistiu ao ver que Lyra não ia responder tão cedo, a boca aberta como se ele respirasse por *snorkel*. — Mais um pouquinho e eles te matam. Juro, juro! Se você fizer, sei lá, *uma* ligação errada esta noite, eles entram no seu apartamento e fazem tudo parecer acidente. Não tô brincando!

Vanessa respirava com dificuldade. Dava a impressão de estar cumprindo a tarefa mais difícil de sua vida.

— Você devia ter ouvido aquele delegado. Você devia ter parado um mês atrás...

— Como sabe o que o Wilson me contou?

Ela balançou a cabeça, *não é hora pra esse tipo de explicação*.

— Você tá atacando um câncer incurável. Tem que entender isso!

— Então você veio pra me calar? Você trabalha pra eles e...

— Eu vim pra salvar a sua vida!

Houve uma pausa em que trocaram votos de confiança pelo olhar. Ela queria que ele acreditasse. Ele queria que ela se abrisse.

— Por que você tem que ser tão curioso, caramba? Você nem tem nada a ver com isso! Não é como se tivesse sido com um parente seu. Vai por mim, você não vai querer testar. Não adianta pensar que é mais esperto. E você precisa confiar em mim e me ajudar, porque tenho só quinze minutos dentro deste carro. Depois, eles vão começar a suspeitar que você tá demorando demais pra ir do escritório pra casa.

Lyra tremeu ao ouvir aquilo.

— Por que você quer salvar a minha vida? Por que não deixou que eles me matassem esta noite?

Vanessa vacilou. E finalmente largou a arma. Deitou-a sobre a coxa e ficou olhando pra ela.

— Porque eu não sou assassina. Porque te conheço. Porque sei que, se você morrer, a história dos assassinatos no hotel vai voltar com tudo. Vai cagar de vez, justo agora, um mês depois, e o Plínio nessa bosta de vida...

— Se você não é assassina, então por que a arma?

Vanessa não tinha resposta para essa pergunta. E isso a incomodou. Ela consultou o relógio:

— Merda, só mais onze minutos...

— Hein?

— Caralho! Eu vim pra te ajudar, não pra ficar respondendo sobre a minha vida!

— Eu te agradeço. Muito. Mas preciso de respostas.

— Eu não te devo mais nada. Você nem me conhece. — E puxou a maçaneta para sair.

Acabou ficando quando ouviu o que Lyra falou:

— Mas eu conheço o Gurgel. Muito bem, por sinal.

Vanessa deitou os olhos na arma de novo. Ficou pensativa.

— Não sei qual o seu negócio com o Gurgel, eu... bem que tentei dar indiretas pra ele não confiar em você e... Eu e ele, não é nada do que você pensa... — Vanessa gaguejou tanto que pareceu não estar mais no controle da situação. Como se Lyra fosse o portador da arma. — Imagino que ele tenha te contratado pra descobrir quem matou a tia dele e que... que foi por isso que você se meteu nesse caso, mas eu...

— Não foi isso.

Então ela realmente não sabia sobre a chantagista? Lyra coçou a barba.

— Que seja, também. — Vanessa começou a brincar com a arma. — Eu disse, não sou criminosa. O que é do Gurgel é do Gurgel. Eu gosto dele. Respeito o cara. Só não queria que ele tivesse te colocado no meio disso tudo, caramba. Olha no que deu! Eu, tendo que arriscar *a minha vida* pra avisar um detetive zé-ninguém que ele corre risco!

— Já disse que ele não me contratou pra isso. — Foi a vez de Lyra olhar o relógio. — Sete minutos. Me diz o porquê da arma.

Vanessa arfava.

— Você deve achar que sou uma burra, uma puta que fica dando pros outros, mas eu... — Ela começou a soluçar, apesar de as lágrimas não virem. — Juro que gosto do Gurgel, ele tá me ajudando a mudar de vida, e eu quero *muito* mudar de vida, e ele me aceita do jeito que sou...

Vanessa parou, amassou os olhos como se visse algo muito interessante nas palmas das mãos. Aí respirou fundo e retomou o controle.

— Você tem noção do que é ser uma porra de uma escrava? — Não esperou que ele respondesse: — Nesse ponto, eu preferiria ser puta logo. Se é pra ser em nome da sobrevivência, melhor dar pra mil homens numa noite.

Lyra foi direto na ferida:

— Por que você quer tanto sair de casa, mas não pode?

— Porque ele me aprisiona lá, caralho! Ainda não percebeu? Do que mais o mundo precisa pra entender que aquele monstro suga as nossas vidas? Você sabe quantas faculdades eu tenho? Nenhuma. Sabe quantas ofertas de emprego já tive na vida, ainda mais nessa merda de crise? Nenhuma. E sabe quanto dinheiro eu tenho pra viver sozinha?

— Você pode sair de casa e tentar a vida como... sei lá...

— Puta? Acha que não pensei nisso? Juro, não faz essa cara, eu falei sério quando disse que daria pra mil caras. Mas você não tem ideia do que aconteceu nas vezes em que eu tentei fugir... Coisas horríveis! Você não sabe o que é ter um pai como o meu. Ele me achou. Ele sempre me acha. E eu sei que nunca vou conseguir fugir.

As lágrimas finalmente surgiram.

— O que ele te obriga a fazer, Vanessa?

— Quem você acha que deixou aquela caneta da PM jogada debaixo do seu armário? Quem você acha que mexeu nas suas coisas?

Claro. Agora fazia sentido. Um profissional que realiza esse tipo de serviço nunca deixaria cair um objeto por desatenção.

— Era pra você perceber, merda! Pra você se tocar do perigo e parar.

— O Gurgel bem que comentou que você seguiu ele algumas vezes.

— Mas eu juro... — Ela uniu as mãos como quem implora. —... que nunca fiz mal pra ninguém. Você tem que acreditar em mim! Tipo, eu faço o que o velho manda, mas sempre recusei a qualquer coisa que machucasse...

— O que *não* machuca?

Ela sabia que ele tinha sido ácido, mas não estava nem aí. Agora que começara a contar, nada a pararia. Era como ter um pássaro preso dentro do peito. Uma vez aberta a gaiola, as asas batem e as grades só param de sacudir quando o pássaro foge.

— Eu sigo os policiais. Conheço alguns deles, converso, dou mole, tudo pra saber se realmente são alvos. Até vasculho as coisas deles. Era isso o que eu tava fazendo durante o café da manhã daquele dia em que a dona do hotel foi assassinada: eu tava no quarto do Samuel vendo se ele tinha deixado alguma coisa pra trás. Mas eu... nunca quis... Eu não tenho voz dentro do grupo, você precisa acreditar em mim! Sou obrigada, tenho que dizer como esses caras são, mas eu nunca... meu Deus, eu nunca digo se eles *devem morrer*, entende? E não é como se eu tivesse escolha!

— Por que você? Por que não seus irmãos?

— Meus irmãos nem sabem, eles *não podem saber*... — E ficou no ar aquela duvida: será que não sabiam mesmo? Vanessa prosseguiu: — O meu pai vê alguma coisa dele em mim. Desde pequena, percebo o jeito como ele me olha, como se eu fosse um... sei lá, um experimento que deu certo. Nem lembro quando entrei nisso. Eu... simplesmente entrei. Quando dei por mim, meu pai já tinha me obrigado a fazer meia dúzia de vezes. E aí foi impossível parar. Ele ficava dizendo que eu era perfeita. Que ninguém ia suspeitar de mim porque sou, tipo, mulher e bonita e o caralho...

— Mas pra fazer *o quê*? Que quadrilha é essa? Quem é que mata esses policiais?

Vanessa hesitou por tempo demais. Lyra soube que a estava perdendo. Ela olhou no relógio.

— Você tá um minuto atrasado. Já deveria ter saído.

— Não me importo. Cheguei até aqui e não vou parar. Eu preciso saber.

— Você não pode saber. Poucos sabem. Quem sabe tá morto ou muito longe daqui, ou é importante demais pra matarem. Não tem alternativa.

— Eu viro importante. Você vai ver. Não foi você que pediu confiança? Agora peço eu. Nada sai deste carro.

Ela cerrou as pálpebras e encostou a cabeça no banco.

— São policiais.

— Que morrem? Eu sei.

— São policiais que *matam*. Policiais matando policiais.

— Então aqueles dois policiais que morreram, o Washington e o Paulo... E tem o Samuel, que tá desaparecido, você por acas...

— Não adianta falar em três específicos. Você não tá entendendo. São, tipo, vários! Dezenas! Se você for contar desde o início... Eu não tenho ideia de quantos. É antigo, do tempo do meu pai.

— Mas por quê? Do que os mortos sabiam?

— Não tem nada a ver com o que eles *sabiam*. Tem a ver com o que eles *fizeram*. Todos tinham farda suja. Já ouviu falar nos malditos? Nos corruptos?

— Você tá me dizendo que o seu pai é um justiceiro dentro da PM?

Vanessa quase riu.

— Hoje o tenente-coronel faz parte daquela chefia encostada. Mal e mal manda matar. Mas uma vez dentro, você nunca mais sai. Não existe aposentadoria pro grupo.

Pro grupo. Um grupo de extermínio. Os olhos de Conrado estavam vidrados. Já escutara lendas a respeito. Nunca nada tão real quanto agora.

— Agora eu entendo por que você falou em câncer... Um câncer que mata células dentro do mesmo corpo. Mas e as investigações? Como ninguém descobriu?

— *Descobrir* é uma coisa. *Provar* é outra. Merda, é complexo demais, longo demais, você não entende...

— Entendo, sim. Imagino que tem muita coisa a mais por trás.

— Escuta: você não pode encontrar o ouvidor amanhã. Ele é, tipo, a maior ameaça. Você não tem *noção* de quantos alvos tem na cabeça desse cara. E se você...

— Imagino que ele tenha provas.

— Nem é isso. Até porque não adianta ele ter. Ele não vai conseguir avançar porque o grupo tem apoio. Dentro e fora da polícia.

— Pelo jeito, *você* não apoia. Senão não estaria traindo o próprio pai.

— Você tem que ir embora. — Ela fugiu com o olhar. — Já. Você tá muito atrasado. Finge que nunca falou comigo. Não me trata diferente se a gente voltar a se ver. Melhor continuar fingindo que me acha uma... Enfim, me trata como todo o mundo. E promete que não vai ver o ouvidor.

— Prometo.

Ela saía do veículo, arma na mão, e Lyra a conteve uma última vez:

— O Samuel. Noivo da Iara... O que ele fez pra ser expulso da PM?

O rosto de Vanessa ficou sério.

— Vanessa, me responde, por favor. Ele...?

Mas ela balançou a cabeça. *Não.* Samuel entraria para a lista de desaparecidos que nunca voltariam para casa.

— Só desiste dessa história. É a melhor coisa que você faz.

Poderia ser a melhor coisa mesmo. Mas não era o que Conrado Bardelli ia fazer.

III

Difícil passar pela avenida Tiradentes, no centro de São Paulo, e não reparar nos altos muros do centenário Quartel da Luz. A fachada amarelo-mostarda, de dois andares, transmite muito bem a imponência da força policial que abriga: o 1º Batalhão de Policiamento de Choque — ou, como é conhecido, a Rota.

Naquela sexta-feira, 1º de dezembro de 2017, o batalhão comemorava cento e vinte e seis anos. Não à toa ouvia-se música vinda de dentro, e uma multidão de admiradores entrava pelos portões para assistir à cerimônia de aniversário.

Entre eles, Conrado Bardelli, que chegou bem no início. Viu as bandeiras do Brasil e do estado de São Paulo colorirem a plateia que se amontoava no pátio, numa espécie de arquibancada. Do outro lado, uma banda formada por dezenas de policiais começou a marchar pelo átrio. O povo aplaudiu. Os policiais deram uma volta completa e pararam no mesmo local. Viaturas da Rota se mantinham estacionadas ao lado, como se também prestes a desfilar.

Ao fundo, num palanque, uma dúzia de figuras engravatadas assistia à solenidade. Conrado reconheceu o secretário de Segurança Pública e o comandante da

Polícia Militar. E alguns metros ao lado deles, o tenente-coronel Demétrio Amaral, o aposentado ex-comandante do batalhão. Ele vestia um terno verde-escuro muito parecido com aquele que usara no jantar em que Conrado o vira pela primeira vez. Talvez fosse o mesmo. *Déjà vu.*

Os desfiles continuaram por mais meia hora. Passos, passos, passos. Policiais com escudos, com bandeiras, com armas, de todo jeito. A cada movimento, uma aprovação da plateia. Lyra se sentiu num estádio de futebol.

Em seguida, foi a vez dos hinos — um silêncio de respeito que não se ouviria em lugar nenhum da cidade. E, então, o encerramento. Num dado instante, a multidão de policiais correu para as viaturas. Eles entraram às pressas, como se numa perseguição real, e ligaram todas as sirenes ao mesmo tempo. Uma barulheira de ensurdecer. A plateia foi ao delírio. Os carros passaram na frente dos espectadores e saíram a milhão do quartel, em meio às palmas e exclamações do público. Fim do *show*.

As pessoas demoravam pra sair porque queriam cumprimentar todos os policiais que encontravam no caminho. Conrado fez igual. Perdeu as contas de quantas mãos diferentes apertou. Quando enfim se viu livre do aglomerado de gente, o detetive deu meia-volta e caminhou na contramão do fluxo — foi em direção ao palanque.

Percebeu que já era esperado porque nenhum dos policiais tentou impedi-lo. Tinham sido orientados, sem dúvida. Quase todos os engravatados haviam se recolhido ao quartel. Apenas um homem ficara para trás, esperando pacientemente numa cadeira de encosto alto.

Demétrio Amaral era outra pessoa naquele ambiente militar. Pose de quem está em casa, apesar do rosto sério, aquele de quem não admite erros. No feriado de casamento, Amaral era apenas um velho irritado. Ali, ele era poderoso.

— Senta logo — disse, e apontou para uma cadeira.

Bardelli obedeceu. Ofereceu a mão para Demétrio apertar, mas o tenente-coronel não quis.

— Gostou da minha tática, Demétrio?

— Espero por você e a sua barba ridícula já tem mais de mês. No início, você até que me surpreendeu. Achei que não fosse sair do lugar. Mas é inteligente. Aquela coisa de entrar na minha casa com uma desculpa foi muito boa. Comecei a torcer por você. É bom torcer pelo inimigo. Faz a gente se sentir renovado, ativo, sabia?

Silêncio. Então, Demétrio começou a balançar a cabeça.

— Por isso torci pra que você não viesse. Que pena. Você veio. Me decepcionou.

— Decepcionei?

Demétrio agarrou o ombro de Lyra e apertou. Súbito, agressivo.

— Decepcionou, sim! Decepcionou! Achei que você fosse homem. No fim das contas, é só mais um bundão.

Lyra ergueu uma única sobrancelha.

— A minha parceira disse que vir aqui enfrentar o senhor é um dos atos mais corajosos que ela já viu.

— Corajoso porra nenhuma! Acha que não sei por que você veio? Porque tá se cagando do que vai acontecer com você, seu bostinha! Numa guerra entre dois países, você já viu um entregar os planos de ataque pro outro antes da batalha? É exatamente o que você tá fazendo. Você veio com a bandeira branca. Veio se render porque tem medo dessa guerra. Você tem medo de se foder!

Ele parou de falar porque Conrado Bardelli dava risada. Um riso desafiador, ácido, que Demétrio Amaral nunca recebera dentro daquele quartel.

— O senhor deve ter entendido tudo errado. Não vim aqui para desmascarar quadrilha nenhuma. Sei lá, grupo de extermínio, põe o nome que quiser. Não vim fazer justiça aos policiais que o senhor matou. Acha mesmo que eu seria ingênuo a ponto de pensar que sozinho eu conseguiria revelar...? Nossa. O senhor me subestima. Não, eu sei tão bem quanto qualquer um que o senhor vai continuar com a sua aposentadoria na sua linda casinha até morrer de velhice e fim. Sem julgamento, sem explicações. Quem sabe daqui a cinquenta anos. Os crimes nunca julgados da ditadura militar estão aí para mostrar que nada vai mudar.

Demétrio Amaral ficou mudo. Estava tão confiante no terror que provocaria no adversário que não tinha cogitado outra reação. No próprio quartel, via-se perdido. E vulnerável. Teve raiva disso.

— Então por que você veio? Hein? Pra que a gente não te mate?

— Isso também, lógico. Vim deixar claro que não precisa me matar porque eu só quero uma simples resposta sua. Quero saber se foi o senhor que matou aquelas duas senhoras no hotel.

O tenente-coronel demorou pra entender que Conrado falava sério.

— Você só pode estar brincando. Você é muito mais sem noção do que eu imaginava.

E desatou a rir, tal como Conrado rira havia pouco.

— Acho que sinceridade é a melhor arma. Eu vim de peito aberto, sozinho e...

— Não vem com esse papo. Isso não é ser sincero. É não ter plano e contar com a compaixão dos outros pra sobreviver. Acha mesmo que só porque você veio sozinho eu vou falar o que você quer ouvir?

— Não. O senhor vai acabar falando porque não tem nada a perder com isso. Pra quem já saiu impune de tantos crimes, esconder o assassinato de duas senhoras no interior é fichinha.

Fizeram uma pausa, preenchida por uma intensa troca de olhares. A poucos metros, havia ainda multidão, gritos, conversas, sirenes, várias distrações. Mas Demétrio e Conrado se mantinham vedados numa bolha própria.

— O senhor não entende... Eu investigo esse caso porque não consigo parar. Quero justiça, mas, acima de tudo, eu quero *saber*.

Demétrio, enfim, abriu um sorriso. Mostrou que gostava do que via. Um Conrado Bardelli narcisista, impulsivo. Um inimigo de verdade, não romantizado.

— Sei que o senhor mandou matar o Samuel, assim como mandou matar muitos outros policiais. A diferença é que, no caso do Samuel, o senhor aproveitou uma conveniência: o fato de ele ir ao casamento do seu filho. Ele podia prestar um serviço de que o senhor precisava. Então, antes de matá-lo (por sei lá qual ato corrupto que ele tenha cometido), o senhor o contratou para espionar o Ricardo Gurgel. É só um palpite. O motivo o senhor sabe bem. Só que aí o Samuel foi descoberto por mim. Eu o vi na rua Costa Rica. A partir desse momento, ele já não era mais útil pro senhor. Mandou matar de vez.

O sorriso se manteve nos lábios do tenente-coronel. Ele confirmava com os olhos, apesar de nada dizer. Sabia que poderia estar sendo gravado. Tocou no braço de Lyra, novamente apertando com agressividade, e murmurou:

— Se tem uma coisa que não suporto é traição.

— Percebi. O senhor mata os malditos. Os traidores.

Demétrio arqueou as sobrancelhas com ironia.

— Percebeu mesmo? Não parece. Eu já disse que você me decepcionou. Agora, se não tem nada de útil pra falar, vai embora. Eu tava de olho em você. Achei que fosse me enfrentar. Pena. — O tenente-coronel se levantou da cadeira e sumiu dentro do quartel.

Lyra permaneceu no mesmo lugar, raciocinando. Um louco fissurado por traição... Que chegava a matar por causa dela. Demétrio se encaixava no perfil do — ou da — chantagista de Gurgel. Mas uma memória no cérebro do detetive não o deixava em paz. Ela veio num lampejo.

Era de um mês antes, do dia em que Lyra jogara o celular velho na piscina. Plínio, sentado à mesa da sala de jantar de sua casa, triste porque Diana não o recebia...

Da última vez que ela ficou assim, sem me responder, foi porque a gente tinha brigado. Só que, tipo, a Diana achou que era porque eu tava traindo ela, mas viu que era besteira, e no fim apareceu em casa e... e me pediu em casamento.

Então Diana tinha suspeitado do noivo? E se tivesse motivos para isso?

Se tem uma coisa que eu não suporto é traição.

Lyra se lembrou da madrugada no quiosque, véspera da cerimônia. Demétrio dando um soco no filho e dizendo que aquele casamento era uma piada. As coisas foram se iluminando... Lyra puxava e o fio vinha.

Mais uma lembrança: Vanessa se esfregando no irmão naquela primeira festa do feriado. Agora Lyra assimilava a cena: uma evidente provocação, uma alusão ao adultério. Pois Vanessa era só *mais uma* a cometê-lo.

Traição. Claro. Gurgel e Vanessa não eram os únicos.

IV

— E o Plínio?

Conrado Bardelli tinha tentado evitar o assunto desde o início. Era medo de deixar Diana desconfortável. Ainda mais porque ela relutara muito antes de aceitar o convite para aquele almoço de segunda-feira, 4 de dezembro. Tentara arranjar desculpas ao telefone. *Por que ele, de repente, insiste tanto pra se fazer presente?*, ela se perguntara, com razão. No fim, só tinha aceitado por causa da insistência de Bardelli. Foi — mas foi insegura.

Não que considerasse Conrado um desconhecido. Pelo contrário: um laço entre eles se ampliara após aquela conversa na festa de aniversário. Era como se, desde então, Diana olhasse para Lyra com confiança e zero de inibição. Já havia contado segredos a ele uma vez, não? E ele oferecera um ombro amigo.

Bardelli ficou feliz ao sentir essa boa energia exalando de Diana naquele encontro. Ela aparecera na hora certa no lugar combinado — um restaurante italiano em Pinheiros.

— Hein? Você e o Plínio, vocês têm conversado?

Mesmo reticente, Lyra precisava insistir. Já tinha ido longe demais e não podia mais parar. Nem que para isso tivesse que incomodar uma envolvida, por mais querida que ela fosse.

— Eu acho que ele tá bem — Diana respondeu, desviando os olhos.

— *Acha?*

— A gente... A gente se falou pouco.

— Vocês não parecem muito bem.

— A gente tá bem, sim. A gente tá bem. — Diana deixou cair a faca no chão. Até a faca queria contrariar sua história. — Você deve estar pensando que eu tô brava com o Plínio por causa do jeito como ele me segurou naquele dia.

— E não tá?

— Passou. Eu sei que não faz muito sentido... Sim, eu fui agredida, e acho que homem nenhum tem o direito de ser agressivo com uma mulher. Sempre fui contra isso. Mas não acho que seja um caso realmente de... de uma agressão mais grave. Meu pai e a minha mãe perguntaram se eu queria prestar queixa...

— Caramba!

— A verdade é que eles nunca suportaram o Plínio. Você sabe. Enfim, eu disse *não, claro que não, pelo amor de Deus, ele era meu noivo até outro dia e...*

— Era? — De novo, Conrado Bardelli pinçou o subtexto.

Diana corou.

— Desculpa, eu não queria ser desagradável.

Ela apenas prosseguiu de onde tinha parado:

— O negócio é que não fiquei irritada porque... porque o Plínio *é assim*. Não me vejo prestando depoimento contra ele porque... Ai, sei lá.

Ela ficou quieta por um tempo. Esqueceu a lasanha à sua frente. Bardelli continuou comendo, se fingindo de desinteressado. Queria, isso sim, que Diana refletisse sozinha e chegasse a conclusões. Foi o que ela fez. Tomou um grande gole do vinho e desembuchou:

— Você acha que eu tô ficando louca, tio?

Bardelli riu.

— Louca?

— É. Tipo, eu acabei de dizer que não me importo que um homem tenha, de certa forma, me agredido. Tenho a impressão de que se a Diana de alguns anos atrás ouvisse isso, ia me bater.

— Posso ser bem sincero?

— Pode.

— Eu acho que você perdoou o Plínio porque se sente culpada. Olha aí: você só se acalmou depois que o delegado confirmou que o Plínio tinha álibi. Aí você se odiou, se sentiu uma traidora porque presumiu que o homem que amou fosse um assassino. O homem em quem você deveria confiar.

Foi a vez de Diana pinçar:

— *Amou*? Você acha que não amo mais?

— E ama, Diana?

Ela não respondeu.

— Agora você perdoa o Plínio por tudo: pelo jeito agressivo, pela imaturidade... E, quem sabe, até por algum caso que ele tenha tido... Sei lá, uma aventura qualquer... Não?

Os olhos que até então tinham fugido da conversa de repente cravaram no rosto de Conrado. Estavam sérios.

— Você... Por que diz isso, tio?

Bardelli deu de ombros, fingindo minimizar a questão.

— Só um pressentimento. E eu sinto que a família do Plínio tem escondido isso. Não que seja grande coisa, não me entenda mal. Eu não julgo, pelo amor de Deus!

Diana abriu a boca, mas engoliu em seco. Conrado adicionou:

— O próprio Plínio comentou comigo, há algum tempo, que você suspeitava de que ele estivesse te traindo. Parece que foi pouco antes do casamento e... bom, o Plínio claramente não é aprovado pela sua família. Faria sentido que o motivo disso fosse porque, no passado, ele teve um caso que foi descoberto e...

Era o suficiente. Diana abanou as mãos, *chega, eu não consigo mais escutar isso*, e desembuchou:

— Não é justo eu fazer isso com o Plínio, tio. Você entendeu tudo errado. Não foi ele que me traiu. Fui *eu* que traí ele.

V

Conrado bem que pensara nessa hipótese nas últimas vinte e quatro horas. Tinha acertado. Agora, balançou a cabeça de leve e mostrou que estava disposto a ouvir. Compreenderia o que quer que fosse.

— Mas você tem razão, tio. Eu não paro de me culpar. E como é que alguém para, na minha situação? — Ela tomou mais um gole de vinho pra se recompor. Taça no fim. — Foi com o Enzo. E tem mais: ele me pediu em casamento.

Lyra sentiu um soco na boca do estômago. Por essa ele não esperava.

— Jura?! Casamento? E você aceitou?

Diana era o retrato de uma mulher muito segura de si quando confirmou com a cabeça:

— Aceitei. Sim, eu aceitei. E já casamos.

— *Caramba!*

— Eu sei, eu sei, tipo, é a coisa mais... *bizarra*! Mas a verdade é que... tio, vai soar muito mesquinho e... e *idiota* da minha parte... mas a verdade é que sempre imaginei que eu fosse ficar com o Enzo. Desde de pequena, eu ia atrás dele quando precisava de alguma coisa. O Enzo sempre foi o meu porto seguro. Ele *é* o meu porto seguro.

Vendo agora, é como se o Plínio... como se ele fosse uma fase muito boa da minha vida. Mas só isso, uma fase.

Lyra ficou mudo por muito tempo. Então, com careta de surpresa:

— E imagino que toda essa confusão com os assassinatos te fez repensar tudo o que você tinha com o Plínio.

Ela assentiu lentamente, como se refletindo pela milésima vez e chegando à mesma conclusão. À conclusão sensata.

— Isso.

— Nossa, eu... Bom, em primeiro lugar, parabéns!

— Obrigada.

Bardelli, querendo tornar tudo mais leve, brindou com Diana. Ela sorriu, agradecida e envergonhada. Bebeu o restinho do vinho, e Lyra matou a garrafa reabastecendo as taças.

— Mas me conta direito como foi isso. Quer dizer...

— É chocante. Eu sei.

— Vocês tavam juntos quando... quando você e o Plínio...

— Não! Não entenda mal, tio. — Ela ficou envergonhada. — Não foi como se a gente tivesse juntos o tempo todo. A gente, na verdade, tava até um pouco distanciado fazia algum tempo. Acho que ele sabia, tanto quanto eu, que se a gente se aproximasse ia acabar voltando...

— Vocês já tinham namorado, então?

Diana mordeu o lábio. Não era muito confortável falar de sua vida amorosa a um cinquentão amigo de seu pai. Mas Lyra irradiava de novo aquela aura de confiança. E Diana estava carente, ansiosa e com uma taça de vinho à mão. Ela não resistiu e continuou:

— Não exatamente namorado. A gente tinha, tipo, ficado algumas vezes. Mas a gente nunca ia pra frente por coisa boba. Acho que sempre fomos muito íntimos um do outro. Quase irmãos. No fundo, um dava o outro como garantia, sabe? Como se um dia a gente fosse mesmo ficar juntos, mas antes valia a pena aproveitar a vida. Acho que a gente só decidiu casar agora porque percebeu que a nossa vida tava se distanciando. Sim, foi exatamente por isso. Lembro de ter ligado pra ele quando as coisas estavam ficando sérias com o Plínio... Eu disse que tinha esquecido que a nossa vida não era mais tão próxima. A gente não era mais vizinho. E se continuasse naquele ritmo, a gente não ia mais se ver. Foi aí, pouco depois de eu e o Plínio ficarmos noivos, que... — Ela reuniu coragem para admitir-se uma pecadora. — ... que eu e o Enzo tivemos um caso. Mas um caso rápido!

— Calma, eu já disse que não vou julgar.

— A minha mãe falou que eu fiz coisa que só vadia faz.

— Ela ficou sabendo?

— Eu mesma contei. Era o jeito mais maduro de lidar com aquilo. Até porque me arrependi depois. Contei pra ela e pro meu pai. E pro Plínio. Fiz questão de ser sincera com ele. Foi difícil, mas ele me perdoou, foi um fofo, na época... Enfim. Os pais do Enzo nunca ficaram sabendo. E o Plínio jura que jamais contou pra família dele, mas eles acabaram descobrindo, não sei como.

Demétrio, o exterminador de traidores, obviamente dera um jeito de descobrir. Agora, outra peça se encaixava: Samuel devia ter ido à rua Costa Rica não para espionar Gurgel, mas sim Enzo. E Diana. Ela não dissera antes que tinha pegado Samuel a espionando? Vendo agora, era óbvio. Demétrio o contratara para saber se Diana continuava traindo Plínio com Enzo. Porque, se sim, o patriarca não permitiria que o casamento fosse em frente. Ele bem dissera ao filho, naquela madrugada, que a família tinha motivo para interromper o casamento.

Diana voltou a se justificar — mais para si mesma, em voz alta, do que para Lyra:

— Eu disse que o Enzo era meu porto seguro. É que pouco antes de pedir o Plínio em casamento, eu meio que tive uma crise sobre o que fazer da minha vida. E o Enzo me ajudou de um jeito tão... Bom, foi um pouco depois disso que a gente começou a se ver. Só por duas semanas. Como eu disse, me arrependi. Ele se arrependeu. E o motivo que me fez querer ainda mais casar com o Plínio foi o fato de ele ter me perdoado.

— Ele sempre pareceu mesmo muito apaixonado por você. Ele te endeusa. Faria tudo por você.

— Falando assim, tio, você...

— Desculpa, eu não quis causar nada. Mas é bom você se abrir. Você, no final das contas, tá reforçando que ia casar com o Plínio por culpa. Por dó.

— Dó?

— É. Você disse que ficou tão grata por ele ter perdoado a traição que decidiu seguir com o casamento, em vez de cancelar para ficar com o Enzo.

O silêncio dela serviu como confirmação.

— A gente esqueceu tudo e seguiu em frente. Eu e o Plínio. Até que...

— ... o seu noivo virou suspeito de homicídio e, pra fechar com chave de ouro, te agrediu na festa da sua mãe. Claro. O Enzo surtou. E decidiu que era hora de assumir o que vocês dois tinham interrompido antes.

Diana baixou o rosto, mirou a lasanha e deixou que um risinho tímido eclodisse em seus lábios.

— Ele me pediu em casamento pouco depois disso. A gente assinou os papéis no civil faz duas semanas. Por enquanto, a gente ainda não usa aliança pra não chamar atenção. Na hora do pedido, foi um choque. Mas eu disse "sim". Uma atitude... sei lá, totalmente impensada e... e burra. Mas ninguém tá na minha pele. Eu *precisava* disso pra passar uma borracha por cima desses acontecimentos tão *horríveis...* Eu precisava do Enzo.

Lyra a poupou do assunto com um gesto, *deixa isso pra lá.* Só que ele tinha que fazer uma última pergunta espinhosa:

— Você já contou pro Plínio?

O olhar de sobressalto voltou à face dela.

— Eu... Não. No fundo, acho que ele meio que já sabe. Ele me viu com o Enzo no aniversário. O Plínio sabe o que isso significa.

— Mas você precisa falar. Ele tem o direito de saber.

— Eu sei, eu só... Não tô pronta pra isso. Pelo menos, não agora.

Nenhum dos dois quis sobremesa. Pediram a conta, e Diana se irritou porque Lyra quis pagar tudo sozinho.

— Tio, me deixa pagar! Dinheiro é importante pra mim.

— Você foi minha convidada. Presente de casamento.

Aquilo ia contra os princípios de Diana. Ela só aceitou por causa da palavra *presente.* Estavam prestes a se levantar quando Bardelli deteve Diana um segundo a mais na cadeira e murmurou, seríssimo:

— Diana, toma cuidado, tá?

Surpresa.

— Oi?

— Pelo que entendi, eu sou um dos poucos que sabem...

— Só os meus pais e os do Enzo sabem. Só te contei porque sei que o Enzo também confia em você.

— Obrigado. Tomem cuidado com essa informação. Pode ser perigoso...

Ela, que estava pronta para se levantar, afundou de volta no assento. Olhos arregalados.

— Você tá me assustando, tio.

— Não é minha intenção. É só um aviso. Você sabe muito bem o histórico desse caso. E eu não consigo deixar de pensar que tem a ver com o casamento...

— Com o Plínio ou com o Enzo?

— Os dois... Desculpa, talvez não seja nada. Mas é que tudo aconteceu de forma tão... tão lógica. Quase como se alguém tivesse pensado em tudo...

VI

Conrado Bardelli fez questão de esperar o táxi de Diana ao lado dela e só chamou um para si mesmo quando a jovem embarcou. Receava que a mistura de álcool com ebulição emocional tivesse um resultado desastroso. Lembrou-se de como Plínio e Diana tinham se conhecido — se Lyra bem recordava a história, ela havia bebido demais, se aberto emocionalmente e, no final, vomitado em uma planta. Uma babosa. Lyra riu internamente procurando uma planta daquelas nos jardins em volta.

Foi quando uma mão o pegou pelo ombro.

— Então ela já contou pra você?

Era Plínio. A barba estava ainda mais longa do que de costume, o rosto de quem não dorme há noites. Cheirava a álcool.

— Hein? Então e-ela te contou?

— Plínio! Você anda seguindo a Diana?

O rapaz fez que ia chorar, seus lábios tremendo como os de um bebê.

— Depois de tudo o que a gente fez junto... Depois de tudo o que eu pro-prometi pra ela...

— Plínio, você precisa voltar pra casa.

— Então ela te contou mesmo. Senão, mano, certeza de que você não ia me olhar com essa cara de dó. Co-como se eu fosse um morador de rua todo cagado, todo fodido.

— Não faz bem você ficar seguindo a Diana assim. Caramba, para com isso. Você só vai remoer coisa ruim.

— Foda-se! Sabia? Foda-se! Ó aqui a minha companhia. — Ele mostrou uma garrafa sem rótulo. Plínio, atingindo seu mais novo nível de escória.

Lyra fechou os olhos, balançou a cabeça. Doía.

— Você sabe do que eu tenho v-vontade? Você sabe?! De pegar aquele filhinho de papai de merda e... e... — Plínio cerrou os punhos e apertou, enforcando um inimigo imaginário. — Ele e ela. Pegar aquela fa-família dele, *família de bosta!*, e mostrar que eles deveriam ter mais respeito pelos outros... Que dinheiro não-não é tu...

Um de seus ataques de asma o tirou das ameaças. Plínio começou a tossir como no dia de seu casamento.

— Você precisa ir pra casa, Plínio. Já. Eu te levo. — Lyra chamou um táxi enquanto Plínio tentava controlar a tosse.

Os olhos do rapaz lacrimejavam. O detetive se desesperou, *o que eu faço com esse menino se ele quebrar de vez?*, mas Plínio conseguiu respirar direito a partir do momento em que se sentou no banco do táxi. E apagou. Dormiu o caminho todo. Só acordou quando chegaram ao Butantã, na hora de descer em casa. Plínio abriu os olhos vermelhos, localizou-se e pulou do carro. Lançou um último olhar pra trás. Um evidente pedido de ajuda — um doente desenganado a um passo de aceitar a eutanásia.

Foi aí que Conrado começou a se perguntar se aqueles crimes todos não teriam sido cometidos apenas pra causar sofrimento...

CAPÍTULO 17

A última cartada

TRÊS SEMANAS DE CASADOS

I

Conrado ergueu uma única sobrancelha quando viu quem estava ligando no seu celular. Demorou para atender. *Quer dizer que, no fim, você voltou com o rabo entre as pernas?* Atendeu, cheio de orgulho.

— Gurgel... Poxa, você me ligando! A que devo a honra?

— Por favor, não faz isso comigo... Eu tô desistindo, Bardelli.

— Essa sua frase já ficou velha. Ouço você dizendo que vai desistir desde que essa história começou.

Gurgel não xingou, não saiu justificando nem levantou a voz. Ele estava diferente. Artava. Bardelli imaginou-o numa cama de hospital respirando com ajuda de aparelhos.

— É diferente. Eu não vou dar o dinheiro.

— Que dinheiro?

— Que ela pediu.

— A chantagista? Hum... Pediu quanto, desta vez?

— Duzentos mil.

— Quê?! Gurgel, isso é ridículo! Essa mulher é uma retardada! Ela acha que você é o Sílvio Santos?

Gurgel não disse nada. Devia ter se perguntado a mesma coisa por horas e horas.

— E os seus detetives, lá?

— Mandei todos eles tomarem no meio do cu. Demiti todo o mundo. Eu... Eu não aguento mais.

— Quer dizer que eles não conseguiram nada? Lembra que te avisei antes de você me demitir que...

— Vai se foder, Bardelli! Caralho, você não tá vendo a minha situação? Seu babaca! Se põe no meu lugar!

Conrado baixou o rosto. É, tinha sido um idiota.

— Desculpa.

Não houve *tudo bem, tá desculpado* do outro lado. Lyra, então, indagou:

— Eles pelo menos indicaram alguém? Descobriram se pode ser a Carmen?

— Disseram que pode. Pode ser ela, tem grande chance de ser ela, mas pode ser qualquer um. Eu paguei os caras por mais de dois meses pra nada. Paguei pra eles ficarem me dizendo que não tinham certeza de nada, mas que tudo indicava que era alguém de dentro da minha casa. *Da minha casa,* Bardelli! Olha que bando de filho da puta sem noção! Como se... como se... — Gurgel se interrompeu. — Sabe o que eles fizeram? Começaram a investigar os meus funcionários. Imagina isso? E depois vieram me pedir permissão pra seguir *a minha esposa!* A Sandra!

Lyra preferiu não comentar. Sabia que sua opinião irritaria Gurgel.

— E ela?

— A Sandra? Continua sem saber, porra!

— Não a Sandra. A chantagista. Descobriu que você contratou esses caras?

— Sei lá se descobriu. Ela não fala de outra coisa, é só ameaça e xingamento. Fica dizendo que vou me arrepender se não pagar.

Silêncio.

— Duzentos mil reais... Você por acaso tem esse dinheiro, Gurgel?

Ele respirou fundo. Sim, tinha aquele dinheiro. Mas em lugares em que nunca pensaria mexer. Fundos de investimento, ações, imóveis. Um homem como Ricardo Gurgel tem patrimônio suficiente para sustentar seu estilo de vida caso precise. Mas duzentos mil reais, em dinheiro vivo? Assim, do dia para a noite, para uma chantagista que obviamente não pretendia parar de cobrar? Era absurdo.

— Eu desisto — ele repetiu. — Não vou pagar. Ela que revele tudo. Foda-se. A Vanessa também não tá mais na minha. Sei que agora ela só transa por dó. Ela percebe que virei um coitado. Talvez seja questão de tempo até ela me dar um pé na bunda...

A transformação de Gurgel era gritante. No jeito, na voz, nas ideias.

— Lamento muito. Sério. Mas não entendi por que você me ligou, Gurgel.

— Pra saber se você descobriu alguma coisa.

Lyra desejou ter novidades pra contar. Realmente desejou. Qualquer coisa que fizesse Gurgel parecer um pouco mais vivo. Porém, teve que enfrentar a realidade — mais para si mesmo do que para Gurgel.

— Não, eu... eu não parei de procurar, juro que não, mas ainda não achei as peças faltantes, eu... Sinceramente, não sei se vou achar.

Dizer aquilo em voz alta trazia um gosto azedo na boca. Conrado se preparava para conviver com o fracasso daquele caso...

II

Menos de uma semana depois, Dirce veio dizer que o porteiro do prédio deixara um rapaz subir.

— Qual o nome dele?

— O porteiro disse que não perguntou, seu Conrado.

— Meu Deus, esse homem não aprende...

É que, dois anos antes, o mesmo porteiro permitira a entrada de outro jovem sem ser anunciado: Eric Schatz, o carioca que deu início a um dos casos mais marcantes de Bardelli. Mas enquanto Eric Schatz entrara no escritório com nariz empinado, o rapaz que passou pela porta nesse dia era muito mais humilde — apesar de igualmente bem-vestido.

— Enzo, que surpresa! — Lyra se animou e apertou-lhe a mão. — Em primeiro lugar, meus parabéns.

Valeu... A Diana disse que te contou tudo. Foi tão de repente. Eu não consigo explicar. Sabe quando parece que você tá finalmente fazendo a coisa certa?

Eles se sentaram à escrivaninha de Lyra. Enzo não economizou entusiasmo ao contar sua versão do pedido de casamento. Depois, ficando um pouco mais sério, pulou ao assunto que o levara até ali:

— A Diana me disse que o senhor é de confiança. Claro, eu também acho isso. Foi com o senhor que eu conversei naquele dia. No dia... o senhor sabe. Eu sei que o senhor... Não quero que o senhor me leve a mal... É que eu vim porque...

Entre tantos tropeços, Lyra o interrompeu:

— Quer tomar alguma coisa? Um cafezinho?

— Pode ser. Um café seria ótimo.

Dirce trouxe as xícaras e ofereceu um sorriso para o belo jovem. Uma avó que quer ser simpática com o amiguinho do neto.

Lyra resolveu tomar a palavra:

— Eu imagino que você tenha vindo me trazer alguma coisa.

— Como...? É, isso mesmo. O senhor lembra que eu tinha dito que ia insistir no assunto?

— Assunto?

— Sobre a pessoa que fez aquilo com a minha tia.

Conrado se interessou.

— E eu cumpri o meu prometido, seu Conrado.

— Caramba, Enzo, o que você fez?

— Nada de mais — ele acalmou o detetive. — Não saí fazendo nada perigoso. Sei que não é trabalho pra mim. Eu só... fiz o que dava. Conversei com alguns convidados. Os que eu conhecia.

— E descobriu alguma coisa?

Enzo respondeu com um gesto: retirou o celular do bolso, clicou em Fotos e mostrou a tela do celular para Lyra.

— Uma senhora, amiga da família da Diana, foi quem tirou essa foto.

A fotografia mostrava o salão onde Diana e Plínio casariam. O mesmo salão que Lyra atravessara, pouco depois daquela foto, para ir ajudar Plínio em seu acesso de asma. A mulher que tirara a foto queria registrar a filha, uma menina de seus dez anos que sorria no primeiro plano, usando um vestido branco florido e o cabelo negro preso em um rabo de cavalo. Em segundo plano, dava pra ver as cadeiras dos convidados — quase todos já sentados — e o altar, ao fundo, com a mesa onde os noivos assinariam a documentação que os casaria no civil.

— Olha aqui. — Enzo chamou atenção para um vulto que Conrado não enxergara antes. — Tá vendo? Uma pessoa indo em direção à porta de vidro fosco.

O coração de Lyra bateu mais forte. Sim, uma silhueta, bem ao fundo, se dirigindo ao local do assassinato. Devia ser mulher — usava, aparentemente, um vestido creme.

— Quem é? Eu não reconheço.

— Difícil reconhecer por aqui. Aí eu fui procurar mais fotos. E olha só. — Enzo deslizou o dedo na tela algumas vezes e parou numa imagem que mostrava três senhoras juntas.

Nenhuma delas sorria — o tipo de foto que ninguém quer tirar, mas o faz por obrigação. Lyra conhecia apenas a mulher do meio. E era, sem dúvida, a mesma que na outra foto se dirigia à porta de vidro fosco. O vestido de um bege suave, sem decote, não enganava.

— É a dona Camila...

Enzo assentiu.

— Eu achei que o senhor deveria saber.

— Tá, Enzo, mas eu não sou da polícia.

— Eu sei que não. A gente já conversou sobre isso. Mas o senhor é da confiança deles. O senhor poderia mostrar isso pro delegado.

— Claro, eu posso fazer isso. Mas por que não fala você mesmo? Você pode contar que encontrou a foto por coincidência, não precisa se indispor.

— Não quero me envolver com isso, seu Conrado. Não agora, e não assim. Seria horrível pra Diana. Ela ficou destruída com os crimes, e eu não queria reviver essas coisas ruins justamente agora que a gente tá conseguindo passar por cima disso e ela tá começando a esquecer tudo.

Lyra compreendia. Ele falou que tudo bem, passaria as fotos ao delegado.

— Mas eu já adianto — ele somou — que isso não significa necessariamente que a dona Camila tenha algo a ver com o crime.

Enzo ficou sério.

— Mas ela... A foto...

— Tudo bem, a foto mostra a dona Camila indo pro corredor que leva à sala onde a sua tia morreu. É suspeito, sim, só que...

— Ainda mais porque ela não contou isso pra polícia. — Enzo quase não continha a exaltação.

Lyra enrugou a testa.

— Como sabe que ela não contou?

Enzo mordeu o lábio.

— Eu só sei. Enfim...

— Enzo, posso ser bem sincero? Acho difícil que tenha sido a dona Camila.

— Mas ela...

— Eu sei, ela foi flagrada. Porém... — Lyra suspirou. — Sabe o que eu acho? Que ela tava indo até a sua tia pra tentar impedir o casamento.

— Como assim? Por quê?

— Por sua causa.

Então, Enzo compreendeu tudo. Estavam falando sobre a traição.

— Eu acredito que o Demétrio nunca perdoou nem vá perdoar a Diana por ter traído o Plínio com você antes do casamento.

— Ah... Ela te contou disso também...

Lyra confirmou com a cabeça.

— Eu mesmo flagrei o Demétrio agredindo o Plínio e dizendo que deveriam cancelar a cerimônia. Acho que Camila ia contar tudo pra sua tia e pedir que ela tivesse o bom senso de parar com a coisa toda.

— Não faz sentido! O senhor sabe que a minha tia nunca aceitaria isso.

— Eu sei e você sabe, mas a dona Camila é uma típica mulher do século XIX. Ela é daquelas que pensam que mulher adúltera é vilã.

Enzo, ao não dizer nada, mostrou que compreendia aquela linha de raciocínio.

— Me disseram, inclusive, que o Emílio também foi ao corredor — Lyra prosseguiu. — Ele é suspeito por ter feito isso sem contar a ninguém? Claro. Mas significa que ele matou a sua tia? Não. — Uma pausa enquanto as ideias se encontravam. — Agora que você me contou da dona Camila, acho até que o Emílio se dirigiu ao corredor porque tava indo atrás da mãe dele. Faz sentido, não faz? Ele queria impedir a dona Camila de conversar com a sua tia. Ele queria que o casamento prosseguisse.

— Bom, e onde estavam os dois na hora do crime, hein?

Lyra abriu as mãos.

— Não tenho como saber. A polícia talvez já saiba. Mas o inquérito ainda precisa ser fechado, e só então o promotor poderá ou não indicar um culpado. Não tem como saírem prendendo gente assim.

— Eu sei disso. Só imaginei que... Sei lá, pensa que a dona Camila pode ter visto alguma coisa. Ou o Emílio. Tipo, alguém entrando na salinha onde a minha tia tava.

— Você sabe tanto quanto eu que, mesmo que eles tenham visto, não vão contar. A dona Camila, repito, é uma mulher do século XIX. Só abre a boca pro marido. E você acha mesmo que o Demétrio ia contribuir com a investigação? Ainda mais porque o objetivo dele foi cumprido, de uma forma ou de outra: a Diana e o Plínio nunca chegaram a se casar. E nunca irão.

Difícil escutar tudo aquilo e não dizer nada.

— Seu Conrado, o senhor me desculpa por ser chato, mas não consigo acreditar que essa família de loucos não tá por trás do crime. O senhor já deu uma boa olhada neles? Os segredos que eles devem esconder...

— Sim, Enzo, e você *nem imagina* o que eles escondem. Mas se tem uma coisa que aprendi nesses anos de carreira é que as aparências enganam. Vou enviar tudo isso ao doutor André, claro, hoje mesmo. Mas não consigo te prometer as ações rápidas que você quer.

Incrível como Enzo revelava, aos poucos, os trejeitos do pai. Ainda era o rapaz educado e paciente que Lyra conhecera. Porém, naquele instante, o detetive pôde jurar que Enzo estava a um passo de levantar o dedo, esgoelar para as paredes e mostrar que não gostava de ser contrariado.

O jovem, no fim, apenas concordou com a cabeça e deu as costas para Lyra.

— Obrigado pelo tempo e pela ajuda, seu Conrado. Eu devo estar neurótico. Parece mesmo que nada tá fora do normal. O senhor tem razão. Boa tarde aí.

III

Parece mesmo que nada tá fora do normal.

Aquela frase assombrou a noite de Lyra. Pois como seria possível que nada estivesse fora do normal sendo que dois homicídios haviam sido cometidos e uma chantagista continuava a agir?

Mais uma vez, Lyra foi visitado pelo fantasma do Hotel-Fazenda Cardeais, um ar gelado que entrou debaixo das cobertas e trazia aquela sensação de que tudo, *tudo* tinha sido muito bem orquestrado. Havia suspeitos, mas não provas. Motivos, mas nenhum aparente. Do que, afinal, aquele caso se tratava? Chantagem seguida por homicídio? Ou...

O detetive se obrigou a pensar fora da caixa. Mas os acontecimentos *sempre* o levavam de volta à chantagem. Afinal, não foi ali que tudo tinha começado? Como a pessoa por trás daquilo conseguia estar sempre um passo à frente de Conrado? Da polícia? Dos investigadores contratados por Gurgel? Quase como...

Lyra sentiu o choque anestesiar seu corpo.

Quase como se ela nunca devesse ser descoberta.

Meu Deus! Sim, Lyra percebia isso agora. O modo como *a chantagista* soava impalpável, uma entidade inatingível que operava com sua mão invisível e nunca seria tocada...

Lyra abriu os olhos, a epifania eminente. Levantou-se da cama. Eram três e cinco da manhã. Ele acendeu a luz do quarto e pegou uma folha de papel, na qual começou a anotar todas as ideias que passavam em avalanche por sua mente.

Chantagista: nunca será encontrada?

Aquilo não era mais um lamento de Lyra — era fato. Conrado sabia. Nunca pegariam a pessoa por trás daquelas mensagens, não do jeito como vinham atacando o problema desde o início. Por quê? Ele começou a jogar toda a sua linha de raciocínio no papel.

Chantagista dentro da casa?

Era uma possibilidade. Uma que, inclusive, os detetives da agência que Gurgel tinha contratado reforçaram e que Lyra via com clareza desde o princípio. Mas havia agora aquela outra possibilidade — muito mais fascinante...

E se a chantagista não fosse nenhuma das pessoas do Hotel-Fazenda Cardeais?

E se eles tivessem andado em círculos o tempo todo, correndo atrás de alguém *que não existia*? Pois não tinham encontrado sequer evidências da tal criminosa. Apenas um perfume. Como seria possível? Em vez de pensar que a pessoa era um gênio que sabia encobrir todos os seus passos, por que não pensar que esses passos nunca tinham sido dados?

Mas Gurgel fora até esfaqueado pela mulher. Ele tinha visto, ele tinha contado, ele tinha...

Ele, ele, ele. A ideia que se formou, num clarão, assombrou Lyra. Escreveu:

Gurgel é a única pessoa que diz ter recebido mensagens da chantagista.

Gurgel não tem testemunhas que comprovem que ele foi a Joanópolis deixar as malas de dinheiro.

Gurgel não tem testemunhas que comprovem que a chantagista o esfaqueou.

Justamente na noite em que combinei com o Gurgel de ficar a noite toda observando a churrasqueira, a chantagista não apareceu.

A família do Gurgel estava à procura dele no hotel, dizendo que ele estava sumido, bem no horário em que a Eunice foi assassinada.

Gurgel agora diz que vai desistir de tudo porque "não aguenta mais".

E depois de se lembrar de uma conversa que tivera com o empresário sobre o depoimento dele à polícia, Lyra terminou:

Daqui a quatro anos, quando o Enzo chegar aos trinta, a fortuna da tia Hortência será liberada no nome do sobrinho, Ricardo Gurgel.

IV

Conrado Bardelli não conseguiu conter a ansiedade até depois das oito da manhã. Era quinta-feira. Ele foi até a rua Costa Rica, passou pelo segurança-robô — *Você voltou por quê? Tá fazendo o que aqui?* — e tocou a campainha do número 121 sem dar atenção à sombra que o seguia.

— Oi, pois não? — veio uma voz metalizada pelo interfone da campainha.

O segurança robô resolveu ficar ouvindo.

— Bom dia. Eu gostaria de falar com o Ricardo Gurgel. Meu nome é Conrado Bardelli, ele me conhece.

Não houve resposta por alguns instantes. Até que outra voz, esta exaltada, surgiu:

— Tem algum problema com o Gurgel?

Lyra franziu o cenho.

— Não, eu só queria falar com ele. Meu nome é Conrado Bardelli.

— Ah, seu Conrado. Claro, desculpa. É a Sandra. A gente se conheceu *naquele feriado.*

Naquele feriado soou como *naquela sessão de tortura.*

— Isso, oi, Sandra.

— Eu achei que você estivesse junto com o meu marido. É que ele não tá.

— Ah, não tá?

— Passou a noite fora. Eu... Eu não sei onde. — O incômodo era sensível até através do interfone.

— Entendi...

Quer dizer que agora ele nem se importava em ser flagrado? *Eu desisto,* Gurgel dissera a Lyra, acrescentando que tanto fazia se o mundo todo descobrisse que Vanessa e ele tinham um caso. Conrado ficou imaginando o quanto daquilo seria só fingimento... Gurgel sorrindo com o celular no rosto, divertindo-se com sua encenação de coitado...

— Era alguma coisa... séria? Quer dizer, nem sabia que vocês eram amigos. — Sandra queria saber de tudo, ficava óbvio por aquela entonação de exigência.

— Não, a gente não é amigo, eu só vim dizer uma coisa que esqueci naquele feriado... Enfim, longa história.

— Sei. Bom, se você encontrar com ele, manda o Ricardo voltar pra casa! — E riu histericamente, a típica piada com completo fundo de verdade.

Bardelli já sabia para onde ir. Lembrava-se de um lugar que Gurgel costumava frequentar.

V

O Motel Hibisco era um prédio quadrado, vermelho, com telhado de calhas e cortinas encardidas nas janelas que davam vista para a Marginal Tietê. O tipo de lugar em que os hóspedes não precisavam se preocupar com o barulho que faziam no quarto porque grito nenhum poderia ser mais alto do que o trânsito da Marginal.

Diferentemente de motéis mais sofisticados, o Hibisco não tinha portaria com atendente nem trilha de luzes. Era apenas um vão pelo qual os visitantes passavam. Estacionavam no pátio da frente mesmo, tudo muito mal iluminado, e entravam pela porta de metal que dava na recepção. A miséria tinha motivo: quanto menos câmeras e olhos no caminho, maior a discrição. E era exatamente o que Gurgel queria nos seus encontros com Vanessa.

Lyra também se aproveitou disso. Não estava com tempo nem paciência para passar na recepção. Subiu direto para as suítes, passando por um Porsche Cayenne estacionado que só podia ser de Gurgel. O acesso era por uma escada que ficava encostada na parede e rangia em todos os degraus. Lá em cima, as portas dos quartos preenchiam o corredor aberto com vista para a Marginal. O piso era de ladrilhos cor de creme. Na verdade, deviam ser brancos, mas estavam imundos. Um lugar aconchegante, só que não. Devia alagar quando chovia, Lyra apostava.

Ele também apostava que o motel estava vazio — era quinta-feira de manhã, afinal. Então Lyra fez o que lhe pareceu mais fácil e rápido: foi batendo de porta em porta, girando as maçanetas, decidido a, desse jeito, encontrar o dono do Porsche Cayenne. As três primeiras portas estavam trancadas e ninguém atendeu às batidas. Na quarta suíte, apareceu um homem emburrado sem camisa. Não era Gurgel. Lyra pediu desculpas e inventou uma justificativa qualquer. Seguiu em frente. Mais três quartos sem ninguém, silêncio atrás da oitava porta e...

Opa! A maçaneta girou, destrancada. Lyra ficou pensando no que deveria fazer. Bateu mais uma vez, dizendo que era serviço de quarto, e de repente soube, sem explicar por que, que aquele era o quarto de Gurgel. Ele estava lá dentro, Lyra tinha certeza. Foi isso que o levou a empurrar a porta e entrar de uma vez no quarto número 8 — *que se dane se o Gurgel estiver pelado e ficar puto pela entrada inesperada.*

Lyra, no fim, acertara. Gurgel *estava* naquele quarto. Mas as condições eram outras. Ele não estava transando. Ou rindo enquanto inventava mentiras ao celular. Nem sonhando com a fortuna que ia herdar da tia Hortência. Ricardo Gurgel estava jogado na cama. Tinha cortes por todo o braço e a garganta estava aberta, quase como uma segunda boca. Impossível pensar que aqueles lençóis tinham sido brancos um dia.

QUARTA PARTE

ATÉ QUE A MORTE OS SEPARE

CAPÍTULO 18

A suspeita dorme ao lado

UM MÊS DE CASADOS

I

Foram mais de dez horas acompanhando o trabalho da polícia, fugindo dos jornalistas, explicando tudo para tanta autoridade diferente que vinha tirar satisfação... *Como assim, você imaginava que isso poderia acontecer? Ele tinha um caso e estava sendo chantageado? E por que você não fez nada, não contou pra ninguém? Dane-se que ele tinha te contratado pra manter o sigilo!* O lado bom era que o caso tinha sido transferido ao DHPP. Com isso, o doutor Wilson pôde acompanhar Conrado o tempo todo. Ele podia ser grosso e mal-humorado, mas era um amigo fiel. Não é todo policial que trata bem um detetive particular que escondeu informações das autoridades.

A vida de Ricardo Gurgel fora dissecada naquelas dez horas. Entrevistas e entrevistas com quem o conhecia. Vanessa foi um caso à parte. Conrado ficou sabendo por Wilson que o depoimento dela tinha durado horas. A moça jurou que tinha saído do Motel Hibisco logo cedo, depois de uma noite de sexo, e não vira nada. Uma amiga confirmou que a viu logo cedo. Um álibi fraco.

À tarde, a polícia pediu o rastreamento do celular que enviara aquelas mensagens de extorsão. Tinham poucas esperanças de descobrir seu dono — ele não teria sido descuidado a ponto de comprar a linha legalmente e com o rosto à mostra. Mas as autoridades pensavam que poderiam descobrir a localização do aparelho e, talvez assim, chegar ao assassino. Quem sabe ele não estaria escondendo o celular em casa? A resposta para aquele pedido demoraria alguns dias.

Não precisaram esperar. Naquela tarde mesmo, um policial militar que fazia ronda no Jardim América descobriu o celular do chantagista jogado numa lixeira. *De qual rua?*, quiseram saber os policiais civis. Rua Argentina, perto da esquina com a rua Costa Rica.

E lá estava Lyra, deitado na cama sem conseguir dormir, pensando naquelas dez horas angustiantes. A voz ácida gritava na sua consciência: *você falhou. Você deixou o homem morrer, o homem que precisava da sua ajuda.*

Só sabe o quanto a culpa pesa nos ombros aquele que já passou por isso.

No dia seguinte, Conrado recebeu duas visitas de gente envolvida no caso. A primeira, no escritório, só serviu para piorar tudo.

Dirce passara a manhã sem dizer nada além de um bom-dia. Sabia que seu chefe estava um caco. Até que às onze e meia ela se viu obrigada a incomodar. Dirce nem interfonou, já abriu a porta da sala de Lyra e colocou sua minicabeça no vão.

— Doutor Conrado, tem uma senhora que...

Num gesto rude, a tal *senhora* empurrou Dirce para o lado e entrou com passos resolutos, mãos fechadas em punhos e maquiagem manchada no rosto, em prantos.

— Seu desgraçado! — Sandra foi direto à mesa de Bardelli e deu um soco no tampo. O detetive nem esboçou reação.

— Quero que você saiba que, pra mim, foi *você* que matou meu marido, não importa o que digam! Você não tem noção do que a minha família tá passando por *sua* causa! Porque você escondeu tudo! As coisas que eles estão dizendo pra gente agora... Você não tinha o *direito* de brincar assim com as nossas vidas!

— Sandra, eu não contei nada porque fui contratado pelo seu marido, ele...

— Não vem querer se explicar! — Ela meteu o dedo no nariz dele. — Seu... seu... Uma dama resiste muito antes de dizer um palavrão.

— Seu filho da puta!

Que os modos fossem pro inferno: Sandra já não tentava mais manter a dignidade. Nesse dia, era só uma viúva desolada. Ela continuou:

— O Enzo não comeu até agora. Não sai do quarto. Você não tem ideia do que fez com aquele menino! Eu quero indenização!

Sandra não deixava Conrado iniciar as frases. Ele só balançou a cabeça e pediu para ela sair. Mas ela não saiu, continuou gritando. Ele pediu uma segunda vez:

— *Por favor*, é melhor a senhora ir embora. Depois, *quando* estiver *mais tranquila, eu conto tudo, juro...*

Mas ela gritava por cima das palavras dele. Então Lyra tomou uma atitude com a pouca energia que lhe restava. Socou a mesa com força e se levantou:

— Me diz, Sandra, que tipo de esposa é você? Como não sabia de nada? Você veio pra me fazer de bode expiatório? Se fingir de coitada? Não adianta dar showzinho na minha frente, que a mim você não engana!

Ela abriu a boca, escancarou os olhos, tornou a cerrar os lábios com rancor. Então, depois de engolir o orgulho, balbuciou:

— É claro que eu sabia. Mas uma mulher como eu tem que se mancar. Fazia parte, desde que ele não metesse vagabunda nenhuma dentro da minha casa. Isso não tem nada a ver com você, a gente tá falando do crime...

— Vai me dizer que você não sabia da chantagem?

Ela o encarou com os olhos meio fechados — ódio na linguagem das pálpebras.

— Sandra, vou ser bem honesto. Sabe qual era o problema do Gurgel? Exatamente esse seu. Achar que, por vocês serem ricos, podem tudo. Que você pode entrar assim no meu escritório me acusando. Ele adorava fazer isso e me cobrar respostas rápidas. E antes de mais nada, não vem me dizer que seu marido era santo, porque foi por causa *dele* que eu me envolvi nessa história e dormi noite sim, noite não nos últimos dois meses.

Ela então abriu as comportas e deixou as lágrimas escorrerem.

— Mas não foi o suficiente, foi? Porque, se tivesse sido, a pessoa que chantageava o meu marido estaria atrás das grades! E ele estaria comigo agora. — E foi embora, inconsolável.

Conrado escondeu o rosto nas mãos, querendo ficar invisível para o mundo. Dirce trouxe um chá e tocou no ombro dele.

— Eu sei, Dirce, você tá pensando que o seu chefe é um monstro por ter gritado assim com uma viúva.

— Monstro é aquela louca, doutor Conrado! O senhor viu como ela me empurrou? Desculpa, mas até no dia em que o meu marido morrer, eu vou manter os modos! Que gente mal-educada...

II

Quando chegou em casa, no fim da tarde, Conrado foi parado pelo porteiro.

— Uma moça veio te procurar à tarde, doutor. Não disse o nome, não.

— Obrigado, seu Zé.

— Eu disse que o senhor não tava, aí ela foi embora.

O detetive tentou adivinhar quem seria enquanto subia de elevador. Estava tão envolvido nas ideias que tomou um susto ao abrir a porta de seu apartamento e perceber, tarde demais, que as luzes da sala *já* se encontravam acesas. Pensou em Demétrio. Pensou no grupo de extermínio. Teriam mudado de ideia? Teriam voltado para matá-lo? Lyra quase teve um infarto quando viu uma figura no sofá.

— Calma, não corre.

Seu cérebro demorou muito para fazer as ligações. Viu-se num estado de letargia ao contemplar aquele rosto bonito de olhos puxados.

— Carmen? O que você tá fazendo aqui?! — Fez que ia sair para chamar alguém.

— Por favor, fica. Fecha a porta. Sério, confia em mim. — Ela estava séria. Só isso. Mas *só séria* para Carmen era sinônimo de algo muito ruim. — Eles estão atrás de mim — disse, levantando-se do sofá e indo ela mesma fechar a porta, já que Conrado não conseguia se mexer.

— Eles quem? Como você entrou aqui?

— Não interessa.

— É claro que interessa. Isso é violação de domicílio.

Só quando Carmen passou e ficou debaixo da lâmpada que ele pôde enxergar: um corte, ainda fresco, fazia uma trilha do nariz à orelha dela. Feio. Parecia que a pele era um mapa cartesiano e aquele risco delimitava a extensão de um rio.

— O que você fez?! — Lyra trouxe o rosto dela para debaixo da luz. Arrependeu-se no momento em que a tocou. Dava a entender que ele se importava com ela.

— O que eu fiz? — Ela se desvencilhou dele. — Meti esparadrapo pra parar de sangrar. Não funcionou. Senta ali.

Lyra caminhou até o sofá. Não havia arma, não havia ameaça, mas ele se sentia um refém dentro da própria casa.

— Não precisa andar todo duro.

Olhando para a mesa, Conrado descobriu que Carmen tinha tomado café e comido um pedaço de bolo.

— Não fica com medo. Você tem que confiar em mim.

Ele sentou.

— Confiar por quê? Você não respondeu a nenhuma das perguntas que fiz até agora.

Carmen apertava uma mão contra a outra, nervosa. Suspirou.

— Eu consegui a chave do seu apartamento roubando do zelador do prédio. A polícia é que tá atrás de mim. Eles pensam que matei aquele seu amigo rico que pôs os detetives na minha cola. E isto... — Ela apontou pro corte, humilhada. — ... foi o custo de ter conseguido fugir do hotel onde eu tava sem ser pega pela polícia. Mas agora eles sabem e passaram a divulgar que estão atrás de uma japonesa com um corte na cara.

Bardelli acariciou a barba.

— Você tá diferente.

— Quê? Não tô diferente.

— Tá, sim. Você tá se comportando como uma pessoa normal. Você virou a Carmen do celular, aquela que contou sobre o soco. Deve estar desesperada.

— Bom, foda-se. Chama do que quiser. Eu preciso da sua ajuda.

— Minha? Jura que você veio pedir ajuda *pra mim*?

— Sim, ué.

Lyra deu risada.

— Querida, você me roubou e pegou informações pessoais minhas. Sem falar que me enganou todas as vezes que nos vimos.

Ela não disse nada e abriu os braços. *Bom, e daí?*

— Quando você me trouxer de volta os quatrocentos reais que levou, talvez eu pense no seu caso.

Ela se levantou e andou para longe dele. Ao se virar de volta, exibiu lágrimas nos olhos.

— Você não entende. Você é a única pessoa que pode me ajudar. Eu não tenho amigos. Nunca tive. Sei que fiz coisa errada, mas é porque... porque... Sei lá! — Carmen enxugou o rosto com as mãos, tomando cuidado com a ferida na bochecha.

— Tem algo dentro de mim, aqui, que me disse pra fazer aquilo, eu só... Eu obedeço. Eu não presto.

Lyra se levantou também. Foi até Carmen, tocou-a nos cotovelos e disse:

— Não vai adiantar você se fazer de coitadinha. Agora eu te conheço. Não caio mais. Pode engolir esse choro falso. — Ele foi buscar uma caneca na cozinha, e voltou bebendo do café que Carmen fizera.

Agora, ela não tentava mais bancar a atriz chorona. Voltara a ser o retrato da seriedade.

Eu já disse, você tá diferente. — Conrado começou a andar em volta dela, analisando-a como se faz a um fóssil. — Você falhou até na hora de querer me enganar. Isso aí é medo.

Ele foi até o sofá, sentou-se e perguntou, com toda a naturalidade do mundo:

— Você matou o Gurgel?

Ela poderia ter xingado, chorado, ido para cima do detetive com punhos erguidos, tudo para provar sua revolta e, por extensão, sua inocência. Mas chega de jogos. Ela só foi até a poltrona e se acomodou.

— Não. Não matei. — Como quem diz *não, não pus açúcar no café.*

— Então do que é que você tem medo?

— Medo?

— Você tá difer...

— Para de falar isso, que saco! Não vim aqui pra pedir a sua opinião. Vim porque preciso que me deixe ficar com você por uns dias.

Lyra arqueou uma sobrancelha.

— Você só pode estar maluca.

— Não tô te pedindo pra fazer nada. Pra me sustentar, mentir, nada. É só continuar vivendo a sua vidinha. A única diferença é que vou ficar deitada nesse sofá durante a noite. Só isso.

— Ah, eu só vou omitir a informação da polícia, só isso.

— Ninguém vai saber. Quando você menos esperar, já vou ter sumido.

— Com mais quatrocentos reais?

Ela o ignorou.

— Você sabe que não fui eu que matei esse cara. Não tem por que desconfiar de mim.

— Claro que não, imagina...

Carmen bateu com as mãos nas coxas, irritada, e se pôs de pé de mais uma vez.

— Se você não me ajudar, eu conto pra todo o mundo que você namora uma menor.

— De novo essa história! Caramba, vocês precisam se atualizar.

— Eu tenho o celular do parente dela. Pai, irmão, tio, sei lá quem é. O que te mandou mensagem dizendo pra você tomar vergonha na cara.

— Não vai adiantar fazer isso, Carmen. Eu, ao contrário de você, não tenho nada do que me envergonhar. Você só vai me deixar com mais raiva.

— Você não tem raiva de mim. Se tivesse, já teria me expulsado.

— Eu tenho raiva sim, ô, se tenho. A sua sorte é que sou paciente num nível sobrenatural.

— Então usa isso pra me deixar ficar.

Lyra balançou a cabeça.

— Tô esperando você me dizer do que tem medo.

— Nossa, para de perguntar isso! Você é irritante! Tá, quer saber do que eu tenho medo? De a polícia me pegar e me prender por uma coisa que não fiz.

— Será que não ia compensar pelas coisas que você fez e de que saiu impune?

Ele adorou vê-la esquentar como um vulcão. Adorou ainda mais que Carmen teve que engolir tudo isso, pois precisava da aprovação do anfitrião.

— Você é detetive, você lida com isso todo dia, sabe o que é essa injustiça de ser presa por um crime que a pessoa não cometeu. Tudo deu errado. O idiota colocou um monte de detetive na minha cola pensando que *eu* era a tal chantagista de que todos estão falando. E assim que ele morreu, aposto que esses detetives foram contar pra polícia que o milionário tava atrás de *mim*! Aposto que foi você que colocou isso na cabeça dele.

Foi uma tentativa de fazer Bardelli sentir peso na consciência. Quem sabe ele não diria *é verdade, eu te devo essa, pode ficar, vou te encobrir*?

— Nem vem. Eu fui o cara que te protegeu o tempo todo, Carmen. Se fosse pelo Gurgel, ele já teria arrancado seus dentes com um alicate há muito tempo. Fui eu que mandei ele ter calma e só agir se tivesse certeza.

— Olha aqui, ó. — Ela apontou para o rio marcado no rosto. — Passei a tarde toda tentando estancar o sangramento. Minha bochecha não para de doer...

— Você precisa ir pra um hospital.

— Eu vou ser presa se for pra um hospital! Vão me declarar culpada antes mesmo de ouvirem o meu lado da história. Tem pelo menos uma dúzia de caras que faria questão de ir até a delegacia pra prestar depoimento contra mim.

— Bom, mas isso é mérito totalmente seu.

— Foda-se que esses imbecis foram idiotas o suficiente pra serem passados pra trás. Tudo bem, eles têm todo o direito de ter raiva de mim, mas é totalmente diferente! Eu nunca joguei a culpa em ninguém. Nunca coloquei alguém na cadeia por uma coisa que eu fiz.

— Você teria que dizer isso ao seu advogado de defesa. Conheço alguns de porta de cadeia, de nível baixíssimo, que iam adorar pegar o seu caso. Que inventariam as coisas mais mirabolantes pra te soltar. Talvez até conseguissem.

— Ser solta e depois o quê? Eu já teria sido exposta e ficaria com o rosto manjado pro resto da vida. Ou você não viu que a morte desse milionário tá em todos os jornais? Eu ia virar uma Suzane von Richthofen, uma Elize Matsunaga. — Carmen uniu as mãos num último apelo. — Eu não posso ir pra um hospital. Não posso sair daqui. Senão eles me acham ou então... — Perdeu o fôlego. — Por favor. É caso de vida ou morte.

— Por que eu?

— Porque não tenho ninguém em quem confiar. E ninguém vai me procurar aqui.

Conrado Bardelli pensou bem em tudo o que ouvira.

— Se é caso de vida ou morte, como você diz, talvez eu possa fazer algo.

Ela tocou no rosto barbudo dele e ofereceu um olhar de gratidão e arrependimento — uma herege que dá sua vida a Cristo.

— Obrigada. Você não sabe o quanto isso significa pra mim.

— E você não sabe o quanto esse seu corte tá me dando agonia. A gente precisa dar um jeito nele. Vem cá...

III

Ao acordar, Carmen nem sabia onde estava. Na noite anterior, desmaiara no sofá de Bardelli assim que se deitara — efeito das mais de vinte quatro horas sem dormir desde que tinha começado a fugir da polícia. Agora que abria os olhos e as lembranças voltavam, ela confundia passado e presente. Nem imaginava que horas seriam. Devia ser cedo — o sol que entrava pela janela vinha de lado. Tipo seis da manhã. Mas por que acordar tão cedo?

Por causa dele. Bardelli andava de um lado para o outro — da sala para o quarto, passando pela cozinha e de volta. O trajeto de quem se arruma para sair. *É só isso*, ela pensou, *ele só está se arrumando para ir trabalhar*. Ergueu as pálpebras por um segundo e flagrou-o olhando para ela.

— Bom, você acordou. Eu tava mesmo pensando se deveria te chacoalhar.

Ela apertou os olhos.

— Você sempre trabalha tão cedo?

— Tem dias que nem durmo. Viro a noite.

Carmen bocejou.

— Mas hoje é sábado.

— Vem comer. Fiz café, tem pão, bolo, o mesmo que você pegou ontem. Você precisa comer. Tô de saída.

— Não tem problema, eu fico aqui enquanto você trabalha.

Lyra não respondeu. Carmen se irritou. Ele pensava o quê? Que aquela ajuda era só pra passar a noite? Que o resto do dia ela ficaria na rua com óculos, nariz falso e bigode?

— O café tá esfriando.

Carmen foi ao banheiro e, quando voltou, encontrou sua xícara cheia e os pães na mesa. Bardelli continuou naquele vaivém. Colocou o cinto, escovou os dentes. Carmen se sentou à mesa. Na seção "Cotidiano" do jornal do dia:

POLÍCIA INVESTIGA SE HOMICÍDIO DE EMPRESÁRIO TEM RELAÇÃO COM CHANTAGEM

Carmen abriu a boca para comentar quando Bardelli roubou suas palavras:

— Sabia que eu tava começando a suspeitar de que nem existia uma chantagista de verdade?

Ah... Como se ela se importasse. Bebeu do café. Estava fraco e adoçado. Serviu-se de pão com manteiga.

— Eu cogitei várias coisas — Lyra prosseguiu, sua voz vinda do banheiro. — Passei os últimos dois meses pensando nas explicações mais fantásticas. Qualquer coisa que explicasse por que essa mulher tinha conseguido sair impune de tudo. Da extorsão, dos assassinatos... Tive pesadelos com isso, sabia? Um fantasma que aparecia nos meus sonhos.

— Você é velho demais pra ter pesadelo com fantasma.

— Pensei em tudo. Quer dizer, quase tudo. Só nesta semana percebi que a chantagista poderia não existir, que ela talvez fosse uma cortina de fumaça pra encobrir o real motivo do crime.

— Por que tá me falando tudo isso?

— Só dizendo. Faz bem falar as coisas em voz alta.

Ele apareceu arrumado. Usava um blazer azul que o deixava mais jovem.

— Eis que bem nesse dia... — Lyra abotoava as mangas. — ... o Gurgel foi assassinado. Meio que pra provar que eu tava errado, sabe? E agora todo o mundo tá atrás da verdade porque todo o mundo sabe da chantagem. E eu não tenho a mínima ideia do que aconteceu, de quem foi, do porquê. Entende minha situação?

Carmen parou de mastigar.

— Você não acha que fui eu, acha?

Um único brilho nos olhos e uma hesitação longa demais. Conrado apontou para o prato.

— Vai, continua a comer. Não deixa sobrar. Você vai precisar.

— Como assim, vou precisar?

— A polícia tá a caminho.

Ela congelou na cadeira.

— Você tá de sacanagem comigo... Por favor, diz que tá de sacanagem comigo!

— Não tô em posição de acobertar suspeitos, Carmen. Ainda mais você.

Pega desprevenida. Terror no semblante. Ela se levantou e correu até a porta pra fugir. Trancada.

— Cadê a chave?!

— Claro que não vou te dizer.

— Pelo amor de Deus, me deixa sair! Por que você fez isso? Seu filho da puta! Você armou pra cima de mim!

— Não armei nada. Você que veio atrás de mim. Eu te deixei dormir aqui e cuidei do seu corte. Mas não tenho como ajudar a esconder a principal suspeita do assassinato do Gurgel. É uma questão de princípios, que, por sinal, eu decidi voltar a ter, depois de dois meses sendo um idiota.

Carmen ficou imóvel por vários segundos, medindo seus atos, calculando estratégias. Pelo modo como cravou os olhos em Lyra, ficou evidente que cogitou atacá-lo.

— Você sabe que não fui eu. Puta merda, você sabe que não tenho nada a ver com isso!

— Isso não cabe a mim, Carmen.

— Me deixa sair. Me deixa sair!!!

Lyra negou com a cabeça.

— O que você quer que eu faça? — Carmen não baixou o tom da voz. — Quer que eu ajoelhe? Implore?

— Não, por favor, não faz isso. Eu expliquei minha situação pra você agora há pouco. Você deve ter me entendido, Carmen, você é esperta.

— Você quer alguma coisa.

Ele deu de ombros.

— Não é que eu *queira alguma coisa*. Só fiquei refletindo sobre o jeito como te encontrei ontem à noite, você cheia de medo. Eu dormi com a sensação de que você não ficaria assim só porque a polícia tá nos seus calcanhares. Não é como se fosse o FBI ou a máfia. E aí me perguntei: por que ela ficou tão amedrontada?

— Imaginação sua, eu não...

— Só consegui pensar nisto: *porque ela sabe algo sobre os crimes*. E tem razão de estar com medo, porque essa pessoa já fez três vítimas. Faz sentido, não faz? Foi aí que decidi chamar a polícia. Porque você pode ter informações muito importantes pra contar pros caras.

Ela estava roxa de tanta raiva.

— Você poderia ter me perguntado! Seu interesseiro de merda! Não precisava me botar numa situação dessas!

Carmen enfiou na boca um pedaço inteiro de pão, mastigou como se prestes a partir para a guerra e foi calçar as sapatilhas que estavam ao lado do sofá. Fez isso tudo tremendo de ira e ansiedade.

— Eu esperava mais de você, Bardelli.

— É o mínimo que se pode fazer por alguém que te roubou quatrocentos paus.

Apressada, Carmen tomou todo o café e, enfim satisfeita, encarou Conrado.

— Por favor, eu preciso sair daqui...! Eu... O que eu sei, se eu contar o que sei, você...?

Ele fez uma careta de dúvida. Calmíssimo enquanto ela quase desmaiava de aflição.

— Bom, eu sempre posso dizer pra polícia que você me deu um golpe na cabeça e fugiu sem que eu conseguisse te segurar.

— Você não tinha garantia nenhuma de que esse seu plano ia funcionar. Nenhuma! Talvez eu nem soubesse de nada!

— Nunca tenho garantia de nada em casos assim. Eu vou comemorando vitória por vitória, um passo de cada vez, até conseguir juntar tudo que eu preciso.

Pinçar o lábio e dar voltas pela sala foi tudo o que ela conseguiu fazer no minuto seguinte. Carmen tinha consciência de que precisava correr — se ele estivesse falando a verdade, a polícia poderia chegar a qualquer momento —, mas ela precisava de espaço. Precisava pensar. Estava prestes a dizer algo que poderia tanto enterrá-la quanto salvar sua vida. De repente, o cheiro úmido daquela noite revisitou seu nariz. As folhas tocando seu corpo. Ela se viu de volta ao Hotel-Fazenda Cardeais, escondida, observando...

Carmen se sentou no sofá, de costas para Conrado. Não conseguiria olhar nos olhos dele.

— Foi na noite em que a gente conversou no meu quarto, pelo bloco de notas do celular. Eu tinha roubado a chave do seu quarto e sabia que você tava falando com o milionário, lá, e dei a volta por trás do prédio pra não cruzar com vocês. Só que aí, tipo, eu vi um movimento no jardim, aquele com uma fonte de pedra no meio. Na hora, eu não enxerguei quem era e não entendi porra nenhuma do que essa pessoa tava fazendo. E, se você quer saber, eu nem teria parado pra prestar atenção. *Não tem nada a ver comigo, então foda-se*, pensei. Só que... Só que eu parei porque achei muito... *bizarro* o que a pessoa tava fazendo. Àquela hora da noite, no jardim...

E então Carmen contou algo que fez Conrado abrir tanto os olhos que ele os sentiu secar.

Dez minutos depois, a viatura estacionou diante do prédio. Policiais desceram apressados, na ânsia de efetuar uma prisão. Mas só encontraram Conrado Bardelli com a mão na cabeça. A foragida tinha escapado mais uma vez.

IV

O doutor André Santana desceu contrariado de seu carro ao meio dia de sábado. Odiava ter que voltar ao Hotel-Fazenda Cardeais, ainda mais na sua folga. O hotel não funcionava desde os assassinatos de outubro, mas o portão para carros estava aberto naquele dia. Tudo por causa daquele filho da puta. *Maldito. Pensando que é Deus.*

Lá dentro, a recepcionista informou que o outro homem já chegara e aguardava no gramado entre os salões de festas e a ala dos quartos. Ela evitou encarar o delegado.

Raiva? Decepção? Os dois, sem dúvida. À frente daquele enorme fracasso intitulado *O caso do Hotel Cardeais*, o doutor André tinha virado piada nas manchetes e inimigo dos que tinham conhecido Hortência Gurgel ou Eunice Rabelo. O apelido Doce de Berinjela também tinha viralizado da noite para o dia.

— Doutor, que bom que você veio.

Ver o barbudo com aquela cara de Drácula com enxaqueca animou um pouco o doutor André. Significava que Bardelli também não dormia bem fazia um século.

— Vai ser um papo rápido. Ainda tenho que voltar pra São Paulo pra ir a um funeral. O do Gurgel.

— Hoje é sábado, seu Conrado. Minha folga. O senhor também deve ter uma família linda esperando em casa para aproveitar o dia.

— Vai ser por um bom motivo.

— Claro que vai.

Bardelli voltou a fitar os salões, os olhos semiabertos contra a luz do sol. Ele sorriu.

— Eu já tava ficando com saudade dessa sua ironia.

— Que ironia? O senhor imagina coisas.

— Pelo menos eu tenho imaginação...

— O que quer dizer com isso?

Lyra não tirava os olhos dos salões. Incrível... A resposta estava logo ali. Era um enorme alívio finalmente enxergar tudo.

— Eu sei como o senhor pode conseguir uma confissão, doutor André.

André mordeu o lábio. Orgulhoso demais para reagir de outra forma.

— O senhor deveria se informar, seu Conrado. Eu não faço mais parte da investigação. Tá com o DHPP. Culpa sua, inclusive.

Conrado baixou o rosto.

— Vou ser bastante sincero com você, doutor. Antes de mais nada, queria dizer que não te suporto. Te acho um saco. Não sei como a sua família te aguenta. Mas tudo bem, pelo jeito, você também não me tolera.

Silêncio entre os dois.

— Apesar disso — Lyra prosseguiu —, você tem razão. Eu tenho culpa. Não te contei sobre a chantagem. O Gurgel conseguiu me convencer a ficar quieto, e eu não dei ouvidos ao meu senso de certo e errado. Achei que as coisas poderiam estar sob controle. Uma das piores decisões que tomei na vida. Fui um idiota. Sim, pode rir, eu mesmo tô dizendo: fui um idiota.

O delegado riu mais do que deveria, balançando a cabeça.

— Então o senhor se sente culpado e veio me contar tudo.

— Claro que vim contar tudo, porque obviamente o senhor não tem imaginação suficiente para entender o que aconteceu nesses salões.

— E o senhor tem?

— Eu sei inclusive os meios pra conseguir as provas de que o senhor precisa.

— Que meios?

— Luminol. Sei que vocês usaram na cena do crime, mas se usarem em outro lugar, no quarto certo, vão encontrar manchas de sangue incriminadoras.

André cruzou os braços.

— E o senhor quer o que em troca? Não veio me dar isso de mão beijada, suponho. E eu já vou avisando que...

— Já sei, essa vai ser a parte em que você vai dizer que não negocia com detetives particulares, coisa e tal, mas eu e você sabemos que esta é a sua única chance de reconquistar a dignidade que perdeu em dois meses de investigações fracassadas. Se você negar, tudo bem, eu conto pro meu amigo do DHPP, ele vai ficar felicíssimo por saber a verdade.

O doutor André considerou as opções. Confissão. Luminol. Era sedutor.

— Como saber que você não vai me dizer um monte de besteira?

— Eu vim aqui exatamente pra me certificar de que não é besteira. O modo como esse crime aconteceu tá na nossa cara, doutor, bem aqui. Eu só precisava dar uma boa olhada nesses salões, no jardim, nas distâncias, calcular o tempo. Entendi o que a Eunice quis dizer quando falou que a gente estava vendo tudo de trás pra frente. É só você se comprometer a acreditar em mim e fazer tudo do jeito que *eu* disser.

— Condição? Seu ego é tão grande assim que você precisa de uma grande revelação, um espetáculo?

— Nada disso. Eu preciso proteger as vítimas. Eu acabei me aproximando demais deles... Viraram minha família. Por favor, só te peço isso: que tudo seja como eu disser. O corte, se feito do jeito certo, pode cicatrizar...

V

Poucas vezes Conrado Bardelli se sentira tão mal quanto naquela tarde em que desceu do táxi na avenida Doutor Arnaldo e se viu diante dos portões do Cemitério do Araçá. Pisar lá dentro significaria causar dor aos outros, fomentar brigas. Ele teria evitado aquilo, se pudesse.

Antes mesmo de entrar no velório de Ricardo Gurgel, Lyra já tomou o primeiro baque. Uma sensação de *déjà vu*. Quem estava no caminho para o velório, novamente não convidado para a festa, era Plínio — tão morto quanto qualquer dos enterrados naqueles túmulos. *Olhem, um cadáver fugiu do caixão, tragam a pá para sepultá-lo de novo.*

— Você?

— Eu também não esperava te encontrar aqui, Plínio.

O rapaz coçou a nuca, os olhos nunca se elevando do chão.

— Só por causa dela... A minha irmã. Ela ficou insistindo, eu disse que era uma puta má ideia. Deve ter vindo pra agradecer o dinheiro.

— Que dinheiro?

— Melhor eu ir logo esperar lá fora. Se virem a gente conversando, vão ter raiva de você de novo, igual daquela vez no aniversário.

— Também não é assim.

— Já tô acostumado. A Diana me vê como indesejado, e ela era a única que interessava. Mano, tô nem aí também.

Mas pela cara, dava para ver que ele estava *bem* aí. Plínio nunca superaria o que lhe tinha acontecido. Poderia muito bem se enfiar num daqueles jazigos sobre os quais se apoiava e esperar a morte ali mesmo, porque já não tinha motivo pra viver.

— Sabe o que eu queria? Entrar naquela sala e mostrar a cara pra todo o mundo. Porque eu não sou vilão. *Ele* que é. Essa família dele. O pai traía a mãe. E agora ele rouba a minha mulher. É muito errado você fazer isso e ainda se fingir de coitadinho, sendo que...

— Plínio...

O rapaz sabia que era hora de parar. Ficaram quietos. *Os indesejados*, Lyra pensou.

— Eu também só vim pra dar um recado. Um recado que eu gostaria de não dar...

— Então vai lá, seu Conrado. Aproveita a festa.

E assim o indesejado número dois entrou. Parecia que o apelido estava cravado na testa, pois várias das pessoas com quem Lyra cruzou no caminho lançaram olhares acusatórios. *Ele teve mesmo a coragem de aparecer?!* Andou com o rosto baixo. Melhor. Ou não. Porque acabou esbarrando em alguém que também andava sem olhar para a frente. Uma jovem com os cabelos encobrindo o rosto. Vanessa.

Ela e Lyra se entreolharam. Uma troca de mensagens mentais. *Que bom que meu pai não te matou, continua fingindo, estou indo embora, melhor você ir também, não somos bem-vindos.* Vanessa, então, seguiu para a saída. Lyra foi em frente, com o coração em disparada.

Na sala de velório, avistou Enzo e Diana num canto, sentados, a cabeça dela no ombro dele. Atrás, Edna e Oscar de braços cruzados, a cara de quem não sabe como reagir. E, no centro, Sandra, inconsolável ante o caixão. Caixão fechado. Como se farejasse o inimigo, ela olhou em volta nesse exato momento e avistou Conrado Bardelli. Mostrou os dentes, uma onça pronta para atacar. Mas Enzo foi mais rápido. Viu tudo, andou até a mãe, tranquilizou-a com um abraço. E depois pediu licença, indo discretamente até Lyra.

— Eu não queria soar mal-educado, seu Conrado, mas talvez seja melhor o senhor não ficar aqui.

Seguiram para o corredor, os olhares repreensivos em cima deles.

— Eu queria dizer que sinto muito, Enzo, muito mesmo. E que vou fazer de tudo pra descobrir o que aconteceu.

— Obrigado.

— Tio... — Diana surgiu atrás do marido. Estava mais magra. — Eu não... não achei que você... A Sandra contou que foi até o seu escritório.

— É, foi idiota ter vindo até aqui, mas é que eu precisava falar com vocês sobre...

— Seu filho da puta!

O grito veio da porta da frente. Uma silhueta estava contornada pela luminosidade de fora. Plínio. Não dava para ver seu rosto na contraluz, mas não era preciso. O tom de voz era suficiente para entenderem que quem estava ali era a versão Hulk daquele jovem geralmente dócil.

— Além de ter roubado a minha mulher...

— Plínio, para! — Vanessa segurou o irmão pelo braço. — Puta merda, não faz isso...

— ... você ainda foi falar da *minha* família!

— Plínio, não!

Ele avançou pra cima de Enzo, no meio do corredor. Ficaram a centímetros um do outro.

— Plínio, vai embora. — Diana tentou controlar a entonação, soar sã. — Você não tem o direito de vir aqui dizer isso, de achar que eu sou *sua*.

Plínio tremia. *Mas você tem que ser minha, Diana, você tem que ser MINHA!*

— Plínio, vamo embora, é o pai dele dentro do caixão...

— Foda-se! Eu quero saber o que esse cara falou da minha família! Quero que ele assuma!

Enzo, rosto em luto, não respondeu. O retrato do autocontrole. As pessoas começaram a cochichar, Conrado pediu calma, disse que era melhor irem pra fora, senão...

— Eu não vou pra lugar nenhum! Como é que vocês não veem o joguinho dele?! Vocês ficam protegendo esse fingido do caralho, e aí ele vai lá e acusa *a minha mãe* de ter mat...

Agora Enzo se impôs:

— Você não tem *nada* a ver com o que eu falei com ele, no escritório *dele*! Esse é o velório do meu pai, você deveria...

— Porque ele acusou *a minha mãe* — Plínio elevou a voz ainda mais, falando pra todos ouvirem —, mas ninguém parou pra dar uma boa olhada naquela foto! Vocês querem me colocar na fogueira porque é mais fácil! Mas então vai lá você, seu Conrado, que é especialista nisso. Vai lá e olha a fileira de padrinhos atrás do altar, nessa mesma foto! Procura esse filho da puta mentiroso! Cadê?

E aí todos começaram a perceber que Plínio não era só gritaria. O que ele queria dizer?

— Então você quer falar de culpa? — Do fundo surgiu a viúva, que escutara tudo em silêncio, as mãos sujas de maquiagem borrada. Havia muita semelhança entre ela e Plínio agora. O choro e a raiva tinham virado uma constante na vida deles. — Pergunta pra vadia da sua irmã que armadilha ela usou pra pegar o dinheiro do *meu* marido!

A partir daí, foi um caos. Xingamentos jogados ao ar tal qual uma briga de torcidas rivais. Foram necessários três funcionários e uma dose cavalar de esforço para dispersar aquele grupo e acalmar os ânimos. Sandra e Plínio foram os mais difíceis, cada um se sentindo o maior injustiçado do mundo. Tudo muito pior do que Bardelli imaginara.

Meia hora depois, ele se desculpava com os funcionários na administração, exausto. Lembrou-se com tristeza do que dissera ao doutor André sobre causar cortes e cicatrizes.

Encontrou Diana e Enzo no caminho de volta para a sala do velório.

— Acho que vou embora — o detetive falou depois de um silêncio que pareceu eterno entre os três.

— Melhor. — Enzo balançou a cabeça. Passou a mão pelo mármore de um jazigo, os olhos perdidos. — Nada contra, o senhor sabe que por mim...

— Eu sei. O Plínio... Eu imagino que...

— Tive que levar o Plínio lá pra fora — Diana falou, a voz sumindo. — Ele... disse que só saía se eu fosse junto pra ouvir o que ele tinha pra dizer. A Vanessa não tava dando conta de controlar.

— Por falar nela — Lyra precisou de muito tato —, o que a sua mãe quis dizer, Enzo, sobre... — Deixou a questão no ar.

Enzo sabia muito bem a que ele se referia. Ele se virou para Lyra.

— A gente ficou sabendo hoje cedo. Ela também. O advogado veio comunicar que o meu pai deixou pra Vanessa quase dez por cento do que tinha. Disse que era pra ela *se libertar*. Não sei o que ele quis dizer. O delegado já me mandou uma mensagem, quer conversar. Acho que tem a ver com isso.

Mas Lyra não pareceu certo disso.

— Foi por isso que vim, Enzo. Foi um erro, no fim, eu lamento muito, mas... Eu achava que precisava te dizer pessoalmente.

Enzo estranhou. Diana olhou de um para o outro.

— Pra mim?

— Você sabe que eu me afeiçoei a você. Então achei que precisava pelo menos te alertar...

— Sobre?

— A polícia te chamou pra conversar por causa de outro assunto. É que foi usado luminol no seu quarto do hotel. Descobriram sangue na pia, no chuveiro... Enfim...

Enzo engoliu em seco. Fez força para não reagir.

— Ah... Eu... Bom, obrigado. De qualquer jeito, a gente não vai pra polícia hoje. O delegado disse que me daria mais um dia, em respeito ao meu pai.

VI

A polícia te chamou pra conversar por causa de outro assunto. É que foi usado luminol no seu quarto do hotel. Descobriram sangue na pia, no chuveiro...

Duas da madrugada e Diana ainda não tinha conseguido pregar o olho. Os pensamentos a assombravam, o coração era uma dinamite. Estava na cama com Enzo, seu corpo tocando no dele, ele dormindo como se nada tivesse acontecido...

Ela sentiu uma urgência de se levantar e sair daquele quarto. Com o cuidado de quem foge da jaula de um leão, puxou o lençol, pegou o celular no criado-mudo e se levantou. Seus passos leves fizeram caminho silencioso até a porta. Ela saiu para o corredor e marchou até a cozinha, onde se sentou à mesa de almoço.

Precisava ter calma. *Isso, calma.* Aquilo tudo era só praxe da polícia. Não devia significar nada... Mas então por que Diana não conseguia soltar o celular? Por que se preocupava tanto com o sangue na pia? Porque sabia que existia aquela chance de que seus pensamentos não estivessem assim tão errados...

Quando deu por si, estava ligando para ele. Para Plínio. Um telefonema impensado. Ele tinha ligado tantas, tantas vezes. E agora, enfim, ela retornava. Houve vários toques, e então caixa postal. Diana suspirou. Ficou olhando para a tela sem saber o que pensar e...

— Aconteceu alguma coisa?

Diana sentiu o espírito sair e voltar do corpo como numa chicotada.

— Calma, não queria te assustar. Não precisa ter medo do escuro.

— Não, Enzo, não me assustei, só tava concentrada aqui. — Apontou para o celular. — Não te vi entrando.

Ela sorriu forçado. Ele girou a cabeça, em dúvida.

— Parece que você quase morreu quando me viu.

— Tá, mas eu já disse, não me assustei.

Enzo demorou para se convencer. Então, deu de ombros, andou até a mesa, beijou Diana e foi pegar um suco na geladeira.

— Não te vi na cama e fiquei preocupado. Com tanta coisa acontecendo ultimamente...

— Não é nada. Só que eu acordei e não quis ficar deitada.

— Podia ter me acordado também, ué.

— Pra quê? Bobeira.

— Perdeu o sono?

Ela hesitou.

— Acho que ainda não digeri tudo o que aconteceu. Com a gente, com o seu pai... — E ao ver o luto de volta ao rosto de Enzo: — Desculpa. Não queria ter te lembrado.

— Tudo bem.

Ficaram sentados um de frente para o outro.

— Pra quem você tava ligando?

Diana arrumou o cabelo, na falta de outra reação.

— Eu? Ligando?

— É. Você disse que tava concentrada no celular. Pra quem tava ligando e essa hora?

— Ah, não, eu tava mexendo no Instagram. Não era ligação.

— Nossa, mas eu vi você tirando o celular da orelha.

— Tava me observando? — E quando se deu conta de que o tom poderia ser acusatório, ela fingiu uma risada e se redimiu: — Brincadeira.

— Diana, tem alguma coisa errada?

— Não, ué.

Enzo tomou todo o copo de suco e tornou a enchê-lo.

— Porque parece que o seu peito vai explodir de ansiedade. Tá com medo de mim? — Uma pergunta que ele fez com um meio sorriso.

— Ai, nossa, que idiotice, Enzo. Para, tá? Acho que o sono tá voltando.

Ele se aproximou da esposa e baixou a mão na direção do rosto dela. Diana reagiu rápido: agarrou o celular e o prendeu contra o peito.

— Calma, Di. Eu só ia te oferecer suco.

— Não quero, não. Eu tomo a água do quarto.

Ficaram quietos e não abriram mais a boca até voltarem. Enzo deu passagem para a esposa na porta, mas Diana teve a impressão de que, desta vez, não era cavalheirismo. Era escolta.

Enzo foi ao banheiro e ficou lá um minuto. Diana percebeu tarde demais que poderia ter usado esse tempo para mandar uma mensagem. Ela começou a digitar quando a porta se abriu. Teve que disfarçar: sorriu, disse que o sono já estava voltando mesmo, *vem pra cama*. Enzo se cobriu, deu novo beijo de boa-noite e então Diana falou que tinha de ir ao banheiro também. Só que Enzo a segurou pelo braço.

— Jura pra mim que tá tudo bem, Diana. Jura.

— Nossa, Enzo, para. Eu já disse.

— Tenho a sensação de que você mentiu. De que tá com medo.

Ela suspirou, fazendo-se de irritada. A verdade era que tremia.

— Aff, Enzo, eu...

— É por causa daquela história do altar? Daquilo que o Plínio falou?

— Eu nem lembrava mais disso. Você tá neurótico.

— Foi só uma coisa que passou pela minha cabeça. Que talvez você estivesse nervosa...

— Não tô nervosa, poxa. Sei que você tava no altar naquela hora, eu acredito em você.

Mas ele coçou o queixo de uma maneira que Diana não gostou.

— Acho que, no fundo, você sabe onde eu tava...

As pupilas dela chegaram a dilatar de tanta adrenalina jogada no seu sangue. Diana prendeu a respiração.

— Banheiro, rapidinho. Licença. — Diana se trancou lá dentro antes que ele desse um pio. Fechou a tampa do vaso sanitário, sentou-se e escreveu uma mensagem para Edna.

> Mãe, tem alguma coisa errada com o Enzo. Não consigo te ligar agora, não dá. Por favor, inventa uma desculpa e vem me buscar. Eu sei que é estranho, mas só vem, agora!

No quarto, Enzo percebeu que o celular de Diana não estava no criado-mudo ao lado do copo de água, onde sempre ficava. Cerrou o maxilar com força, irritado.

— Acho que você precisa mesmo de uma boa noite de sono, Diana — ele disse ao vê-la saindo do banheiro, os dois com sorrisos falsos. — Tem que dormir bem. Vem cá.

Ela concordou, deitou-se ao lado do marido, o coração a mil, quase perfurando a caixa torácica. Bebeu do copo de água, encostou a cabeça no travesseiro e fechou os olhos, fingindo pegar no sono.

— Boa noite.

— Boa noite.

Enzo acordou outras duas vezes naquela madrugada. Às três e meia e às cinco. Nas duas ocasiões, o celular de Diana vibrara com mensagens recém-chegadas. Misteriosas. Enzo conferiu a esposa nas duas vezes. Em ambas, ela dormia sem nem ligar pro aparelho. Enzo sorriu, satisfeito.

Às seis e quinze, a campainha tocou.

— Quem é?! — Sandra esbravejou no interfone da cozinha. Já era uma tortura tentar dormir após o assassinato do marido. Muito pior era enfim conseguir, mas ser tirada do sono. — Você não tem relógio pra ver que horas são?

Ao escutar a resposta do visitante, fez um *ah!* de surpresa.

Um minuto depois, Oscar e Edna entraram no quarto de Enzo esbaforidos, como se fossem encontrar a filha num cativeiro.

— Enzo, desculpa a gente chegar assim, mas é que a Diana não respondia.

O rapaz acordou num susto. Ergueu-se na cama e esfregou os olhos sem saber o que estava acontecendo. Diana continuou dormindo.

— É que a Diana às vezes perde o controle — Edna foi explicando, sem nem dar bom dia —, você sabe, ela teve aquele caso de depressão, então a gente fica meio preocupado... Filha?

Edna se sentou ao lado de Diana. Chacoalhou-a uma, duas, três vezes. E nada de Diana abrir os olhos.

— Filha? Pelo amor de Deus, *filha*!

Mas não adiantava chacoalhar. Diana simplesmente não acordava. E continuou assim durante todo o trajeto até o hospital. O pulso estava fraco. Ela morria aos poucos.

VII

Conrado Bardelli chegou correndo ao hospital. Eram nove da manhã. Na sala de espera onde encontrou Oscar e Edna não havia mais ninguém. Oscar andava em círculos roendo as unhas; Edna rezava no banco abaixo do relógio. O tique-taque dos ponteiros era um martírio. Fazia Edna calcular quanto tempo fazia que sua filha estava desacordada.

— Lyra!

Enfim um conhecido no meio daquele ambiente inóspito. Abraçaram Bardelli com um misto de esperança e calmaria. Mas o detetive — também cheio de olheiras — não deixou que eles baixassem a guarda. Estava preocupado.

— Como a Diana tá?

— Graças a Deus a minha princesa vai ficar bem, Lyra, vai ficar bem — disse Oscar, sem conter a emoção.

— O médico disse que ela não corre risco de morrer — Edna completou. — Falou que se a gente tivesse demorado mais, seria caso seríssimo. Meu pai do céu, eu não quero nem pensar! A gente ainda não sabe de sequela, o médico disse que depende de como a Diana acordar... Ai, mas só de ela estar bem, a gente imaginando o que poderia ter acontecido...

Conrado despencou sobre um banco, deixando toda a preocupação morrer esmagada sob seu peso.

— Caramba, que alívio! Vocês não têm ideia de como eu fico feliz de saber que tudo deu certo.

— Claro que a gente tem ideia. Uma bênção! — Os olhos de Edna brilharam com lágrimas.

— Não é só porque a Diana tá viva — Bardelli prosseguiu —, mas pelo fato de nada ter saído do controle. Tá tudo bem...

E então o mal-estar se inseriu naquela sala de espera.

— Saído do controle?! Lyra, aquele... aquele *facínora* fez isso com a nossa filha! Você sabia disso?! — O rosto de Oscar passou do alívio à ira. — Tudo estaria bem se esse filho da puta não tivesse crescido na casa ao lado e virado um monstro! Graças a Deus ele deve estar numa cela agora, e eu espero que apodreça lá!

Edna completou, doída:

— Envenenamento, sabia? E a gente confiando nele esse tempo todo! Sei lá quantos comprimidos pra dormir no copo que ele deu pra minha filha beber!

— Sim, eu imaginava — comentou Lyra, assumindo um tom ainda mais grave.

Foi quando o mal-estar passou a um verdadeiro clima de guerra.

— Como assim, você imaginava?! — Oscar abriu caminho e foi esbarrar no ombro do amigo. Meteu o dedo no nariz dele. — Tá querendo me dizer que investigou tudo isso e *sabia*...

— E não fez nada pra evitar?! — gritava Edna.

O silêncio confirmou a suposição.

— Você tá maluco, Lyra?!

— Eu devia te matar!!!

— Que tipo de plano você achava que...

Mas o detetive só balançou a cabeça. Não respondeu aos gritos deles. Esperou que parassem de falar e só então se explicou:

— Eu não podia interferir porque senão as coisas seriam ainda piores. Podem acreditar. Vocês não imaginam o meu alívio em saber que a Diana não tá mais sozinha com o Enzo e agora tá sob o cuidado dos médicos.

Oscar e Edna estavam boquiabertos. Quando tornaram a falar, disseram ao mesmo tempo:

— Você sabia que era o Enzo esse tempo todo?!

— Era só ter dito que a gente pegava esse filho da puta!

Lyra suspirou fundo antes de dizer:

— Vocês entenderam tudo errado. O risco não era que o Enzo descobrisse e matasse a Diana. *Era que a própria Diana tentasse suicídio.* Ela não podia ficar sozinha.

Foi como se o prédio do hospital tivesse desabado em cima deles naquele momento.

— A mi-minha filha? Suicídio?!

— Você mesma disse que ela teve surtos depressivos, Edna. O meu maior medo era que ela decidisse se matar quando percebesse que a polícia já sabia de tudo.

— De tudo o quê?

— Dos assassinatos que ela cometeu. Todos os três.

CAPÍTULO 19

A anulação

UM MÊS DE CASADOS

I

Diana começou a recobrar a consciência, mas manteve os olhos fechados — eles doíam, seu corpo todo doía, formigava depois de horas na mesma posição. Ela estava numa cama de hospital.

Então tudo voltou num *flash*. O copo com água envenenada. A coragem que ela tivera para beber, mesmo sabendo do conteúdo. E o medo de saber que Enzo, àquela altura, devia suspeitar dela. E por isso ela não teria outra saída senão fazer-se de vítima... E acusá-lo.

Ficou feliz ao ouvir a voz da mãe por perto. Ainda sem abrir os olhos, Diana começou a discernir os arredores. Barulhos dos aparelhos. Passos no corredor. A voz de Edna, baixinho, ali perto — na poltrona do acompanhante? A mãe falava aos trancos. Chorava — porque pensava que sua filha tinha sido envenenada pelo marido, claro.

Foi quando Diana quase deixou escapar um sorriso. Seu plano dera certo.

Devia ficar horrorizada? Feliz? Arrependida? Engraçado como as reações se confundiam num turbilhão. Em momentos assim, as pessoas percebem que não existe só o preto ou o branco. Diana, no fim, só sentia vontade de sorrir. Porque tudo tinha saído como ela imaginara. Era incrível! Talvez fosse a tal sorte de iniciante. Ou a sorte de quem faz as coisas sem medo de perder. Porque, por mais que tivesse planejado tudo, *tudo*, ela sabia que, naquela empreitada, podia ser pega a qualquer passo arriscado. E não é que a confiança com que cumprira cada um daqueles passos operou a mágica? Bem que dizem que os melhores candidatos no vestibular são aqueles que fazem a prova sem temer o fracasso.

Agora, ela precisava seguir com o roteiro. Não havia mais volta. Abriria olhos assustados que convenceriam a todos. Perguntaria o que tinha acontecido, *como assim, o Enzo quis me matar?!*, e depois, aos poucos — era uma ação a longo prazo, para dar a impressão de que digeria uma terrível verdade —, começaria a dizer que talvez sempre soubesse que tinha sido o Enzo. Que ele fora agressivo antes de envenenar o copo. Que ele dissera odiar o pai e que o fato de ele não estar no altar na hora do casamento *poderia* ser indício de culpa...

Não acreditariam na palavra de Enzo. Ele juraria que fora à porta do salão atrás de Diana. Mas não havia testemunha. Pelo menos, não *viva*. Diana diria que era mentira. Só ela saberia que Enzo a tinha flagrado entrando no Mercedes.

Enzo...

Como seria bom acordar e saber que ele estava preso. Que sofreria por tudo o que tinha feito Diana passar: as vezes em que a desprezara ou a deixara esperando, que a largara na festa para ser zoada por imbecis e a substituíra por vagabundas quaisquer, mesmo depois de ela ter entregue corpo e alma pra ele... Enzo agindo como se Diana não significasse nada. Ele não percebia que ela *odiava* ter se aberto daquele jeito e ser jogada fora? Ele não tinha se tocado de que a história dos dois tinha que terminar daquela forma, com eles casando? Ele era dela! Diana deixara isso bem claro desde a infância.

Claro que, no fim, ele a pedira em casamento. Só que não contava mais, porque Diana *tinha planejado* aquilo. Não fora espontâneo. Ela sabia que Enzo faria o pedido quando soubesse o quanto Diana estava sofrendo por causa daquela situação com os homicídios e também por causa das reações explosivas de Plínio. Diana sofredora. E Enzo só dava atenção a ela assim ultimamente, quando ela estava ensopada de lágrimas.

A gota d'água tinha sido naquele dia em que ela ficara sozinha na festa e terminara vomitando na babosa — uma humilhação pela qual Enzo teria que pagar. E também naquela vez em que Diana passara a noite debaixo das cobertas mandando mensagens e ligando para ele. A noite em que ela *não fora* pedida em casamento. E Enzo com uma vadia ao lado. Diana pensara em suicídio naquelas ocasiões. Talvez tivesse feito coisas horríveis consigo mesma, não fosse por Plínio.

Plínio...

Esperava que ele estivesse bem. Um anjo na vida dela. Ele fizera tudo certo. Estava indo tão bem... Diana esperava que aquelas ligações dele durante a noite não significassem nada. Que fossem apenas fruto da saudade — Plínio e seu jeito romântico e dependente! Agora ela não poderia responder, senão colocaria seu plano em risco.

Um plano que chegava à reta final. Uma vingança de mestre. Diana pegava-se pensando se teria enlouquecido por causa daquilo. Uma voz na sua cabeça respondia que sim, que era doentio. Mas tudo isso passava quando ela se lembrava de que abriria os olhos e a) veria que Enzo estava recebendo o que merecia e b) ela seria herdeira de uma fortuna que lhe permitiria viver sem trabalhar pelo resto da vida.

Foi com esse entusiasmo que ela voltou à realidade.

— M... Mãe? Pai?

Diana não conseguia enxergá-los direito, sua visão estava turva do sono. Eles eram apenas silhuetas. Edna, em pé; Oscar, jogado na poltrona do canto. A qualquer momento os dois abririam sorrisos com lágrimas, correriam para abraçá-la, diriam que sentiam muito por tê-la abandonado nas mãos daquele assassino, mas a justiça estava sendo feita e...

— Diana.

Mas por que raios eles não corriam até a cama? Cadê os sorrisos? As lágrimas? Tampouco falavam. Só estavam ali plantados olhando pra ela.

Foi aí que Diana passou a discernir traços... E neles não encontrou dó. Tampouco alívio. As expressões que viu eram de fúria. Rostos graves, contorcidos — rostos de gárgulas.

Ela soube que era o fim.

— Diana, o que você fez com aquela estola do vestido? — Para fazer essa pergunta, Edna teve que puxar a força de quem levanta um carro com as próprias mãos.

Se Diana não estivesse fraca, teria soltado o acesso do braço, corrido até a janela e se jogado para a avenida lá embaixo.

II

Depois de muito ouvir sobre sua transferência a um centro de detenção provisória, Enzo se surpreendeu ao ver a porta da cela se escancarar e o policial dizer *pode ir*. O homem que o liberou — seria o delegado? — disse que tinham avançado nas investigações. Tentou um pedido de desculpas, mas a verdade era que Enzo não escutava. Estava em pânico. Tudo o que queria era sair daquele local antes que mudassem de ideia e o trancafiassem de novo.

Na saída, o policial lhe entregou um copo com água e um cartão de visitas.

— É de um homem que passou e pediu pra você ir atrás dele assim que saísse.

Naquele domingo, fim de tarde, não se via viva alma no prédio onde ficava o escritório de advocacia. Como Dirce estava de folga, o próprio Conrado abriu a porta para o recém-chegado.

— Vou pegar um café pra você, Enzo. Vai te fazer bem.

Sim, pois o rapaz mal ensaiava reações. Se você batesse, ele cairia sem resistir. Um joão-bobo ambulante que arriou o corpo no sofá e ficou encarando o teto. Quando Lyra trouxe a xícara, Enzo chorava. Bom sinal. Significava que começara a entender o que acontecia.

— Eu... Eu não entendo...

— Imagino que não.

— O-obrigado.

— Pelo quê?

— Foi o senhor que me liberou?

— Não exatamente. Foi a polícia, claro. Eu só dei uma forcinha.

Enzo fungou.

— Eu tô tão confuso... Não sei nem o que perguntar.

— Então começa me dizendo o que tá passando pela sua cabeça.

Enzo não tirou os olhos do teto. Um devoto encarando Deus. As lágrimas caíam pelo pescoço e desaguavam na camiseta.

— O que tá passando pela minha cabeça? Que eu *não pus* o remédio pra dormir no copo da Diana e *não faço ideia* de quem possa ter colocado, porque era no meu quarto e... E eu fico pensando...

— Pensando o quê? Fala.

— Que ela tava agindo estranho e... — parou.

— Há quanto tempo você suspeitava?

Enzo olhou assustado para Bardelli.

— Não suspeitava de nada, ela... ela é a minha esposa!

— Uma coisa é *aceitar* uma verdade. Sei que você não aceitou e vai demorar pra aceitar. Mas *suspeitar* é outra coisa. É involuntário. Automático como perceber que você ama alguém. De repente, você nota que alguma coisa não encaixa. E o seu cérebro faz o resto. O seu coração pode escolher ignorar aquilo, tudo bem, mas calar o cérebro é matar a razão.

Enzo balançou a cabeça, chorando como uma criança.

— Não pode ter sido a Diana... Não pode...

— Eu te chamei aqui porque preciso que você me confirme uma coisa, Enzo. Foi mesmo comunhão universal de bens?

— *Não pode ter sido a Diana!*

— De novo, você *não quer* que tenha sido a Diana. Mas pode. E foi. Eu te entendo. A Edna e o Oscar tiveram a mesma reação. E ainda não conseguem aceitar.

— Mas ela tava dentro do carro o tempo todo... A Diana tava...

— Você sabe que não, Enzo. Se bem imagino onde *você* tava na hora do casamento, porque sabemos que não era no altar, eu diria que era lá fora. Você queria conversar com a Diana no Mercedes. Faço ideia do que você tava sentindo: a mulher que você amava prestes a casar com outro, e talvez não fosse tarde demais pra pelo menos dizer o quanto você se importava com ela. E eu acho que você viu a Diana fora do carro, correndo.

— Não, ela tava entrando no carro — disse Enzo, em negação, como se Bardelli tivesse errado a história inteira, sendo que tinha acertado quase tudo.

— Eu sei o quanto é difícil... Mas preciso da sua confirmação, Enzo. Tudo saiu como a Diana queria, não é? Vocês casaram em comunhão universal de bens?

Enzo tapou os olhos.

— Eu... O senhor tem que entender que eu *nunca* acreditei que isso fosse possível! Seu Conrado, a Diana faz parte da minha família. Sempre fez! Eu... desejava construir algo com ela, só nós dois, e não queria deixar que o dinheiro (ou a falta dele) fosse uma barreira pra isso. O senhor não entende, eu tô vendo nos seus olhos, o senhor me acha um idiota!

— Nada disso. Repito: acho que você sempre *suspeitou*. Mas nunca quis acreditar. E casar com a Diana compartilhando todos os seus bens foi uma forma de você provar, *para si mesmo*, que não acreditava que a Diana poderia ser a criminosa que seu cérebro dizia que era. Amor não vê dinheiro. Você seguiu esse ditado ao pé da letra. Sem falar na rebeldia. Sim, por causa do seu pai. Um homem que sempre deu o maior valor aos bens materiais. E você quis fazer o contrário. Pra mim, faz todo o sentido.

Enzo se irritava com a forma como Conrado dissecava sua cabeça. Ele perdeu o ar de choro e se ergueu do sofá, exclamando:

— Mas o senhor *sabe* que não faz sentido! Cometeu um erro! O senhor mesmo fi-ficou com a Diana no carro o tempo todo! O tempo todo, até o Plínio encontrar o corpo da minha tia. E só depois é que correram atrás do senhor e a Diana ficou sozinha no carro, quando a minha tia já tava morta, o senhor é testemunha!

Bardelli deixou que ele terminasse. Então, suspirou.

— Eu sou testemunha, sim, Enzo. Mas o crime foi cometido *depois* disso.

A temperatura caiu uns vinte graus no escritório.

— Co-como assim?

— Depois do ataque de asma.

— O senhor tá querendo dizer... — A revolta era tangível na fala de Enzo. — ... que enquanto vocês tavam naquele corredor gritando e conversando e tentando ajudar o Plínio com a crise de asma, a minha tia ainda tava viva do outro lado da porta?!

III

— Responde, Diana!

— Mãe, eu não consigo respirar direito! Eu tô fraca! M-Mãe, me ajuda...!

Edna não sabia o que fazer. Gritar com Diana? A filha numa cama de um hospital? A mãe era, naquele instante, a mulher mais miserável do mundo. Olhava para Diana com olhos de general. A única pista de que havia emoção dentro daquele ser se expressava pelas lágrimas que escorriam.

Atrás, Oscar estava jogado na poltrona como se *ele* fosse o doente do quarto. Os olhos estavam fechados e cobertos pelas mãos.

— Mãe, por favor... — Diana chorava. — Para... Por favor, não sei do que você tá falando...

— Você não ouviu o que eu disse? O delegado... — Edna teve um momento de fraqueza ao se lembrar do delegado chegando depois de Lyra e contando tudo, a frieza de quem faz uma necropsia sem se importar que a família do morto está assistindo ao lado. — O delegado disse que não tem mais dúvida, Diana! Eu quero ouvir da sua boca. Eu quero te dar a chance de se redimir e...

— *Pai!* — esganiçou.

— O seu pai não vai te ajudar agora, Diana! — Edna rebateu, também subindo o tom de voz. — Me diz o que você fez com a estola...

— Por favor...

— ... a estola que você usou com o vestido!

— Mãe, eu... Eu não sei... No armário... — Diana escondeu o rosto molhado no travesseiro.

— Não tá no armário! Não tá! Eu voltei pra casa, revirei aquela droga de guarda-roupa, mexi em tudo! E sabe o que foi que eu encontrei? Só duas malas cheias de dinheiro!

Diana soluçava, os gemidos potentes revelando que ela não estava fraca coisa nenhuma.

— Você destruiu mesmo, não destruiu? — Edna murmurou, cabisbaixa. — O delegado bem que disse e eu não acreditei, eu... disse pra ele que eu tava com você o tempo todo, *evidente que eu veria, doutor*, eu disse pra ele, *claro que eu ia reparar se visse sangue no vestido de noiva da minha filha*, e então o Lyra me lembrou da estola... — O olhar dela se perdeu no ar.

— *Mããããããae!* — A boca formou um O de horror e aflição.

— Ele veio me dizer que o Plínio não teve ataque de asma coisa nenhuma.... Que foi tudo encenação. Que a Hortência tava vivinha lá dentro daquela sala quando o seu pai foi até o corredor ajudar o Plínio.

Oscar balançou a cabeça lá da poltrona. Era uma verdade dura demais pra aceitar. Queria se esconder dentro do escuro dos olhos fechados para sempre.

— O seu pai bem que disse que, na hora das tosses, foi ideia do Plínio chamar o Lyra lá do carro. Vocês tinham planejado até isso?!

— Por fa...

— Para de resmungar! Responde direito! — As lágrimas em cachoeira. — Eu te ensinei a ser uma mulher íntegra e forte. Admite!

— Não sei do que você tá falan...

— Eu tô falando do momento em que o Lyra foi até o corredor e você ficou sozinha no carro! E aí você correu pelo lado de fora até a sala, matou a Hortência e depois me enganou, enganou o seu pai, enganou *todo o mundo* com aquela estola jogada em cima do vestido pra esconder o sangue! Eu lembro, você não quis que eu te tocasse enquanto te acompanhava pro quarto, você saiu andando na frente, depois se trancou no banheiro e abriu a torneira da pia, eu ouvi, eu lembro!

— Para, por favor, para...

— Fui buscar chá, eu lembro como se fosse agora. — Os olhos perdidos realmente viam o passado. — E quando voltei você tava no jardim. Pensei *tadinha da minha filha, ela tá tão destruída que tá chorando no pé da babosa*, mas como eu sou idiota! Fala a verdade, Diana, admite o que você tava fazendo lá! Diz que tava escondendo a faca no meio das folhas! *Uma babosa!* Eu sei que é a planta onde você escondeu a aliança do Plínio! Meu Deus, *você fez sim tudo isso*, eu tô vendo na sua cara! Filha, como você pôde fazer uma coisa dessas?!

Edna caía aos pedaços. Precisou se apoiar na cama, ali, perto dos pés da filha, mas não quis tocar neles. Tinha nojo.

— Mãe, você *tem* que acreditar em mim, isso tudo é mentira da polícia e daquele louco do Lyra que...

— Você tá surda?! Eu disse que todo o mundo *já sabe*, não que todo o mundo suspeita. Põe isso na sua cabeça e seja uma mulher íntegra pelo menos uma vez na vida! Chega, Diana. O Plínio confessou tudo.

IV

Plínio fora levado ao DHPP no fim da noite, quase madrugada, por um policial que mais parecia um urso. Já chegou em estado de choque. É que antes disso, durante a tarde, o doutor André tinha ligado e feito várias perguntas sobre o corpo de Hortência. Sobre a janela. Sobre as digitais dele na maçaneta. Coisas que ele supostamente vira antes do acesso de tosses.

Puta merda, eles sabem, eles sabem, fodeu, o que eu faço, eles vão me torturar...

Diana tinha dito a ele para não ligar em hipótese alguma, *você já pensou no perigo se a polícia descobre que a gente se fala?*. Porém, era uma situação gravíssima. Plínio precisava da orientação dela tanto quanto de sua bombinha quando tinha um ataque de asma.

Mas nada de ela atender.

Até que o inferno de Plínio virou realidade quando o tal doutor Wilson — um delegado que se mostrou tão forte nas palavras quanto no físico — relatou exatamente o que Plínio e Diana tinham feito. Quase como se tivesse presenciado tudo.

Acabou. Eles sabem. Fodeu.

Mas alguma força dentro dele resistiu. *Não, você precisa continuar, o que a Diana disse sobre provas? Eles não devem ter nenhuma. A Diana disse que... O que ela disse mesmo? Diana, Diana, Diana.*

Era sobre ela que o delegado falava. Por isso Plínio voltou a prestar atenção. O homem estava em pé, o rosto projetado para cima de Plínio. Dava medo. O que ele dizia? Que Diana ia abandoná-lo? Não, o idiota do delegado estava errado. *A Diana é minha.* Ela voltaria pra ele depois, o policial burro é que não sabia do plano deles. Ela...

— A Diana casou com separação total de bens, cacete! Você é burro ou tá só fingindo que não me entende?! — o doutor Wilson exclamou, gotículas de baba pulando de seus lábios. — Sabe o que isso significa, Plínio? Que mesmo se ela pedir o divórcio, a Diana *nunca* vai pegar a grana dele. *Nunca*, tá me entendendo?

— Você não sabe o que tá falando!

— Você é o bode expiatório, moleque, se toca! — Wilson bateu na mesa. — Ela *não vai* voltar pra você! Ela te usou pra matar a Hortência...

— É mentira!!!

— ... e casar com o Enzo e ficar com o dinheiro ao lado dele.

— É men-mentira...

— Acabou, Plínio. Assume de uma vez. Eu tô te pedindo uma força pra que, pelo menos no fim, ela não te faça de trouxa. Veja você mesmo. Ela por acaso fala com você? A Diana diz como anda o plano? Ela sequer atende a porra do celular?! — Wilson balançou a cabeça, *vou ter que ensinar o beabá pra esse retardado.* — Acredita no que eu tô te dizendo, rapaz. Ela te fez de vítima tanto quanto fez a Hortência, a Eunice e o Gurgel. A garota vai ficar ao lado do riquinho. E se você não falar nada, vai ficar sozinho, preso pelos próximos trinta anos. Já pensou nesse cenário, bonitão?

Foi aí que Plínio perdeu a sanidade. Ele não conhecia os detalhes sobre o casamento de Diana — se conhecesse, saberia que o delegado mentira sobre a separação total de bens — e sabia que muito daquilo era dito apenas para assustá-lo. Mas... mas lá estava de volta o sentimento de que, no fim, ficaria sozinho. Ele sempre sentira isso, todas as vezes que Diana se referira a Enzo, mesmo que fosse para dizer o quanto o odiava. O quanto queria vingança. Enzo, Enzo, Enzo. E Plínio? Ele era sombra. Sempre soube disso.

Ficar sem o dinheiro? Até vá lá. Mas ficar sem Diana? Saber que ela lhe passara a perna e ficaria com outro? Melhor morrer.

E ele de fato morreu. Morreu por dentro. Desembuchou toda a história com o semblante vazio de um doente mental que passou por lobotomia.

— Então você fingiu o ataque de asma?

— Fingi. Ela mandou que eu fizesse. Pediu para eu ensaiar algumas vezes na frente dela. Eu fiz mais de... sei lá, dez vezes. Perdi a conta. Até que a Diana disse que eu tinha me aprimorado e que eu podia parar, desde que jurasse que ia fazer o meu melhor, igual a um mágico que precisa enganar a plateia senão morre de fome.

— Antes disso, como é que você sabia a hora certa de agir? Porque você precisava ter uma garantia de que a Diana tinha chegado com o carro lá fora.

— A gente tinha combinado um código. Quando ela estivesse estacionada lá fora, ela me mandaria uma declaração de amor por mensagem. Foi assim.

— Bom, e quando você entrou na sala? A Hortência...

— Viva, sentada na cadeira dela. Ela só me deu oi. Eu disse que tinha entrado sem querer, tipo, nervoso, sabe? Ela falou que entendia e desembuchou a falar mais um monte. Eu comentei que a sala tava abafada...

— Ah, sim, a janela.

— ... e lembro bem das palavras dela. Ela perguntou: *Não é porque você já tá se sentindo sufocado por saber que vai casar com a Diana?* Eu tive ódio mortal daquela velha escrota. Naquela hora, parei de ter dúvida se seguia com o plano ou não. Porque quem aquela velha idiota pensava que era pra falar se eu deveria ou não ficar com a Diana? Aquela vaca. Fui até a janela e abri, igual a Diana tinha me mandado. Aí peguei o vidro com sangue e...

— Pera, ela viu esse vidro? Era o que, um frasco?

— É, mas ela não viu porque eu tava de costas, eu tinha acabado de abrir a janela. Era sangue da carne do churrasco que a gente tinha feito um dia antes. Aí eu, tipo, joguei um pouco do sangue no sapato e... fui embora com o lenço na mão pra limpar a maçaneta dos dois lados. Só encostei nela do lado de fora de novo, deixando minhas digitais, porque a Diana disse que daria a impressão de que eu só tinha tocado nela uma vez, quando descobri o corpo. Não entendi direito, mas a Diana disse que era só confiar nela.

V

Bardelli voltou com outra xícara de café para Enzo e insistiu que ele tomasse. Então, seguiu com as explicações:

— Enzo, *você* é a principal vítima dos dois. Esse casamento foi uma grande cortina de fumaça. Foi por isso que te chamei aqui. Imagino que, no passado, você e a Diana acabaram tendo negócios inacabados. Não vou fazer psicologia barata aqui pra tentar explicar, mas dá pra gente olhar pros fatos. E eles levam a conclusões bem óbvias. Fato um: sua tia-avó foi assassinada, e toda a fortuna dela passou pro nome do seu pai, mas vocês só teriam acesso a ela quando você, Enzo, completasse trinta anos *ou se o seu pai morresse antes*. Fato dois: seu pai foi assassinado e, com isso, quarenta por cento da fortuna dele e *toda* a fortuna da sua tia-avó foram pra você, como escrito nos testamentos. Fato três: você e a Diana casaram, e ela, como sua esposa, passou a desfrutar dos seus bens. Fato quatro: a Diana aparentemente foi envenenada por você, o marido, e se tudo corresse da forma como *ela* imaginava, você seria preso pelos homicídios. Arrisco imaginar quais seriam os fatos cinco e seis: a Diana, chocada com a revelação, pediria o divórcio, ficando com boa parte do dinheiro. E depois, digamos, o amor falaria mais alto e ela perceberia que nunca deveria ter se separado do Plínio. Eles terminariam juntos *com o dinheiro da sua família,* Enzo!

O rapaz a tudo escutava num estado de letargia.

— Você disse que viu a Diana entrando no Mercedes quando saiu do salão. Ela tava se vestindo?

Enzo demorou pra responder:

— Tava colocando o salto alto. E a estola em torno do vestido. Mas eu... Eu não vi. Não sei, não reparei, achei que ela tivesse ficado com calor ou...

— A Eunice viu a mesma coisa. E na hora também nem raciocinou. Só depois é que ela percebeu e disse que as pessoas estavam *vendo tudo de trás pra frente.* Porque o assassino não tinha sido alguém que já estava *dentro,* cometeu o crime e correu de volta pro banco, mas alguém que *estava fora, entrou, cometeu o crime e saiu pela janela.*

VI

Aquilo era uma tortura pra Oscar. Ter que ouvir a filha chorar lamentos e Edna ganir atrocidades... As duas como inimigas. Algo que Oscar não seria capaz de prever nem nos piores pesadelos. Duas enfermeiras já tinham sido impedidas de entrar.

O que mais doía era que agora Oscar finalmente enxergava sua filha. Uma sensação péssima, como se ele sempre soubesse como Diana era, ao mesmo tempo que só a descobria agora. Era como parir uma nova menina. Mas uma que não era a *sua* Diana. Essa nova fingia lágrimas e se recusava a aceitar a derrota. Edna, por isso, prosseguia falando, como que para provar que a derrota já era certa:

— Fala na minha cara que você correu pros fundos do salão! Fala, Diana! Você correu pela lateral que não tem janelas, eu sei, eu lembro do prédio! A única janela daquele lado é a da sala onde tava a Hortência. Assume que você entrou por essa janela! Uma *imunda* que subiu no canteiro, sujou o vestido, eu não vi, mas sei que sujou, uma *imunda* que teve a *coragem* de chegar pelas costas de uma cadeirante e cortar o pescoço dela!!!

— PARA!!!

Diana se recostou. Os olhos vermelhos pelo pranto tinham um quê demoníaco. O cabelo tão embaraçado quanto ela mesma no plano que arquitetara. Diana afundou a cabeça no travesseiro, o rosto ganhando cores de raiva.

— Quer que eu diga o quê? Como foi ver o sangue daquela velha espirrar na parede? Então eu digo! É igualzinho como dizem os livros de anatomia do Plínio.

Os lábios de Edna tremiam, mas não produziram som.

— Tava tocando *Because of You*, da Kelly Clarkson. Um chafariz no refrão... — Ela riu pelas narinas. — Vocês no corredor nem ouviram a velha gemer. Dane-se, também, porque não é como se alguém se importasse com ela... Ninguém tava nem aí! Você quer que eu assuma também que corri de volta? Corri! — Diana passou a vomitar as palavras. — Fechei a janela por fora. Era daquelas que o trinco fecha quando você empurra, e corri de volta pro carro. Quer saber? Eu me sujei menos até do que imaginava. Aí limpei o rosto e as mãos com a parte de dentro da estola. As manchas no vestido eu consegui esconder colocando a estola em volta do corpo. Enrolei a faca nas luvas que eu tinha usado e escondi dentro do vestido. E olha que engraçado: *você nem percebeu.*

Edna caiu sentada na cama, ainda evitando tocar na filha. Lembrou-se de algo:

— Foi por isso que você passou aquela noite em claro fazendo trabalho de casa... Você mesma... lavou a sua roupa... Você não queria que vissem o sangue, a sujeira...

— O Enzo viu. No dia, tipo, literalmente na hora em que eu tava entrando no carro. Mas aquele imbecil nem se tocou. Pena que a Eunice também tava lá. E eu tenho certeza de que ela se lembrou de mais coisa.

VII

— Por que matar a dona do hotel? — Wilson perguntou.

Plínio já nem ligava mais pro policial ou pro gravador. Falava como se contasse tudo pra si mesmo — uma forma de colocar a cronologia de sua vida e seus motivos em ordem. Ele precisava disso, agora que perdera sua maior guia.

— Porque ela viu a Diana correndo de volta pro carro. Ela viu a *correria*... a própria Eunice usou essa palavra, sabia?, mas ninguém nem deu bola. Foi principalmente por esse motivo. Mas, mano, tem mais uma coisa. A gente, na época de procurar o hotel pro casamento, tinha ido visitar o Cardeais. A Diana amou. Ela meio que começou a planejar tudo na hora, você precisava ver a cara dela, o jeito como olhou praqueles salões, que ela, sei lá, calculou o tempo de uma ponta a outra... A Diana pirou. Aí ela quis ir até a cozinha. Era um dia de semana, nem hóspede tinha. A Diana pediu licença pra conhecer tudo e, quando a dona saiu, a Diana abriu as gavetas e procurou até encontrar as facas. Ela pegou e ficou me mostrando, dizendo que já tava tudo certo, que o nosso plano ia ser um sucesso. Aí a dona do hotel voltou, bem na hora que a Diana tava com a faca na mão. Ela disfarçou e ficou por isso mesmo. Mas a Diana achava que a dona poderia lembrar.

— Ela falou isso pra vocês, a Eunice? Ela deu a entender que...

— Não, não. Mas a Diana começou a pensar em matar essa mulher desde a tal *correria*. Disse depois que a Eunice, pelo jeito, não tinha se tocado do que sabia, mas que poderia ser questão de tempo. E foi. A Diana, tipo, ela meio que percebeu que tinha alguma coisa errada durante o café da manhã. Se tocou que a dona tava suspeitando. Esse dia foi puta arriscado, porque a gente teve que fazer as coisas da chantagem, matar a mulher e não ser visto. No fim, deu certo. A Diana me mandou pra recepção na hora do assassinato porque era a minha vez de ganhar um álibi, ela disse, porque ela já tinha um do assassinato da Hortência.

— Você falou que o dia foi cheio por causa da chantagem. Me conta disso.

Então o Plínio abriu um sorriso com uma lembrança que desceu em sua mente.

— Um dia, a Diana me disse que sempre ganhava no esconde-esconde quando era pequena. Eu não entendi direito, mas eu disse *é mesmo?* porque eu só queria ouvir a Diana falar. Sempre gostei de ouvir a Diana falar. Aí ela me disse que, como odiava perder, tinha uma tática. Ela trapaceava. Na hora de contar até dez e deixar os outros se esconderem, ela fazia um acordo com algum amigo e convencia ele a observar onde todo o mundo se escondia. Em troca, ela fazia a mesma coisa na vez dele. A Diana me disse que *dois* pares de olhos e *dois* pares de pernas são sempre imbatíveis na hora de observar ou seguir um sujeito sozinho. Faz a gente sempre estar um passo à frente.

— Então a tal chantagista sempre foram vocês dois?

— Isso. A Diana dizia pra gente nunca esquecer que a chantagem era a parte mais importante.

— Por causa do dinheiro? Vocês gastaram na festa?

— Também, mas sei lá, o negócio era que a chantagem dava motivo pra gente matar o pai do Enzo. Tipo, a chantagem serviu pela grana, claro, se tudo desse errado, a gente ia ter o dinheiro pra viver depois. Sei lá, vai que a Hortência saísse da sala na hora que eu tava fingindo o ataque de asma.... Ou que alguém visse a Diana correndo até a janela. Tinha vários jeitos de foder o plano, sacou? Mas aí, se cagasse tudo, era só a gente continuar o casamento normal e ter o dinheiro da chantagem que...

— Sim, eu entendi.

— Mas o principal era que esse era o jeito de matar o Gurgel sem ninguém desconfiar da Diana. Porque, se ele morresse do nada, sem chantagem, as pessoas iam duvidar dela, certeza. Ia ficar claro que ela tinha entrado na família do Gurgel só pela grana, tá ligado? Mas se ele morresse porque não tinha pago uma quantia alta pra uma chantagista... Aí a coisa mudava, mano. E pode ver, foi o que rolou. Todo o mundo saiu procurando a chantagista louca, vingativa, que tem ódio de velho que pula a cerca.

— E como vocês trabalhavam?

— A gente revezava na hora de seguir o Gurgel. Ou íamos os dois juntos. A gente descobriu o caso dele com a minha irmã no churrasco de noivado. A partir daí, a Diana teve a ideia e... Enfim.

Enquanto Wilson passava toda a história na cabeça, Plínio perguntou:

— Como é que o seu Conrado descobriu?

— Por que acha que foi ele?

Plínio deu de ombros como se aquela informação não fizesse diferença.

— Uma testemunha viu a Diana pegando a faca na babosa na noite do sábado. A partir daí, o Lyra foi deduzindo o restante.

— Uhum, a Diana pegou mesmo a faca pra devolver no faqueiro. Mas acabou usando pra matar a Eunice no dia seguinte.

— Ah, sim, a gente tava falando da morte da Eunice. Você disse que aquela foi uma manhã cheia. O que aconteceu?

— É que a gente tinha roubado a mala com dinheiro que o pai do Enzo tinha escondido na represa. Eu tinha visto tudo e roubado à noite. Sabia que ele ia voltar pra buscar em algum momento naquela manhã. Tive certeza quando o Gurgel pediu licença e saiu dizendo que, sei lá, precisava tomar ar. Então, a Diana aproveitou pra roubar a chave do quarto da Sandra, a esposa dele, e me dar. Aí ela me deu instruções pra eu buscar a mala roubada no meu quarto, enquanto todos ainda tomavam café, e deixar no quarto do Gurgel. Eu fiz como ela mandou, tranquei o quarto do Gurgel de novo e deixei a chave da dona Sandra na babosa. Então, depois que a Diana matou a Eunice, ela pegou a chave na babosa e deixou a faca lá dentro da mala, em cima da cama do Gurgel. Era um jeito de a gente se livrar da faca e fazer o Gurgel ficar com medo.

Plínio não queria mais falar de Diana. Juntava um rancor inimaginável. Viu como a ponte entre o amor e o ódio era curta no seu coração. E era fácil viajar de um lado para o outro. O rapaz deu um longo suspiro — de alívio? — e se manteve quieto por um bom tempo. Parecia um botijão de gás vazando à espera de só uma faísca para explodir.

— Foda-se, também — Plínio murmurou, como se respondesse a uma voz que só se ouvia na sua cabeça. — Eu já não aguentava mais ver a Diana dormindo com ele... Não existe essa de libertar quem a gente ama. A Diana é minha, porra! *Minha!*

Wilson chacoalhou a cabeça.

— Isso é obsessão, Plínio.

VIII

— Isso é loucura, seu Conrado!

Enzo mal tinha deixado Lyra contar sobre a chantagem.

— Eu sei, Enzo! É psicopatia. Foi o jeito que a Diana encontrou pra chamar a sua atenção e fazer você sentir o quanto tinha errado ao deixá-la escapar. Ela queria que você sentisse ciúme. Que você se torturasse. E aí surgiu o Plínio, o tipo ideal. Ele endeusa a Diana. Cegamente. Ela manda, ele obedece. A Diana adorou isso. Não tô dizendo que ela só *usou* o cara. Eles são cúmplices tanto quanto são amantes. Mas eu acho que amar o Plínio, pra Diana, foi um bônus. Porque o papel primário dele era causar ciúme e, depois, fazer parte do plano.

— O senhor fala como se eles tivessem manipulado tudo...

— Enzo, olha à sua volta! Olha o que eles fizeram! Bastou a Diana fingir que suspeitava do Plínio e ele fingir que tava desesperado por causa disso. Tudo para que ele parecesse explosivo e machucasse a Diana e *você* reparasse nela. A Diana e o Plínio viraram inimigos, sendo que, secretamente, eram aliados. Interessante que há algum tempo um amigo do DHPP meio que me abriu os olhos pra isso. Ele citou que é comum, em casos assim, as pessoas forjarem relações de ódio ou amor para confundir as investigações.

Enzo se levantou de novo e foi até a janela.

— Vocês torturaram o cara até ele confessar, não é?

— Quê?

— O Plínio. Vocês bateram nele. Ele não estragaria o plano a troco de nada.

— Eu assumo que fiz uma coisa meio desonesta, mas, nossa, nem perto do que você sugeriu. Dei um empurrãozinho. É que, por mais que eu tivesse descoberto tudo, não tinha provas. Ninguém tinha. Tudo bem: havia manchas de sangue que eu apostava que a polícia descobriria (e descobriu) no banheiro do quarto da Diana. Usaram luminol. Mas a polícia também descobriu no *seu*, Enzo. Calma, não se preocupa, eles já sabem que foi uma pista falsa plantada pela Diana. Fora isso, nada apontava pros dois.

— O luminol... — Enzo falou, como se agora entendesse.

— Exatamente. O que eu fiz foi instigar a Diana, ontem, no funeral do seu pai. Falei do luminol e do sangue no banheiro. Queria que a Diana ouvisse e pensasse que, se tinham descoberto sangue no *seu* banheiro, talvez fosse questão de tempo até descobrirem *no dela*. Eu queria que a Diana apressasse as coisas e desse logo um jeito de apontar a culpa para você, como previa o plano dela. Queria que ela ativasse a auto-defesa e agisse com muito cuidado. Foi o que ela fez: se manteve às regras do jogo. E a regra número um pra não ser pega era: *não falar com o Plínio*. Porque se alguém visse os dois conversando, poderia suspeitar. E foi por isso que a Diana não atendeu às ligações dele ontem. Bem na hora em que a polícia falava com ele. Hora em que ele precisava dela. E aí, sem resposta, o Plínio desmoronou.

Lyra fez uma pausa de um minuto. Enzo custava a dar o braço a torcer.

— Por acaso você contou isso pros amigos dela, seu Conrado? Os que conhecem a Diana? Você não se deu ao trabalho de ouvir da boca deles o quanto isso pode ser absurdo?

— Que amigos, Enzo? Que amigos? Você não se perguntou por que a Diana só convidou conhecidos da infância pro casamento? Cadê os amigos da faculdade? Da vida adulta? Ela só convidou um bando de estranhos. Gente que nem a conhecia mais.

— E eu?

— Você não conta. Acabou ficando cego por causa do carinho que sentia por ela.

IX

Sabe o que era o mais assustador? Que por mais que Diana tivesse se revelado a psicopata que era, deitada naquela cama de hospital, ela ainda parecia a mesma. Diana com raiva e só. A mesma de sempre.

Edna caiu sentada no chão. Não conseguia mais seguir em frente. Agora era ela quem soluçava. Estava tão devastada que mal percebeu quando a filha puxou com força o acesso do braço e o usou para perfurar o próprio pescoço. A agulha espetou a carne até o talo, mas falhou na hora de rasgar a pele. Diana ignorou a dor. Para ela, não havia dor pior do que a do ego ferido.

Edna e a enfermeira estancaram o sangramento antes de o corte causar sequelas. Num segundo, o médico apareceu e sedou Diana. Edna, em frangalhos, só sabia pedir desculpa pelo comportamento da filha. Quer dizer, aquela ainda era sua filha? Existia alguma ex-mãe? Edna sabia que não. Havia ali uma ligação que resistiria a qualquer crime.

A palavra *dor* ganhou um novo significado naquele dia.

Oscar devia sentir o mesmo. Edna olhou para ele na poltrona em busca apoio. Mas viu que o ex-marido já tinha desmaiado havia muito tempo.

X

— Bom, e agora? — Enzo se virou para Conrado, exasperado. — O que eu devo fazer? Olha pra mim, eu...

— Eu faço questão de te ajudar. Você precisa de um advogado pra cuidar da anulação desse casamento. Não vai ser complicado, a gente tem de mostrar que a união só aconteceu pra que a Diana ficasse com seu dinheiro.

— Anulação e pronto? Não é tão simples assim.

E então Enzo sentiu o braço de Conrado em seu ombro. Ficaram em silêncio por um longo período. Enzo aceitou o detetive ao seu lado como se o conhecesse há muito tempo.

— Sei que não é simples, Enzo. Eu nunca disse que seria. Mas, se você me permite a comparação, é mais ou menos como o soluço. A gente nunca sabe quando vai passar. Demora mais do que se imagina. E quando começamos a ficar desesperados, pensando que vamos morrer com aquilo, alguma coisa desvia a nossa atenção, e aí... Pronto, passou. Sobram as memórias, a melancolia, a cicatriz. Mas você segue em frente. Palavra de quem já passou por isso.

— Você...

— Sim, um filho. Ele teria mais ou menos a sua idade, hoje.

Enzo preferiu o silêncio a responder com *meus sentimentos*. Clichê que ele mesmo ouvira tanto nos últimos dias e sabia que de nada adiantava.

— Eu nem sabia que você era casado, seu Conrado.

— Não sou mais. Hoje, tenho uma companheira. Ela é a pessoa mais valiosa da minha vida. E eu acho que agora, Enzo, o que você mais precisa (se você quiser ouvir uma última sugestão) é se cercar de pessoas assim. Valiosas.

CAPÍTULO 20

Uma pessoa valiosa

DOIS MESES APÓS A ANULAÇÃO

Até aquele dia, ela nunca tinha posto o pé em Coronel Saviano, cidade do interior paulista, mas já odiava aquele condomínio de casas de alto e médio padrão. Bosque das Corujas. A rua se chamava Minas Gerais. Sim, estava na rua certa — uma sem saída.

Antes de seguir o caminho de tijolos até a porta de entrada, a visitante deu uma boa olhada na casa de número 35. Bom gosto, construída num estilo americano, com bonitas colunas sustentando o telhado e um jardim bem cuidado na frente.

A espera após as três batidas foi de menos de dez segundos. Tudo saindo conforme o planejado. Tudo, exceto a pessoa que abriu a porta. Quem se colocou no vão com um simpático sorriso foi uma senhora de cabelos ruivos já grisalhos, maçãs do rosto proeminentes e olhos escuros. Bonita, agradável. Mas nem de perto com a idade esperada.

— Oi, posso te ajudar?

— Nossa, você é v... — mas se interrompeu.

A anfitriã ficou esperando, curiosa, enquanto a recém-chegada se recuperava do baque.

— Desculpa, senhora. É que eu achei que um homem fosse abrir a porta. Eu tô procurando o Conrado.

— Quem?

— Conrado Bardelli. Sabe?

A dona da casa colocou a mão no queixo.

— Poxa, eu... eu não conheço.

— Ele não mora aqui?

— Aqui? Ah, não! — A anfitriã começou a rir. — Sou viúva, sabe? As pessoas passam olhando meio tristes porque eu fico sozinha o tempo todo, mas a verdade é que, quando você se acostuma, você percebe que...

Mas a outra não queria saber daquilo.

— A senhora não tem uma filha, uma sobrinha ou... sei lá, alguém jovem? *Bem jovem?*

— Olha, o único mais jovem que eu era o Spot, o meu gato. Mas o coitadinho morreu envenenado há algumas semanas... Chumbinho, acredita? A verdade é que eu sou uma *péssima* dona. Mas também! Nunca tive gato, aí o meu sobrinho inventou de me dar um sem que...

— Essa é a casa 35 mesmo?

A anfitriã se recuperou bem da intromissão.

— É a casa 35. O meu nome é Olga, muito prazer. — Aperto de mãos. — Pelo jeito, não sou a pessoa que você tava esperando encontrar.

— É que eu... A sua idade...

E de repente, para se certificar de que não estava louca, a visitante olhou por cima do ombro de Olga, para dentro da sala de estar. Vazia.

— Ai, que indelicada eu fui, querida! Você não quer entrar? Eu passo um cafezinho, faço questão! Mudei faz pouco tempo, sabe, eu ficaria muito feliz de receber alguém.

— Não, não se preocupa. Eu já vou indo.

— Mas já? Tá... Pena que eu não pude ajudar. Bom, como eu disse, mudei não faz muito tempo. De repente esse Conrado morava aqui antes. Conrado, você disse, né? Vai que...

— Deixa. — A visitante fez um aceno. — Eu devo ter visto errado. Boa tarde aí. Tchau.

— Tchau, querida. Ah, você não me disse seu nome.

Depois de uma incômoda hesitação:

— É Carmen.

— Bom, melhoras, Carmen. Deu pra ver que você machucou o rosto. Cuida bem disso pra não piorar, viu? Se quiser, a gente entra, eu ligo pro meu médico (ele é excelente, o doutor Humberto, vem de São Paulo só pra me ver, sabia?). Ele pode indicar uma pomada ou...

— Não precisa. Mesmo. Obrigada.

Olga ficou no batente da porta e acenou enquanto o carro de Carmen sumia de vista. Então, a dona da casa entrou e foi direto para a suíte.

— Chuta quem tava aí fora procurando por você. — Ela sorriu, mordendo o lábio.

Conrado Bardelli, na cama, levantou os olhos do livro que lia. *Crime e castigo*.

— Quem?

— Chuta. Uma dica: eu ganhei a aposta.

— Não...

— Sim.

— Você tá de sacanagem, Olga.

— Não tô, era ela. Até me disse o nome: Carmen. Olho puxado. Certeza que era ela. O corte no rosto.

Bardelli apoiou o livro no peito e soltou uma risada com as narinas.

— Não tô acreditando! Ela veio até Coronel Saviano...

— Corre pra janela, talvez dê tempo de você ver a garota voltando com o carro e fazendo perguntas pros vizinhos.

Era exatamente o que Carmen fazia na casa ao lado. Por sorte, Bardelli era pouco visto naquelas ruas. Não fazia muito tempo que passara a frequentar a casa da também recém-chegada Olga Lafond. Provável que ninguém se lembrasse dele. Carmen ouviria nãos atrás de nãos.

— Nossa, Olga, eu jurava que essa louca ia me esquecer. Não achava que ela viria bater na sua porta. Desculpa por isso.

— Ah, não se preocupa. Não tenho ciúme. Uma pessoa na minha idade nem deveria ter. Não faz bem pra dignidade.

— Não é ciúme. É a situação. Uma desequilibrada vindo até a sua casa... Sorte que ela não me viu.

— Ai, no fim foi bom, sabia? Tem semanas que não acontece nada aqui. Adorei me fingir de idiota. E eu acho que a menina comprou. — Uma risada e depois uma pausa. — Tadinha, provavelmente ela só queria te agradecer.

— Tadinha? Ela me...

— Eu sei o que ela fez. Ficou pelada, quis te roubar, depois te roubou, invadiu o seu apartamento. Mas é triste que ela venha atrás de *você*. Significa que a moça não tem mais ninguém.

— Poxa, tô chorando por ela.

— Não esquece... — Olga cruzou os braços. — ... que foi *ela* que te deu a solução do crime. Se não fosse essa japonesa, você nunca saberia que a noiva pegou a faca na babosa durante a noite e...

— Claro que saberia. Um dia eu ia descobrir.

— Meu Deus, como você se acha! — Um chacoalhar de cabeça, olhos pra cima. — Mas sério, coitada... Pelo jeito, a tal Carmen nem percebeu por que foi convidada pra esse casamento de horrores. É óbvio que a noiva queria que a Carmen virasse um bode expiatório.

— Tá vendo as lágrimas? Rios de lágrimas aqui, ó. Tudo por ela.

— Você já foi mais humilde, doutor Conrado Bardelli. Agora fico me perguntando se também ficou tirando sarro da minha cara enquanto eu tava em coma. Uma batida na cabeça que eu levei por *sua* causa, por sinal.

— Não brinca com isso, Olga. Anda, vem cá.

Ela se fez de difícil, mas acabou aceitando o beijo dele e foi se aninhar na cama, esquecendo o assunto. Só por pouco tempo. Logo, Olga estava massageando os ombros, os olhos perdidos. Obviamente pensando em Carmen de novo.

— Quase falei que ela tinha vindo pro lugar certo, sabia?

— E estragar o meu esconderijo?

— Foi só por isso que não falei. Ela comprou a mentira porque não esperava ver uma mulher... você sabe... como eu.

— Ela achava que ia ser uma menina mais nova. A Carmen e o Emílio ficaram o tempo todo imaginando que eu namorava uma menor. Leram as mensagens do seu sobrinho reclamando que eu tava me relacionando com uma mulher *daquela idade* e pensaram tudo errado.

— E você preferia estar com uma menor? — Olga tornou a cruzar os braços, fazendo-se de difícil.

Lyra deu risada e começou a dizer o que sempre dizia quando discutiam aquele assunto:

— Você sabe quem tem mais de sessenta anos? A Bruna Lombardi. A Brigitte Macron. A Sônia Braga. A Helen Mirren. A Meryl Streep. Sabe quem tem mais de setenta? A Jane Fonda.

— Tá bom, eu fico quieta. É só que... Ai, deixa.

Lyra largou o livro e bufou.

— Fala de uma vez, Olga.

— Não vou falar.

— Você não aguenta ficar quieta, eu te conheço. Fala.

— Tá, eu falo. Eu só tava pensando em como esse negócio... entre nós dois... como isso, no fim, te prejudicou. Não adianta dizer que não, eu sei como você se irrita quando as pessoas ficam te perseguindo querendo descobrir da sua vida. Você mal comenta comigo, imagina com os outros. E tem o meu sobrinho, que fica no nosso pé achando que você vai me fazer mal... por causa de como a gente se conheceu... o caso do Eric... e a batida na minha cabeça... Ai, ele acha que pode acontecer alguma coisa e... fica duvidando que você seja, hoje, a pessoa mais importante no mundo pra mim e...

— Olga, você tá dando voltas de novo.

— Ai, desculpa. É que...

— Você não quer *terminar*, quer?

— Eu tava pensando no oposto. Se você queria oficializar de vez. Casar.

As sobrancelhas de Lyra foram lá pro alto. E aí ele começou a rir como se tivesse escutado uma baita piada.

— De onde você tirou essa ideia?!

Olga soltou um suspiro de alívio.

— É que, por um segundo, eu fiquei me perguntando se você não queria... Com toda essa história... E eu não queria te decepcionar.

Conrado a abraçou.

— Olga, você não existe. Vou deixar claro: não faço a *menor* questão. E eu sei que você também não.

— Quer dizer que nada de casamento?

— Depois de tudo o que eu passei nesses últimos meses? Pelo amor de Deus, não quero mais ouvir *falar* em casamento!

A ESCURIDÃO SE APROXIMA E, COM ELA, SEUS PIORES MEDOS...

Em 2004, Benjamin Simons deixa o orfanato em que viveu desde a infância para ajudar alguns parentes num momento difícil.

No entanto, certa madrugada, a tranquilidade da colina de Darrington é interrompida por um estranho pesadelo, que vai tomando formas reais a cada minuto. Logo, Ben descobre-se preso numa casa que abriga mistérios, onde o inferno parece mais próximo e o mal possui uma força evidente.

Horror na Colina de Darrington mantém o leitor aceso aos detalhes da investigação, que tornam a história complexa e absolutamente intrigante. Onde termina o inferno e começa a realidade?

FARO EDITORIAL

ESTA OBRA FOI IMPRESSA
EM DEZEMBRO DE 2020